हिन्द पॉकेट बुक्स

मौन समाधि

सूफ़ी बोध-कथाओं पर प्रवचन

ओशो, जिन्हें भगवान श्री रजनीश, ओशो रजनीश, या केवल रजनीश के नाम से भी जाना जाता है, एक भारतीय विचारक, धर्मगुरु और रजनीश आंदोलन के प्रणेता-नेता थे। उनका असली नाम चंद्र मोहन जैन था, लेकिन लोगों ने उन्हें 'ओशो' बना दिया। यह शब्द लैटिन भाषा के 'ओशनिक' शब्द से लिया गया है जिसका अर्थ है, सागर में विलीन हो जाना।

अपने संपूर्ण जीवनकाल में आचार्य रजनीश को एक रहस्यदर्शी, गुरु और आध्यात्मिक शिक्षक के रूप में देखा गया। वे धार्मिक रूढ़िवादिता के बहुत कठोर आलोचक थे। 1960 के दशक में उन्होंने पूरे भारत में एक सार्वजनिक वक्ता के रूप में यात्रा की और वे समाजवाद, महात्मा गाँधी और हिंदू धार्मिक रूढ़िवाद के प्रखर आलोचक रहे। उन्होंने मानव कामुकता के प्रति ज्यादा खुले रवैये की वकालत की, जिसके कारण वे भारत तथा पश्चिमी देशों में भी आलोचना के पात्र रहे, हालाँकि बाद में उनका यह दृष्टिकोण अधिक स्वीकार्य हो गया।

मौन समाधि

सूफ़ी बोध-कथाओं पर प्रवचन

ओशो

हिन्द पॉकेट बुक्स
पेंगुइन रैंडम हाउस इम्प्रिंट

हिन्द पॉकेट बुक्स

यूएसए | कनाडा | यूके | आयरलैंड | ऑस्ट्रेलिया | सिंगापुर
न्यू ज़ीलैंड | भारत | दक्षिण अफ्रीका | चीन

हिन्द पॉकेट बुक्स, पेंगुइन रैंडम हाउस ग्रुप ऑफ़ कम्पनीज़ का हिस्सा है,
जिसका पता global.penguinrandomhouse.com पर मिलेगा

पेंगुइन रैंडम हाउस इंडिया प्रा. लि.,
चौथी मंजिल, कैपिटल टावर -1, एम जी रोड,
गुड़गांव 122 002, हरियाणा, भारत

पेंगुइन
रैंडम हाउस
इंडिया

प्रथम संस्करण हिन्द पॉकेट बुक्स द्वारा 2009 में प्रकाशित
यह हिन्दी संस्करण हिन्द पॉकेट बुक्स में पेंगुइन रैंडम हाउस द्वारा 2023 में प्रकाशित

10 9 8 7 6 5 4 3 2

ISBN 9788121620772

मुद्रकः रेप्रो इंडिया लिमिटेड

www.penguin.co.in

FSC
www.fsc.org
MIX
Paper from
responsible sources
FSC® C047271

This is a legitimate digitally printed version of the book and therefore might not have certain extra finishing on the cover.

क्रम

नवां प्रवचन

सद्गुरु का परस

कभी वहां एक सूफ़ी सद्गुरु रहता था, जो यह चाहता था कि उसकी मृत्यु के पश्चात, उसके शिष्य निश्चित रूप से एक सच्चा सद्गुरु खोज लें, जो उनका मार्ग निर्देशन कर सके।

इसलिये उसने एक विधि सम्मत और बाध्यकारी वसीयत करते हुए उत्तराधिकार में सत्रह ऊंट छोड़े और यह आदेश दिया –

"तुम सभी ऊंटों को आपस में इस अनुपात में बांटोगे, कि सबसे अधिक पुराने शिष्य के पास आधे ऊंट होंगे, नीचे वाला शिष्य एक तिहाई और सबसे बाद में अपने वाला शिष्य एक बटा नौ ऊंट पायेगा।"

जैसे ही उसकी मृत्यु हुई, उसकी वसीयत पढ़ी गई, पहिले तो शिष्यों को अपने सद्गुरु की सम्पत्ति की ऐसी अकुशल वितरण व्यवस्था पर आश्चर्य हुआ। कुछ लोगों ने कहा – "हम लोगों को इनका सामूहिक प्रयोग करना चाहिए।" उन्होंने कुछ अन्य लोगों से सलाह ली और तब कहा गया – "इनका निकटतम सम्भव विभाजन कर लो।' कुछ अन्य लोगों ने कहा एक न्यायाधीश के द्वारा इन ऊंटों को बेचकर आपस में धन बांट लो।" इस पर दूसरे लोगों ने व्यवस्था की बात उठाते हुए कहा – "इन सभी तरीकों से वसीयत की शर्त पूरी न होने पर वह विभाजन अमान्य होगा, क्योंकि उसके प्रतिबंधों का निर्वहन न हो सकेगा।"

तब उन लोगों ने गहन विचार-विमर्श और चिंतन छोड़ दिया और समझा कि सद्गुरु की वसीयत में ज़रूर ही वहां कोई रहस्यमय चीज़ छुपी है, इसलिए उन्होंने यह खोजना शुरू कर दिया कि ऐसा कौन शख्स है, जो अनसुलझी समस्याओं का समाधान कर सके।

उन्होंने प्रत्येक को आजमाया पर असफल हुए, आखिरकार वे पैगम्बर के दामाद हजरत अली के दरवाजे पर गये।

उन्होंने कहा – तुम्हारी समस्या का समाधान यह है : 'मैं उस संख्या में अपना एक ऊंट शामिल कर दूंगा। अब अट्ठारह ऊंटों में से तुम आधे – नौ ऊंट सबसे पुराने शिष्य को दे दोगे। बीच वाला कुल ऊंटों के योग का एक तिहाई अर्थात छः ऊंट ले लेगा। आखिरी शिष्य कुल ऊंटों का एक बटा नौ जो दो

ऊंट होते हैं, ले सकता है। यह सभी मिलकर सत्रह होते हैं। अब बचा एक मेरा ऊंट, वह मुझे वापस कर देना।"

यही सूफ़ी सद्गुरु चाहता था कि उसके शिष्य अपने लिए योग्य सद्गुरु खोज लें।

सूफ़ी धर्म पूरी तरह से सद्गुरु की धारणा पर निर्भर है। बिना सद्गुरु के वहां कोई सूफ़ी धर्म है ही नहीं। सूफ़ी धर्म पुस्तकों या ग्रंथों में विश्वास नहीं करता, वह आस्था रखता है जीवित सद्गुरु में। किसी को भी एक ऐसे व्यक्ति के पास आना होता है, जिसने स्वयं को जानकर जाना हो। पुस्तकों में भी महान प्रज्ञा हो सकती है, लेकिन उसका गूढ़ार्थ जानने का वहां कोई भी उपाय नहीं है। यदि तुम उस गूढ़ अर्थ की व्याख्या करते हो तो तुम अपने मन के अनुसार ही उसकी व्याख्या करोगे। वह उस पुस्तक या ग्रंथ को झूठा सिद्ध कर देगी।

इस्लाम को कुरान शरीफ ग्रंथ के धर्म के रूप में जाना जाता है। हिन्दुत्व को वेदों के धर्म के नाम से जाना जाता है। और यही स्थिति ईसाइयत के साथ भी है। बाइबिल शब्द का सामान्य अर्थ ही ईसाई धर्म से है।

लेकिन सूफ़ी धर्म इस बात पर जोर देता है कि कोई भी किताब या ग्रंथ तुम्हारी सहायता नहीं कर सकता। वास्तव में सूफ़ियों के पास एक किताब है, जिसे वे The Book of the Books नाम से पुकारते हैं (सभी किताबों में एक प्रामाणिक किताब) लेकिन यह कोरी है। इसमें कुछ भी नहीं लिखा है – यहां तक कि एक शब्द भी नहीं! किताबों के बारे में यही उनका दृष्टिकोण है – यद्यपि वहां उसमें बहुत-सी चीज़ें होंगी, पर तुम्हारे लिए वह खाली रहेगी, क्योंकि तुम केवल वही पढ़ सकते हो, जो कुछ तुम जानते हो।

कुछ दिनों पूर्व ही मैंने सुना कि कोई व्यक्ति मुल्ला नसरुद्दीन से पूछ रहा था – जीसस ने यह क्यों कहा – "धन्यवादी हैं, वे लोग जो बेबस और असमर्थ हैं।"

मुल्ला कुछ देर तक सोचता रहा और तब उसने कहा – "जीसस यह कह रहे हैं – धन्यवादी हैं वे कंगाल, जिनके पास शराब खरीदने को धन नहीं है।"

दूसरी बार किसी ने मुल्ला नसरुद्दीन से पूछा – "और परमात्मा का ग्यारहवां आदेश (कमान्डेन्ट) क्या है?"

उसने उत्तर दिया – "अपराध करके पकड़े न जाओ।"

जब तुम एक पुस्तक पढ़ रहे हो तो तुम्हारा मन ही मालिक बन जायेगा, और मन ही समस्या है। यह मन एक पुस्तक के साथ ठीक से विद्वान बना रह सकता है। पुस्तक तो मृत है। मन को ही उसकी व्याख्या और आलोचना करना है। उसी को यह तय करना है कि उसका क्या अर्थ है? इसलिए जब तुम एक पुस्तक पढ़ रहे हो, तो तुम अप्रत्यक्ष रूप से अपने मन को ही पढ़ रहे हो। पुस्तक तो एक बहाना है।

तुम बहुत बड़े विद्वान बन सकते हो, लेकिन तुम कभी भी एक ऐसे व्यक्ति न बनोगे जो वास्तव में जानता है। तुम परमात्मा के बारे में बहुत सी चीज़ें जान लोगे, लेकिन तुम परमात्मा को कभी नहीं जानोगे। और तुम सत्य के बारे में बहुत सी चीज़ें जान लोगे, लेकिन कभी भी सत्य को न जानोगे। और किसी के बारे में जानना केवल अर्थहीन है। जानना एक बात है और 'के बारे में' जानना कुछ भी नहीं है। 'किसी के बारे में' जानने का अर्थ है, तुम उससे चूक गये। लेकिन पुस्तकें तुम्हें बहुत बहुत शक्तिशाली अनुभव करा सकती हैं कि तुम जानते हो, बिना कुछ भी जाने हुए तुम यह अनुभव कर सकते हो कि तुम जानते हो – और तुम्हारे जानने में वह सबसे महानतम अवरोध बन जायेगा। वह तुम्हारे चारों ओर चीन की दीवार बन जायेगा। तुम्हारे सारे सेतु तोड़ दिए जायेंगे। अब सेतु कैसे बनाया जाये? कैसे उसे जोड़ा जाये? परमात्मा के साथ उसका संबंध कैसे जोड़ा जाये?

परमात्मा तो बहुत दूर प्रतीत होता है, उसका पाना तो लगभग असम्भव है। परमात्मा स्पष्ट नहीं है, परमात्मा कहीं आस-पास भी नहीं है। तुम अपने चारों ओर देखो और पूरा अस्तित्व लगभग परमात्मा से खाली दिखाई देता है।

इसी वजह से मार्टिन हैडगर कहता है – "मैंने ऐसी एक भी चीज़ संसार भर में नहीं पाई, जिसे मैं अलौकिक कह सकूं।"

सामान्य दृष्टिकोण से वह ठीक कहता है। तुम उस अलौकिक को कहां खोज सकते हो। अलौकिक कहीं भी नहीं दिखाई देता – इसलिए नहीं कि वह दिव्य वहां है नहीं, लेकिन क्योंकि तुम नहीं जानते कि उस अलौकिक का अनुभव कैसे किया जाये? तुममें अभी तक वह अंतर्बोध की वह क्षमता विकसित ही नहीं हुई है, जो उस अलौकिक का अनुभव कर सके। परमात्मा तो बहुत दूर है, और संसार बहुत निकट है। पदार्थ चारों ओर है और तुमने कभी आत्मा का साक्षात्कार नहीं किया है। इसलिए धर्म ठीक एक सिद्धान्त बन कर रह जाता हैं।

सूफ़ी धर्म की मान्यता है कि केवल एक सद्गुरु के द्वारा ही तुम परमात्मा तक पहुंच सकते हो।

एक सद्गुरु वह है, जो माध्यम बन सकता है, जो तुम्हारे और उस परमात्मा के ठीक मध्य में होगा, वह एक द्वार है, जिसके द्वारा तुम एक झलक पा सकते हो। वह उसे जानता है – एक जानकारी की भांति नहीं, एक अनुभव की तरह। उसके अनुभव ने उसका रूपान्तरण कर दिया है, उसकी बाह्य आकृति भी बदल दी है और उसे किसी दूसरे संसार में पहुंचा दिया है। एक सद्गुरु एक साथ दो वास्तविकताओं में जीता है, वह एक विरोधाभास होता है। उसका एक पैर इस संसार में होता है, और दूसरा पैर परमात्मा में, एक ओर से तो वह ठीक तुम्हारी तरह होता है और दूसरी ओर से वह ठीक तुम्हारे विपरीत होता है। सद्गुरु के विरोधाभास के द्वारा ही तुम उस अलौकिक सत्ता तक पहुंचने में समर्थ हो सकते हो। इस बारे में दूसरा अन्य कोई मार्ग है ही नहीं।

एक सद्गुरु खोजने के लिये, इसलिए खोजो के लिये पहिला कदम सद्गुरु के साथ प्रेम में गिरना है। यदि तुम एक सद्गुरु को खोज सकते हो, तो समझो आधी यात्रा पूरी हो गईं वास्तव में, सबसे अधिक श्रमपूर्ण भाग पूरा हुआ। सूफ़ी बनने के लिए बुनियादी ज़रूरत, सद्गुरु को खोजना है। सूफ़ी खोजी सद्गुरु की तलाश में हजारों मील की यात्रा करते हैं, एक ऐसे व्यक्ति की खोज के लिये जिसके साथ वे लयबद्धता का अनुभव कर सकें, जिसके साथ अज्ञात के प्रति वे तरंगित हो सकें, और जिसके साथ इस ज्ञात के पार वे पहिला कदम उठा सकें।

इसलिये पहिली चीज़ है, पहिली और सबसे अधिक महत्वपूर्ण चीज़ है – एक सदगुरु को खोजना। सूफ़ी कहते हैं जीवन की सबसे अधिक महत्वपूर्ण चीज़ है – एक सद्गुरु को खोजना।

सूफ़ी कहते हैं जीवन का सबसे अधिक महान आशीर्वाद है – एक सद्गुरु के सान्निध्य में रहना। यदि तुम्हें सद्गुरु का सान्निध्य नहीं मिला, तो तुम एक अखण्ड अवसर से चूक गये। तब तुम व्यर्थताओं के साथ ही जीते हो, तब तुम कभी भी उसके सम्पर्क में नहीं आते हो, जो सारभूत है। और सारभूत के साथ सम्पर्क में आने का केवल मात्र मार्ग है, किसी ऐसे व्यक्ति के सम्पर्क में आना, जो उसके सम्पर्क में हो।

यह लगभग इस तरह है... क्या तुमने कभी किसी सर्कस, कार्निवाल अथवा किसी प्रदर्शनी में किसी व्यक्ति को बिजली की कुर्सी पर बैठे हुए देखा है? कुर्सी बिल्कुल सामान्य दिखाई देती है, तुम यह नहीं देख सकते कि उस कुर्सी में विद्युत धारा प्रवाहित और तरंगित हो रही है। और तुम उस धारा को प्रवाहित होता हुआ नहीं देख सकते, क्योंकि वह आंखों से दिखाई नहीं देती, कि उस पर बैठे हुए व्यक्ति में भी विद्युत प्रवाहित हो रही है। लेकिन यदि तुम उस मनुष्य को छूते

हो तो तुम्हें धक्का लगता है। जो मनुष्य उस विद्युत-कुर्सी पर बैठा हुआ है उसमें विद्युतधारा प्रवाहित हो रही है। तुम उसे देख तो नहीं सकते, लेकिन यदि तुम उसका स्पर्श करते हो, तुम्हारा सम्पर्क तुरन्त विद्युत धारा से हो जाता है।

यही स्थिति एक सद्गुरु के साथ होती है। वह परमात्मा की अलौकिक विद्युत-ऊर्जा से तरंगित हो रहा है। वह उनके लिए दृश्यमान नहीं हो सकता, जो मात्र दर्शक है। वह केवल उनके ही अनुभव में आ सकता है, जो उसके निकट सान्निध्य में आकर स्पर्श करते हैं।

एक बार तुमने सद्गुरु को स्पर्श कर लिया अथवा सद्गुरु ने एक बार तुम्हें छू लिया तो कुछ ऐसी चीज़ घटती है, जो तुम्हारी चेतना में अभी तक न घटी थी। उस अनुभव जन्य ज्ञान से फिर तुम नीचे नहीं गिरते, वह अटल और अपरिवर्तनीय होती है। और एक बार तुमने उसका अनुभव कर लिया, तब तुम जानते हो कि वह अस्तित्व में है। फिर तुम उसी लपट को वृक्षों में, सरिताओं में और मनुष्यों में भी प्रवाहित होते देख सकते हो। हो सकता है, वह इतनी अधिक स्पष्ट न हो, हो सकता है वह बादलों में अथवा धुंए और मूर्च्छा के पीछे छिपी हुई हो, लेकिन वह होती वही है चाहे तुम जागे हुए हो अथवा मूर्च्छित हो, चाहे वह धुंए के बादल से घिरी उसके पीछे छिपी हो अथवा धूम्ररहित ज्योति की भांति प्रज्ज्वलित हो रही हो। ज्योति वहीं है। एक बार तुमने एक सद्गुरु का परस (स्पर्श) पा लिया अथवा एक सद्गुरु ने तुम्हें छूकर पावन बना दिया...

सिस्टीन गिरजाघर में माइकल एंजिलो 'सृष्टि के प्रथम दिवस' का चित्र बना रहा था। उसने उस चित्र में बाइबिल की पूरी कहानी को बदल दिया। और वे लोग भी जो उस चर्च का निर्माण कर रहे थे, उसके लिए धन उपलब्ध करा रहे थे और यहां तक कि पोप भी यह पता न लगा सके कि उसने उस चित्र में कुछ चीज़ पूरी तरह बदल कर नयी कर दी है, जो कि बाइबिल में है ही नहीं।

बाइबिल कहती है कि परमात्मा ने आदम का सृजन किया। उसने कीचड़ और जैविक खाद (Humus) से उसे बनाया, इसलिए मनुष्य को Human कहा जाता है। और तब परमात्मा ने उसके नथुनों में श्वास फूंक कर उसे जीवन दिया। मैं माइकल एंजिलों की लिखी हुई डायरी को देख रहा था, जिसमें बहुत से संदर्भ थे। उसने इस विषय पर ज़रूर ही कई दिनों तक सोचा होगा। इस कहानी को ज्यों का त्यों चित्रित करना उसे थोड़ा सा असहज लगा होगा – परमात्मा आदम के नथुनों में सांस फूंक रहा है। इसे चित्रित करना उसे थोड़ा सा भद्दा लगा होगा। उसमें उसे कोई सौंदर्य बोध का अनुभव न हुआ होगा। इसलिए उसने उसे बदल दिया। उसने जो चित्र बनाया, वह उसके प्रसिद्धतम चित्रों में से एक है। परमात्मा,

आदम को छू रहा है। उसे स्पर्श कर रहा है, उसमें सांस नहीं फूंक रहा है। वहां केवल परमात्मा की एक उंगली चित्रित की गई है, जो कहीं अज्ञात की ओर संकेत कर रही है। परमात्मा ऊपर स्वर्ग में बादलों के बीच और आदम नीचे पृथ्वी पर चित्रित किया गया है। ऊपर से ठीक उसकी एक उंगली नीचे आती हुई आदम का परस कर रही है और वह स्पर्श ही उसे जीवंत बना देता है।

किसी ने विचार ही नहीं किया कि उसने पूरी कहानी ही बदल दी। वैसी बाइबिल में वह है ही नहीं – उसे स्पर्श करके नहीं, बल्कि उसके अंदर श्वांस फूंककर उन्होंने आदम को जीवंत किया। लेकिन माइकल एंजिलो सूफ़ी धर्म से प्रभावित था। सूफ़ी धर्म में उसकी गहरी दिलचस्पी थी, और उसी में वह सद्‌गुरु द्वारा स्पर्श किये जाने के विचार से ज़रूर रूबरू हुआ होगा – कि शिष्य, सद्‌गुरु के स्पर्श करने मात्र से जीवंत हो उठता है।

हां, वह स्पर्श ही है। वह एक दीये से दूसरे दीये में ज्योति का छलांग लगा जाना है। एक बार तुमने उसे महसूस कर लिया – और वह अनुभव बन गया, फिर वहां उसका वर्णन करने का कोई उपाय ही नहीं है – बस तुमने उसे महसूस कर लिया, तुम उस अलौकिक के प्रति सचेत बन गये। तब वह सर्वत्र होता है, तब केवल वही होता है।

इसलिए सूफ़ी कहते हैं जीवन का सबसे बड़ा वरदान है – एक सद्‌गुरु को खोज लेने का – एक वह जो उसे जानता है, जो उसे देखता है, और जो स्वयं है। तुम्हारा अस्तित्व केवल तभी होता है, जब तुम परमात्मा में ही होते हो – उससे पहिले तुम केवल रीते होते हो, उससे पहिले तुम बिना सद्‌गुरु के एक खाली घर जैसे होते हो। उससे पहिले तुम केवल सोचते हो कि तुम हो, लेकिन तुम होते नहीं हो। तुम एक बुलबुले की भांति हो, तुम बहुत क्षणिक हो। तुम्हारे पास कोई अखण्डता नहीं है, तुम्हारे पास कोई केन्द्र नहीं है, और न तुम्हारे पास कोई आत्मा है।

गुरुजिएफ, जो सूफ़ी विचारधारा से अत्यधिक प्रभावित था, जो वास्तव में एक सूफ़ी सद्‌गुरु ही था, उसने पश्चिमी मानस को एक नई धारणा से परिचित कराया, और इससे पूर्व किसी भी व्यक्ति ने इस बाबत कोई बात ही न की थी। गुरुजिएफ ने इस विचार से परिचित कराया कि तुम्हारे पास कोई भी आत्मा नहीं है। आत्मा को सृजित करना है। इस बारे में गम्भीर और पाखण्डी मत बनो और न आश्वस्त रहो कि तुम्हारे पास आत्मा नाम की कोई चीज़ है। सभी महान धर्मों ने तुम्हें बतलाया है कि तुम्हारे पास आत्मा वहां पहिले ही से है – लेकिन गुरुजिएफ ने एक बहुत नयी अंतर्दृष्टि से परिचित कराया। उसने कहा – वहां

आत्मा है ही नहीं, केवल वहां उसके होने की सम्भावना है। वह तुम्हारे पास हो सकती थी, लेकिन तुम उससे चूक गये। उसके बारे में कोई निश्चितता नहीं है। तुम्हें उसे सृजित करना होगा। हां यदि तुम चाहते हो, तो तुम उसका सृजन कर सकते हो, लेकिन ऐसा मानकर मत चलो और न ऐसा सोचो कि तुम्हारे अन्दर वह वहां पहिले ही से है।

सूफ़ियों की यही अंतर्दृष्टि है। सूफ़ी कहते हैं कि अस्तित्व तो केवल एक सद्गुरु का होता है, तुम्हारा नहीं। वही एक ऐसा व्यक्ति है, जिसने पहिली बार परमात्मा का होना देखा है। तुम्हारा अस्तित्व केवल तभी होता है, जब तुम्हारा परमात्मा से साक्षात्कार होता है। तुम्हारा अस्तित्व केवल तब होता है, जब परमात्मा तुम्हारी आंखों में देखता है और तुम उसकी आत्मा में झांकते हो। तुम अस्तित्व में केवल तभी आते हो, जब परमात्मा द्वारा तुम्हारा स्पर्श किया जाता है और तुम उसे छूते हो। उससे पहिले तुम्हारे जीवन में केवल एक रिक्तता होती है, वह आत्मा की अंधकारमय रात्रि होती है। तुम केवल आशा और प्रतीक्षा करते हुए उसे अंधकार में टटोल रहे हो। वह वास्तविक नहीं थी, वह जैसे सपने की कोई चीज़ थी। उसमें कोई सच्चाई और असलियत नहीं थी।

एक सद्गुरु वह होता है, जो प्रामाणिक रूप से वहां उपस्थित रहता है। उसकी अपनी उपस्थिति होती है। उसके पास एक तरह की दीप्ति होती है। तुम उसकी खोज कर सकते हो, तुम उसको देख सकते हो। कभी किसी होटल के निकट अथवा सड़क के किनारे बैठ जाओ, और उधर से गुजरते हुए लोगों का निरीक्षण करो। एक चीज़ को देखना शुरू करो : क्या तुम उसमें कोई भेद कर सकते हो? अधिकतर लोग खाली कारतूस के खोखे की तरह चले जा रहे हैं – और ऐसे बहुत से लोग हैं, वे बहुसंख्यक हैं – लेकिन कभी-कभी तुम किसी ऐसे व्यक्ति के सम्पर्क में आते हो, जिसके पास एक तरह की अपनी उपस्थिति होती है। तुम देख सकते हो कि वह एक आभामण्डल से घिरा हुआ है, तुम महसूस कर सकते हो कि उसमें एक चुम्बकीय आकर्षण है। कभी अनजाने में शायद तुमने इस बात का निरीक्षण किया हो कि जब तुम कुछ मित्रों के साथ बैठे हुए थे और अचानक एक अन्य व्यक्ति वहां आता है, और पूरी मण्डली जैसे जीवंत हो उठती है, जैसे मानो इस नये मनुष्य के आगमन ने तुम्हारे जीवन में एक विशिष्ट भाव का संचरण कर दिया हो। कुछ ही क्षणों पूर्व सभी कुछ बुझा-बुझा-सा उदास था, व्यर्थ की बातें करते हुए तुम जैसे वक्त को घसीटे ले जा रहे थे। प्रत्येक को कुछ बात करनी थी। तुम बस समय गुजार रहे थे। तभी एक पुरुष अथवा स्त्री का वहां आगमन होता है और अचानक वहां एक चमक और रौनक आ जाती है।

प्रत्येक चीज़ जैसे खिल उठती है, प्रत्येक चीज़ बदल जाती है और प्रत्येक चीज़ पहिले से उच्च हो जाती है। अब कोई भी व्यक्ति बुझा-बुझा हुआ नहीं रहा। एक ऐसा व्यक्ति वहां प्रविष्ट हो गया जिसकी समीपता में एक दीप्ति है।

ऐसा बहुत कम होता है, क्योंकि ऐसी चाल-ढाल वाले व्यक्ति बहुत दुर्लभ हैं। एक ही समागम में ऐसे दो प्रामाणिक व्यक्तियों का होना दुर्लभ है। लेकिन जब भी ऐसी चाल-ढाल का व्यक्ति वहां होता है, वह बहुत स्पष्ट होता है, उसके ऊंचे स्वर में एक आह्वान होता है, यदि तुम थोड़े से भी सजग हो तो तुम इस गुण को देख और समझ सकते हो। एक रिक्त मनुष्य तुम्हें थका देता है। यदि तुम किसी ऐसे रिक्त व्यक्ति के निकट बैठे हुए हो, तो उसकी रिक्तता, तुमसे तुम्हारी ऊर्जा को अपनी ओर खींच कर उसे चूस लेती है। वह एक परजीवी होता है। वह शून्य अंतरिक्ष में एक ब्लैकहोल की भांति होता है, जो अपनी ओर सितारों तक को खींच कर उन्हें मिटा देता है।

भौतिक विज्ञानी कहते हैं कि शून्य अंतरिक्ष में कई विशाल काले गह्वर (ब्लैक होल) होते हैं। यदि कोई भी वस्तु उनके सीमा क्षेत्र में आती है, तो वह इन ब्लैक होल द्वारा खींच ली जाती है और अस्तित्वहीन होकर मिट जाती है।

एक ब्लैक होल स्वयं ही नष्ट हो जाने वाला एक बहुत विशाल नक्षत्र होता है। यह पृथ्वी भी उसकी तुलना में बहुत-बहुत छोटी है। सूर्य इस पृथ्वी से साठ हजार गुना बड़ा है और हमारा सूर्य भी एक मामूली नक्षत्र है। अंतरिक्ष में सूर्य से भी लाखों गुने विशाल महासूर्य और नक्षत्र हैं। जब ऐसा एक नक्षत्र नष्ट होता है अथवा उसकी मृत्यु होती है – तो उसमें तथा उसके आस-पास की प्रत्येक वस्तु को मरना होता है। जिसका जन्म होता है उसे मरना भी होता है। जब एक नक्षत्र की मृत्यु होती है, वह स्वयं ही अपने केन्द्र की ओर गतिशील होते हुए नष्ट होता है। उसमें बहुत विशाल गुरुत्वाकर्षण शक्ति होती है। इस गुरुत्वाकर्षण के कारण ही प्रत्येक चीज़ उसके द्वारा अंदर खींच ली जाती है। वह अपने चारों ओर एक बहुत बड़ा नकारात्मक वातावरण सृजित करता है और जो कुछ भी उसके निकट आयेगा। वह उसे अंदर चूसते हुए खींच लेगा।

आइन्सटीन के कथनानुसार सूर्य का प्रकाश भी और यहां तक कि उसकी किरणें भी जो उसके निकट जायेंगी वे भी वापस लौटने में समर्थ न हो सकेंगी। अब सामान्य रूप से सूर्य के प्रकाश को पकड़ कर रखना बहुत कठिन है, क्योंकि वह परावर्तित होता है। लेकिन ब्लैक होल से वह वापस परावर्तित न हो सकेगा और उसके द्वारा पकड़ा जाना वहीं नष्ट हो जायेगा।

वह व्यक्ति जो रिक्त है, एक छोटे ब्लैकहोल की भांति होता है। इसी वजह से तुम कभी किसी विशिष्ट व्यक्ति से मिलने पर बहुत अधिक थकावट का अनुभव करते हो। तुम उससे बचकर दूर रहते हो। उससे सड़क पर चलते हुए हैलो कहने पर भी तुम थकावट का अनुभव करते हो। ठीक तुम्हारे निकट से गुजरते हुए ही वह तुमसे कुछ ले लेता है, तुम्हारे अंदर ढेर सारी ऊर्जा नष्ट हो जाती है। तुम उस व्यक्ति को देखने भर से और उससे हैलो कहने भर से कंगाल बन जाते हो। वह एक रिक्त और नकारात्मक शून्य है। जो भी उसके निकट जाता है, वह उसकी ऊर्जा चूस लेता है। ऐसे लोग थका देने वाले परजीवी व्यक्ति हैं।

ठीक इससे विपरीत स्थिति होती है, जब एक ऐसा व्यक्ति तुम्हारे निकट से गुजरता है, जिसकी उपस्थिति मात्र ही ऊर्जावान होती है। अपनी उपस्थिति मात्र से ऐसा व्यक्ति ऊर्जा की वर्षा कर देता है। तुम धन्यभागी होते हो, जब भी तुम ऐसे व्यक्ति के सम्पर्क में आते हो, अचानक तुम शक्तिपात का अनुभव करते हो। तुम जैसे एक प्रपात के निकट होते हो। तुम शीतलता और शांति के साथ एक जीवंत स्फूर्त्ति का अनुभव करते हो। तुम अपने अंदर एक तरह की शक्ति और एक तरह का काव्य के एकसाथ उंमगने का अनुभव करते हो। तुम बार-बार ऐसे व्यक्ति के सम्पर्क में आना चाहते हो। ऐसे व्यक्ति के सान्निध्य में बने रहना ही जीवन की वृद्धि करता है।

ऐसी समृद्ध उपस्थिति वाला व्यक्ति अपनी ऊर्जा अपने चारों ओर उडेलता है। वह लोगों के पास इसीलिये जाता है, क्योंकि उसके पास देने के लिए बहुत कुछ है। वह दाता है। वह एक सम्राट है। यही कारण है कि पूरब में हम संन्यासियों को 'स्वामी' कहकर पुकारते हैं। स्वामी का अर्थ होता है – मालिक, एक वह जिसके पास बांटने के लिए कुछ है, जो भिखारी नहीं है।

एक वह व्यक्ति, जो रिक्त है, उसके पास अभी आत्मा भी नहीं है, वह एक भिखारी है। वह निरन्तर मांग रहा है, उसके पास भिक्षा पात्र है। वह तुमसे कुछ लेगा। यदि तुम भीड़ के बीच जाते हो और यदि तुम्हें जीवन के बारे में कोई भी समझ है और जिस तरह से ऊर्जा कार्य करती है, तो तुम्हें हमेशा यह अनुभव होगा कि भीड़ में से घर लौटने पर तुम्हारे अंदर जब तुम घर से गये थे, उसकी अपेक्षा तुममें से कुछ चीज़ कम हो गई है। तुम्हारे अस्तित्व का एक बड़ा भाग भीड़ द्वारा चूस लिया गया है। भीड़ हमेशा तुम्हें थकाती है, तुम्हें अंदर से रिक्त करती है, क्योंकि भीड़ में तुम 'समृद्ध उपस्थिति' का कोई भी मनुष्य नहीं पाओगे, तुम वहां केवल ऐसे व्यक्ति पाओगे, जो होते हुए भी अनुपस्थित हैं, तुम

ऐसे लोग पाओगे जो सोये-सोये से अर्द्धमूर्च्छित हैं, तुम केवल ऐसे लोग पाओगे जो अंदर से रिक्त हैं।

एक सद्गुरु की उपस्थिति बहुत जीवंत होती है। उसके पास आत्मा होती है, उसके पास पूर्ण प्रामाणिकता होती है, उसका अस्तित्व बहुत महत्वपूर्ण होता है। आत्मा को सृजित करना होता है – तुम ठीक अभी तो उसका एक निवास स्थान हो। तुम्हें अतिथि को बुलाने के लिए उसे उद्दीप्त करना होगा, तुम्हें अतिथि को आने के लिए आमंत्रित करना होगा। उसके लिए घर तो तैयार है, लेकिन अतिथि अभी तक आया नहीं है।

सूफ़ी कहते हैं – "जब तक तुम किसी जीवंत उपस्थिति के व्यक्ति के सान्निध्य में नहीं रहते, तुम उपस्थित बने रहने के ढंगों को कैसे सीख सकोगे?" एक सद्गुरु कुछ ऐसा ही होता है। एक सद्गुरु एक शिक्षक नहीं होता, एक सद्गुरु एक चुम्बकीय शक्ति होता है, उसकी उपस्थिति में एक विधायक ऊर्जा का चुम्बकीय क्षेत्र होता है।

सूफ़ी कहते हैं कि तुम जब कभी भी सद्गुरु के सान्निध्य में आते हो, तुम अपने पास बर्फ को महसूस करते हो, तुम अपार अनुग्रह से भर जाते हो। हिन्दुओं के सत्संग का भी यही अर्थ होता है – सद्गुरु के सान्निध्य में बने रहकर उसके अनुग्रह को प्राप्त करना। वह दे रहा है और तुम उसके प्रति अनुगृहीत नहीं हो, जबकि तुम उसके अनुग्रह को प्राप्त कर रहे हो, क्योंकि यदि तुम वहां नहीं भी होते, तब भी उसने बरसाया ही होगा अनुग्रह।

यदि कोई भी नहीं होता वहां, तो भी उसने दिया ही होता, क्योंकि देना बस स्वाभाविक है उसके लिए। जैसे सरिताएं प्रवाहित होती हैं, जैसे कोई फूल खिलता है और उसकी सुगंध चारों ओर फैल जाती है, इसलिए एक सद्गुरु के लिए यह एक स्वाभाविक चीज़ है। वह प्रस्फुटित हुआ है, उसका फूल खिला है और उसकी सुवास हवाओं ने चारों और फैला दी है। चाहे कोई व्यक्ति उसे ग्रहण करे अथवा नहीं, यदि कोई भी व्यक्ति उसे ग्रहण कर सकता है, तो उस पर आशीर्वाद बरस उठेंगे, और यदि कोई भी व्यक्ति उसे ग्रहण नहीं भी करता है, तब भी सद्गुरु अपना अनुग्रह बरसाता ही रहेगा। वह विशेष रूप से तुम्हारे लिए नहीं बरसाता अनुग्रह और सुवास – वह असहाय है, उसे बरसना ही है। ठीक जैसे एक दीये से प्रकाश झरता है और एक फूल से सुगंध, ठीक वैसी ही स्थिति एक सद्गुरु की भी होती है।

सूफ़ी ठीक कहते हैं। वे कहते हैं – एक सद्गुरु वह होता है, जो जानता है, जो समझता है और जो होता है। यह स्मरण रखने योग्य है : एक जो वह

होता है। जो वह वास्तव में होता है, उसके सान्निध्य में आना ही, इस मार्ग पर उठाया गया पहिला कदम है। उसके पहिले सभी कुछ व्यर्थ है, उसके पहिले सभी कुछ निष्फल और निराशाजनक है। तृप्त होने की शुरूआत केवल तभी होती है, जब तुम किसी ऐसे व्यक्ति से जुड़ते हो, जो पूर्ण तृप्त हो। एक सद्गुरु और एक शिष्य के मध्य यह संबंध, कोई तर्कपूर्ण विचार न होकर एक प्रेम संबंध होता है। वह सोच विचार की अपेक्षा एक अनुभव अधिक होता है।

इसलिये वे व्यक्ति जो बहुत अधिक सोच-विचार करते हैं, वे चूकते चले जाते हैं। केवल वे ही लोग जो अनुभव करते हैं, उससे संबंध जोड़ सकते हैं। स्मरण रहे – यह चक्र घटता ही है – चिंतन से तुम्हें अनुभव पर जाना होता है। सम्वेदनशील होना होता है। सम्वेदना और अनुभूति अधिक निकट है, तुम्हारे अंदर किसी ऐसी चीज़ से अधिक निकट जिसे अंतर्दृष्टि या अंतर्ज्ञान कहा जाता है। अंतर्ज्ञान से, चिंतन का बिंदु बहुत अधिक दूरी पर है। चिंतन एक तरह का अध्यापन है। तुम्हें दूसरों के द्वारा प्रशिक्षित किया जाता है – यह शिक्षण है। कुछ ऐसी चीज़ जो तुम्हें सिखाई नहीं जाती, और जो तुममें प्रस्फुटित होती है, वही अंतर्बोध है। किसी ने भी तुम्हें प्रशिक्षित नहीं किया है न किसी स्कूल ने, न किसी विश्वविद्यालय ने, और न ही किसी कॉलेज ने। किसी भी व्यक्ति ने इस बाबत तुमसे कोई भी चीज़ कही नहीं है, और उसी का तुम्हारे अंदर विस्फोट होता है – वही होता है अंतर्ज्ञान अथवा अंतर्बोध। तुम्हें कहीं भी जाने की कोई ज़रूरत नहीं होती, तुम्हें केवल स्वयं अपने ही अंदर जाने की ज़रूरत होती है। अनुभूति इसीलिए अंतर्ज्ञान के निकट है।

मैं असम्भव की आशा नहीं करता। मैं यह नहीं कहता – तुम ठीक अभी अंतर्ज्ञान को उपलब्ध हो जाओ – ऐसा तुम कर ही नहीं सकते। ठीक अभी यदि तुम कर सकते हो, तो एक ही चीज़ कर सकते हो – चिंतन करने से अनुभूति करने की ओर गतिशील हो जाओ – अभी इतना ही पर्याप्त होगा। तब अनुभूति से अंतर्बोध की ओर जाना बहुत सरल होगा। लेकिन चिंतन की स्थिति से अंतर्ज्ञान की ओर गतिशील होना बहुत कठिन है। यह दोनों कहीं मिलते ही नहीं, ये दो विपरीत छोर हैं। अनुभूति ठीक मध्य में है। अनुभूति या अनुभव से चिंतन और अंतर्ज्ञान की दूरी समान है। यदि तुम इस रास्ते से जाओ तो तुम चिंतन पर पहुंचोगे, यदि तुम उस रास्ते से जाओ तो अंतर्ज्ञान तक पहुंचोगे।

अनुभूति में दोनों ही मिलकर एक हो जाते हैं। अनुभूति या अनुभव में कुछ चीज़ चिंतन की होती है और कुछ चीज़ अंतर्ज्ञान की बनी रहती है। तब तुम चुनाव कर सकते हो।

सद्गुरु खोज लेने का अर्थ है – तुम्हारे मन में एक परिवर्तन होना। तब तुम्हें अधिक सम्वेदनशील बनना होगा। यदि तुम सभी तरह के विचारों के साथ एक सद्गुरु के पास जाते हो, तो वे विचार तुम्हें वहां होने की अनुमति नहीं देंगे। विचार पुल जैसा कार्य न कर, दीवारों जैसा कार्य करेंगे।

लोग इतने अधिक अकेले हैं, क्योंकि वे पुल निर्मित न कर दीवारें सृजित करते हैं – और तब वे दुःखी होते हैं। और वे दीवारें तुम्हारे द्वारा ही निर्मित की जाती हैं। जब तुम एक सद्गुरु की खोज कर रहे हो, स्मरण रहे कि तुम्हें चिंतन के बदले अनुभव करना होगा। जब तुम एक ऐसे व्यक्ति के पास आते हो, जिसकी जीवंत उपस्थिति को तुम अनुभव कर सको...यदि फिर भी तुम विचारों के जाल में उलझ जाते हो, उस जीवंत उपस्थिति का अनुभव तुम्हें भी होगा। वह इतनी विराट स्फूर्तिमय चीज़ है, कि तुम उसका अनुभव करोगे ही – लेकिन तब तुम्हें उसे अनुमति देनी होगी और तुम्हें अधिक-से-अधिक अनुभव के क्षेत्र की ओर सरकना होगा, जिससे तुम उस जीवंत उपस्थिति जो वहां है, उसके सम्पर्क में अधिक से अधिक आ सको। एक बार इस सम्पर्क में होने की शुरूआत हो जाये, तब यह तुम्हें अपने जीवन की महानतम यात्रा पर, सबसे बड़े साहसिक अभियान पर और अपार परमानंद की ओर ले जाता है।

सूफ़ी कहते हैं, पहिला कदम किसी ऐसे व्यक्ति के सान्निध्य में आना है, जिसकी उपस्थिति जीवंत हो। इससे पहिले सभी कुछ निराश करने वाला है, इससे पहिले वहां कोई जीवन है ही नहीं। केवल इसके बाद ही जीवन होता है। जीवन का प्रारम्भ तभी होता है, जब तुम एक सद्गुरु से जुड़ते हो। इससे पहिले इससे पूर्व, वह केवल एक सपना था, एक मृगतृष्णा थी। इससे पूर्व केवल विचार, विचार और विचार थे, उनका एक मरुस्थल था। केवल अनुभव का ही पूर्ण विकास होता है, विचारों का कभी विकास नहीं होता। विचार तो बांझ और असृजनात्मक होते हैं, क्योंकि वे उधार लिए हुए होते हैं। वे कभी मौलिक नहीं होते। विचारों से एक भी वास्तविक चीज़ का सृजन नहीं किया जा सकता, विचारों से किसी भी प्रामाणिक चीज़ की खोज नहीं की जा सकती। विचार बहुत नपुंसक होता है। जो कुछ भी जाना गया है, वह अनुभव से जाना गया है, जो कुछ भी खोजा गया है अनुभव और अनुभूति से ही खोजा गया है, जो सभी कुछ है वह अनुभव और अनुभूति से ही सृजित किया गया है।

दूसरी सीढ़ी या कदम है – समर्पण... और तब वहां और अधिक सीढ़ियां हैं ही नहीं। पूरा मार्ग केवल दो कदम उठाने से ही पूरा हो जाता है। पहिला है किसी

ऐसे व्यक्ति के सम्पर्क में आना, जो परमात्मा के साथ सम्पर्क में हो, और दूसरा है उसको समर्पण कर देना। सूफ़ी कहते हैं कि दो साधारण से कदम ही पर्याप्त हैं। इन दो कदमों में ही लाखों मीलों की यात्रा पूरी हो जाती है। पहिला कदम ही सबसे अधिक श्रमपूर्ण है। एक बार तुम ऐसी जीवंत उपस्थिति के निकट आ गए, फिर धीमे-धीमे तुम समर्पण करना शुरू कर दोगे। तुम अधिक समय तक प्रतिरोध नहीं कर सकते। असली चीज़ है – सम्पर्क में आना।

कभी-कभी ऐसा भी होता है कि तुम उसके सम्पर्क में तो नहीं आते, और तुम समर्पण कर देते हो। तब तुम्हारा यह समर्पण नकली है, तब तुम्हारा समर्पण बुद्धि से आया है। तब तुम बहाना बना रहे हो कि तुमने समर्पण किया है, लेकिन तुमने समर्पण किया नहीं है। यह केवल एक व्यूह रचना है – तुम जीवंत उपस्थिति वाले व्यक्ति का शोषण करना चाहते हो। उसका शोषण करने का कोई रास्ता है ही नहीं। तुम कुछ चीज़ प्राप्त करना चाहते हो। तुम सोचते हो – 'ठीक है, यदि समर्पण करना ही शर्त है, तो मैं समर्पण करूंगा। लेकिन तुम्हारा समर्पण नहीं बन सकता। समर्पण तो घटता है, तुम उसे कर नहीं सकते, तुम उसकी इच्छा नहीं कर सकते। यदि तुम उसे करते हो, तो उसे अनकिया भी कर सकते हो। समर्पण तो एक घटना है।

इसलिए कदम के बाद कदम उठाओ। और वहां केवल दो ही कदम हैं। पहिले तो एक सद्गुरु की जीवंत उपस्थिति के साथ उसके रस रंग में पूरी तरह डूब जाओ, उसकी शराब पीकर मदमस्त हो जाओ – और तब समर्पण अपने-आप घटता है। तुम अनुभव करना शुरू करते हो कि तुम नीचे झुक रहे हो। जल्दबाजी मत करो। कभी-कभी ऐसा भी होता है कि तुम चीज़ों को बहुत जल्दबाजी में करते हो, खास तौर से आज के युग में, और यह जल्दबाजी करना ही एक समस्या बन जाता है। यहां प्रत्येक व्यक्ति जल्दी में है, वह प्रत्येक चीज़ को बहुत तेजी से तुरंत करना चाहता है। इसलिए यदि तुम एक सद्गुरु के पास आते हो और तुम वहां सुनते हो कि समर्पण करना ज़रूरी है, तुम समर्पण करने को तैयार हो जाते हो। तुम कहते हो – समर्पण क्यों नहीं? हमें इसे भी देखना चाहिए। यदि कुछ चीज़ घटती है, तो अच्छा है; यदि कुछ चीज़ नहीं भी घटती है, तो इस बारे में खोने के लिए कुछ भी तो नहीं है। लेकिन ऐसा समर्पण सहायता न करेगा। यह वह समर्पण नहीं है, जिसके बाबत सूफ़ी बताते हैं, इसी वजह से वह कहते हैं कि यह दूसरा कदम है, पहिला नहीं। पहिला तो एक सद्गुरु की जीवंत उपस्थिति में बने रहना है।

यहां एक संन्यासी है प्रघोष, जो बार-बार मुझे पत्र पर पत्र लिखे चले जाता

है – 'भगवान! आखिर आप मुझे बहुत साधारण और सामान्य क्यों लगते हैं?' मैंने अभी तक उसका उत्तर नहीं दिया था, लेकिन अब उत्तर देने का ठीक समय आ गया है। मैं साधारण लगता ही नहीं, मैं साधारण और सामान्य ही हूं। लेकिन उसकी समस्या क्या है? मैं अपने साधारण होने से ज़रा भी चिंतित नहीं हूं, मैं उसके साथ अत्यधिक प्रसन्न हूं। इसलिए प्रघोष कठिनाई में क्यों है? उसकी मुसीबत यह है कि वह मुझे बहुत-बहुत असाधारण देखना चाहता है। एक ऐसा व्यक्ति जो चमत्कार अथवा कुछ ऐसी ही चीज़ कर सके। उसके दिमाग में कुछ व्यर्थ की चीज़ें चल रही हैं। वह मुझसे राख या भभूत अथवा स्विस घड़ियां चमत्कार से उत्पन्न कराना चाहता है अथवा कुछ ऐसे ही चमत्कारों के किये जाने की अपेक्षा करता है। वह एक सद्गुरु की नहीं, एक जादूगर की खोज में है।

सूफ़ी चमत्कारों में विश्वास नहीं करते। उनके विचार में यह मूर्खता है और केवल मूर्ख लोग ही चमत्कारों के प्रति आकर्षित होते हैं। एक सद्गुरु तो एक साधारण व्यक्ति होता है, अति सामान्य। एक सद्गुरु इतना अधिक साधारण होता है कि उसके पास किसी भी तरह का अहंकार नहीं होता। सभी असाधारणताएं एक तरह का अहंकार है। एक सद्गुरु साधारण रूप से 'कोई भी नहीं' होता है। उसकी साधारणता 'कोई नहीं-कुछ नहीं' की होती है। केवल वे लोग ही जो हीनता की ग्रंथि से ग्रसित होते हैं, असाधारणता की खोज करते हैं। यदि कोई भी अपने घर वापस लौट आया है, तो फिर वहां असाधारणता की खोज होती ही नहीं, फिर वहां किसी विशेषता की खोज होती ही नहीं। साधारण बने रहने में ही इतना अधिक असाधारण सौंदर्य है।

लेकिन मैं उसकी कठिनाई समझ सकता हूं। वह मेरे द्वारा अहंकार की सैर करना चाहता है। वह इसीलिए परेशान है – भगवान किसी भी तरह का कोई चमत्कार नहीं कर रहे हैं। वह संन्यासी है, लेकिन यह किस तरह का समर्पण है? यह समर्पण है ही नहीं। वह अभी तक मेरे सान्निध्य में आया ही नहीं, उसने अभी तक मेरी उपस्थिति का अनुभव ही नहीं किया, उसने अभी तक वह प्राप्त ही नहीं किया जिसे मैं जुड़ना या संबंध स्थापित करना कहता हूं। मैंने अभी तक उसका स्पर्श नहीं किया और न उसने ही मुझे छुवा। और वह संन्यासी है। वह ज़रूर ही किसी शीघ्रता में है। उसे थोड़ी सी प्रतीक्षा करना चाहिए था।

ठीक दूसरे ही दिन उसकी स्त्री ऊर्मि मेरे पास आई और वह रोती हुई बता रही थी – 'आखिर क्या किया जाये भगवान? प्रघोष मुझे एक ऐसे ऊंचे सिंहासन पर बिठा देता है। वह लगभग यह सोचता है, जैसे कि मैं एक देवी हूं, और तब वह मुझे अपराध बोध का अनुभव कराता है, क्योंकि मैं एक मनुष्य हूं। वह मुझसे

एक देवी बनने की अपेक्षा करता है, और यदि मैं एक देवी की भांति व्यवहार नहीं करती, तब वह मुझे अपराध बोध का अनुभव कराता है। जब वह अपनी कहानी में अपनी पीड़ा को जोड़ रही थी, तो मैं सोच रहा था – 'तो ऐसा वह तेरे साथ भी कर रहा है? ऐसा ही वह मेरे साथ भी करना चाहता है। वह मुझे भी एक ऊंचे सिंहासन पर बिठाना चाहता है – एक चमत्कारी मनुष्य अथवा कुछ असाधारण विशेषताओं वाला मनुष्य बनकर, जो होता नहीं है।

एक बार उसने मुझे उच्च सिंहासन पर बैठा दिया फिर वह मुझे नियंत्रित करना चाहेगा। तब वह मुझ पर शक्तिशाली बनकर हावी होना चाहेगा, क्योंकि नियंत्रण उसके हाथों में होगा। यदि वह सिंहासन से मुझे नीचे उतारना चाहता है तो वह ऐसा कर सकता है, क्योंकि सिंहासन तो उसका ही है। यही सभी कुछ वह अपनी स्त्री के साथ भी कर रहा है। पहिले वह ऊंचे सिंहासन पर बिठलाता है और तब उसे कष्ट देता है। वह शक्तिशाली बन जाता है।

अहंकार कैसी-कैसी चालबाजी के खेल खेले चले जाता है। तुम्हें इसका निरीक्षण करना है। सतह पर तो यह ठीक उल्टा दिखाई देता है – कि वह कितना विनम्र व्यक्ति है, और अपनी स्त्री को एक ऐसे उच्च स्थान पर प्रतिष्ठित करता है कि वह जैसे एक देवी है। तुम सोचोगे कि वह बहुत विनम्र व्यक्ति है। ऐसा वह नहीं है। वह बहुत चालबाज है, वह बहुत राजनीतिक बन रहा है। और हो सकता है कि ऐसा वह सचेतन रूप से न कर रहा हो, वह ठीक उसकी अचेतन रूप से अहंकार यात्रा हो सकती है। एक बार तुमने अपनी स्त्री को देवी जैसा बना दिया तो तुम शक्तिशाली बन गये। तब वह एक मनुष्य बनकर नहीं जी सकती, तब तुम उसमें दोष ढूंढ़ सकते हो, और तब वह तुमसे डरेगी। डरेगी इसलिए, क्योंकि तुम किसी भी समय उसे नीचे उतार सकते हो। ऐसा ही सब कुछ वह मेरे साथ भी करना चाहता है।

पहिले वह मुझे उच्च स्थान पर प्रतिष्ठित करना चाहता है, तब वह शक्तिशाली बन जाता है। अब ज़रा इस खेल को देखो तो। एक शिष्य भी सदगुरु के ऊपर शक्तिशाली बनना चाहता है। यदि मैं एक साधारण व्यक्ति हूं, तब वह फिर और शक्तिशाली नहीं बन सकता, तब जो मैं हूं, उसकी अपेक्षा वह मुझे कहीं भी किसी नीचे स्थान पर नहीं रख सकता। मैं तो ठीक समतल भूमि पर खड़ा हूं – वहां से नीचे वह मुझे कहां रख सकता है? तब उसके पास कोई शक्ति नहीं रह जाती। अन्यथा वह मेरे पास आ सकता है और मुझसे कह सकता है – 'भगवान! आप इतने ऊंचे स्थान पर बैठे हैं, इसे मत करें, और ऐसा मत कहें।'

मैं इसका निरीक्षण करता रहा हूं। इन तीस वर्षों में मैं लाखों लोगों के सम्पर्क

में आया, और मेरा एक निरीक्षण यह भी रहा है – कि प्रत्येक व्यक्ति सदगुरु को नियंत्रित करना चाहता है। लोग मेरे पास आते हैं और वे कहते हैं – "आपको ऐसा नहीं कहना चाहिये, क्योंकि इससे आपकी छवि नीचे गिरेगी। आपको यह बात नहीं कहनी चाहिये थी।"

ठीक कुछ ही दिनों पूर्व एक भारतीय मेरे पास आया और वह कहने लगा – "आपको समलैंगिकता के बारे में बात करनी ही नहीं चाहिये, भले ही यदि कोई व्यक्ति इस बारे में प्रश्न ही क्यों न पूछ रहा हो। और यदि यह गलत नहीं भी है तो भी आपको ऐसा नहीं कहना चाहिये, अन्यथा लोग सोचेंगे कि आप समलैंगिकता का समर्थन करते हैं।" वह कह रहा था कि मेरा यह वक्तव्य मेरी छवि की चमक को मटमैला कर देगा।

इन पिछले बीस वर्षों में लोग मुझे सभी तरह की चीज़ों के लिए सुझाव देते रहे हैं; आपको यह नहीं करना चाहिये, आपको यह नहीं कहना चाहिये। मैं, कभी जैन परिवारों में ठहरा करता था। वे मुझसे कहते थे – "आपको रात्रि में भोजन नहीं करना चाहिये, क्योंकि यदि आप रात्रि में भोजन करते हैं और किसी व्यक्ति को यह जानकारी मिल गई, तो वे लोग आश्चर्य करेंगे कि आप किस तरह के संत हैं?" अब यदि मैं उनके सिंहासन के अनुसार बनूं तो मुझे भूखा रहना होगा।

मैं एक बार बिनोबा जी के आश्रम में रुका और मैं सुबह छः बजे सोकर उठा। बिनोबा जी तीन बजे ही उठ जाते थे। इसलिए उनके शिष्य मेरे पास आये और उन्होंने कहा – 'आप यह क्या कर रहे हैं? आपको सुबह तीन बजे ही उठना चाहिये, अन्यथा इस आश्रम के लोग आश्चर्य करेंगे कि आप किस तरह के संत हैं – क्योंकि हम संतों को सुबह तीन बजे उठता हुआ देखने के अभ्यस्त बन गये हैं।'

मैंने उनसे कहा – "यह सोचो ही मत कि मैं एक संत हूं – मैं छः बजे तक ही सोने जा रहा हूं। आप मेरे बारे में क्या सोचते हैं उसका कोई मूल्य नहीं है। मैं आपका संत बनने के लिए अपनी नींद में बाधा डालने नहीं जा रहा हूं। इस बारे में भूल ही जायें, यही अच्छा है।"

बहुत सारे सलाहकार हैं, जो कहते हैं – 'आपको यह नहीं करना चाहिये, आपको वैसा नहीं होना चाहिये, आपको यह नहीं कहना चाहिये, आपको इस पर टिप्पणी नहीं करनी चाहिये।' और वे सभी सोचते हैं कि वे मुझसे प्रेम करते हैं, और सभी यह सोचते हैं कि वे मेरे अनुसरणकर्ता और शिष्य हैं। वे केवल अपने सद्गुरु की जन सामान्य में अच्छी छवि बनाये रखने के लिए ही बस केवल उसकी सहायता कर रहे हैं। और वे लोग कहे चले जाते हैं – 'हम यह नहीं कहते कि

आप गलत हैं, हम केवल आपकी जन सामान्य में छवि बनाये रखने के लिए ही ऐसा कह रहे हैं।'

अब यह प्रघोष मुझे ऊंची गद्दी पर बिठाना चाहता है, जिससे वह शक्तिशाली बन सके। तब यदि मैं उस ऊंची गद्दी पर विराजमान बना रहना चाहता हूं, तो मुझे प्रघोष की ओर देखते रहना होगा। कहां है प्रघोष? अन्यथा मैं इस ऊंची गद्दी पर न बना रहूंगा। कौन बिठायेगा मुझे उस ऊंचे आसन पर? स्मरण रहे प्रघोष, मुझसे असाधारण बनने की अपेक्षा करना, यह केवल तुम्हारा अहंकार है। तुम एक असाधारण व्यक्ति के शिष्य बनना चाहते हो, तब तुम्हारा अहंकार बहुत-बहुत बड़े होने और तृप्त होने का अनुभव करेगा।

मैं एक साधारण व्यक्ति हूं, और मैं पूरी तरह से साधारण हूं। मैं साधारण दिखाई ही नहीं देता – यह फिर एक तरकीब है, एक चालबाजी है। वह मुझसे पूछ रहा है – 'आप इतने साधारण क्यों दिखाई देते हैं?' वह यह नहीं कह रहा है – 'आप साधारण हैं।' वह यह विश्वास ही नहीं कर सकता कि मैं साधारण हूं। हो सकता है मैं साधारण होने का केवल बहाना बना रहा हूं, तब वहां उसके लिए कुछ आशा है। किसी दिन या अन्य दूसरे दिन मैं अपने असाधारण चमत्कार दिखलाऊंगा। प्रघोष, तुम आशा के विरुद्ध आशा कर रहे हो। ऐसा होने नहीं जा रहा है। मैं पूर्ण रूप से एक साधारण व्यक्ति हूं। ऐसा नहीं है कि मैं बहाने बना रहा हूं अथवा साधारण बनने का कोई खेल खेल रहा हूं। मैं साधारण हूं। और क्योंकि मैं साधारण हूं, तुम्हारे लिए वहां समपर्ण करने की सम्भावना है। और मैं ऐसी कोई भी चीज़ करने नहीं जा रहा हूं, जो तुम्हें ऐसी कोई धारणा दे सके कि मैं असाधारण हूं, मैं कोई भी चीज़ करने नहीं जा रहा हूं। केवल तभी तुम्हारा समर्पण सच्चा और प्रामाणिक होगा।

यदि तुम एक साधारण व्यक्ति को समर्पण कर सकते हो, तो अहंकार विसर्जित हो जायेगा। सूफ़ी कभी भी कोई चमत्कार नहीं करते। सूफ़ी हमेशा ही से बहुत-बहुत साधारण लोग हैं। सूफ़ी धर्म की आधारभूत चीज़ों में यह एक है – क्योंकि सदगुरु का अस्तित्व तुम्हें समर्पण करने में सहायता करने के लिए होता है, और वह केवल तभी सहायता कर सकता है, जब वह 'कोई नहीं' कुछ नहीं होता है। यदि वह 'कोई भी' है, तो उससे जुड़ने पर तुम्हें भी अपने 'कुछ होने' का अनुभव होगा। तुम्हें यह महसूस करते हुए अच्छा लगेगा कि तुम कोई सामान्य व्यक्ति नहीं हो, तुम तो अब एक असाधारण व्यक्ति हो।

'कोई नहीं' से जुड़ने को ही समपर्ण कहा जाता है। और समर्पण के द्वारा ही तुम यह देख और समझ सकोगे कि सामान्य जीवन भी कितना अधिक सौंदर्य और

अनुग्रह से भरा हुआ है। ये वृक्ष भी साधारण हैं, ये पक्षी भी साधारण हैं, यह आकाश तथा पृथ्वी भी साधारण और सामान्य हैं, और परमात्मा भी साधारण है। वहां कोई भी अहंकार नहीं है, इसलिए असाधारण होने की कौन करता है फिक्र? पूरा अस्तित्व साधारण है, लेकिन यह साधारणता कितनी अधिक मनोहारी है कि इतनी अधिक ऊर्जा और इतने अधिक आशीर्वाद बरस रहे हैं। और साधारण बनना ही धार्मिक होना है।

जो लोग भी यहां मेरे साथ हैं और जो वास्तव में मेरे साथ जुड़े हुए हैं, वे इस बात को जानेंगे कि मैं किस बाबत बातचीत कर रहा हूं। असाधारण होने की इतनी तीव्र उत्कंठा क्यों? प्रद्योष में निश्चित रूप से किसी तरह की कोई हीनता की ग्रंथि है, इसलिए वह किसी श्रेष्ठतम व्यक्ति की खोज कर रहा है। यदि वह सर्वश्रेष्ठ नहीं हो सकता, तो कम से कम किसी श्रेष्ठतम व्यक्ति का अनुसरणकर्त्ता तो हो ही सकता है। लेकिन यह प्रवृति हीनता की ग्रंथि से ही निकल रही है। समर्पण करने में तुम सर्वोत्तम समर्पण कर देते हो – अपनी हीन भावना, अपने श्रेष्ठ होने की अवधारणा, अपना अहंकार और अपनी विनम्रता, तुम सभी का एक साथ समर्पण कर देते हो। समर्पण तो पूरा ही पूरा होना चाहिए। तुम अपने आप को एक पोटली में बांधकर, सद्गुरु के चरणों में रख देते हो और कहते हो – अब इस क्षण से मैं विसर्जित हो गया। और उसी क्षण से फिर वहां कोई प्रश्न नहीं रह जाता।

उस क्षण से फिर वहां कोई भी प्रश्न कैसे बना रह सकता है। तब तुम सद्गुरु से कोई भी प्रश्न नहीं पूछते। पूछना ही समाप्त हो जाता है। समर्पण करने से पहिले तुम जितने प्रश्न पूछना चाहो, पूछ सकते हो, लेकिन एक बार तुमने समर्पण कर दिया, फिर पूछने की कुछ आवश्यकता ही नहीं है। और यदि प्रश्न पूछना फिर भी जारी रहता है, यदि तुम अभी भी संशय और संदेह से भरे हो, तब समर्पण अभी घटा ही नहीं है।

पहिला कदम है सद्गुरु के साथ सम्पर्क में आना और दूसरा है समर्पण। और सूफ़ी कहते है – तब यात्रा पूरी हो जाती है।

कैसे खोजा जाये एक सद्गुरु को? निश्चित रूप से विचारों के द्वारा नहीं। चिंतन करने से तुम अपने आप को गाड़ी की उसी पुरानी लीक पर, अतीत ही में बनाये रखोगे। सोच-विचार से तो तुम वही पुराने बने रहोगे और नये होने की सारी सम्भावनाओं को अवरुद्ध कर दोगे। और ज़रा अपने अंदर निरीक्षण करना, तुम सोच विचार ही करते रहते हो, तुम्हारे अंदर निरन्तर चटर-पटर अथवा अंतर्वार्ता

चल रही है। यहां तक कि मुझे सुनते हुए भी। ज़रा अपने अंदर झांक कर देखो, चटर-पटर वहां निरन्तर जारी है। वहां एक स्थायी अंतर्वार्त्तालाप चल रहा है।

यह अंदर की बातचीत तुम्हारे अखण्ड अस्तित्व को विभाजित कर देती है। एक बार यह अंतर्वार्त्तालाप कुछ ही क्षणों के लिए मिटता है। तुम अखण्ड अस्तित्व के साथ अपने सद्गुरु के साथ, अपनी प्रेमिका या प्रेमी के साथ और परमात्मा के साथ एक हो जाते हो। जब भी तुम किसी भी चीज़ के साथ एकत्व जोड़ना चाहते हो – अपनी स्त्री के साथ, अपने पुरुष के साथ, अपने सद्गुरु के साथ, परमात्मा के साथ अथवा अस्तित्व के साथ – जब कभी भी तुम किसी चीज़ से एक हो जाना चाहते हो, या लयबद्ध होना चाहते हो, तो इस अंदर की बातचीत को विसर्जित करना होगा। केवल यही एक अवरोध है।

इस अंतर्वार्त्तालाप को छोड़े बिना तुम एक सद्गुरु को नहीं पा सकते हो। बहुत से लोगों के मनों में यह प्रश्न उठता है – एक सद्गुरु को कैसे खोजा जाये? तुम्हें मौन हो जाने के ढंग सीखने होंगे। और जब तुम किसी ऐसे व्यक्ति के सान्निध्य में आते हो जिसकी उपस्थिति जीवंत हो, शान्त होकर मौन बैठ जाओ। अपने विखरे अस्तित्व को एक साथ जोड़ो, शान्त हो जाओ, कोई सोच विचार न करो – क्योंकि सोचना एक गतिविधि है – बस अपने में डूब जाओ। यह कठिन होगा, लेकिन यदि तुम प्रयास करो, तो कुछ क्षणों के लिए यह घटेगा। ये बहुत छोटे-छोटे क्षण होते हैं, ठीक अंतराल जैसे, ये आते हैं और चले जाते हैं। लेकिन इस अंतराल में भी एक बिजली की कौंघ की तरह कुछ चीज़ तुम पर उतरती है। तुम किसी चीज़ से जुड़ जाओगे, अलग हो जाओगे, फिर जुड़ जाओगे और अलग हो जाओगे लेकिन ऐसा घटेगा। और एक बार तुमने किसी भी व्यक्ति का परस पा लिया, जो 'कुछ' है, तो एक क्षण के लिए भी तुम उसके स्वाद को जान लोगे। यहां तक कि उसकी एक बूंद भी तुम्हें उसका स्वाद दे देगी। और तब दूसरे सभी स्वाद मिटना शुरू हो जाते हैं, तब वह स्वाद केवल तुम्हारा ही स्वाद बन जाता है। तब सभी कामनाएं, उस एक कामना में समाहित हो जाना शुरू हो जाती हैं – कि कैसे इस व्यक्ति के साथ ही बने रहा जाये और कैसे उसके साथ समग्रता से रहा जाये? ओर प्रतिदिन यह प्यास विकसित होती जाती है, और एक दिन अचानक तुम पाते हो कि तुम्हारा समर्पण घट गया। तुम पाओगे कि तुम समर्पित हो गए। तुम उसके प्रति सचेत नहीं थे, तुम समर्पण करने की कोई योजना नहीं बना रहे थे और वह घट गया।

अंतर्वार्त्तालाप, उसी पुराने 'मैं' में बने रहने का ढंग है, यह अतीत के साथ मिलकर रहने का ढंग है,और यह अहंकार में बने रहने का भी ढंग हैं। और तुम

निरन्तर सोचते रहते हो, दिन रात सोचते रहते हो। एक अंतर्धारा की तरह यह हमेशा प्रवाहित होती रहती है। एक बार यह टूट जाए, तुम अंतर्ज्ञान के जगत में जा पहुंचोगे। अंतर्ज्ञान, वहां ठीक अंतर्वार्त्तालाप की पर्त के पीछे ही छिपा बैठा है, इसलिए सीखना यही है कि कैसे बिना अंतर्वार्त्तालाप के रहा जाये। एक सद्गुरु को खोजने का यही एक रास्ता है। और यह सीखने को तुम्हारे लिए यह आसान होगा कि तुम सागर-तट पर बैठकर गरजती लहरों को देखो, और जब उन्हें देखते हुए, उसके बारे में सोचने को कुछ न रह जाये, तो तुम बस उन्हें देखते चले जाओ। घास पर लेटे हुए आकाश को देखते हुए, रात में सितारों की ओर देखते हुए और वृक्षों का निरीक्षण करते हुए, सोचने को वहां कुछ अधिक रह ही नहीं जाता। वहां सितारों के बाबत सोचने की कोई भी आवश्यकता नहीं है। वे वहां हैं, और इतनी अधिक सुंदरता से वहां चमक रहे हैं कि तुम भी ठीक उनके साथ बने रह सकते हो।

पहिले प्रकृति के साथ बने रहना सीखो, क्योंकि प्रकृति शान्त और मौन है। वह कोई भी प्रत्युत्तर नहीं देती, वह कोई भी भाषा जानती ही नहीं। इसलिए तुम अंतर्बातचीत के तल के नीचे गिरने में समर्थ हो सकोगे। और तब खोज शुरू करो और तब एक ऐसे व्यक्ति की ओर देखना शुरू करो जिसके पास एक जीवंत उपस्थिति हो। जब तुम एक ऐसे व्यक्ति के निकट आते हो जिसके पास अपनी जीवन्त उपस्थिति है, तुम अचानक देखोगे कि तुम ऊर्जा से भर गये हो, तुम एक नई लय से तरंगित होने लगे हो। तुम्हारे अंदर एक नृत्य प्रविष्ट हो गया है। तुम्हारे अस्तित्व का प्रत्येक कोष और रेशा धड़कने लगा है। तुम किसी ऐसी चीज़ के बहुत निकट हो, जो अत्यधिक विराट है, जो अविश्वसनीय है।

बुद्ध के बारे में यह कहा जाता है जिस दिन वह बुद्धत्व को उपलब्ध हुए, उस दिन से पूर्व दिन में, कुछ घंटों पूर्व से उन्हें यह अनुभव होना शुरू हो गया कि कोई अत्यधिक विराट चीज़ ठीक कोने में चारों और विद्यमान थी। वह उन्हें जैसे पागल बना रही थी। वह ठीक से समझ नहीं पा रहे थे कि क्या चीज़ थी, लेकिन वहां कोने में चारों ओर कुछ चीज़ थी अवश्य, और जैसे कुछ घटने जा रहा था। वह आग्रह या तात्कालिक आवश्यकता, अत्यधिक उनके आर-पार से गुज़र रही थी। ठीक कुछ ही घंटों बाद, अंतिम क्षण पर वह बुद्धत्व को उपलब्ध हो गए...यह लगभग एक गर्भवती महिला जैसी स्थिति थी। उसके नौ महीने पूरे हो चुके थे और किसी भी क्षण वह उत्पन्न होने जा रहा था, बच्चा जन्म लेने जा रहा था। लेकिन वह गर्भवती महिला जानती है, उसके पास कुछ देखने और समझने के लक्षण हैं – वहां बच्चा उसके गर्भ में ठोकर मार रहा है। लेकिन जब

तुम बुद्धत्व को उपलब्ध होने जा रहे हो, तो कुछ भी दृष्टिगत नहीं होता, लेकिन कोई चीज़ नाभि में झटके दे रही होती है।

बुद्ध उस वृक्ष के नीचे बैठे हुए थे, जहां वह बुद्धत्व को उपलब्ध हुए, और एक स्त्री ने एक बर्तन में उन्हें कुछ मिठाई भेंट दी। वह खीर या मिठाई खाकर, उस बर्तन को धोने नदी तट पर गये। और 'वह' आ रहा था, वह सर्वत्र छाया हुआ था, वह उसे अनुभव कर सकते थे। वह इतना अधिक आवश्यक बन गया, कि उन्होंने कुछ ऐसा किया, जो इससे पूर्व उन्होंने कभी भी नहीं किया था। उन्होंने उस पात्र को जल में डाल दिया और कहा – किसी विशिष्ट एक सत्ता को नहीं, स्वयं अस्तित्व से ही कहा – 'यदि कुछ घटने जा रहा है, मुझे उसका कुछ संकेत दें। मुझे पागल मत बनाएं।'

बुद्ध किसी परमात्मा में विश्वास नहीं करते थे, इसलिए वह परमात्मा को सम्बोधन नहीं कर सकते थे, वह किसी विशिष्ट व्यक्ति से भी बात नहीं कर रहे थे, वह केवल अस्तित्व से ही बात कर रहे थे, अथवा स्वयं ही से कह रहे थे – 'यदि यह बर्तन धारा के विरुद्ध तैरना शुरू कर दे, तो यही इस बात का संकेत होगा और तब मैं संतुष्ट हो जाऊंगा, कि कुछ चीज़ घटने जा रही है – क्योंकि यह मुझ पर अत्यधिक भार बन गई है।' और यह कहानी बहुत सुंदर है। कहानी कहती है कि उस पात्र ने धारा के विरुद्ध बहना शुरू कर दिया और कुछ ही क्षणों में वह ऊपर की ओर धारा में लुप्त हो गया। तब बुद्ध संतुष्ट हुए। तब उन्होंने वृक्ष के नीचे विश्राम किया। हां, वह घटने ही जा रहा था। और सुबह होते-होते वह घट ही गया।

यह केवल एक कहानी है। इसका शाब्दिक अर्थ मत निकालो। यह मत सोचो कि वह बर्तन वास्तव में धारा के विरुद्ध ऊपर की ओर बहने लगा। यह प्रामाणिक रूप से यही बताती है कि परमात्मा के साथ संबंध बनाना उतना ही व्यर्थ की चीज़ है, जितना कि बर्तन का धारा के विरुद्ध तैरना। यह तथाकथित सभी नियमों के विरुद्ध है, गुरुत्वाकर्षण के नियम के विरुद्ध है। यह उन सभी तथाकथित नियमों के विरुद्ध है, जिनके प्रति हम सचेत हैं। यह एक नयी घटना है, इसमें नये नियम कार्य कर रहे हैं। सभी चीज़ें ऊपर नीचे हैं। जो इससे पूर्व कभी भी नहीं घटा है, वही घटने जा रहा है। चेतना हमेशा खाली थी और वह पूरी भरने जा रही है। चेतना हमेशा बाहर की ओर जा रही है। अब चेतना अंदर की ओर जा रही है। यही अर्थ है पात्र के धारा के विरुद्ध बहने का। चेतना हमेशा नीचे की ओर प्रवाहित होती है, अब वह ऊपर की ओर उठ रही है; यही

अर्थ है – पात्र के धारा के विरुद्ध ऊपर की ओर बहने का। एक नया नियम अपना नया रास्ता बना रहा है।

एक सद्गुरु के साथ जुड़ना एक नये संसार की शुरूआत है। इसके लिए तुम्हें पुराने का बलिदान करना होगा। और पुराने को बलिदान करने के सिवा, किसी भी अन्य चीज़ की ज़रूरत नहीं है – केवल अंतर्वार्त्तालाप का ही बलिदान देना है। यही तुम्हें पुराने ढांचे में बंदी बनाये रखती है।

इसी संसार को छोड़ देना है, यही वह संसार है, जिसका परित्याग करना है। और यही है वह, जिसे समर्पण कहते हैं, जब तुमने कोई नई चीज़ देख और समझ ली है, जिसे तुमने पहिले कभी नहीं देखा था, जब तुमने एक ऐसे व्यक्ति की उपस्थिति का अनुभव कर लिया, जो परमात्मा जैसा ही व्यक्ति है, तब जिस चीज़ की ज़रूरत है, वह यह है कि तुम अपने अंदर चल रही बातचीत को समर्पित कर दो, तुम झुक जाओ।

पूरब में यह प्रतीकात्मक है – शिष्य अपने सिर को सद्गुरु के चरणों पर रख देता है। यह केवल प्रतीकात्मक है; इसका तुम्हारे भौतिक सिर से कोई लेना-देना नहीं है। यह केवल एक प्रतीक है। सिर प्रतीक है मन या बुद्धि का, सोच विचार का। शिष्य अपने मन को सद्गुरु के चरणों पर रखकर कहता है – 'अब आप ही देखभाल करें।' और सद्गुरु उसकी देखभाल करता है।

वास्तव में, जब तुम एक सद्गुरु को समर्पण करते हो, तो तुम्हें कुछ भी समर्पित नहीं करना होता। कभी एक क्षण के लिए भी यह मत सोचना कि तुमने कोई बहुत महान कार्य किया है। वास्तव में, सद्गुरु इतना अधिक करुणावान रहा है कि उसने तुम्हें स्वीकार कर लिया, क्योंकि अब जिम्मेदारी उसकी ही होगी। यही अर्थ है इस कहानी का।

कभी वहां एक सूफ़ी-सद्गुरु रहता था, जो यह सुनिश्चित करना चाहता था, कि उसकी मृत्यु के बाद उसके शिष्य अपने पथ प्रदर्शन के लिए एक सच्चा-सद्गुरु खोज सकें।

न केवल अपने जीवित रहने तक एक सद्गुरु तुम्हारी सहायता करेगा, बल्कि अपने मरने से पूर्व भी वह तुम्हारे लिए आवश्यक प्रबन्ध कर जायेगा। वह सभी व्यवस्था इसलिए करेगा, क्योंकि वे लोग जो उस पर श्रद्धा रखते हैं, उन्हें बीच ही में न छोड़ा जाये। वह सूफ़ी सद्गुरु ठीक अपनी मृत्युशय्या पर पड़ा था। थोड़े

से शिष्य ही उसके निकट पहुंच सके थे, उनमें भी थोड़े से लोग तो उपलब्ध हो चुके थे, लेकिन काफी लोग अभी भी संघर्ष कर रहे थे। अब यह स्मरण रहे कि इस सद्गुरु के पास बहुत से शिष्य ज़रूर पहुंचे होंगे। वे लोग एक प्रशिक्षक की भांति कार्य क्यों नहीं करते? जानना एक चीज़ है, पर जानकर दूसरों की सहायता करना बिल्कुल दूसरी बात है। प्रत्येक बुद्धत्व को उपलब्ध व्यक्ति एक सद्गुरु नहीं होता और न प्रत्येक शिक्षक बुद्धत्व को उपलब्ध होता है। इस बारे में ऐसे लोग भी हैं जो एक अच्छे शिक्षक हैं महान प्रशिक्षक हैं, वे बहुत सुंदर प्रशिक्षण दे सकते हैं।

प्रशिक्षित करने की अपार क्षमता के साथ अथवा चीज़ों को स्पष्ट करने के लिये वे बहुत पारंगत लोग हो सकते हैं, लेकिन हो सकता है उन्होंने स्वयं को ही न जाना हो। तब वह सभी कुछ जो वे सिखाने का प्रयास कर रहे हैं, उधार लिया हुआ और मृत है। और इस बारे में ऐसे भी लोग हैं, हो सकता है उन्होंने स्वयं को तो जान लिया हो, लेकिन वे प्रशिक्षित करने में समर्थ नहीं हैं – क्योंकि बस जान लेने के साथ, प्रशिक्षण देने का कोई संबंध नहीं है।

उदाहरण के लिए, हो सकता है तुमने बहुत सुंदर सूर्योदय देखे हों, लेकिन इसका यह अर्थ नहीं है कि तुम उनको चित्रित भी कर सकते हो, कि तुम घर वापस लौटकर अपने बच्चों के लिए उन्हें दिखाने को उसका चित्रण कर सकते हो कि देखो – यह रही वह सुहानी सुबह जो मैंने देखी थी। और यह भी सम्भव है कि यदि किसी व्यक्ति को तुम उस सुंदर सुबह का वर्णन करते हो, जिसने उसे न देखा हो और वह एक चित्रकार हो, तो वह उसे बिना देखे ही उसका चित्रण कर सकता है। और उसके बनाये चित्र तुम्हारे चित्रों की अपेक्षा कहीं अधिक सुन्दर होंगे। तुम्हारे बनाये चित्र कुछ भी तो नहीं होंगे। वे उसकी कोई भी धारणा नहीं देंगे, जो कुछ तुमने देखा है अथवा जिसके बाबत तुम बात कर रहे हो।

अंतर्यात्रा के साथ भी यही स्थिति है। यहां ऐसे प्रशिक्षक हैं जिन्होंने उसे सुना या जाना नहीं है, लेकिन जो बहुत कुशल और पारंगत हैं, और यहां ऐसे सद्गुरु भी हैं, जिन्होंने 'उसे' जाना है, लेकिन वे अभिव्यक्त करने में कुशल नहीं हैं। दुर्लभ घटना तो तब घटती है, जब एक सद्गुरु एक अच्छा प्रशिक्षक भी हो, जब बुद्धत्व को उपलब्ध व्यक्ति कुशल और पारंगत भी हो। उसने उसे जाना है, और उसमें वह क्षमता और कला भी है, जो उसे जताने में दूसरों की भी सहायता कर सके।

यह सूफ़ी सद्गुरु अपनी देह को छोड़ रहा था। वहां उसके थोड़े से शिष्य ऐसे ज़रूर होंगे जो बुद्धत्व को उपलब्ध हो गये थे, लेकिन वे कुशल शिक्षक नहीं

थे। इसलिए उसे ज़रूर ही चिंतित होना चाहिए था कि आखिर उन शिष्यों का क्या होगा, जो बीच ही में अटके हुए हैं। एक सद्गुरु को उन्हें भी सहायता उपलब्ध करानी चाहिए थी। उसे ज़रूर कोई ऐसा ढंग खोजना था जिससे वे एक सद्गुरु को खोज सकें।

अब सूफ़ियों के कार्य करने के ढंग बहुत अजीब और निराले हैं, लेकिन वे जानते हैं कि कैसे काम किया जाये। वह सद्गुरु उनसे यह कह सकता था – 'जाओ हज़रत अली के पास जाओ' – हजरत अली, मुहम्मद साहब, के दामाद थे। वह कह सकते थे – 'अली के पास जाओ'। यह कहना बहुत आसान हुआ होता, लेकिन ऐसा किया जाना ठीक न होता। वह चाहते थे कि वे लोग स्वयं उसकी खोज करें – क्योंकि जब तक स्वयं ही कोई चीज़ खोजते हो, तभी वह अत्यधिक मूल्यवान होती है। जब कोई चीज़ करने को कहता है और तुम उसे करते हो, तो वह इतनी अधिक मूल्यवान नहीं होती। तब तुम अपना कर्त्तव्य पालन कर रहे होते हो।

जब सद्गुरु अपने प्राण छोड़ रहा है, यदि वह कहता है – 'जब मैं मर जाऊं तो तुम हसन अली के पास जाना और उस बुजुर्ग व्यक्ति का अनुसरण करना, तो तुम कहोगे – क्या हमें हसन अली के पास जाना ही होगा? तुम हजरत अली को पसन्द कर सकते हो अथवा तुम उन्हें पसन्द नहीं भी कर सकते हो – यह एक तरह का दायित्व और कर्त्तव्य बन जायेगा। तब तुम उसके महत्व से ही चूक जाओगे। सद्गुरु चाहता है कि तुम नये सद्गुरु की खोज करो। सद्गुरु चाहता है कि तुम अंधेरे में टटोलो, जिससे जब तुम उसे खोज लोगे, और तुम्हारे पास यह अनुभूति होगी कि तुमने ही उसकी खोज की है। याद रखने योग्य सबसे अधिक महत्वपूर्ण चीज़ों में यह एक है।

वे लोग जिन्होंने मुहम्मद को खोजा, उनसे उन्हें बहुत लाभ हुआ। लेकिन अब वहां करोड़ो मुसलमान हैं। उन लोगों ने स्वयं मुहम्मद को नहीं खोजा है, उनके पिता ने उन्हें उनके बाबत में बतलाया था। वह स्वयं उनकी अपनी खोज न थी। अब वे ठीक कामचलाऊ कुनकुने मुसलमान हैं, जैसे कि वहां बहुत से कुनकुने ईसाई हैं। वे पहले शिष्य, जिन्होंने जीसस को खोजा था, वे उन्हें पाकर रोमांचित थे। उन लोगों ने वास्तव में स्वयं ही किसी खास व्यक्ति को खोजा था। उनका पूरा जीवन रूपान्तरित हो गया था। लेकिन अब तुम्हारे पिता कहते हैं – 'क्राइस्ट ही रक्षक है। क्राइस्ट ही हमारी रक्षा करता है, वही मुक्तिदाता है। तुम जीसस की शरण में जाओ।' और वे तुम्हें चर्च में ले जाते हैं। तुम अनिच्छा से वहां जाते हो, क्योंकि कोई भी दूसरे के सत्य को पसन्द नहीं करता। जीवन में यही मूल व्यवस्था है। ऐसा होना स्वाभाविक है कि कोई व्यक्ति किसी दूसरे

के सत्य को पसन्द नहीं करता, क्योंकि किसी अन्य व्यक्ति का सत्य तुम्हारे लिए एक झूठ है।

इसलिए सद्गुरु यह कह सकता था कि तुम हजरत अली के पास जाओ। और यह बहुत सरल बात थी। अली वहां उसी स्थान में रहते थे और वह बहुत ख्यातिप्राप्त व्यक्ति थे। मुहम्मद साहब के अपूर्व अनुयाइयों में से एक, और वह एक महान अंतर्दृष्टि के व्यक्ति थे। सद्गुरु कह सकते थे – "मैं अब मर रहा हूं। अब तुम्हारे लिए उस पथ पर जिस पर मेरे साथ तुम अनुसरण करते हुए चल रहे थे, चलना कठिन होगा। तुम अली के पास चले जाओ, वह तुम्हारी सहायता करेंगे। लेकिन तब वह बुनियादी चीज़ से चूक गये होते : क्योंकि सद्गुरु की खोज करनी होती है। तुम्हें जोखिम उठानी होती है, तुम्हें खोज करनी होती है, तुम्हें समर्पण करना होता है। वह बहुत सुरक्षात्मक चीज़ हुई होती, जब वृद्ध सद्गुरु से तुमने इस बाबत सुना होता और यह कहा होता – "ठीक है, आप जब मर जायेंगे, हम अली के पास चले जायेंगे।' यह सरल तो हुआ होता, लेकिन इससे कोई सहायता न मिलती।

इसीलिए बूढ़े सूफ़ी सद्गुरु ने एक बहुत अजीब विधि सृजित की।

इसलिए उसने एक विधि सम्मत और बाध्यकारी वसीयत करते हुए उत्तराधिकार में सत्रह ऊंट इस आदेश के साथ छोड़े...

ऊंटों के साथ घूमने वाला एक दरवेश ज़रूर होना चाहिए। वह ज़रूर ही अपने शिष्यों के साथ अपने देश में चारों ओर भ्रमण करता होगा। वह सत्रह ऊंट इस आदेश के साथ उत्तराधिकार में छोड़ता है –

तुम सभी ऊंटों को आपस में इस अनुपात में बांटोगे – कि सबसे अधिक पुराने शिष्य के पास आधे ऊंट होंगें, बीच में आने वाला शिष्य एक तिहाई और सबसे बाद का आने वाला शिष्य एक बटा नौ ऊंट पायेगा।

अब यह बहुत अजीब, बेहूदी और अतर्कपूर्ण वसीयत है – लेकिन सद्गुरु अतर्कपूर्ण ही होते हैं, वे तर्क के बारे में अधिक फिक्र करते ही नहीं। उसने इसका प्रयोग एक विधि के रूप में किया। यह कुछ ऐसी चीज़ थी, जो गणित के नियमों के अनुसार नहीं की जा सकती थी।

जैसे ही उसकी मृत्यु हुई, उसकी वसीयत पढ़ी गईं पहिले तो शिष्यों को अपने सद्गुरु की सम्पत्ति की ऐसी अकुशल वितरण-व्यवस्था पर आश्चर्य हुआ।

उन सभी को बहुत आश्चर्य हुआ। वे लोग ज़रूर ही थोड़े से संशय में पड़ गए होंगे, क्योंकि यह आखिर किस तरह की व्यवस्था की गई थी?

सत्रह ऊंट : जिसके आधे दिया जाना है – इसलिए एक ऊंट को मार कर उसके टुकड़े करने होंगे। तब एक तिहाई भाग दिया जाना है – इसलिए थोड़े से और ऊंटों को जिबह करना होगा। इस तरह से तुम जीवित जानवरों का बंटवारा कैसे कर सकते हो? यह कितना अधिक निरर्थक है। यह विचार उन लोगों के मनों में ज़रूर आया होगा – क्या यह शख़्स पागल था अथवा बुढ़ापे के कारण सनकी बन गया था? वह बहुत अधिक वृद्ध हो गये थे, इसलिए हो सकता है कि उन्हें चीज़ों का विभाजन किस तरह करना चाहिये, इसकी धारणा ही खो गई हो।'

यह इतना अधिक बेतुका और इतना अधिक उजड्ड विभाजन है। ज़रूर ही संदेह उठना ही चाहिए, और उन सभी का उलझन में पड़ जाना ज़रूरी था। वहीं उसकी विधि थी। सद्गुरु यही चाहता था कि वे उलझन में पड़ जायें। अब इसका यदि निरीक्षण करो तो तुम्हें आश्चर्य होगा। हो सकता है तुम महत्वपूर्ण बात समझ ही न पाये हो।

इससे पहिले तुम नया सद्गुरु चुन सको, पुराने सद्गुरु को मिटना ही होगा – अन्यथा तुम नया सद्गुरु कैसे चुन सकते हो? उस वृद्ध सद्गुरु ने बहुत कुशल और निर्दोष विधि खोजी। पर वह इतनी अधिक असंगत और मूर्खतापूर्ण लगती थी कि वे लोग इस पर हंसे होंगे। उन्होंने कहा होगा – 'यह बूढ़ा आदमी चुक चुका था, इसलिए अच्छा हुआ कि वह मर गया और अब हम स्वतंत्र हैं। यह अच्छा है कि अब हमें कहीं और जगह खोजनी होगी। यदि यह शख़्स अभी भी जीवित रहा होता, तो हम लोगों को अभी भी उसी से बंधकर रहना होता, क्योंकि वह तो पागल हो गया था।'

सद्गुरु ने स्वयं ही अपने को निंदित बनाया था, जिससे वे लोग अतीत के सद्गुरु और उसकी स्मृति से लटके न रहें, जिससे कि अतीत उनके लिए मर जाये और एक अध्याय समाप्त हो जाये उनके लिए, और वे अपने-अपने जीवन का नया अध्याय प्रारम्भ कर सकें।

कुछ लोगों ने कहा – हमको इनका सामूहिक प्रयोग करना चाहिए।

अब तर्क प्रविष्ट हो गया; अब उन लोगों ने इस बारे में सोचना शुरू कर दिया कि आखिर किया क्या जाये? वसीयत के आदेश की तो, जैसा कि वह था प्रतिपूर्ति नहीं हो सकती थी, इसलिए उन्होंने कोई रास्ता ज़रूर खोजा होगा। अब चिंतन और व्याख्याएं होना शुरू हो गया।

किसी व्यक्ति ने सुझाव दिया – 'हमको इनका सामूहिक प्रयोग करना चाहिए।' वे लोग कोई रास्ता निकालने की कोशिश कर रहे थे।

कुछ अन्य लोगों ने सलाह लेने के बाद कहा – 'हम लोगों से निकटतम सम्भव विभाजन करने को कहा गया है।

इसलिए किसी बुद्धिमान व्यक्ति को, किसी विद्वान को निश्चित रूप से यह सुझाव देना चाहिए, 'यह साधारण' सी बात है। सबसे अधिक निकटतम विभाजन कर लो। बेवकूफ मत बनो। तुम लोगों को ऊंटों को मारने-काटने की कोई ज़रूरत नहीं है, केवल जितना सम्भव हो उतना ही निकटतम विभाजन कर लेना है, जो करीब-करीब ठीक ही होगा।'

लेकिन स्मरण रहे, सूफ़ी लोग लगभग या करीब-करीब सत्य पर विश्वास नहीं करते। वे बहुत शुद्धतम सत्य पर आस्था रखने वाले लोग हैं। उनका वही अर्थ होता है, जो वे कहते हैं, और वे वही कहते हैं, जो उनका अर्थ होता है।

पहिले तो शिष्यों ने आपस में ही विचार विमर्श कर सोचा कि अच्छा यही है कि हम ऊंटों का सामूहिक प्रयोग करें। सभी की सामूहिक सम्पत्ति होना, यह निकटतम समाधान था। तब वे लोग दूसरे लोगों से पूछने गये। अब चीज़ें सद्गुरु के उद्देश्य से दूर, बहुत दूर जाना शुरू हो गईं।

कुछ लोगों ने कहा – 'इनका निकटतम सम्भव विभाजन कर लो।' कुछ अन्य लोगों ने कहा – एक न्यायाधीश के द्वारा इन ऊंटों को बेचकर धन बांट लो...

अब चीज़ें अत्यधिक दुनियादारी से भरी बन गईं, 'यही पूरी तरह से ठीक है। फिक्र क्यों करते हो? तुम लोग आपस में धन का बंटवारा कर सकते हो, बस ऊंटों को बेच दो।'

और तब दूसरे लोगों ने वसीयत में की गई व्यवस्था की बात उठाते हुए कहा – 'इन सभी तरीकों से वसीयत की शर्त पूरी न होने से वह विभाजन अमान्य होगा, क्योंकि उसके प्रतिबन्धों का निर्वहन न हो सकेगा।'

यह बहुत दूर की बात है। कुछ लोगों ने कहा – 'ऐसा होना सम्भव ही नहीं है। इस पूरे विचार को ही छोड़ दो। यह वसीयत ही प्रभावहीन और व्यर्थ है, क्योंकि पहिली बात तो यह कि इसका क्रियान्वयन किया ही नहीं जा सकता।"

अब इस बारे में बहुत सारी व्याख्याएं हो गईं। शिष्यों ने चिंतन करना शुरू किया। जब एक सद्गुरु तुम्हें एक आदेश देता है, उस पर विचार नहीं करना है, उसे तो बस सुनना भर है, उस पर तो ध्यान करना होता है, न कि गहन विचार-विमर्श अन्यथा तुम उसके सन्देश से ही चूक जाओगे। तुम्हें उस पर ध्यान करना है, तुम्हें उसे अपने गर्भ में धारण करना है, तुम्हें उसके साथ विश्राम करना है। तुम्हें उसे अपने अंदर हृदय में रखना है और प्रतीक्षा करनी है, उसे अपने अंदर रखते हुए केवल प्रतीक्षा करना है। उसे स्मरण रखो और प्रतीक्षा करो। उसकी व्याख्या करना शुरू मत करो। तुम्हारे निकाले गये अर्थ तुम्हारे अपने अर्थ और व्याख्याएं हैं, और वे अर्थहीन होने ही जा रही हैं। और वे न केवल अर्थहीन हैं, वे हानिप्रद भी बन सकती हैं।

एक व्यक्ति, जिसे बीस वर्ष जेल में बिताना था, उसने अपनी समझ, उस कोठरी में रहने वाली एक चींटी को मित्र बनाकर उसे अपना सहभागी बनाने में लगाई। उसने उसके लिए अपनी दियासलाई की डिब्बी में एक दो मंजिला मकान भी बना दिया। अपने अवकाश के घंटों में उस अपराधी ने एक बहुत छोटा सा गिटार भी बनाया और पांच वर्षों तक वह चींटी को गिटार बजाना और गीत गाना सिखाता रहा। जाड़े की लम्बी रातों में चींटी अपने हितैषी को गाने-बजाने के कार्यक्रम से महान संतोष और आनंद देती।

अगले पांच वर्षों में उसने चींटी को नाचना सिखाया और जब वह बारह वर्ष का था, तो वह एक कुशल बांसुरी वादक था।

जैसे ही उसकी रिहाई का दिन आ पहुंचा, उस अपराधी को यह अनुभव होना शुरू हुआ कि उसके अधिकार में एक ऐसे महानतम टेलीविजन शो का प्रदर्शक बनने का अवसर है, जैसा आज तक न हुआ है। और वह धनी होने के साथ प्रसिद्ध भी हो जायेगा।

जेल से छूटते ही वह भूतपूर्व अपराधी अपने आजाद होने का उत्सव मनाने निकटतम पब पर जा पहुंचा। उसने पूरी बोतल शराब लाने का आर्डर दिया और शराब पीते हुए बार काउन्टर पर अपनी जेब से दियासलाई निकाल कर रखी और अपनी चींटी को हिलाकर जगाया और उससे एक मधुर संगीत की धुन बजाने का अनुरोध किया। इस अवसर पर चींटी उठी और 'दी हार्ट नोट डाउन' का प्यारा गीत प्रस्तुत करने लगी। वह बहुत मादक और आकर्षक था। उसी बार के स्वामी ने आनन्द के अतिरेक से भरकर उस चींटी की ओर आदर से सिर झुकाकर बारमैन से कहा – तुम्हारा इस बारे में क्या ख्याल है?

तभी बारमैन ने अपना हाथ ऊपर उठाकर काउन्टर पर नीचे पटकते हुए उस चींटी को मार डाला।

उसने कहा – "मुझे इस बारे में अफसोस है श्रीमान! पर यह मौसम गर्मी का है और चींटियां आ ही जाती हैं।"

अब इस बारमैन के पास अपनी व्याख्या और अपना अर्थ है। उसने उस चींटी की ओर ध्यान से देखा ही नहीं। वह ज़रूर एक रोज़मर्रा की ही चीज़ होनी चाहिए – कभी कोई व्यक्ति या ग्राहक उसे पुकार कर कहता था – 'देखो! मेज पर चींटी है', और वह उसे मारकर कहता था – यह गर्मी का मौसम है, चींटियां आ ही जाती हैं।

अब इसने सबसे अधिक मूल्यवान चींटियों में से एक को मार डाला। ऐसा तभी होता है, जब तुम अपनी व्याख्या कर अपना अर्थ निकालते हो।

सद्गुरु ने एक महान विधि छोड़ी थी। एक युक्ति या उपाय किया था, जिसके द्वारा उसके शिष्य अपना नया सद्गुरु खोजने चल पड़े। वे सभी चीज़ें, जिनके उन्हें सुझाव दिए गए थे, उसकी वसीयत के उद्देश्य के विरुद्ध थे और किसी भी व्यक्ति के पास, ऐसा कोई विचार था ही नहीं जिसमें सद्गुरु की बात का कोई संकेत तक हो, जो कि सद्गुरु का वास्तव में अर्थ था।

एक बूढ़ी आयरिश कैथोलिक स्त्री अपनी मृत्यु शैय्या पर लेटी थी। अंतिम संस्कार के बाबत आदेश देने को पादरी साहब को बुलाया गया। पादरी ने उसका हाथ अपने हाथ में लेकर कहा – 'अब मेरी!' क्या तुम जानती हो कि तुम अब कहां जा रही हो? जानती हो न?

– जी धर्मपिता! मैं जानती हूं।

– और तुम अपने पूरे जीवन भर बहुत नेक रही हो, तुमने कोई पाप नहीं

किया है, तुमने प्रतिदिन अपनी प्रार्थनाओं का पाठ किया है और एक धार्मिक महिला बनकर रही हो।

– 'आह! धर्मपिता, आप ठीक कह रहे हैं; मैं हमेशा एक अच्छी कैथोलिक बनकर रही हूं।' मेरी ने उत्तर दिया।

फादर पैट्रिक ने कहा – 'तब मेरी। तुमसे पूछने को मेरे पास एक प्रश्न है।

– ओह हां! धर्मपिता! आप मुझसे कुछ भी पूछ सकते हैं?

– फिर ठीक है मेरी, जो मैं जानना चाहता हूं वह यह है, क्या तुम अपने ताबूत में सफेद लाइनिंग लगवाना चाहती हो या बैंगनी?

मेरी ने पूछा – धर्मपिता! इनमें फ़र्क क्या है?

पादरी ने उत्तर दिया – 'यदि तुम वास्तव में एक नेक महिला बनकर रही हो, तुम बहुत वासनायुक्त नहीं थीं, कभी किसी से अवैध संबंध नहीं रखे, कभी चोरी नहीं की, कभी ईर्ष्यालु बनकर नहीं रहीं, लालच नहीं किया, प्रभु के नाम का प्रयोग करते हुए अभिमान या गर्व नहीं किया और एक अच्छी कैथोलिक बनकर रही हो, तब तुम्हारे ताबूत में सफेद लाइनिंग लगाई जायेगी। लेकिन यदि तुम एक पापी, वासनामय हो, तुमने अवैध संबंध स्थापित किए हैं, लालची, घमंडी, ईर्ष्यालु रही हो, तुमने चोरी की है, परमात्मा के नाम का प्रयोग गर्व में भरकर किया है और एक बुरी कैथोलिक बन कर रही हो तो तुम्हारे ताबूत में बैंगनी लाइनिंग होगी। अब मैं तुमसे जानना चाहता हूं कि तुम अपने ताबूत में किस रंग की लाइनिंग चाहती हो?"

मेरी ने अपनी आंखें बंद कीं, एक क्षण सोचा, फिर कहा – फिर ठीक है धर्मपिता! मैं चाहती हूं लाइनिंग सफेद रंग की ही हो, पर उसमें यहां वहां थोडे से बैंगनी रंग की भी झलक हो।

तुम्हारी व्याख्याएं और अर्थ तुम्हारे मन के ही प्रतिबिम्ब बनने जा रहे हैं। तुम जो कुछ कहते हो, वही टकरा कर वापस मुड़ता है। इसलिए जब कोई सद्गुरु तुम्हें कोई विधि देता है, तुम्हें उसके बारे में सोच विचार नहीं करना है – अन्यथा तुम उससे चूक जाओगे। चिंतन निश्चित रूप से मार्ग से भटका देता है। तुम्हें उस पर ध्यान करना है। और ध्यान करने का अर्थ चिंतन नहीं है, उसका प्रामाणिक अर्थ है तुम्हें होशपूर्ण बनाए रखना है। तुम्हें वहीं बनाए रखना है, जिससे तुम उसे विस्मरण न कर दो – तुम शांत बैठे हुए, अपना होश बनाये रखते हुए, उसे कभी भूलो मत, बस सभी कुछ इतना ही है। उस बारे में विधायक रूप से

कोई भी काम न करते हुए, ठीक वहीं बने रहो। और देर-सबेर कुछ चीज़ तुम्हारे अंदर ही खिलेगी और तुम्हें एक दृष्टि मिलेगी। और वह दृष्टि ही उस विधि या उपाय का अर्थ होगी। उसका अर्थ जानने के लिए तुम्हारे अंतर्वार्त्तालाप को मिटना होगा। यदि तुम्हारे अंदर की बातचीत जारी रहती है...

केवल इतना ही नहीं कि शिष्यों ने उस बारे में स्वयं चिंतन किया, वे अन्य लोगों के पास पूछने गये। अब यह पूरी तरह मूर्खता थी। इसके बाबत एक न्यायाधीश के पास करने को था क्या? वह कोई कानूनी मसला नहीं था। वास्तव में वह एक वसीयत थी भी नहीं। सद्गुरु की ऊंटों के साथ कोई दिलचस्पी थी ही नहीं कि उनका बंटवारा कैसे किया जाए। एक सद्गुरु की दिलचस्पी ऐसी व्यर्थ की चीज़ों में कैसे हो सकती है?

तब वे लोग एक वकील के पास गये। अब इसके साथ वकील का संबंध ही क्या? इसका कानून से कुछ भी लेना-देना नहीं है। इसके इस सामान्य संसार के साथ भी कोई लेना-देना नहीं है। उन लोगों को फिर बुद्धिमान लोगों के पास जाना ही चाहिए था – तथाकथित बुद्धिमान लोग – जो संसार के तौर-तरीकों में बुद्धिमान हों, चालाक, नाप- तौल कर कदम उठाने वाले चालबाज हों। इन्हीं लोगों ने वे सभी सुझाव दिए, लेकिन वे शिष्य सौभाग्यशाली थे कि किसी भी व्याख्या में उलझे नहीं।

> तब उन लोगों ने गहन विचार विमर्श और चिंतन छोड़ दिया और समझा – कि सद्गुरु की वसीयत में ज़रूर ही वहां कोई रहस्यमय चीज़ छिपी हुई है, इसलिए उन्होंने यह खोजना शुरू कर दिया कि ऐसा कौन शख़्स है जो अनसुलझी समस्याओं का समाधान कर सके।

तब ठोकरें खाकर वे लोग निष्कर्ष पर पहुंचे, कि यह समस्या अनसुलझी ही बनी दिखाई देती है। जो भी समाधान दिए गए वे संगत और ठीक नहीं लगे। कोई भी समाधान पूरी तरह से स्थिति के अनुरूप नहीं लग रहा था। समस्या का कोई भी समाधान नहीं दिखाई दे रहा था, और जैसे-जैसे उन लोगों ने दूसरों से सलाह ली, वह और अधिक उलझ गईं इसलिए अब उनकी चेतना में एक विचार उठा – उन्हें किसी ऐसे व्यक्ति की खोज करनी चाहिए, जो अनसुलझी समस्याओं को हल कर सकता हो। यही है वह चीज़ जिसे ज़ेन में लोग 'कुआन' कहते हैं – एक अनसुलझी समस्या। उसे हल किया जा सकता है, लेकिन उसे तर्क वितर्क और

बुद्धि से हल नहीं किया जा सकता। वह हल होती है – अंतर्बोध की शक्ति से। वह हल होती है शब्दों और आंकड़ों द्वारा नहीं, मौन के द्वारा। वह हल होती है – परिपूर्ण मौन में। अब वे लोग उस महत्वपूर्ण चीज़ के निकट आ रहे थे। इसलिए उन्होंने ऐसे व्यक्ति की खोज करनी शुरू की, जो अनसुलझी समस्याओं का समाधान कर सके।

अब सूफ़ियों को अनसुलझी समस्याओं को हल करने वाले के रूप में जाना जाता है। वास्तव में सारी महान समस्याएं हल न होने योग्य हैं क्योंकि जीवन एक रहस्य है, उसे हल नहीं किया जा सकता। और सूफ़ियों की दिलचस्पी रहस्य में है, न कि उसे हल करने में। सभी धार्मिक लोगों और सारी धार्मिक खोज का संबंध अनसुलझे रहस्यों से है।

पहिले वे लोग मजिस्ट्रेट, वकील, मेयर और इसी तरह के लोगों के पास गये। तब वे सचेत हुए कि यह समस्या हल होने वाली प्रतीत नहीं होती और कोई भी समाधान ठीक प्रतीत नहीं होता। इसलिए उन्होंने विचार किया – "हल लोगों को किसी ऐसे व्यक्ति के पास जाना चाहिए, जिसकी दिलचस्पी अनसुलझी समस्याओं और जीवन के रहस्य में हो।"

उन्होंने प्रत्येक को आज़माया, पर असफल हुए, आखिरकार वे पैंगम्बर के दामाद हजरत अली के दरवाजे पर गये।

उन्होने कहा – "तुम्हारी समस्या का समाधान यह है – मैं उस संख्या में अपना एक ऊंट शामिल कर दूंगा। अब अट्ठारह ऊंटों में से तुम आधे अर्थात नौ ऊंट सबसे पुराने शिष्य को दोगे। दूसरा यानी बीच वाला कुल ऊंटो के योग का एक तिहाई अर्थात छः ऊंट ले लेगा। आखिरी शिष्य कुल ऊंटों का एक बटा नौ, जो दो ऊंट होते हैं, ले सकता है। यह सभी मिलाकर सत्रह होते है।"

अब बचा मेरा एक ऊंट, वह मुझे वापस करना होगा।

सूफ़ी कहते है कि तुम्हारी समस्याएं हल नहीं की जा सकतीं, क्योंकि जैसी वे हैं, वे व्यर्थ की हैं, सद्गुरु तुममें कुछ चीज़ अपनी आत्मा की जोड़ता है। यही अर्थ है पूरी कहानी का।

वहां सत्रह ऊंट हैं। तुम उलझन में पड़े हो। तुम ही वे सत्रह ऊंट हो। वहां कोई भी चीज़ किसी भी तरह सुलझ नहीं सकती, जब तक कि तुम एक ऐसे व्यक्ति के सम्पर्क में न जाओ, जो करुणावान हो, जो न केवल तुम्हारी समस्या

को सुलझाने को तैयार हो, बल्कि तुम्हारे साथ उलझन में भी शामिल होने को तैयार हो – यही अर्थ है इस कहानी का। यह कहानी बहुत अधिक सुंदर और बोध पूर्ण है।

वे लोग बहुत से लोगों के पास गये, लेकिन किसी को भी यह ख़्याल न आया कि उन ऊंटों में एक ऊंट शामिल कर दिया जाए – और एक बार जब ऊंटों की संख्या अट्ठारह हो जाए, तो चीज़ें आसान बन जांएगी, उनका विभाजन हो सकेगा।

एक सद्गुरु वही होता है जो तुम्हारे साथ उलझन में शामिल होने को तैयार हो। जब तुम सद्गुरु को समर्पण करते हो, वह अपने सारे दरवाज़े तुम्हारे लिए खोल देता है, वह तुम्हारे लिए उपलब्ध और प्राप्य होता है, वह तुम्हारे साथ उलझन में शामिल हो जाता है। तुम उसके प्रति वचनबद्ध होते हो, और वह तुम्हारे साथ वचनबद्ध होता है। तुम किसी भी चीज़ का समर्पण नहीं करते। तुम्हारे पास समर्पण करने को कुछ है भी नहीं। तुम केवल उसी चीज़ का समर्पण करते हो, जो तुम्हारे पास होती ही नहीं और सद्गुरु तुम्हें वह देना शुरू कर देता है, जो उसके पास है।

अब वे लोग एक समस्या लेकर आये। वह समस्या अपने आप में हल होने वाली थी नहीं, लेकिन हजरत अली ने उसे हल कर दिया। और वह उपाय यह था कि उन्होंने उन ऊंटों में अपना एक ऊंट शामिल कर दिया। इसलिए पहिली चीज़ यह याद रखने की है कि एक सद्गुरु वह होता है जो तुम्हें अपना अस्तित्व दे सकता है, जो तुम्हारे साथ सहयोगी बन सकता है, जो तुम्हारे पास आकर तुम्हारा हाथ थाम सकता है, जो तुम्हारी समस्या को अपनी समस्या मान सकता है, वह एक दर्शक की भांति बाहर खड़े होकर सोचता नहीं, वह एक साझीदार बन जाता है।

जब तुम मेरे पास अपनी समस्याओं को लेकर आते हो, तो एक क्षण के लिए भी कभी यह मत सोचना कि मैं एक बुद्धिमान व्यक्ति की तरह दूर तुमसे अलग खड़ा हुआ तुम्हें सलाह दे रहा हूं – नहीं, ऐसा एक क्षण के लिए भी मत सोचना। मैं तुम्हारे साथ तुम्हारी समस्या में शामिल हो जाता हूं, मैं तुम ही बन जाता हूं, मैं तुम्हारे साथ तुम्हारे स्थान पर ही खड़ा हो जाता हूं। तुम्हारी समस्या मेरी समस्या बन जाती है, केवल तभी मैं तुम्हारी सहायता कर सकता हूं। जब तक 'मैं,' 'तुम' ही न बन जाऊं, मैं तुम्हारी सहायता नहीं कर सकता। जब तक मैं, तुम ही न बन जाऊं, मैं तुम्हें समझ भी नहीं सकता हूं – फिर सलाह देने के

बारे में बात करना ही फिजूल है। जब तक तुम्हारी समस्या, मेरी समस्या बनना शुरू नहीं होती है, जब तक तुम्हारी समस्या से मैं चारों ओर से घिर नहीं जाता, वहां उसके हल करने का कोई अन्य उपाय ही नहीं है। एक उपचारक और एक सद्गुरु के मध्य यही अंतर है।

एक मानसिक उपचारक बाहर खड़ा रहता है। वह तुम्हारी सहायता करने को अपना पूरा अनुभव और ज्ञान लगा देता है। और एक सद्गुरु? – वह कोई भी अनुभव प्रस्तुत नहीं करता, उसके पास कुछ है ही नहीं। वह तुम्हारी सहायता करने के लिए ज्ञान नहीं लगाता, क्योंकि उसके पास कुछ है ही नहीं। वह अपना अस्तित्व और अपना जानना प्रस्तुत करता है। वह तुम्हें अपना ज्ञान नहीं, अपनी आंखें ही तुम्हें उधार दे देता है, वह तुम्हें कुछ समय के लिए अपनी दृष्टि अपनी स्पष्टता और पारदर्शिता दे देता है। वह एक क्षण के लिए 'तुम' ही बन जाता है। जिन्होंने मुझसे प्रेम किया है, इसे समझ जायेंगे। उनसे बात करते हुए मैं उनकी समस्या के साथ इतना अधिक जुड़ जाता हूं कि वे लोग लगभग एक निरीक्षण कर्त्ता बन जाते हैं। फिर वह मेरी समस्या बन जाती है। और जब वह सद्गुरु की समस्या बन जाती है, सहायता मिलना शुरू हो जाती है। इसी वजह से शिष्य का सर्वात्म समर्पण आवश्यक है, जिससे सद्गुरु आ सके और तुम्हारे अस्तित्व के साथ गहरे में तुमसे मिल सके।

> तुम्हारी समस्या का समाधान यह है : मैं उस संख्या में अपना एक ऊंट शामिल कर दूंगा। अब अट्ठारह ऊंटों में तुम आधे अर्थात नौ ऊंट सबसे पुराने शिष्य को दे दोगे। दूसरा यानी कि बीच वाला शिष्य कुल ऊंटों के योग का एक तिहाई, अर्थात छः ऊंट ले लेगा। आखिरी शिष्य, कुल ऊंटों का एक बटा नौ, जो दो ऊंट होते है, ले सकता है। यह सभी मिलकर सत्रह होते हैं।

> और तब आती है सबसे सुंदरतम चीज़।

> 'अब बचा मेरा एक ऊंट, वह मुझे वापस करना होगा।

– क्योंकि जो कुछ भी सद्गुरु तुम्हें देता है वह हमेशा उसके पास ही वापस चला जाता है। सद्गुरु के तुम तक आने और उसके वापस लौट जाने के बीच तुम रूपान्तरित हो जाते हो। लेकिन जो कुछ भी दिया जाता है वह सद्गुरु के पास वापस लौट जाता है, क्योंकि चीज़ों का ऐसा स्वभाव ही नहीं है। वह

किसी को भी दिया नहीं जा सकता। वह केवल अधिक से अधिक उधार दिया जा सकता है। वह उसका अपना अस्तित्व है। वह उसे तुम्हें कैसे दे सकता है? अस्तित्व दिया ही नहीं जा सकता, वह केवल क्षण भर के लिए तुम्हें उधार दिया जा सकता है। लेकिन उस एक क्षण में ही, चीज़ें स्पष्ट हो जाती हैं और तब जो कुछ भी सद्‌गुरु का है, वह उसके पास वापस लौट जाता है।

सूफ़ियों द्वारा ईजाद की गई कहानियों में से यह सबसे अधिक सुंदर कहानी है। पहिले तो सद्‌गुरु शिष्य को देता है, और जब शिष्य की समस्याएं हल हो जाती हैं, तब जो कुछ भी दिया गया था, सद्‌गुरु के पास वापस लौट जाता है। सद्‌गुरु तुम्हें अपना अस्तित्व देता है, उसके द्वारा तुम्हें रूपान्तरित और प्रकाशवान बनाता है, ओर वह खोता कुछ भी नहीं – क्योंकि जो कुछ भी उसका है, वह उसके पास वापस लौट जाता है। यही कारण है कि सद्‌गुरु लाखों को दिए चले जाता है और खोता कुछ नहीं है।

तुम्हारी ओर से कई बार इस बारे में प्रश्न किये जाते हैं – 'भगवान! अब आपके इतने अधिक शिष्य हैं, इतने अधिक हजारों-हजार संन्यासी हैं। हमारी सहायता करना तो आपके लिए कठिन होगा।' बिल्कुल भी नहीं, क्योंकि यह कोई ऐसी चीज़ नहीं है, जिसका विभाजन किया जा सके। मैं अपनी दृष्टि उतने अधिक लोगों को दे सकता हूं जो उसे लेने और ग्रहण करने को तैयार हों, लेकिन फिर भी वह ज्यों की त्यों रहती है। वह हमेशा मुझ तक वापस लौट आती है। तुम उसे लेकर भाग नहीं सकते। संख्या से कोई फर्क नहीं पड़ता। एक हो या दस लाख हों, उससे कोई भी अंतर नहीं पड़ता। इसे स्मरण रखें। केवल कोई ऐसा एक, जो तुम्हारे साथ शामिल होने को तैयार हो, तुम्हारे जीवन की समस्याओं को सुलझा सकता है। बाहर के लोग समस्याएं नहीं सुलझा सकते। सद्‌गुरु को तुम्हारा अंतर्तम बनना ही होता है।

और स्मरण रहे, जब तुम देर या सबेर घर पहुंच ही गए हो – और तुम्हारा दीया जल चुका है और तुम्हारी ज्योति पूरी आभा से प्रज्वलित हो रही है, तो कभी भी कृपण मत बनना। याद रहे, तुम कोई भी चीज़ खोओगे नहीं। खोना सम्भव ही नहीं है। जो कुछ शुरू से ही तुम्हारा है, तुम उसे खो नहीं सकते, केवल उसी को खोया जा सकता है, जो तुम्हारा नहीं है। धन खोया जा सकता है, चुराया जा सकता है, विभाजित हो सकता है। यदि एक पिता के चार पुत्र हैं, तब धन को स्वाभाविक है, चारों पुत्रों में बांटा जायेगा। यदि उसके सोलह पुत्र होंगें, तो वह धन सोलह में बंटेगा। और उसके जितने अधिक पुत्र होंगे, उतने ही वे अधिक निर्धन होंगें।

लेकिन ऐसा एक सद्गुरु के साथ नहीं होता। एक सद्गुरु के दस लाख अथवा एक करोड़ शिष्य हो सकते हैं, इससे कोई भी अन्तर नहीं पड़ता। यह शिष्यों को निर्धन या गरीब नहीं बनाता – याद रहे – क्योंकि सद्गुरु प्रत्येक को दिए ही जा सकता है, और कुछ भी खोता नहीं। इसलिए जब तुम स्वयं ही सद्गुरु बनो और एक दिन तुम सद्गुरु बनोगे ही तो कभी भी कृपण मत होना उसे बांटना। तुम जितना अधिक लोगों को सहभागी बनाओगे, तुम उतने ही अधिक परमात्मा के प्यारे बनोगे।

दसवां प्रवचन

कीचड़ और दलदल से बाहर निकलना

पहिला प्रश्न :

मैं यूनाइटेड स्टेट्स अमेरिका का एक प्रशिक्षित, अनुभवी और संसार के तुलनात्मक सिद्धांतों के अनुसार एक सफल मनोचिकित्सक हूं, लेकिन अब आखिर इसका किया क्या जाये, क्योंकि मुझे अब अपने आप में मनो-उपचारक अथवा मनोविश्लेषक होने का अनुभव न होकर केवल एक व्यक्ति और शायद एक शिक्षक होने का ही अधिक अनुभव होता है। आप और आप जैसे दूसरे लोग इसके लिए मुझे ही दोषी मानेंगे। अब मैं निर्देशन के लिए केवल अपने अंतर्स्वर को ही सुनता हूं। क्यो इसके अतिरिक्त मैं कुछ और अधिक कर सकता हूं?

उत्तर :

पहिली बात तो यह कि जहां तक बाहर का संबंध है, वहां कोई सफलता जैसी चीज़ है ही नहीं। सारी सफलता केवल मात्र असफलता को ढकने का एक प्रयास है। यहां सफलता केवल एक ही है, बहुत अधिक सफलताएं यहां हैं ही नहीं – और जो केवल एक सफलता है, वह है स्वयं को जानना और स्वयं में होना।

मैं समझता हूं कि संसार या बाहर के तुलनात्मक सिद्धांतों से सफल होने का तुम्हारा अर्थ क्या है। मनुष्य ने स्वयं अपने आप को धोखा देने के लिए बाह्य तुलनात्मक नियम और सिद्धांतों का सृजन किया है। तुम्हारे पास धन हो सकता है, तुम्हारा नाम और प्रसिद्धि हो सकती है, प्रतिष्ठा हो सकती है, लेकिन यदि तुम स्वयं ही न हो, तो उससे क्या फर्क पड़ता है?

वास्तव में मनुष्य चीज़ों को अपने नियंत्रण में लेने की कोशिश करता है, क्योंकि उसका स्वयं पर ही नियंत्रण नहीं है। यह इस तथ्य को छिपाने की एक व्यूहरचना है कि उसका स्वयं पर कोई भी नियंत्रण या अधिकार नहीं है। यह अपने अंदर की रिक्तता को स्पष्ट करने का एक तरीका है, यह एक अनुभव करने का उपाय है – कि देखो! मेरे पास इतनी अधिक चीज़ें हैं, किसी को इसके अतिरिक्त और क्या चाहिए? जब तुम इतनी अधिक चीज़ों से चारों ओर से घिरे

हुए हो जिसे तुम बाहर के तुलनात्मक सिद्धांत से सफलता कहकर पुकारते हो – तब तुम ठीक-ठीक कर क्या कह रहे हो? तब तुम अपने खालीपन के लिए, जिसे तुम अपने अंदर महसूस करते हो, उसके स्थान पर एक विकल्प सृजित करने का प्रयास कर रहे हो। तुम अपने होने ही से चूक रहे हो ओर उसे तुम अपने पास की चीज़ों से बदलने का प्रयास कर रहे हो। और इसे पास की चीज़ों से बदला नहीं जा सकता।

यही मनुष्य के मन का पूरा संघर्ष है। यह दो दिशाएं हैं – अपने अधिकार में कुछ वस्तुओं के होने की और स्वयं होने की। पश्चिम में तुमने अधिकार में अधिक से अधिक होने के संबंध में बहुत कठोर श्रम किया है और पूरब में हमने स्वयं में होने के बाबत कठिन प्रयास किया है। हां, कभी-कभी ऐसा होता है कि एक भिखारी के पास भी एक धनी व्यक्ति और एक सम्राट की अपेक्षा कहीं अधिक जीवंत अस्तित्व हो सकता है। कोई भी व्यक्ति जिसके पास कुछ भी नहीं हो, उसके पास स्वयं का होना हो सकता है, और उसे प्रामाणिक होने में ही वहां एक शांति होती है, वहां एक अनुग्रह, आशीर्वाद और परमानंद होता है।

इसलिए पहिली बात जो मैं तुम्हें बताना चाहता हूं वह यह है कि यहां सफलता के कोई बाह्य नियम या सिद्धांत नहीं हैं। वे तुम्हारे अंदर की रिक्तता को ढकने का प्रयास मात्र हैं, वे तुम्हें स्वयं को धोखा देने का प्रयास हैं और वे तुम्हें यह अनुभव कराने के लिए हैं कि तुम असफल नहीं हुए हो। यहां केवल एक ही सफलता है, पूरी तरह से केवल एक – और वह एक है – स्वयं में होना। उसके द्वारा ही कोई परमानंद को उपलब्ध होता है, उसके द्वारा ही कोई अंतिम सत्य को प्राप्त करता है।

इसलिए यह अच्छा है कि मैंने और मेरे जैसे लोगों ने तुम्हारे इस भ्रम को नष्ट कर दिया है। एक बार यह भ्रम मिट जाता है, तो तुम तो गहरे संकट में पड़ जाओगे। यही सभी कुछ तुम्हारे साथ हो रहा है।

प्रश्नकर्त्ता का नाम है वाल्टर होफमैन – और होफमैन वही सब कुछ तुम्हारे साथ हो रहा है। अब तुम्हें एक निर्णायक और मौलिक कदम उठाना होगा। तुम्हें आंतरिक सफलता के ढंग सीखने होंगे। अब तुम्हें बाहरी सफलता कभी भी आकर्षक नहीं लगेगी। हां, इसके लिए मैं और मेरे जैसे लोग दोषी हैं, लेकिन बाहर की सफलता अब तुम्हें ज़रा भी आकर्षित नहीं करेगी। अब अपनी ऊर्जा को अंदर की ओर गतिशील करो। अब केवल इसका ही कोई अर्थ हो सकता है। ठीक अभी तो तुम एक सीमा रेखा पर खड़े हुए हो। वह बाहर का भाग है, लेकिन वह अर्थहीन है, अर्थ तो आंतरिक भाग का है, पर वह वहां है नहीं।

यह कठिन स्थिति है। लेकिन प्रत्येक खोजी को इस स्थिति से होकर गुज़रना होता है। मैं इस पीड़ा और वेदना को समझता हूं, और तुम्हारे लिए मैं पूरी सहानुभूति भी रखता हूं। लेकिन यद्यपि यह ठीक अभी तो एक पीड़ा दिखाई देती है, लेकिन एक बार तुम्हारा अपने आंतरिक भाग से सम्पर्क होना शुरू हो गया तो तुम हैरान हो जाओगे– तब लगेगा वह पीड़ा नहीं थी, वह नये का जन्म होने की प्रसव पीड़ा थी। और तुम अनुग्रह का अनुभव करोगे कि ऐसा तुम्हारे साथ हुआ, क्योंकि उससे तुम्हारा नया जन्म होगा।

तुम कहते हो – मैं यूनाइटेड स्टेट्स का एक प्रशिक्षित और अनुभवी मनोचिकित्सक हूं, और बाह्य सिद्धांतों और मानकों के अनुसार मैं बहुत सफल भी हूं...। इस बाबत कुछ महत्वपूर्ण बात समझने जैसी है। प्रत्येक युग जीने के लिए अपनी कल्पित कथा स्वयं गढ़ता है। आधुनिक कल्पित-कथा, पूरी तरह से विश्लेषित मनुष्य की कल्पित कहानी है। लोग इस आशा में अपना पूरी तरह से सूक्ष्म विश्लेषण करने का प्रयास कर रहे हैं कि यदि उनका पूरी तरह विश्लेषण हो जाता है तो वहां प्रसन्नता होगी। पर ऐसा कभी होता नहीं। यहां तक कि मनोविश्लेषण की आधारशिला रखने वाले सिग्मंड फ्रॉयड भी एक प्रसन्नचित्त व्यक्ति न थे। और यदि ऐसा आधार शिला रखने वाले के साथ ही नहीं हुआ, तो ऐसा किसी के भी साथ होने नहीं जा रहा है।

तुम विश्लेषण किये चले जा सकते हो – वह अनंत है। मन बहुत अधिक सृजनात्मक है, वह नई-नई चीज़ें सृजित किये चले जाता है। यह कोई सीमित चीज़ नहीं है – कि एक दिन तुम विश्लेषण करते हुए मन के अंत तक पहुंच सको। तुम विश्लेषण किये चले जा सकते हो और फिर भी कुछ न कुछ चीज़ फिर भी विश्लेषण करने को बची रहेगी। यह कभी भी समाप्त न होने वाली प्रक्रिया है।

पूरब ने पूरी तरह से अलग ढंग से ही कार्य किया है। पूरब कहता है कि मन का विश्लेषण नहीं किया जाना है, किसी को भी मन को गिरा कर अलग कर देना है। समस्या को हल नहीं करना है उसे पूरी तरह मिटा ही देना है। उसे हल करने में तुम उसी में उलझे रहोगे और अधिक से अधिक समस्याएं सृजित करोगे। और ऐसा हो भी रहा है। जो लोग मनोविश्लेषण का खर्च उठा सकते हैं – उन्हें इस मंहगे इलाज का खर्च वर्षों तक उठाना होता है, लेकिन लाखों लोग इसका खर्च बरदाश्त नहीं कर सकते। वे लोग इस आशा में एक मनोविश्लेषक से दूसरे को बदलते रहते हैं कि एक से कुछ भी नहीं हुआ तो किसी दूसरे के मनोविश्लेषण से ज़रूर कुछ होगा। यह कभी भी होने वाला है नहीं। मनोविश्लेषण के द्वारा मन कभी भी उस

स्थिति में नहीं आ सकता जिसमें तुम ज़रा भी मन के पार जा सको। विश्लेषण के द्वारा तुम बने ही रहोगे। अपने जीवन में थोड़े से विनीत बन सकते हो, लेकिन तुम किसी भी अन्य व्यक्ति की भांति मानसिक रूप से रुग्ण बने रहोगे। हां, इस बारे में एक अंतर तो होगा, तुम अपनी मानसिक रुग्णता में शांत बने रहोगे, कुछ अधिक समायोजन कर लोगे, तुम्हारी थोड़ी सी अधिक समझ बढ़ जायेगी, लेकिन इससे कोई भी मौलिक परिवर्तन नहीं होता। मौलिक परिवर्तन तो इस समझ से आता है कि इस बारे में विश्लेषण कोई रास्ता है ही नहीं। प्रत्येक को मन के बाहर छलांग लगानी होगी।

यही होता है ध्यान। ध्यान, विश्लेषण के ठीक विपरीत है। ध्यान का अर्थ है यह देखना कि मन असीम है। उस बारे में चिंता करने की कोई ज़रूरत है ही नहीं – तुम उसके जाल से बाहर निकल सकते हो। तुम मन नहीं हो – फिर उसके अंदर जाते क्यों हो? तुम उससे फिसल कर बाहर आ सकते हो। मन अपने ही स्थान पर बना रहता है, लेकिन तुम उससे बाहर हो जाते हो। और एक बार तुम उससे बाहर हो जाते हो तो तुम मन के मालिक बन जाते हो। तब तुम उसका प्रयोग कर सकते हो, तब उसके द्वारा तुम्हारा उपयोग नहीं किया जाता।

इस पूरी तरह से विश्लेषण किये गये व्यक्ति की यह काल्पनिक कथा एक नया स्वप्न है। मनुष्य स्वप्न देखना पसंद करता है, मनुष्य आशा में जीने के लिए नये विचारों का आविष्कार करना पसंद करता है। कभी यह स्वप्न, मोक्ष और निर्वाण होता है, कभी यह धन, शक्ति, सत्ता और प्रतिष्ठा होता है और कभी यह पूरी तरह से मनुष्य का मनोविश्लेषित होना होता है। मेरे निकट यहां अनेक मनोचिकित्सक, मनोविश्लेषक और दूसरी तरह के डॉक्टर हैं। किसी भी कार्य-व्यापार से जुड़े मेरे पास आने वालों में सबसे बड़ी संख्या उपचारकों या डॉक्टरों की ही है। और इसका एक कारण भी है। जो लोग उपचार के कार्य में लगे हुए हैं, वे लोग धीमे-धीमे इस तथ्य के प्रति सजग होने लगते हैं कि यह तुम्हें एक ही वर्तुल में गतिशील बनाए रखती है। यह तुम्हें कहीं भी ले नहीं जाती, यह तुम्हारा कोई पथ प्रदर्शन न करते हुए उसका बहाना बनाती है। यह वायदा तो करती है पर कभी भी उन चीज़ों को तुम्हें देती है। यह ठीक एक ऐसा अद्भुत चक्कर है जिसमें कोई घूमता ही चला जाता है। वह तुम्हें आशा बंधाये चले जाता है और प्रतीक्षा कराये चले जाता है, लेकिन बस सभी कुछ इतना ही। एक बार तुम इसके प्रति सजग हो जाओ तब विश्लेषण के बारे में भूल कर कोई पूरी तरह से भिन्न चीज़ करने का प्रयास करो–और वही है ध्यान। ध्यान करने का यह अर्थ नहीं है कि तुम्हें मन के बारे में चिंतन करना है – तुम्हें तो उसे गिरा ही देना है। ध्यान है

मन से छुटकारा पाना, ध्यान है मन से एक दूरी सृजित करना और ध्यान है मन के पार जाना, उसका अतिक्रमण करना।

और एक बार जब तुम मन से दूर, उससे पृथक होकर एक पहाड़ी की चोटी की ऊंचाई पर बैठ एक निरीक्षणकर्त्ता की तरह खड़े हो जाते हो, तब वे समस्याएं फिर संगत नहीं रह जाती। जब तुम उनमें सम्मिलित रहते हो, वे संगत बनी रहती हैं। वे ठीक रात के एक दुःस्वप्न की भांति बनी हुई वास्तव में परेशान बनाये रखती हैं। सपने में देखा गया शेर तुम्हारे पीछे दौड़ रहा है और प्रति पल वह तुम्हारे निकट से निकटतम आता जा रहा है। तुम अपनी पीठ पर उसकी सांसों का अनुभव कर सकते हो। वह भयानक है। और तुम एक वृक्ष पर चढ़ना शुरू कर देते हो और तुम्हारे पीछे शेर भी उस वृक्ष पर चढ़ना शुरू कर देता है – क्योंकि स्वप्न में प्रत्येक वस्तु संभव हो जाती है। तुम्हारा हृदय तेज़ी से धड़क रहा है, पूरा शरीर पसीने-पसीने हो रहा है। और जब तुम पेड़ की चोटी पर पहुंचते हो, तो वहां तुम्हारे साथ-साथ शेर भी पहुंच जाता है। तुम चीख उठते हो, और चीख के कारण ही तुम जाग जाते हो। और अचानक तुम हंसने लगते हो, यद्यपि तुम्हारा शरीर अभी भी कांप रहा है और सांस भी अभी लयबद्ध नहीं हुई है। तुम्हारा शरीर भी पसीने-पसीने हो रहा है और तुम्हारे माथे पर पसीने की बूंदें चमक रही हैं। लेकिन अब तुम हंसना शुरू कर देते हो। तुम पूरे प्रकरण पर हंसना शुरू कर देते हो, कि वह कैसी बेतुकी चीज़ थी और वह ठीक एक स्वप्न मात्र था।

हुआ क्या? ठीक एक क्षण पूर्व ही तुम उसमें डूबे थे। वह एक स्वप्न न था, तुम उसमें मौजूद थे, तुमने उसके साथ तादात्म्य जोड़ लिया था, तुम उसे यथार्थ समझ बैठे थे। यह विचार कि वह एक वास्तविकता थी, तुम्हें पागल बना रहा था। अब तुम उससे पृथक होकर, अकेले और सजग हो और यह देख सकते हो कि वह ठीक एक सपना था। मन एक सपना ही है, कभी वह बहुत मधुर होता है और कभी बहुत डरावना लेकिन वह होता स्वप्न ही है।

पूरब में सदियों से हम जो प्रयास करते आ रहे हैं, वह समस्याओं को हल करने से नहीं हैं। उदाहरण के लिए, तुम अपने दुःस्वप्न में इस समस्या को हल करने की कोशिश करते हो कि इस शेर के साथ आखिर क्या किया जाये, जो तुम्हारा पीछा कर रहा है। अब यही है मनोविश्लेषण। तुम यह खोजने की कोशिश शुरू कर देते हो कि यह स्वप्न आया कहां से, पहिली बात यह कि आखिर वह घटा क्यों? यह शेर पीछा क्यों कर रहा है? और यह भय आ कहां से रहा है? और मैं पेड़ पर क्यों चढ़ रहा हूं?'

और तुम ऐसे किसी व्यक्ति से मिलते हो, जो चीज़ों का विश्लेषण करने में विशेषज्ञ है, जो सिद्धांतों को सृजित करने में, उन्हें स्पष्ट करते हुए तुम्हें बताता है वह पहिला स्थान, जहां से यह स्वप्न घटा। हो सकता है कि जन्म से ही वह घाव हो, या हो सकता है कि तुम्हारे माता-पिता ने तुम्हारे साथ ठीक व्यवहार न किया हो। अथवा हो सकता है कि यह शेर हो ही न। उसकी आंखों में ठीक से झांक कर देखो – वह तुम्हारी पत्नी हो सकती है अथवा तुम्हारा पति, और तुम अपने जीवन में अपनी पत्नी अथवा अपने पति से भयभीत रहते हो।

लेकिन सभी स्पष्टीकरण यह मानकर चलते हैं कि वह एक वास्तविकता है। और आधारभूत समस्या यही है, यह नहीं कि वह शेर कहां से आया अथवा उस शेर का प्रतीकात्मक अर्थ क्या है। वह असली समस्या है ही नहीं। असली समस्या यही है कि शेर असली है। मनोविश्लेषण तुम्हें यह समझने में सहायता नहीं देता कि तुम मन के अवास्तविक होने तथा उसे माया या भ्रम समझने के प्रति सचेत बन सको। वास्तव में यही तुम्हें मटमैली कीचड़ में ले जाता है। यह तुम्हे गहरे जड़ों तक ले जाता है। लेकिन एक भ्रम के पास कोई जड़ें भी नहीं हो सकतीं। तुम हमेशा जड़ों को पाने और उन तक पहुंचने में लगे रहोगे, लेकिन कभी वहां तक पहुंचोगे नहीं। एक भ्रम का कोई कारण हो भी नहीं सकता।

अब इस बात को मुझे दोहराने दो, क्योंकि यह बात ही इस अंतर को बिल्कुल स्पष्ट कर देगी। एक भ्रम के पास कोई कारण हो ही नहीं सकता, इसलिए तुम उसके कारण की खोज नहीं कर सकते। तुम आगे बढ़ते चले जाओ, तुम मनुष्य के अचेतन मन के अंदर भी जा सकते हो...फ्रॉयड ने यही किया था, और पूरी कुशलता के साथ किया था। जुंग को और अधिक गहराई तक जाना था। उसे सामूहिक अचेतन जैसी कोई चीज़ खोजनी थी। और तुम बढ़ते चले जा सकते हो। तब तुम विश्व अचेतन पाओगे, और इसी तरह से पर्त दर पर्त तुम आगे बढ़ते चले जा सकते हो।

तुम विश्लेषण भी किये चले जा सकते हो – हो सकता है चह चोट तुम्हारे जन्म होने के समय तुम्हें लगी हो, अपनी मां की गर्भ नाल से बाहर निकलते हुए हो सकता है तुम बहुत अधिक डर गये हो। लेकिन चीज़ों का अंत वहीं नहीं होता, क्योंकि तुम नौ महीनों तक अपनी मां के गर्भ में रहे हो। वे नौ महीने सरलता से नहीं छोड़े जा सकते। उन नौ महीनों में तुम्हारे साथ बहुत कुछ घटा होगा। तुम्हें उनका भी विश्लेषण करना होगा।

और यदि तुम बहुत अधिक गहरे जाओ, तो तुम्हें अपने पूर्व जन्म में प्रवेश करना होगा – और यही सभी कुछ हिन्दू विचारकों ने किया भी है। वे कहते

हैं – पूर्व जन्म, और तब उस जन्म से भी पहिले का जनम ओर इसी तरह पीछे लौटते चले जाओ। तुम कहीं भी नहीं पहुंचोगे। किसी भी रास्ते से तुम एक ऐसे बिंदु पर आते हो, जहां तुम इस पूरी व्यर्थता को देखते हो।

मन की इसी व्यर्थता को देख पाना और यह समझना कि इस भ्रम अथवा माया मरीचिका का कोई भी कारण हो ही नहीं सकता और उसका विश्लेषण भी नहीं किया जा सकता, केवल एक यही चीज़ तुम्हें थोड़ा अधिक सचेत और सजग बनाने के लिए की जा सकती है। इसी संचेतना में स्वप्न गायब हो जाता है। उसकी तुम्हारे ऊपर कोई पकड़ नहीं है। और एक बार वहां तुम्हे पकड़ने वाला मन न हो, तो तुम पूरी तरह से एक नये मनुष्य होते हो। तुम्हारे अंदर एक नई चेतना का जन्म होता है।

और होफमैन को इसी व्यर्थता के प्रति सचेत होना चाहिए। वह मनोविश्लेषण के द्वारा लोगों की सहायता करता रहा है – लेकिन इसने स्वयं उसकी अपनी ही सहायता नहीं की है। इस विश्लेषण ने स्वयं उसकी अपनी ही कोई सहायता की है। यह हो सकता है कि इससे चीज़ें थोड़ी स्पष्ट हो गई हों, वे चीज़ों को श्रेणीबद्ध करने में थोड़ी सहायक हो सकती हैं – यह एक तरह से चीज़ों पर उनके नाम का लेबिल लगाने जैसा काम है, लेकिन इससे सारभूत चीज़ कोई भी नहीं घटती। और कभी कोई चीज़ होती भी है तो वह मनोविश्लेषण के कारण नहीं घटती। यदि कभी कोई चीज़ घटती है तो उसके कारण कुछ और हो सकते हैं, उसके कुछ अन्य कारण होना ही चाहिये।

इस मनोविश्लेषण कही जाने वाली पूरी चीज़ से एक मनुष्य बहुत अधिक परेशानी महसूस करते हुए थककर निढाल हो सकता है। यह थकावट, जो विश्लेषण कराने से आती है, उसके अंदर नई चेतना सृजित कर सकती है। वह उससे ऊब सकता है। एक दिन वह यह समझ सकता है कि बस, अब यह बहुत अधिक हो चुका। एक मनोविश्लेषण से भाग कर दूसरे मनोविश्लेषक के पास और एक स्कूल से निराश होकर दूसरे स्कूल को शामिल करते हुए, एक वक्त ऐसा आता है जब कोई यह विचार करता है कि अब यह सभी कुछ बहुत हो चुका, अब इस बारे में फिक्र करने की कोई ज़रूरत है ही नहीं। इससे कोई फर्क नहीं पड़ता। इसी तटस्थता अथवा उपेक्षा में कोई चीज़ संभव है।

अथवा कुछ चीज़ किसी चुम्बकीय व्यक्तित्व वाले उपचारक द्वारा संभव है। मेरी अपनी समझ यही है कि मनोउपचारक, उपचार की अपेक्षा कहीं अधिक सहायता करता है। यदि उपचारक के पास चमत्कार जैसा कुछ हो, जैसा कि फ्रॉयड, जुंग और एडलर के पास था, यदि मनोविश्लेषक का चुम्बकीय व्यक्तित्व करिश्मा

जैसा हो, तो एक विशिष्टि उपस्थिति ही सहायता करती है। यही कारण है कि ऐसा बार-बार होता है कि जब ऐसा कोई मनोउपचारक जीवित होता है, उसका उपचार काम करता है, लेकिन उस उपचारक के चले जाने के बाद धीरे-धीरे वह उपचार अप्रभावी हो जाता है। फिर इस उपचार से कोई लाभ नहीं होता, वह कोई काम करती ही नहीं।

मनोविश्लेषण की मृत्यु सिग्मण्ड फ्रॉयड के साथ ही हो गईं वह विश्लेषण का नहीं, वह करिश्मा उसके व्यक्तित्व का था। फ्रॉयड का एक विशिष्ट चुम्बकीय व्यक्तित्व था, उसमें कोई चीज़ बहुत रहस्यात्मक थी। किसी के पास वह चीज़ होती है और किसी के पास यह चीज़ नहीं होती। वह जो कुछ भी किया करता था वह अर्थपूर्ण दिखाई देता था, क्योंकि वह अपने कृत्य में अर्थ उड़ेलता था। जब कोई चमत्कारी और चुम्बकीय ऊर्जा से सम्पन्न कोई व्यक्ति कुछ भी करता है, तो वह चीज़ बहुत महत्वपूर्ण दिखाई देती है। किसी अन्य व्यक्ति के हाथ में वह बहुत अधिक सामान्य और साधारण रह जाती है। ऐसा होना ही होता है।

जुंग, जो कुछ कह रहा था, जो कुछ विश्लेषण कर रहा था, उसके द्वारा लोगों की सहायता न कर, वह जो कुछ स्वयं था, सहायता केवल इस बात ने की।

लेकिन मनोउपचारक अभी भी इस तथ्य से बेखबर हैं कि उपचार में व्यक्तिगत वास्तविकता ही सहायक होती है, न कि सिद्धांत और मत। कुछ चीज़ रहस्यात्मक है कि व्यक्तिगत प्रभाव ही सहायता करता है।

क्या तुमने कभी इसका निरीक्षण किया है? तुम बीमार हो और तुम्हारा डॉक्टर आता है। और जिस क्षण वह कमरे में प्रवेश करता है तुम्हें ठीक होने की अनुभूति होने लगती है। उसने अभी तक तुम्हें कोई दवा भी नहीं दी है, उसने अभी यह निदान भी नहीं किया है कि तुम्हें किस तरह की बीमारी है, यहां तक कि उसने अभी तुम्हें स्पर्श भी नहीं किया है। उसने बस प्रवेश किया है। जिस क्षण तुम्हें यह पता चलता है कि तुम्हारा डॉक्टर आ गया है, तुम्हारा उपचारक वहां मौजूद है, उसी क्षण से फिक्र जैसी कोई चीज़ समाप्त हो जाती है। तुम्हें अब चिंता करने की कोई ज़रूरत है ही नहीं। अब वहां कोई तनाव रहता ही नहीं है। अब डॉक्टर ही करेगा फिक्र। यदि डॉक्टर के पास अपना कोई व्यक्तिगत आभामंडल है, तो जब तक वह तुम्हारा रक्तचाप नापता है, जब तक वह तुम्हारा परीक्षण करता है, और तुम्हारी नाड़ी देखता है, तुम ठीक होना शुरू हो जाते हो। दवा तजबीज करने से पहिले ही तुम पचास प्रतिशत ठीक हो जाते हो। हो सकता है दवा उतना अधिक काम नहीं करती, लेकिन डॉक्टर की उपस्थिति ने उससे अधिक कार्य कर दिया। यह तुम्हारा उस पर विश्वास है, तुम्हारे अंदर का उस पर किया गया

विश्वास ही उसका आभामंडल है, यही उसका आश्वासन है – 'डरने की कोई बात नहीं। अब मैं यहां हूं तो।'

मनोपचार अभी भी इस तथ्य के प्रति पूरी तरह सचेत नहीं हुआ है कि यह उपचार नहीं है, जो सहायता करता है, बल्कि यह व्यक्तिगत प्रभाव होता है। हो सकता है कि वह व्यक्ति स्वयं इस बात के प्रति सचेत न हो कि वह स्वयं उपचार करने वाली शक्ति के रूप में कार्य कर रहा है। यदि तुम मुझे ठीक से समझ रहे हो तो वह हमेशा ही परमात्मा होता है, जो उसे ठीक करता है। ठीक करने वाला केवल परमात्मा है। यदि कोई व्यक्ति जीवित है, प्रवाहमान है, तो वह परमात्मा ही है जो उसके द्वारा प्रवाहित हो रहा है। मनोचिकित्सा को इस जादू का इस मन और इस ऊर्जा को अभी भी समझना है।

पूरब में एक व्यक्ति सामान्य रूप से अपने सद्गुरु के पास जायेगा, उसके चरणों को स्पर्श करेगा और वह ठीक हो जायेगा। सद्गुरु कोई भी विश्लेषण अथवा कोई भी उपचार नहीं कर रहा है, सद्गुरु इस संबंध में कोई विशेषज्ञ नहीं है, यह केवल उसकी व्यक्तिगत ऊर्जा है, यह वह आभामंडल है जो सद्गुरु को चारों ओर से घेरे रहता है और यह वह विश्वास है जो रोगी को उसके निकट लाता है। मनोविश्लेषण पूरब में कुछ भी नहीं कर पा रहा है, और यही वह वजह है कि पूरब में बहुत थोड़े से ही मनोचिकित्सक हैं। पर मनोवैज्ञानिक रूप से लोग यहां अधिक स्वस्थ हैं, पश्चिम की अपेक्षा लोग मनोवैज्ञानिक रूप से कहीं अधिक स्वस्थ हैं।

और पश्चिम में लोगों की सहायता करने के लिए बहुत कुछ किया जा रहा है, मनोवैज्ञानिक रूप से लोगों की सहायता करने के लिए बहुत अधिक ऊर्जा खर्च की जा रही है, लेकिन लोग अभी भी मानसिक रूप से रुग्ण हैं। मनोविश्लेषण को अभी तक अपनी मंजिल नहीं मिली है और उसे अभी भी काफी दूर तक यात्रा करनी है। और जब वास्तव में उसे मंजिल मिल जायेगी तो वह पाएगा कि वह सिद्धांत नहीं थे जो सहायता करते थे, वह व्यक्ति ही था, जिसकी उपस्थिति ही सहायक होती थी।

अब होफमैन कहता है : 'अब आखिर क्या किया जायें? अब मैं और अधिक समय तक यह अनुभव नहीं कर पा रहा हूं कि मै एक चिकित्सक हं, अथवा मनोउपचारक हूं अथवा मनोविश्लेषक हूं, मैं तो केवल एक व्यक्ति हूं और शायद एक शिक्षक हूं। तुम और तुम्हारे जैसे लोग ही इसके लिए दोषी हैं।

यदि तुम एक चिकित्सक मनोउपचाारक अथवा एक मनोविश्लेषक होने जैसा अनुभव नहीं कर रहे हो, तो तुम उस बिंदु के निकट आ रहे हो, जिसके बारे

में मैं बात कर रहा हूं। तुम एक व्यक्ति बन रहे हो। एक इंसान होने का अर्थ है – उपस्थिति का होना। यदि तुम एक इंसान होने जैसा अनुभव कर रहे हो, तब तुमने पहिले जितने लोगों की जितनी सहायता की है, उसकी अपेक्षा तुम कहीं अधिक लोगों की कहीं अधिक सहायता करने में समर्थ हो सकोगे, लेकिन अब इस तथ्य के प्रति सचेत बने रहो कि इसके अतिरिक्त प्रत्येक अन्य चीज़ प्रमुख नहीं है।

सबसे अधिक प्राथमिक चीज़ है – उपस्थिति, जो मनोउपचारक को रोगी के निकट ले जाती है। रोगी ने सारी आशाएं छोड़ दी हैं, रोगी नकारात्मक शून्य में जा गिरा है, वह पूरी तरह निराश है, रोगी किसी पर भी कोई विश्वास नहीं कर सकता, वह अपने आप में सिकुड़ कर रह गया है, वह पूरी तरह हार कर मिट चुका है। एक सच्चा मनोउपचारक अपनी उपस्थिति से, विधायकता, जीवंतता और ऊर्जा की एक धारा सी रोगी तक ले जाता है। वह एक ताजी हवा के झोंके की तरह आयेगा, वह सुबह के नये निकले सूरज की किरणो का प्रकाश लेकर आयेगा। वह रोगी के लिए दिव्यता जैसी कोई चीज़ लेकर आयेगा – प्रार्थना और ध्यान जैसी कोई चीज़। वह रोगी को विह्वल कर देगा, वह उसके चारों ओर हर कहीं होगा, वह रोगी के लिए एक उष्ण विश्राममय गर्भ बन जायेगा और चीज़ें घटना शुरू हो जायेंगीं। चमत्कार होना प्रारंभ हो जायेंगे।

और मैं यह नहीं कह रहा हूं कि तुम्हें अपनी विशेषज्ञता छोड़ देना चाहिए। उसका भी उपयोग करो, लेकिन वह द्वितीय स्थान पर हो, वह प्रमुख न हो। पहिले तो मरीज के साथ व्यक्तिगत संबंध निर्मित करो, पहिले जो कुछ तुम्हारी उपस्थिति में हो, उसमें उसे सहभागी बनाओ, जिससे वह फिर से आशा करना शुरू कर दे, जिससे उसका नकारात्मक स्थान विधायक बनना शुरू हो जाये। तुम अपनी प्रसन्नता का उसे अनुभव कराओ, तुम उसे अपने जीवन के विश्वास का अनुभव कराओ, उसे अपनी जीवंत उपस्थिति का अनुभव करने दो। उसे यह समझने दो कि जीवन इतना अर्थहीन नहीं है। कोई गीत गाओ अथवा उसके चारों ओर नृत्य करो, लेकिन यह संदेश बहुत स्पष्ट रूप से उसके लिए बहुत मुखर हो कि जीवन बहुत अर्थपूर्ण है। उसे यह देखने और समझने दो कि तुम्हारे लिए उसका कोई अर्थ है, फिर उसके लिए भी वह अर्थपूर्ण क्यों न हो? और वह अपनी निराशा और उदासी के खोल से बाहर आना शुरू कर देगा। तुम उसके पास पहुंच गये हो, तुमने उसका हाथ अपने हाथ में ले लिया है, तुम उसे उसकी उलझन, उसके भ्रम और उसकी वेदना से खींचकर बाहर ला सकते हो।

एक बार वह अपनी निराशा और अवसाद से खींच कर बाहर कर दिया जाए,

फिर उसके घाव भरने की शक्तियां अपना काम करना शुरू कर देती हैं। जख्मों को पूरने वाली शक्तियां हमेशा चारों ओर विद्यमान रहती हैं। चारों और हमेशा परमात्मा भी मौजूद होता है। जब तुम नकारात्मक स्थान में गिर पड़ते हो, तब तुम परमात्मा के साथ संबंध स्थापित नहीं कर सकते, और तब तुम्हें एक जोड़ने वाली ऐसी कड़ी की ज़रूरत होती है जो परमात्मा से संबंध जोड़ सके।

इसीलिए होफमैन बिल्कुल ठीक कहता है। एक इंसान बनो, एक व्यक्ति बनो। विश्लेषण और उपचार की बात ही भूल जाओ। पहिले एक व्यक्ति बनो। और जब मैं कहता हूं कि उपचार और विश्लेषण करने की बात भूल जाओ तो मेरे कहने का अर्थ नहीं है कि उनका प्रयोग मत करो, लेकिन उनके साथ तादात्म्य मत जोड़ो। वे वहीं बने रहेंगे, तुम्हारा पूरा ज्ञान, तुम्हारा अनुभव वही होगा, लेकिन अब यह अनुभव और ज्ञान प्रमुख नहीं होगा, यह तुम्हारी उपस्थिति के बाद दूसरे स्थान पर होगा। वह एक निश्चित सीमा तक सहायता करेगा। और यह अच्छा होगा।

ज़ेन में वे कहते हैं कि यदि वास्तव में एक सच्चे चित्रकार बनना चाहते हो तो वर्षों तक चित्रकला सीखो। तब कुछ वर्षों के लिए चित्रकला के बारे में सभी कुछ भुला दो। अपने ब्रुश, कैनवास और रंगों को फेंक दो और तब कोई अन्य दूसरा काम करना शुरू कर दो और तब इस बात को पूरी तरह भुला दो कि तुम चित्रकला जैसी कोई चीज़ जानते भी हो। पहिले सीखो तब उसे अनसीखा करो और तब अचानक एक दिन तुम जो चित्र बनाओगे, तो तुम्हारे चित्र में निर्दोषता होगी-एक बच्चे जैसा भोलापन होगा और साथ में चित्रकला जानने वाले की विशेषज्ञता भी होगी। यह दोनों चीज़ें वहां होगीं। और जब दोनों ही वहां होती हैं, तभी वहां एक महान कला होती है।

स्मरण रहे, तुम अत्यंत संवेदनशील हो सकते हो, तुम बहुत अधिक काव्यमय हो सकते हो, लेकिन हो सकता है कि तुम यह न जानते हो कि कैसे उसमें रंग भरकर उसे जीवंत बनाया जाये, यह संभव है कि यह कला पटुता तुम्हें न आती हो। तब तुम्हारा चित्र अनाड़ी कलाकार द्वारा बनाया हुआ होगा, जिसका कोई भी मूल्य न होगा। अथवा तुम एक महान कुशल कलाकार बन सकते हो, तुम रंग, ब्रुश और आकृति के बारे में प्रत्येक चीज़ को जानने वाले बन सकते हो, तुम चित्रकला एकेडेमी में चित्रकला का अध्ययन करने वाले होने के साथ-साथ बहुत कला कुशल भी हो सकते हो, लेकिन यदि तुममें कोई अनुभूति, संवेदनशीलता और प्रेम नहीं है तो तुम्हारे अंदर काव्य भी नहीं होगा। तुम्हारे हृदय में कोई गीत नहीं होगा। तब यदि तुम कोई चित्र बनाते हो तो तुम्हारे चित्र में कला कौशल तो

होगा – लेकिन वह मृत होगा। एक सच्चे कलाकार के पास दोनों ही गुण होते हैं- एक बच्चे जैसी निर्दोषता और कला कुशलता। लेकिन जब वह चित्र बनाता है तो अपना सारा कला चातुर्य और ज्ञान भूल जाता है। गहरे अचेतन में वे वहां होते ज़रूर हैं, वे वहां कार्य कर रहे होते हैं, लेकिन वह अपनी पूरी कला विशेषज्ञता के बारे में सभी कुछ भूल जाता है। वह निर्दोष बन जाता है। वह एक अनाड़ी की भांति चित्र बनाता है। वह उस समय कुछ भी नहीं जानता, वह न जानने वाले मन से चित्र बनाता है – इसीलिए उसमें ताज़गी होती है, उसमें कल्पना की ऊंची उड़ान, अंतर्दृष्टि और दिव्यता होती है। उसकी विशेषज्ञता, अचेतन से अपना काम किये जाती है। वह वहां उसके रक्त में और उसकी अस्थियों में धुली होती है, उसके बारे में उसकी याद करने की कोई ज़रूरत है ही नहीं। तभी ज्ञात में कोई चीज़ अज्ञात से उतरती है।

और यही सिद्धांत, प्रत्येक प्रकार के जीवन के लिए और उस जीवन के लिए भी जिसे तुम जीते जा रहे हो, अवश्य होना चाहिए। कला कुशलता को भली भांति जानो, सीखो, और तब सारी कलापटुता भूल जाओ। तब उसमें बहुत भोलेपन और निर्दोषता से प्रवेश करो। यदि तुम एक इंसान और एक व्यक्ति की भांति होने का अनुभव कर रहे हो, तो यह सबसे श्रेष्ठ चीज़ है, जो एक मनुष्य के साथ घट सकती है।

तुम कहते हो...और शायद एक शिक्षक। ठीक। यह शब्द 'शायद' बहुत सुन्दर है। यदि तुम एक शिक्षक बनने के बारे में पूरी तरह से निश्चित हो, तो मैं तुम्हें यह विचार छोड़ देने के लिए कहूंगा; यह बहुत खतरनाक है। 'शायद' ठीक है, हिचकिचाहट होना शुभ है। एक अच्छा शिक्षक हमेशा 'शायद' होता है। वह लकीर का फकीर नहीं होता। वह कठोर और सख्त नहीं होता, वह द्रव की भांति तरल होता है। उसमें प्रवाह और सहजता होती है। वह कुछ भी नष्ट नहीं कर सकता, वह केवल सृजन कर सकता है। जब तुम किसी मत या विश्वास से बंधकर पक्के, और सुनिश्चित हो जाते हो, तुम विध्वंसक बन जाते हो। तुम एक शिक्षक न होकर अध्यापक बन जाते हो।

इसलिए होफमैन! दोनों ही चीज़ें अच्छी हैं। अपने अंदर उतरो, एक व्यक्ति बनो और शायद एक शिक्षक भी।

तुम कहते होः अब मैं निर्देश पाने के लिए केवल अपना अंतर्स्वर ही सुनता हूं। क्या ऐसा कुछ और है, जो मैं कर सकता हूं?

नहीं, यदि तुम कुछ और करते हो, तो तुम पूरी चीज़ में बाधा ही डालोगे। तुम सामान्य रूप से प्रार्थनापूर्ण और ध्यानमग्न होकर प्रतीक्षा करो। चीज़ें स्वयं घट

रही हैं। तुम्हारा अंतर्स्वर तुम्हें निर्देशित करना प्रारंभ कर देगा। और जब अंतर्स्वर तुम्हें निर्देशित करना प्रारंभ करे, तो बेईमानी मत करना, और न ही कोई चुनाव करना। यह मत कहना – 'यह मैं चुनूंगा और मैं यह नहीं चुनूंगा' तब उसका कोई भी अर्थ न होगा। तब भले ही वह बात अंतर्स्वर से आ रही हो और यदि तुम चुनावकर्त्ता बने रहते हो तो तुम अहंकार से ही उसका निर्णय करोगे। अब अपने अंतर्स्वर में डूब कर विश्राम करो। तुम उसके स्वामित्व में चले जाओ।

ऐसा करना तुम्हारे लिए कठिन होगा, क्योंकि तुम कहते हो कि तुम अनुभवी बहुत अच्छी तरह प्रशिक्षित और सफल हो। यह तुम्हारे लिए कठिन होगा क्योंकि कोई कभी भी नहीं जान पाता कि अंतर्स्वर कहां जाने को निर्देशित कर रहा है। अंतर्स्वर तुमसे कह सकता है – 'एक संन्यासी बन जाओ – यही मेरी भावना है। लेकिन तब अपने अनुभवी मन, अपने सफलतापूर्वक गुज़ारे अतीत और अपनी सुप्रशिक्षित स्थिति को बीच में मत ले आना। उसमें बाधा मत डालना। यदि अंतर्स्वर कहता है – संन्यासी बन जाओ, तब ले लेना संन्यास – तब तुम्हें अपनी ओर से कुछ करना ही नहीं है। बस उसके अधिपत्य में चले जाना है। अपने अंतर्स्वर पर तुम जितनी आस्था रखोगे, वह और अधिक स्पष्ट और तेज़ होता जायेगा। और तुम जितना अधिक उस पर आस्था रखते हुए उसके अनुसार कार्य करोगे, तो धीमे-धीमे तुम समझोगे कि अब किसी भी चीज़ के बारे में सोचने की कुछ भी ज़रूरत है ही नहीं।

परमात्मा तुम्हें संकेत दिए चले जाता है। परमात्मा कहे चले जाता है कि क्या करना है, लेकिन यह सच है कि वह फुसफुसाता है। वह चीखता नहीं। और हम इतने अधिक शोर से भरे हुए हैं कि फुसफुसाने का वह मद्धिम स्वर खो जाता है। अपने अंतर्स्वर को सुनो, वही परमात्मा की आवाज़ है। और केवल सुनो ही नहीं; उस पर आचरण भी करो। वचनबद्ध होकर आस्था के साथ उस रहस्य की ओर गतिशील हो जाओ।

जब तुम अंतर्स्वर के अनुसार कार्य करना प्रारंभ करते हो ... तो कभी-कभी यह बहुत जोखिम भरा होता है- लेकिन यह खतरा उठाओ- क्योंकि केवल जब वहां खतरा या संकट होता है, तो वहीं जीवन होता है, जब वहां खतरा होता है, केवल तभी विकास होता है। खतरनाक ढंग से जीयो। यदि अंतर्स्वर कहता है – यह काम करो, तब उसे करो, और परिणाम के बारे में ज़रा भी फिक्र मत करो। किसी भी अन्य चीज़ का कोई भी महत्व नहीं होता।

और कभी-कभी तुम्हारा मन तुमसे कहेगा कि यह बहुत अधिक है – ज़रा इस बारे में विचार करो। यदि तुम विचार करने लग जाते हो तो अंतर्स्वर खो

जाता है। वह विचार करने में ही लुप्त हो जाता है। इसलिए सोचो मत, करो। और तुम देखोगे कि तुम्हारा प्रत्येक कार्य तुम्हें उस स्वर के निकट से निकट ले जाता है। और जब तुम कई बार अंतर्स्वर के अनुसार कार्य करते हुए यह देखते हो कि वह तुम्हें ठीक स्थान पर ही ले जाता है, तब इस बारे में कोई संदेह रहेगा ही नहीं। और तब विचार करने को छोड़ा जा सकता है। यह तो प्रतिस्थापन है। क्योंकि हम यह भूल चुके हैं कि परमात्मा को कैसे सुना जाये, हमें विचार करना पड़ता है।

होशपूर्ण प्रामाणिक मनुष्य को सोचने की कोई आवश्यकता होती ही नहीं। परमात्मा उसे वह सभी कुछ दिए चले जाता है, जिसकी आवश्यकता होती है, और जब भी किसी चीज़ की कोई भी ज़रूरत होती है।

दूसरे और तीसरे प्रश्न एक दूसरे से जुड़े हैं।

दूसरा प्रश्न :

क्या आपके कक्ष में किसी तरह की कोई यांत्रिक व्यवस्था है जिसे आप नियंत्रित करते हैं अथवा आश्रम में प्रत्येक व्यक्ति की चित्तवृत्ति को बदलकर, क्या प्रत्येक व्यक्ति की चित्तवृत्ति को उसी समय ठीक उसी तरह की वैसी ही बना देते है! ऐसा प्रतीत होता है कि प्रत्येक व्यक्ति एक जैसे ही चक्र अथवा परिवर्तन की स्थिति से होकर, व्यक्ति विशेष के रूप में न गुज़र कर एक समुदाय की भांति गुज़रता है! आखिर ऐसा क्यों है?

और तीसरा प्रश्न :

क्या यहां आश्रम में सामूहिक अचेतन है? प्रत्येक अन्य प्रश्न, जो मैं पूछने के लिए सोचता था, तो पाता था कि वह प्रश्न किसी अन्य के द्वारा पूछ लिया गया है अथवा आपने किसी अन्य तरह से उसका उत्तर दे दिया है।

उत्तर :

दूसरा प्रश्न बिग प्रेम ने और तीसरा प्रश्न आनंद समाथा ने पूछा है।

कम्यून का यही अर्थ होता है। कम्यून धीमे-धीमे विकसित होकर एक शरीर, एक प्राण अथवा शरीरात्मा बन जाता है। और यदि आत्मा ही न हो तो वह कम्यून, कम्यून होती ही नहीं। तब वह एक भीड़ होती है। एक समूह होता है। भीड़ या समूह के पास कोई आत्मा नहीं होती। जब समूह के पास आत्मा होती है, तब वह कम्यून बन जाता है। तब वहां एक केन्द्र होता है, जहां सभी मिलते हैं।

मैं तुम्हारा केन्द्र हूं। तुम यहां मेरे ही कारण हो। तुम सभी यहां इसीलिए आये हो क्योंकि मैं यहां हूं; तुममें से प्रत्येक बहुत गहरे में मेरे साथ जुड़ा है। मैं तुम सभी के लिए एक केन्द्र के रूप में कार्य कर रहा हूं। प्रेम मुझसे सम्बद्ध है, इसी तरह से समाथा भी मुझसे जुड़ा हुआ है। और जब तुम सभी मुझसे जुड़े हुए हो तो स्वाभाविक रूप से तुम सभी के साथ जुड़ जाते हो। प्रत्येक व्यक्ति सभी के साथ सम्बद्ध हो जाता है।

मैं तुम लोगों के बीच का खाली स्थान अथवा अंतराल हूं, तुम्हारे लिए एक पुल हूं, जहां से तुम एक दूसरे की ओर गतिशील होते हो। यदि तुम वास्तव में मुझसे प्रेम करते हो, तो यह अधिक से अधिक होता चला जायेगा।

इससे पहिले कि तुम प्रश्न पूछो, तुम उसका उत्तर पा लोगे। इससे पहिले कि तुम प्रश्न पूछो, बहुत से अन्य लोग उसे पूछ चुके होंगे। तुम्हें बस थोड़ी सी प्रतीक्षा करने की आवश्यकता है।

और जब पूरी कम्यून एक ही समय परिवर्तन के एक चक्र अथवा उस स्थिति से होकर गुज़रेगी तो वहां चित्तवृत्तियों में भी ऐसा होने जा ही रहा है। तुम मेरे जितने निकट आते हो, उतनी ही घटनाएं अधिक घटेंगी। हां, कोई चीज़ ऊपर उठ रही है। और प्रेम ने इसे ठीक से महसूस किया है। तुम लोग एक पृथक इकाई के रूप में मिटते जा रहे हो।

वास्तव में धार्मिक समाज का यही तो अर्थ होता है, और यही अर्थ है एक कम्यून का। हम अपनी चेतनाओं को एक ही स्थान में एकत्रित करते हैं और तब महान ऊर्जा निसृत होती है। अकेले तुम बहुत ऊंचाई तक नहीं जा सकते। अकेले में तुम अकेले ही होते हो। अकेले होने पर तुम्हारे पास सभी तरह की सीमाएं होती हैं। जब तुम अनेक लोगों के साथ एक हो जाते हो तो अनंत ऊर्जा उपलब्ध होती है। और बहुत सी चीज़ें घटना शुरू हो जाती हैं, जो अकेले में नहीं घट सकतीं।

उदाहरण के लिए गिटार का एकल वादन एक चीज़ है और एक आरकेस्ट्रा पूरी तरह से भिन्न चीज़ है। हां, एकल गिटार का वादन सुंदर है, लेकिन इस बारे में उसकी एक सीमा है। वह बहुत अधिक समृद्ध नहीं हो सकता, क्योंकि उसके अनेक आयाम नहीं होगें। वह एकल है। आरकेस्ट्रा कहीं अधिक समृद्ध है। उसमें बहुत से आयाम और बहुत सी दिशाएं मिलती हैं। उसमें अनेक तरह के वाद्य और बहुत से कलाकार होते हैं और उनकी एकत्रित ऊर्जा से एक लयबद्ध रागिनी उत्पन्न होती है। जो एक आरकेस्ट्रा होता है, वैसी ही कुछ कम्यून होती है।

तुम अपनी ऊर्जाएं मेरे साथ इकट्ठी कर रहे हो – और यह स्वाभाविक है

कि तुम उसी तरह की चित्तवृत्ति और उसी तरह की लयबद्धता का अनुभव करना शुरू कर दोगे, जो पूरी कम्यून के वातावरण में व्याप्त हो रही है।

यदि तुम अकेले हो, तो जागे रहना कठिन है। लेकिन यदि तुम कुछ लोगों के साथ बातचीत और हास परिहास करते हुए हंस रहे हो, तो तुम पूरी रात बहुत आसानी से जागे हुए रह सकते हो। प्रत्येक व्यक्ति के लिए पूरी रात सजग बने रहना कठिन होगा, लेकिन सभी के साथ यह सरल है। हंसने, हास-परिहास, गीत गाने और बातचीत करने की ऊर्जा इतनी अधिक होती है – जो तुम्हें सजग बनाए रखती है।

और यह पूरा प्रयोग संसार में एक तरह के बुद्धत्व को लाने के लिए है। यह कम्यून कोई साधारण कम्यून नहीं है। यह सोये परमात्मा को उत्तेजना देने का प्रयोग है। जो कुछ यहां घटने जा रहा है, हो सकता है तुम उसके प्रति सजग न हो। तुम केवल अपनी समस्याओं के प्रति ही सजग हो सकते हो। तुम मेरे पास, हो सकता है कि केवल अपनी समस्याओं को हल करने के लिए ही आये हो, लेकिन यह बात प्रमुख नहीं है। मैं किसी दूसरी ही चीज़ की तैयारी कर रहा हूं।

मैं एक ऐसा अंतराल निर्मित करने का प्रयास कर रहा हूं, जहां परमात्मा को अधिक से अधिक अवतरित किया जा सके। यह कम्यून संबंध जोड़ने वाली एक कड़ी बन जाएगी। संसार ने इस कड़ी या शृंखला को खो दिया है। परमात्मा अब एक वास्तविकता या सत्य नहीं रह गया है। जहां तक इस सदी का संबंध है, नीत्शे ठीक ही कहता है कि परमात्मा मर गया है। उससे जोड़ने वाली कड़ी टूट गई है। परमात्मा से केवल इस कड़ी या शृंखला के द्वारा ही जुड़ा जा सकता है। परमात्मा वहां है, और हम यहां हैं, लेकिन बीच में कोई सेतु नहीं है। इसलिए हम उसे कैसे जानें?

यह कम्यून इसी सेतु को सृजित करने का एक प्रयोग है। अधिक से अधिक इससे एक तान होकर इसमें उतरो। अपनी ऊर्जाओं को इकट्ठी करो। और स्मरण रहे एक छोटा सोता कभी भी सागर तक नहीं पहुंच सकता। वह कहीं बीच ही में खो जाएगा, क्योंकि सागर बहुत दूर है। वह किसी रेगिस्तानी भूमि या ऊसर में लुप्त हो जायेगा। लेकिन यदि बहुत से छोटे सोते एक साथ मिल जायें तो वे ही गंगा बन जाते हैं। तब वे सागर तक पहुंच सकते हैं। गंगा भी अकेली नहीं पहुंच सकती वहां।

यदि तुम गंगा के उद्गम स्रोत पर जाओ, तो वह बूंदों के टपकने जैसा है। गंगोत्री में, जो गंगा का स्रोत है, वहां संगमरमर का एक गोमुख है, और गंगा उसके द्वारा निकल रही है। इतनी अधिक छोटी। तुम कैसे आशा कर सकते हो

कि वह सागर तक पहुंचेगी? लेकिन लाखों सहायक नदियां, लाखों छोटे-छोटे सोते, झरनें उसमें योगदान देते हुए अपनी ऊर्जाओं को इकट्ठा करते हैं और गंगा एक बहुत बड़ी नदी बन जाती है। तब कोई भी बाधा उसे बांध नहीं सकती। तब वह सागर तक पहुंचती है।

यह कम्यून, चेतना की गंगा को सृजित करने का एक प्रयास है। ऐसा हो भी रहा है। और यह अधिक से अधिक होता भी जायेगा, यदि तुम इसमें अधिक से अधिक सहयोगी और सचेत बनो। यहां कोई संघर्ष खड़े मत करो। छोटी-छोटी चीज़ों के बारे में प्रतिरोध मत बनो। विश्रामपूर्ण होकर सहयोग करो। यदि तुम्हें कोई चीज़ खोना भी पड़े तो डरो मत – क्योंकि तुम्हारा कुछ खोना ही अंत में जाकर प्राप्ति बन जायेगा।

अपने अहंकार को इसमें मत लाओ, अन्यथा तुम मेरे कार्य को नष्ट कर दोगे। अपने अहंकार को दूर फेंक दो। कुछ चीज़, जो कहीं अधिक मूल्यवान है, यहां घट रही है। और शीघ्र ही बहुत से लोग यहां आयेंगें और तुम लोग प्रथम आने वाले बन जाओगे, जो कुछ भी उन लोगों का घटेगा, तुम्हीं लोग उसके नमूनें बनोगे। शीघ्र से बहुत से लोग हजारों की संख्या में यहां आयेंगे। वे लोग यहां आना शुरू करें, उससे पूर्व ही तुम्हें आरकेस्ट्रा तैयार करना है, अन्यथा बहुत शोर-शराबा होगा वहां।

क्या तुमने कभी इस चीज़ को निरीक्षण किया है? यदि तीस व्यक्ति एक सुर ताल में गीत गा रहे हों, और तुम उसमें सम्मलित हो जाओ, तो तुरंत ही तुम भी उसी सुर ताल में डूब जाओगे। लेकिन यदि वह संगीत बेसुरा और शोर भरा हुआ हो और उसमें कोई सुर ताल न हो, तो तुम भी एक अव्यवस्थित कोलाहल बन कर रह जाओगे।

मैं धीमे-धीमे कार्य कर रहा हूं, और तुम्हारी कम्यून से अधिक लोगों को जोड़ रहा हूं। शीघ्र ही यहां हजारों और लोग आयेंगे। देर-सवेर मैं एक छोटा सा नगर सृजित करना चाहता हूं, जहां लोग निरी निरहंकारिता में जी सकें। और इस संबंध में जितने अधिक लोग होंगें, चमत्कार घटने की संभावना उतनी ही अधिक होगी- क्योंकि परमात्मा अधिक से अधिक उपलब्ध होगा। आकाश उतना ही अधिक तुम्हारे और निकट आयेगा।

यह सदा याद रहे – जब भी तुम्हारे छोटे-छोटे अहंकार बीच में आ जाते हैं, वे अवरोध बन जाते हैं। जब एक छोटी नदी, गंगा में मिलने के लिए उसके निकट आती है तो स्वाभाविक रूप से अहंकार साथ में आयेगा ही। अहंकार कहेगा – तुम क्या कर रही हो? तुम खो जाओगी। तुम स्वयं फिर और बचोगी

ही नहीं। तुम अपनी पहचान खो दोगी। यदि तुम गंगा के साथ ही वहीं, तो तुम गंगा ही कही जाओगी – तुम्हारा नाम ही खो जाएगा।

इसी को मैं संन्यास कहता हूं। जिस क्षण तुम संन्यास लेते हो, तुम मेरे ही भाग बन जाते हो, तुम खो जाते हो। तुम मेरे द्वारा ही जाने जाओगे, तुम अपने व्यक्तित्व से नहीं जाने जाओगे। यही साहस है। संन्यास लेकर तुम एक पूरी तरह से भिन्न अस्तित्व में सरलता से समाहित हो रहे हो, क्योंकि तुम मुझमें मिल रहे हो! संन्यास तुम्हारी मृत्यु है और है एक पुनर्जन्म – मृत्यु अहंकार की और पुनर्जनम चेतना का।

लेकिन यदि छोटी नदी यह सोचे कि मैं अपने आपको गंगा में खोने के लिए तैयार नहीं हूं, तब नदी किसी रेगिस्तान में जाकर लुप्त हो जाएगी। और यह आत्मघात होगा। गंगा के साथ रहना, आत्मघात नहीं है। गंगा के साथ, नदी गंगा ही बन जाती है। प्रश्न केवल यह है कि तुम इसे कैसे देखते हो। यदि तुम विधायक दृष्टि से देखते हो तो वह बहुत विराट हो जाती है वह फिर और छोटी नहीं रह जाती, वह और अधिक समय तक अपने छोटे तटों तक सीमित नहीं रह जाती। अब जो गंगा है, वह ही वही है, अब गंगा का अस्तित्व ही उसका अस्तित्व है। यह देखने का दूसरा ढंग है। और यही दृष्टिकोण होना भी चाहिए।

जब एक संन्यासी बनकर तुम मुझसे जुड़ते हो, तुम अपने आप को छोड़कर मिट जाते हो। जब तुम कम्यून में सम्मिलित होते हो, तब तुम्हें पूरी तरह से अपने को महत्वहीन मानकर मिटा देना होता है। यदि वहां थोड़ा सा अंश भी लटका रह गया तब वह तुम्हारे अपने लिए भी मुसीबत बनेगा और कम्यून के लिए भी। और मुझसे तुम लाभान्वित नहीं होगे।

यही हो रहा है और ऐसा ही अधिक से अधिक होने जा रहा है। इसके लिए तैयार हो जाओ।

चौथा प्रश्न :

> आयन रेंड, जो विषयनिष्ठवाद दर्शनशास्त्र के जन्मदात्री थी : उन्होंने पागल होकर आत्महत्या कर ली। इतने अधिक तर्कपूर्ण मस्तिष्क और ऐसी दुर्लभ महिला के साथ ऐसे कैसे हो सका?

उत्तर :

एक विचारशील, तर्कनिष्ठ जैसे व्यक्ति के साथ ठीक ऐसा ही होता है। बुद्धिमान और विचारशील मस्तिष्क, पागलपन और आत्महत्या के पार नहीं जा सकता। यही

उसकी अंतिम पराकाष्ठा है, जो होता ही हैं। यदि कोई तर्कनिष्ठ व्यक्ति पागल नहीं है तो इसका बस यही अर्थ है कि वह काफी तर्कनिष्ठ व्यक्ति नहीं है। यदि किसी तर्कनिष्ठ व्यक्ति ने अभी तक आत्महत्या नहीं की है, तो इसका सामान्य अर्थ इतना ही है कि वह मध्यम श्रेणी का है। उसने तर्कनिष्ठ के शिखर का अभी स्पर्श नहीं किया है। यदि तुम तर्कनिष्ठ होने के शिखर तक पहुंच जाओ तो जीवन अपना सारा अर्थ खो देता है – क्योंकि तर्क कोई भी अर्थ नहीं दे सकता। जीवन सारे अर्थ ले जाता है। तार्किकता विध्वंसक है, जहरीली है।

यह प्रेम है, जो जीवन को अर्थ देता है। यह प्रेम ही हैं जो खिलता है और फलता-फूलता हैं, यह प्रेम ही है, जो नाचता है और गीत गाता है, यह प्रेम ही है जो उत्सव आनंद बनता है। एक तर्कनिष्ठ मस्तिष्क धीर-धीरे प्रेम की सारी सम्भावनाएं खो देता है – क्योंकि प्रेम अतर्कपूर्ण है, वह तर्क को साथ अस्तित्व में ही नहीं रह सकता। वे एक दूसरे का निषेध करते हैं, अवरोध उत्पन्न करते हैं। यदि तुम प्रेम करते हो तो तुम अतर्कपूर्ण बन जाते हो; और यदि तुम तर्कनिष्ठ हो तो तुम प्रेमपूर्ण नहीं रह जाते। और बिना प्रेम के वहां आखिर है क्या, जिसके द्वारा जिसके साथ और जिसके लिये जीवित रहा जाए?

अयान रेंड बहुत अहंकारी, अत्यधिक बुद्धिमान, विचारशील और यथार्थवादी महिला थीं। उनकी दार्शनिक विचारधारा पूरी तरह स्वार्थपूर्ण है। यदि तुम पूरी तरह से स्वार्थी हो, तो तुम कैसे प्रेमपूर्ण हो सकते हो? यह असंभव हैं। उसका दर्शन, पूरी तरह से यथार्थवादी और भौतिकतावादी है। जब वहां केवल पदार्थ है, तब फिर उसमें खिलेगा क्या? उसमें कोई आत्मा ही नहीं है। सारी खोज ही मिट जाती है। जीवन सपाट और एकरस बन जाता है। वहां कोई रहस्य नहीं रह जाता। आत्मा के साथ ही जीवन और रहस्य प्रविष्ट होते हैं। रहस्य के साथ वहां प्रसन्नता होती है, क्योंकि इस बारे मे वहां उसकी जांच करने, खोजने और फैलने की सम्भावना होती है वहीं कुछ घटने की भी सम्भावना होती है, कुछ भी घट सकता है वहां।

मनुष्य जितना जानता है, वह उससे कहीं अधिक है। जितना तुम जानते हो, तुम उससे कहीं अधिक होते हो, क्योंकि तुममें तुम्हारा अंतर्निहित सत्य हमेशा-हमेशा रहस्यपूर्ण बना रहता है, वह हमेशा अज्ञात और अज्ञेय बना रहता है। तुम अधिक से अधिक जानते चले जा सकते हो, लेकिन इससे तुम्हारा रहस्य कम नहीं होता। यही है वह, जिससे मेरा अभिप्राय आत्मा का है – जो पूरी तरह रहस्यपूर्ण है।

आयन रेंड के लिए वहां कोई भी रहस्य नहीं है। जब वहां कोई रहस्य नहीं है, तो वहां जीवन भी कैसे हो सकता है, तब वहां जीने के लिए है ही क्या? इसका तार्किक निष्कर्ष आत्महत्या ही प्रतीत होता है। और यदि तुम आत्महत्या नहीं करते हो, तो पागलपन दूसरा परिणाम है। ये दो विकल्प ही हो सकते हैं। या तो पागल हो जाओ – पागल होने का अर्थ है – अतर्कपूर्ण होना, अपने विचारशील और तार्किक मन को गिरा देना – अथवा आत्महत्या करना, इस व्यर्थ जीवन पर परित्याग करना।

जीन पाल सार्त्र ने कहा है – 'मनुष्य होना एक व्यर्थ की लालसा है।' अब मेरा अनुभव कहता है कि सार्त्र बहुत तर्कपूर्ण नहीं है, अन्यथा उसने आत्महत्या कर ली होती। यदि मनुष्य होना एक व्यर्थ की लालसा है और यदि वहां उसका कोई अर्थ ही नहीं है, यदि जीवन अर्थहीन है, तब आखिर क्यों जिये जाते हो? क्यों कल के बाबत सोचते हो – कि तुम कल भी अस्तित्व में रहना चाहते हो। यह बहुत अतर्कपूर्ण है। यदि कुछ भी होने नहीं जा रहा है, यदि कभी कुछ हुआ ही नहीं है, यदि वास्तव में कुछ होता ही नहीं है, तब आखिर क्यों जिये चले जाते हो? क्यों भोजन किये चले जाते हो, क्यों बार-बार सोते और उठते हो? यह घृणास्पद है।

सार्त्र की एक दूसरी पुस्तक है – Nausea (जी मिचलाना) लेकिन ऐसा प्रतीत होता है कि यह फिर भी दार्शनिक है, उसने इसे अस्तित्वगत रूप से नहीं लिया है – अन्यथा इस दर्शन का भी तार्किक निष्कर्ष आत्महत्या ही होता। सावधान हो जाओ। ये सम्भावनाएं तुम्हारे अंदर भी हैं। यदि तुम बहुत अधिक तर्कपूर्ण हो जाते हो, तो पागलपन अथवा आत्महत्या अथवा दोनों, इसके निष्कर्ष होंगें।

इसी कारण मैं तुम्हें तर्क नहीं, प्रेम सिखलाता हूं, तर्क के स्थान पर भावपूर्ण होना और मन के स्थान पर हृदय तल पर जीना सिखलाता हूं। तब जीवन में ऐसा सौंदर्य ऐसा परमानंद और ऐसी प्रसन्नता होती है कि कोई भी अपने पर नियंत्रण नहीं रख पाता। यह इतना अधिक और अतिरेक से प्रवाहित हो रहा है और कितना अधिक विह्वल कर देने वाला है यह?

तुम पूछते हो – "आयन रेंड, जो विषयनिष्ठवाद दार्शनिक विचारधारा की जन्मदात्री थीं उन्होंने पागल होकर क्यों आत्महत्या कर ली? इतने अधिक तर्कपूर्ण मस्तिष्क और इतनी अधिक दुर्लभ महिला के साथ ऐसा कैसे हो सका?" यह प्रश्न है सुधीर सरवस्ती का। मैं कहता हूं बिल्कुल ठीक हुआ।

पांचवा प्रश्न :

मैं मरने से बहुत भयभीत हूं। क्या आप यह बतला सकते हैं कि लम्बी आयु प्राप्त करने का रहस्य क्या है?

उत्तर :

सांस लेना जारी रहे।

छठा प्रश्न :

मैं पिछले पांच वर्षों से संन्यास लेने के बारे में निरंतर सोचता ही रहा हूं, फिर भी मैं कोई भी निर्णय नहीं ले सका। मुझे क्या करना चाहिये?

उत्तर :

दफा हो जाना चाहिए।

और यह सातवां प्रश्न :

क्या किसी को अपने पड़ोसी से प्रेम करना चाहिए?

उत्तर :

यह सुनिश्चित कर लो कि पड़ोसिन का पति घर पर तो नहीं है।

इसी कारण तुम एक ही पटरी पर चलने वालों को पसंद करते हो! लेकिन परमात्मा ने इसके बारे में सुना ही नहीं है।

मैंने सुना है –

एक बार परमात्मा ने एक साथ अपने सभी लेखकों को बुलवाया और कहा – भद्र पुरुषों! अगले सप्ताह मैं सिनाई पर्वत पर एक भव्य प्रदर्शन का आयोजन कर रहा हूं और मुझे उसके प्रचार सामग्री की ज़रूरत है।

एक ने अपनी सेवा अर्पित करते हुए पूछा – वह लगभग कैसी होना चाहिए! तुम्हें चोरी नहीं करना चाहिए, क्या इस तरह के नीति वाक्य या उपदेश चलेंगें?

दूसरे ने पूछा – क्या ऐसे नीतिवाक्य? तुम्हें किसी की हत्या नहीं करनी चाहिए। तुम्हें किसी की...

परमात्मा की गर्जना गूंज उठी – "ठहरो! मैंने तुमसे कितनी बार यह नहीं

कहा कि मैं एक ही चीज़ को कभी दोहराता नहीं और हर बार एक नूतन पद्धति का प्रयोग करता हूं।"

लोग उन्हें ही पसंद करते हैं। लेकिन कभी-कभी अकेला एक शब्द ही बिना किसी प्रयास के बिना अर्थ स्पष्ट हुए एक बीज की भांति हृदय में गहरे उतर जाता हैं, और वह बंद द्वार खोल सकता है।

आठवां प्रश्न :

यदि आप कोई चमत्कार नहीं करते, तब ऐसा कैसे संभव है कि मुझमें चमत्कार घट रहे हैं?

उत्तर :

यह प्रश्न है चमन भारती का!

मैं कोई भी चमत्कार नहीं करता, लेकिन वे घटते हैं। उनका घटना एक पूरी तरह से भिन्न मामला है। वे तो प्रतिदिन घट रहे हैं। मैं उन्हें नहीं कर रहा हूं, तुम भी उन्हें नहीं कर रहे हो, लेकिन वे हो रहे हैं। हम एक अंतराल का सृजन कर रहे हैं, जहां उनका घटना संभव बन जाता है।

सच्चे और प्रामाणिक चमत्कार कभी भी किये नहीं जाते, वे घटते हैं। और जो किये जाते हैं वे चमत्कार हैं ही नहीं, वे केवल जादू की चालबाज़ियां हैं। जब कर्त्ता वहीं मौजूद है, तब चमत्कार कैसे हो सकता है? एक चमत्कार का अर्थ होता है कुछ चीज़ जो परमात्मा से आई हो, जो दिव्य हो, जो उस पार की हो, कछ ऐसी चीज़, जिसे किसी ने भी किया न हो, बल्कि वह अकस्मात अस्तित्वहीनता से ठोस रूप में प्रकट हो गई हो।

ईसाइयों की यह बहुत गलत धारणा है, जब वे कहते हैं – 'जीसस ने यह किया, जीसस ने वह किया।' जीसस ने कभी भी कुछ भी नहीं किया, एक भी चमत्कार नहीं किया! चमत्कार हुए, यह बात सत्य है। चमत्कार हमेशा होते हैं। पूरा जीवन ही इतना अधिक चमत्कारपूर्ण है। यदि तुम्हारे पास थोड़ी सी भी सजगता है, तो तुम अपने चारों ओर चमत्कार ही चमत्कार देखोगे। एक कली का खिल कर फूल बन जाना – तुम इसे चमत्कार नहीं कहते, क्योंकि तुम इसे देखने के इतने अधिक अभ्यस्त हो चुके हो। एक बीज में अंकुर फूटता है, वह पृथ्वी के बाहर आता है तुम इसे चमत्कार नहीं कहते। इससे अधिक चमत्कार और क्या हो सकता है? कुछ ओस की बूंदें फिसलकर घास की पत्ती पर गिर पड़ती

हैं और इसके ही साथ सूरज उन ओस की बूंदों में प्रतिबिम्बित होता है। वह दृश्य इतना अधिक बेशकीमती होता है, जैसे पूरा अस्तित्व ही उसमें प्रतिबिम्बित हो रहा हो। रात में एक सितारे का चमकना, एक छोटे बच्चे का मुस्कुराना, एक स्त्री का आंखों में आंसू भर कर रोना – यह सभी चमत्कारपूर्ण हैं, क्योंकि यह सभी रहस्यमय हैं।

यदि तुम मंद बुद्धि, मृत और असंवेदनशील हो, इसीलिए तुम चूकते चले जा रहे हो। अन्यथा यह तो सभी स्थानों पर घट रहे हैं। और उन्हें करने की भी कोई आवश्यकता नहीं है। प्रत्येक व्यक्ति को केवल ग्राहकतापूर्ण होना है।

नवां प्रश्न :

> भगवान! मैं अपने नाम को बहुत पसंद करता हूं लेकिन मैं स्त्रियों को भी बहुत चाहता हूं।

उत्तर :

प्रश्न पूछा है स्वामी प्रभु अनुरागी ने। इस नाम का अर्थ है – परमात्मा का प्रेमी – इसीलिए यह प्रश्न किया गया है।

वह कहता है – 'मैं अपने नाम को तो चाहता हूं लेकिन साथ ही मैं स्त्रियों की भी चाहता हूं।'

लेकिन तुमसे यह किसने कहा कि परमात्मा, स्त्रियों के विरुद्ध है, अथवा यह कि परमात्मा स्त्रियों में नहीं है? वास्तव में, परमात्मा पुरुषों की अपेक्षा स्त्रियों में अधिक है। पुरुष स्त्रियों की तुलना में उससे भटक कर कहीं अधिक दूर चले गये हैं; स्त्रियां अभी भी प्रकृति के कहीं अधिक निकट हैं, वे भाव और अनुभूति के कहीं अधिक निकट हैं, और इसीलिए वे परमात्मा के कहीं अधिक निकट हैं।

जब तुम किसी स्त्री से प्रेम करते हो, तो वास्तव में तुम उसके अंदर ऐसा क्या है, जिससे प्रेम करते हो? यह अलग-अलग लोगों के साथ अलग-अलग होगा और यह अलग-अलग समय पर भी अलग-अलग तरह से अनुभव होगा। यदि प्रेम वास्तव में उंमगता है तो उसका ढंग यह है, कि पहिले तुम किसी स्त्री के प्रेम में इसलिए पड़ते हो, क्योंकि उसका शरीर सुंदर है। वह ऐसा पहिला प्राप्य सौंदर्य है – उसका चेहरा, उसकी आंखें, उसके अंगो का अनुपात, उसकी गरिमा उसका नृत्य करना और उसकी धड़कती ऊर्जा, तुम्हें भाती है। उसका शरीर सुंदर है, यह उसके निकट पहुंचने का पहिला रास्ता है। तुम उसके प्रेम में गिर पड़ते हो अथवा प्रेम मे डूब जाते हो।

तब कुछ दिनों के बाद तुम उस स्त्री के अंदर और गहरे उतरना शुरू करते हो। तुम उसके हृदय से प्रेम करना शुरू कर देते हो। अब कहीं अधिक सुंदर दिव्यता प्रकट होकर तुम्हारे पास आने लगती है। शरीर प्रमुख नहीं रह जाता, हृदय ही प्राथमिक बन जाता है। एक नई अंतर्दृष्टि उत्पन्न होती है, एक नया शिखर प्रकट होता है। यदि तुम उस स्त्री से प्रेम करते ही चले जाओ, तो देर-सबेर तुम वहां शिखरों के पार और नये शिखर, गहराइयों के पार और नई गहराईयां पाओगे। तब तुम उस स्त्री की आत्मा से प्रेम करना शुरू कर देते हो। तब यह उसका केवल हृदय नहीं होता अब वह उतना प्रमुख नहीं रह जाता। अब उसका प्रामाणिक व्यक्ति, उसकी वास्तविक उपस्थिति, उसकी सच्ची दीप्ति उसकी जीवंतता और उसके अस्तित्व का वह अज्ञात छिपा व्यक्तित्व, जो वह है, प्रकट होता है। अब शरीर बहुत दूर चला जाता है, हृदय भी दूर चला जाता है – अब उसका बस अस्तित्व प्रमुख होता है।

और तब एक दिन उस विशिष्ट स्त्री का अस्तित्व भी दूर चला जाता है। अब तुम उसके अंदर के स्त्रित्व या नारी स्वभाव को, उसकी प्रकृति को उसकी ग्राह्यता करने वाली ऊर्जा से, और स्त्रित्व के उस विशिष्ट रूप से प्रेम करने लगते हो। अब वह अधिक समय तक एक व्यक्ति-विशेष अथवा व्यक्तिगत नहीं रह जाती, वह अधिक से अधिक व्यापक और विश्वजनीन होने लगती है। और एक दिन वह स्त्रित्व भी लुप्त हो जाता है – तुम उसके अंदर पूरी मनुष्यता को ही प्रेम करते हो। अब वह केवल स्त्री की केवल एक प्रतिनिधि ही नहीं रह जाती, वह उतनी ही, बल्कि उससे भी अधिक पुरुष की भी प्रतिनिधि बन जाती है। आकाश बड़े से बड़ा होता जाता है। तब फिर एक दिन मनुष्यता भी नहीं रह जाती वह, बल्कि पूरा अस्तित्व या प्रकृति ही बन जाती है। उसका अस्तित्व है, वह है, बस तुम इतना ही सब कुछ चाहते हो कि वह अस्तित्व में रहे। अब तुम परमात्मा के निकट आ रहे हो।

तब आता है अंतिम बिंदु – व्यवस्थित रूप से प्रकट की गई सारी अभिव्यक्तियां और रूप भी लुप्त हो जाते हैं, और वहां परमात्मा ही होता है। तुमने अपनी स्त्री अथवा अपने पुरुष के प्रेम के द्वारा परमात्मा को प्राप्त कर लिया। प्रत्येक प्रेम की प्रतिध्वनि, परमात्मा का प्रेम ही है।

इसलिए चिंता करने की कोई बात नहीं है, प्रभु अनुराग। मैंने तुम्हें परमात्मा के प्रेमी का नाम दिया है, लेकिन इसका यह अर्थ नहीं है, कि तुम्हें स्त्रियों के प्रति अपने प्रेम को नष्ट करना है, इसका यह भी अर्थ नहीं है, कि तुम्हें किसी भी चीज़ के प्रति अपने प्रेम को मिटाना है। इसका सामान्य सा अर्थ यही है कि

तुम्हें इसे और गहरा बनाना है, तुम्हें उसकी गहराइयों में जाना है। गहरे और गहरे खुदाई करते ही जाओ और एक दिन तुम पाओगे कि तुम्हारी प्रेमिका मिट गई और वहां सामने परमात्मा ही खड़ा है – क्योंकि प्रत्येक व्यक्ति के अस्तित्व में, प्रत्येक की आकृति और रूप में परमात्मा ही छिपा है। वह प्रत्येक के घर में निवास कर रहा है। तुम्हारी स्त्री, एक घर है, एक मंदिर है; और इसी तरह तुम्हारा पुरुष भी। मैं प्रेम के लिए ही हूं। यदि तुम शरीर के प्रेम में भी गिरते हो, तो मैं उसके भी विरुद्ध नहीं हूं। वह परमात्मा से सर्वाधिक दूर हैं, लेकिन फिर भी वह परमात्मा से जुड़ा है। वह बहुत दूर की प्रतिध्वनि है, लेकिन फिर भी वह उसी ध्वनि की प्रतिध्वनि हैं। जो मूल है वह अभी भी कहीं और है। कभी भी किसी भी जगह कहीं भी अपने प्रेम को रोको मत।

दसवां प्रश्न :

लोगों में गुण दोष खोजने और उनका निर्णय लेने से कैसे बचा जाये, अथवा इस प्रवृत्ति को कैसे छोड़ा जाये?

उत्तर :

इस बारे में कोई ज़रूरत ही नहीं है कि मन को लोगों के बारे में निर्णय लेने के लिए छोड़ा जाए तुम्हें तो बस यह समझना है कि तुम किसी में गुण दोष क्यों खोजते हो और कैसे उसका निर्णय लेते हो।

तुम केवल आचरण के बारे में ही निर्णय ले सकते हो, क्योंकि किसी का आचरण या व्यवहार ही हमारे सामने उपलब्ध होता है। तुम उस व्यक्ति के बारे में कोई निर्णय नहीं ले सकते, क्योंकि व्यक्ति तो पीछे छिपा हुआ है, व्यक्ति तो एक रहस्य है। तुम उसके कार्यों पर निर्णय ले सकते हो, लेकिन तुम उसके अस्तित्व को नहीं जांच सकते।

और कार्य तो असंगत हैं। कार्य के द्वारा किसी के अस्तित्व को जांचना ठीक न होगा। कभी-कभी ऐसा होता है कि अपने अंदर गहरे में वह उदास भी हो सकता है। वास्तव में वह इसलिए मुस्कुरा सकता है क्योंकि वह उदास है। वह किसी भी व्यक्ति पर अपनी उदासी का प्रदर्शन नहीं करना चाहता – कोई अपने जख़्मों को प्रत्येक व्यक्ति को क्यों दिखलाये? आखिर क्यों? यह चीज़ व्याकुल करने वाली प्रतीत होती है। हो सकता है वह बस इसीलिए मुस्कुरा रहा हो, क्योंकि अपने गहरे में वह रो रहा है।

नीत्शे ने कहा है – "मैं मुस्कुराये चले जाता हूं। लोग सोचते हैं कि मैं एक

बहुत हास्यप्रिय व्यक्ति हूं, और यह पूरी तरह गलत है। मैं हंसते चले जाता हूं, क्योंकि मुझे भय है कि यदि मैं नहीं हंसता हूं तो मैं रोना शुरू कर दूंगा। इसलिए मुझे अपनी ऊर्जा को कहीं दूसरी स्थिति की ओर बदलना होता है, अन्यथा वह आंसू बन जायेगी।"

यह अंतर्दृष्टि पूरी तरह सत्य है, नीत्शे पृथ्वी पर अभी तक जितने भी महानतम विचारशील व्यक्ति जन्मे हैं, नीत्शे उनमें से एक हैं। आंसू और मुस्कुराहट दोनों बहुत निकट हैं।

भारत के गांवों में स्त्रियां अपने बच्चों से कहती हैं – "अधिक हंसो मत, नहीं तो तुम रोना शुरू कर दोगे।" और ऐसा होता भी है। यदि एक बच्चा बहुत अधिक हंसता है, तो अचानक वह आंसू बहाना शुरू कर देता है। आंसू और मुस्कान बहुत निकट हैं एक दूसरे से। यदि तुम अपने आंसुओं को छिपाना चाहते हो तो सबसे श्रेष्ठ उपाय है – मुस्कुराना – यही वजह है कि लोग मुस्कुरा रहे हैं। केवल एक मुस्काते हुए चेहरे को देखकर तुम यह निर्णय नहीं ले सकते कि उसके अंदर क्या घट रहा है। उसका आंतरिक भाग तुम्हारे लिए प्राप्य नहीं है। आंतरिक भाग निजी या व्यक्तिगत है और प्रत्येक व्यक्ति के लिए उपलब्ध नहीं है।

इसलिए समझने योग्य पहिली बात यह है कि तुम केवल किसी के व्यवहार अथवा आचरण को ही देख सकते हो और किसी व्यक्ति का व्यवहार कोई अधिक अर्थ नहीं रखता। वास्तव में वह सभी कुछ महत्वपूर्ण है और उसके पीछे छिपा व्यक्ति है। और तुम उसे नहीं जानते। उसके बारे में तुम्हारे सभी निर्णय गलत होने जा रहे हैं। और तुम इसे जानते हो – क्योंकि जब लोग तुम्हें तुम्हारे कार्यों से जांचते हैं, तुम्हें हमेशा यह अनुभव होता है कि उन्होंने तुम्हारे बारे में गलत निर्णय लिया है। तुम स्वयं अपने आप को अपने कार्यों द्वारा नहीं जांचते, तुम स्वयं अपने आप का निर्णय अपने अस्तित्व के द्वारा करते हो। इसलिए प्रत्येक व्यक्ति यह अनुभव करता है कि सभी निर्णय ठीक नहीं होते। तुम अनुभव करते हो कि तुम्हारे बारे में लिए गये निर्णय ठीक नहीं हैं, क्योंकि तुम्हारे लिए तो तुम्हारा अस्तित्व उपलब्ध है ही और अस्तित्व एक इतनी बड़ी घटना है और कृत्य एक इतनी अधिक छोटी सी चीज़ है। इससे कोई भी चीज़ स्पष्ट नहीं होती। वह केवल एक क्षणिक चीज़ हो सकती है।

तुम किसी व्यक्ति से कुछ बात कहते हो और वह नाराज हो जाता है, लेकिन उसके क्रोध से उसके बारे में कोई निर्णय मत लो, क्योंकि वह एक क्षणिक बिजली की कौंध की तरह हो सकता है। हो सकता है वह व्यक्ति बहुत प्रेम पूर्ण हो, यदि तुम उसे उसके क्रोध से जांचोगे तो तुम्हारा निर्णय गलत होगा।

और तब तुम्हारा व्यवहार तुम्हारे निर्णय पर आश्रित होगा। और तुम हमेशा उस व्यक्ति के क्रोधित होने की प्रतीक्षा करोगे और हमेशा सोचोगे कि वह एक क्रोधी व्यक्ति है, और तुम उस व्यक्ति से हमेशा बच कर रहोगे। तुमने एक अवसर खो दिया। कभी किसी व्यक्ति को उसके कार्य से मत जांचो – लेकिन तुम्हारे पास केवल यही चीज़ प्राप्त होती है, इसलिए किया क्या जाये? उसके बारे में कोई निर्णय लो ही मत। धीमे-धीमे अस्तित्व की एकान्त गोपनीयता के प्रति अधिक से अधिक सचेत बनते जाओ। प्रत्येक की अपनी आत्मा के अंदर उसका अस्तित्व इतना अधिक गुप्त और रहस्यमय है, कि उसके अंदर गहरे प्रवेश करने का कोई मार्ग है ही नहीं। यहां तक कि जब तुम प्रेम करते हो, तुम्हारे गहरे केन्द्र में कोई चीज़ गुप्त बनी रहती है।

यही मनुष्य है गरिमा और महिमा है। जब हम कहते हैं कि मनुष्य के पास आत्मा है, तो यही उसका अर्थ होता है। आत्मा का अर्थ है, जो कभी भी सार्वजनिक नहीं बनती। वह कुछ ऐसी चीज़ है जो हमेशा गहराई में कुछ रहस्य में खोई हुई रहती है।

मैंने सुना है...

एक घर में दो व्यक्तियों को बुलाया गया और उनसे कहा गया कि वे कूड़े के ढेर में से घास और भूसा श्रमपूर्ण खींच कर ट्रक पर लाद लें। जब ट्रक भूसे से भर गया तो ट्रक के पीछे से भूसा अधिक भरा होने से बाहर उड़ने लगा।

उनमें से एक व्यक्ति ने कहा – "यदि हम लोग ट्रक को शहर के बीच से ले जाते हैं तो सड़क पर भूसा उड़ने की वजह से पुलिस वालों के कारण हम लोग मुसीबत में पड़ सकते हैं।"

दूसरे व्यक्ति ने कहा – "फिक्र मत करो। मेरे पास एक तरकीब है। तुम ट्रक चलाना मैं भूसे के ऊपर अपने शरीर को फैलाकर लेट जाऊंगा और इससे हम भूसे को हवा में उड़ने से बचा लेंगें।"

रास्ते में वह भूसे से भरा ट्रक एक पुल के नीचे से गुज़रा। जैसे ही वे लोग पुल पर आगे बढ़े पुल के शीर्ष पर खड़े दो लोगों ने संयोग से नीचे झांक कर देखा कि एक व्यक्ति घास फूस और भूसे के ढेर पर हाथ पैर फैलाकर पड़ा है।

उनमें से एक व्यक्ति ने कहा – "क्या तुम उसे देखना चाहोगे? कोई व्यक्ति पूरी तरह ठीक-ठाक सही सलामत आदमी को नीचे फेंक रहा है।"

बाहर से देखने पर हम जो निर्णय लेते हैं, वह ऐसा ही होता है। बाहर से वह निर्णय हमेशा गलत ही होता हैं। उसे बार-बार देखते हुए, बार-बार समझते हुए, और उसमें प्रवेश करते हुए, तुम्हें लिए गये निणर्यों को गिराने या छोड़ने की ज़रूरत होगी ही नहीं, वे स्वयं अपने आप गिर जायेंगे।

केवल निरीक्षण करते रहो। तुम जब भी कोई निर्णय लेते हो, तुम कुछ बेवकूफी भरी चीज़ कर रहे हो। यह व्यक्ति पर ज़रा भी लागू नहीं होता, यह केवल कृत्य पर ही लागू हो सकता है। और वह कृत्य भी प्रसंग के बाहर ले जाता है, क्योंकि तुम उसके परे जीवन को नहीं जानते। यह ऐसे है, जैसे मानो तुम एक उपन्यास का एक पृष्ठ फाड़ लेते हो और उसे पढ़ते हो और तुम उससे ही पूरे उपन्यास के बारे में निर्णय ले लेते हो। यह ठीक नहीं है। यह प्रसंग के बाहर है। पूरा उपन्यास उस पृष्ठ से भिन्न पूरी तरह एक अलग चीज़ हो सकती है। हो सकती है तुमने उसके नकारात्मक भाग का सबसे कुरूप पृष्ठ फाड़ा हो।

लेकिन तुम किसी भी व्यक्ति का जीवन उसकी समग्रता में नहीं जानते। एक व्यक्ति जो तुमसे मिलने आया है, तुम उसके साथ चालीस वर्ष पूर्व रहते थे। उन चालीस वर्षों के प्रसंग वहां मौजूद हैं। जब तुम उससे जुदा हुए थे, तब से उस व्यक्ति को चालीस वर्षों का जीवन पृथक जीना पड़ा है। उन चालीस वर्षों के प्रसंग भी वहां होने जा रहे हैं। और तुमने उस व्यक्ति को देखा, एक निश्चित क्षण में उसे देखा और निर्णय ले लिया। यह ठीक नहीं है। यह केवल मूर्खता है। उसका उस व्यक्ति से कोई संबंध न होगा।

तुम्हारा निर्णय उस व्यक्ति की अपेक्षा, उससे अधिक तुम्हारे बारे में ही कुछ प्रदर्शित करेगा। तभी जीसस कहते हैं – तुम दूसरे के बारे में कोई निर्णय मत लो, जिससे वे तुम्हारे बारे में कोई निर्णय न ले सकें।

तुम्हारा लिया निर्णय कुछ चीज़ तुम्हारे बारे में ही प्रदर्शित कहता है, जब कि जिस व्यक्ति के बारे में ही तुमने निर्णय लिया, वह उस बारे में कुछ भी स्पष्ट नहीं करता, क्योंकि उसके अतीत का इतिहास तुम्हारे लिए अनुपलब्ध है, उसका अस्तित्व तुम्हारे लिए अनुपलब्ध बना रहता है। सारे प्रसंग खो चुके हैं, और वहां केवल बिजली की कौंध की तरह एक क्षणिक कृत्य होता है – और उस कृत्य के आधार पर उस व्यक्ति की व्याख्या, तुम्हारी अपनी ही व्याख्या होगी। वह तुम्हारे बारे में ही कुछ प्रदर्शित करेगी।

इसे समझकर निर्णय लेने की बात ही मिट जाती है।

अंतिम प्रश्न :

भगवान! क्या सभी शब्द व्यर्थ हैं?

उत्तर :

सभी नहीं। सभी शब्द कैसे व्यर्थ हो सकते हैं? जहां तक संसार का, बाहर का संबंध है, शब्द बहुत उपयोगी हैं, और जहां तक तुम्हारे अदर का संबंध है, शब्द व्यर्थ हैं। जब तुम अपने अंदर उतरना शुरू करते हो, तुम्हें शब्दों को छोड़ना होगा। उनकी वहां कोई आवश्यकता नहीं है। वे वहां तुम पर एक कार्य का बोझ हैं, एक कोलाहल और अवरोध हैं।

लेकिन जब तुम बाहर के संसार में जाते हो और लोगों से मिलते हो, तो तुम्हें भाषा की आवश्यकता होती है। जब तुम चीज़ों के बारे में बात करते हो, तुम्हें भाषा की ज़रूरत होती है। भाषा संसार के लिए पूरी तौर से ठीक है – अन्यथा इस बारे में बहुत बड़ी कठिनाई हो जायेगी। यदि तुम बाज़ार जाओ और कुछ चीज़ खरीदना चाहो, तो बिना शब्दों के तुम कठिनाई में पड़ जाओगे। और यह कार्य ही समय का अपव्यय होगा। शब्द अत्यंत ही उपयोगी उपकरण हैं।

यदि तुम इसे देखना और समझना चाहते हो, तो एक दिन बाज़ार जाओ और बिना शब्दों का प्रयोग किये चीज़ों को खरीदने का प्रयास करो। हर छोटी सी चीज़ इतना अधिक समय लेगी और इतनी अधिक मुसीबत खड़ी करेगी, कि प्रत्येक दुकानदार तुम्हें टालना चाहेगा और कहेगा – कृपया आप कहीं और जायें। तुम लोगो के लिए कष्टकारक बन जाओगे।

संसार में शब्द पूरी तरह से उपयोगी हैं। अंतर्यात्रा में वे उपयोगी नहीं हैं, क्योंकि अंदर की यात्रा में उनकी कोई आवश्यकता ही नहीं। तुम वहां अकेले हो, फिर वहां शब्दों की ज़रूरत आखिर किसके लिये? जब तुम किसी के साथ होते हो, तो शब्दों की ज़रूरत होती है।

यदि तुम किसी वस्तुगत यथार्थ में या कोई विज्ञान संबंधी कार्य कर रहे हो, तो शब्द उपयोगी हैं। चिंतन ज़रूरी है। तुम्हें बहुत सुनिश्चित और ठीक होना होगा। तुम ध्यान कर रहे हो, परमात्मा की ओर गतिशील हो रहे हो, तो शब्द ज़रा भी ज़रूरी नहीं है। वहां माध्यम मौन है।

इसलिए मुझे सुनते हुए, और बार-बार यह सुनते हुए कि शब्दों की कोई आवश्यकता नहीं, कि शब्द व्यर्थ हैं, मुझे गलत मत समझो। इस छोटी सी कहानी पर ध्यान करो...

एक व्यक्ति अपने स्थानीय डॉक्टर के पास गया और उससे कहा – डॉक्टर! मैं castrated (नपुसंक) होने के लिए कराये जाने वाला आपरेशन कराना चाहता हूं।

– 'क्या' डॉक्टर चौंककर बोला – "यह बहुत गंभीर और तेज़ असर वाला आपरेशन है। क्या तुम सुनिश्चित हो इस बारे में?"

उस व्यक्ति ने उत्तर दिया – "पूरी तरह से सुनिश्चित।"

डॉक्टर ने पूछा – "क्या तुम विवाहित हो, अथवा तुम्हारी कोई नियमित महिला मित्र है?"

उस व्यक्ति ने उत्तर दिया – "मैं विवाहित हूं। लेकिन आपका इससे क्या मतलब है?"

डॉक्टर ने कहा – "फिर ठीक है। लेकिन अच्छा यह होगा कि एक बार आप अपनी पत्नी के साथ विचार-विमर्श कर लें क्योंकि इसका प्रभाव उन पर भी पड़ेगा।"

– "हां! आप ठीक कहते हैं, लेकिन सिर्फ कुछ समय के लिए।"

डॉक्टर ने कहा – "फिर भी, मेरा ख्याल है कि तुम्हें आज रात इस बारे में उससे पूछ लेना चाहिए, और यदि तुम फिर भी यह आपरेशन करवाना ही चाहते हो तो कल आ जाना। मैं तुम्हारे लिए अस्पताल में स्थान आरक्षित करा दूंगा। काम इतनी तेज़ी से हो जायेगा तुम एक दिन अस्पताल में रह कर ही छुट्टी पा जाओगे।"

अगले दिन वह व्यक्ति लौटकर आया, उसने अपने निश्चय की पुष्टि की और उस सुबह वह अस्पताल में भर्ती हो गया। चेतनाशून्य करने वाली औषधि के प्रभाव से जब वह दोपहर बाद मुक्त होकर होश में आया, तो अपने आपको कुछ अच्छा महसूस करते हुए उसने अपने चारों और मुस्कुराते हुए देखा और अगले बिस्तर पर लेटे व्यक्ति से पलकें झपकाते हुए प्रसन्नता से पूछा – "हैलो! आप यहां किसलिए आए?"

ओह! दूसरे व्यक्ति ने उत्तर दिया – "मैं यहां circumcise (खतना) कराने के लिए आया था।"

नपुंसकता का आपरेशन कराने वाले व्यक्ति ने यह सुनकर अपनी उंगलियां चटकाई, और दांतों से सीटी बजाते हुए बोला – "सत्यानाश हो मेरी याददाश्त का, मैं circumcise वाले शब्द को ही तो याद करने की कल से कोशिश कर रहा था। पर इसकी जगह गलती से castrated जबान पर आ रहा था।

और वास्तव में अब यह अंतिम प्रश्न :

प्यारे भगवान! मैंने उत्तर पा लिया। मेरा हृदय जहां, हमेशा एक पीड़ा बनी रहती थी, अब प्रसन्नता से ओत-प्रोत है। मैं महान विस्मय से यह अनुभव करती हूं कि यह बात सच है कि मेरे पास चुनने की शक्ति है। मैं कृतज्ञता से नमन करती हूं।

उत्तर :

वाणी! यह बात महत्वपूर्ण है। यह तुम सभी के लिए महत्वपूर्ण है। वहां तुम्हारे पास हमेशा तुम्हारी पसंद और चुनाव होता है। कभी भी अपनी जिम्मेदारी किसी अन्य पर मत थोपो। यदि तुम जिम्मेदारी किसी दूसरे पर डालती हो तो तुम हमेशा दुःखी बनी रहोगी। किसी दूसरे पर जिम्मेदारी फेंकते हुए, तुम अपनी स्वतंत्रता को ही दूर फेंक रहे हो।

यहां चारों ओर सबसे अधिक बुनियादी सिद्धांतों में से एक यह होना चाहिए – कि दुःख अथवा प्रसन्नता, यह तुम्हारा चुनाव है। इसे तुम अपने अंदर गहरे उतर जाने दो। तुम उसका चुनाव करो। जब तुम अप्रसन्न हो तो तुमने दुःखी होने का चुनाव किया है। इस बारे में कोई दूसरा दोषी नहीं हैं। एक बार तुमने इसे समझ लिया तो तुम कारागार से मुक्त हो जाओगे। यह सब कुछ तुम पर ही है।

मैंने एक महान सूफ़ी रहस्यदर्शी के बारे में सुना है, जो हमेशा प्रसन्न रहता था, हमेशा आह्लादित और परम आनंदित रहता था। एक शिष्य ने उससे पूछा – "प्यारे सदगुरु! आप हमेशा ही प्रसन्न दिखाई देते हैं। मैं वर्षों से आपका निरीक्षण अनेक परिस्थियों में करता रहा हूं। दिन रात मैं वर्षों से आपको देखता रहा हूं। सभी तरह की स्थितियां आईं और गुज़र गईं, लेकिन आप हमेशा प्रसन्न ही बने रहे।"

सद्गुरु ने उत्तर दिया – "इसमें कोई भी रहस्य नहीं है। जैसी भी स्थिति मेरे सामने आती है, मेरे पास हमेशा चुनाव होता है – प्रसन्नता अथवा अप्रसन्नता का। मैं हमेशा प्रसन्न बने रहने का ही चुनाव करता हूं।"

इसे आज़माओ। यह जादुई सूत्र है। प्रत्येक स्थिति में पहिले देखो, तुम प्रसन्न हो अथवा अप्रसन्न – निरीक्षण करो, क्या वहां प्रसन्न बने रहने की कोई सम्भावना है? करो, और तुम हमेशा पाओगे कि वहां सम्भावना है। वहां प्रसन्न बने रहने के बारे में हमेशा कुछ चीज़ होती ही है। यदि तुम अप्रसन्न बने रहना चाहते हो तो वहां हमेशा कुछ चीज़ अप्रसन्न बने रहने के बारे में भी होती है।

संसार कांटो से भरा हुआ है और फूलों से भी। यह न तो गुलाब के फूलों

की सुखमय सेज है और न कांटों की शैय्या – यह दोनों से ही भरी हुई है। यह तुम पर निर्भर करता है। तुम फूलों का चुनाव कर फूलों की सेज बना कर गुलाब के फूलों की सुख-सेज पर विश्राम कर सकते हो। अथवा तुम कांटे भी चुन सकते हो और पीड़ित बने रह सकते हो। नर्क तुम्हारा ही सृजन है और इसी तरह स्वर्ग भी।

वाणी का मामला एक महत्वपूर्ण प्रकरण है। वाणी दो-तीन वर्षों से आश्रम आने के लिए पूछती रही है, और मैं उसे स्थगित करता रहा हूं। मैंने उससे कहा – 'तुम्हारी वहां ज़रूरत है। वह जरमन एयरलाइन्स में अच्छा वेतन पाने वाली होस्टेज है। लेकिन वह आग्रह करती रही।

मैं क्यों स्थगित करता रहा? मैं उससे यह क्यों कहता रहा – 'तुम बस थोड़ी सी प्रतीक्षा और करो – क्योंकि वह हमेशा इतनी अधिक दुःखी और पीड़ित रहती थी – और मैं अपने चारों ओर दुःखी और उदास लोगों की उपस्थिति नहीं चाहता। एक दुःखी और उदास व्यक्ति, दूसरों में दुःख सृजित करने के लिए काफी है, क्योंकि दूसरे लोग अपने दुःखों और पीड़ाओं से ठीक अभी बाहर निकल कर आ रहे हैं, और जब वे किसी बहुत दुःखी और पीड़ित व्यक्ति को देखते हैं, उनकी अपनी पुरानी आदत में वापस गिर जाने की प्रवृत्ति होती है। तब वे लोग उस दुःखी व्यक्ति के साथ स्पर्धा करने लगते हैं – क्या तुम सोचते हो कि तुम मुझसे आगे हो? मैं तुम्हें पछाड़ सकता हूं।

इसीलिए मैंने वाणी को अभी दूर रखा लेकिन वह निरंतर मजबूती से आग्रह करती रही – और जर्मन दृढ़ता का तो जवाब नहीं, और अंत में वह आ ही गई और वास्तव में इन कुछ महीनों में वह यहां दुःखी ही बनी रही। उसकी स्थिति अधिक से अधिक दयनीय होती गई।

लेकिन उसके लिए यह बात अच्छी हुई कि वह तथ्य को समझ गई मैं उसे कई तरीकों से बार-बार यह बतलाता रहा कि दुःख उसका ही चुनाव है।

वह अब उससे बाहर आ गई है। मैं आशा करता हूं कि वह उससे बाहर ही रहेगी। यह कठिन होगा। पुरानी आदतें कठिनाई से मरती हैं। किसी की भी प्रवृत्ति फिसल कर वापस लौट जाने की होती है। वह उन्हें जानता है, उसने उसे बहुत लम्बी अवधि तक जाना है। वे इतने अधिक परिचित और इतने अधिक मित्रतापूर्ण हैं, और यह नया परिवर्तन बिल्कुल अजनबी है।

इसलिए वाणी। यह बहुत अच्छा है। मैं किसी दिन इसके घटने की प्रतीक्षा ही कर रहा था। यह घट भी गया। तुम कहती हो – "प्यारे भगवान। मैंने उत्तर पा लिया। मेरे हृदय में जहां हमेशा एक पीड़ा बनी रहती थी अब वह प्रसन्नता

से ओत-प्रोत है। मैं महान विस्मय से यह अनुभव करती हूं कि यह बात सत्य है कि मेरे पास चुनाव है। मैं कृतज्ञता से नमन करती हूं।"

इस स्मरण को सदा बनाए रखना। एक क्षण के लिए भी इसे मत भूलना। केवल कुछ दिनों तक ही तुम्हें इसका स्मरण रखना होगा। एक बार जब यह तुम्हारी आबोहवा बन जाये, तब पुरानी आदतें इस पर विजय प्राप्त नहीं कर सकतीं। पुराना इतना अधिक कुरूप था और नया कितना अधिक सुंदर है। नया तो स्वर्ग जैसा है और पुराना नर्क जैसा, एक भयंकर दुःस्वप्न जैसा था। इसे नहीं जीता जा सकता लेकिन इस नये को थोड़े से समय की ज़रूरत है, जिससे यह तुम्हारे अस्तित्व में अपनी जड़ें जमा सके।

मैं आनंदित और प्रसन्न हूं वाणी। तुम्हारे इस नूतन अंतराल में मेरे सभी आशीर्वाद बहुत गहरे प्रविष्ट हो जायें।

ग्यारहवां प्रवचन

राजमार्ग अथवा राजयोग

पुरातन सूफ़ी सदगुरु जुन्नैद ने, प्रदर्शन करते हुए एक विधि के द्वारा सिखलाया, जिसमें उसने वास्तव में विलासितापूर्ण जीवन जीने का पार्ट अदा किया था, और जिसे वह उदाहरण देकर स्पष्ट करने का प्रयास कर रहा था, यह एक उदाहरण है :

एक बार वह सत्य के खोजियों द्वारा, विलासिता और सुख सुविधा के प्रत्येक उन साधनों से जिनकी कल्पना की जा सकती है, चारों ओर से घिरा, बैठा पाया गया।

उसकी ही मौजूदगी में उन लोगों ने वह स्थान तुरंत छोड़ दिया, और सबसे अधिक कष्ट साध्य तथा कठोर जीवन व्यतीत करने वाले एक ऐसे फकीर के घर की खोज की, जिसके चारों ओर का वातावरण बहुत अधिक सादगी से भरा हुआ था, और उसके पास एक चटाई और एक घड़ा पानी के अलावा और कुछ भी न था।

उन खोजियों के प्रवक्ता ने उससे कहा – "आपका सादगी भरा तौर तरीका और कष्ट साध्य वातावरण, जुन्नैद के यहां के दिखावटी विलासितापूर्ण और चोट पहुंचाने वाले और हर सीमा का उल्लंघन करने वाले – वातावरण की अपेक्षा, हम लोगों को कहीं अधिक पसंद है, और ऐसा प्रतीत होता है कि उन्होंने सत्य के मार्ग से अपनी पीठ फेर ली है।"

उस फकीर ने एक लम्बी सांस छोड़ते हुए एक गहरी आह भरी और रोना शुरू कर दिया।

उसने रोते हुए कहा – "मेरे प्यारे मित्रों! तुच्छ बुद्धि के छिछले लोग ही बाह्य लक्षणों से प्रभावित होते हैं; और वे हर मोड़ पर अपना रास्ता खुद बंद कर लेते हैं। इसे ठीक से पहचानो। अन्यथा तुम लोग दुर्भाग्यशाली ही बने रहोगे।"

महान जुन्नैद इस वक्त भी जिन विलासिता और सुख सुविधाओं की वस्तुओं से घिरा बैठा है, वह उसके बीच रहते हुये भी, उस विलासिता के पार रहता है, और वह उनके अंदर प्रवेश करने का कोई मार्ग नहीं पाती, और मैं जो चारों ओर से जिस सादगी से घिरा बैठा हूं, यह सादगी मेरे अंदर प्रविष्ट नहीं हो पाती।

स्थिति में परिवर्तन लाने वाली कल्पित कथनों और कथाओं में विश्वास करना, सबसे अधिक खतरनाक किस्म का विश्वास है। किसी अन्य तरह के विश्वास से भी कहीं अधिक दुःख, मनुष्य ने इनसे ही सहे हैं। स्थिति में परिवर्तन लाने वाली कपोल कल्पित कथन और कथाएं, कि इससे कैसे कुछ चीज़ अधिक बेहतर होना संभव है, कि इससे कैसे व्यक्ति अपने आप को सुधार कर ऊपर उठा सकता है कि वहां कोई व्यक्ति है कि उस जैसा बनना है, कि किसी तरह का एक ऐसा काल्पनिक, आदर्श राज्य है, जहां सभी सुखी और आनंदित हैं – ऐसे विचार मनुष्य के मन को अनंत सदियों से प्रदूषित करते आये हैं। यह एक निरंतर दिया जाने वाला विष बन गया है।

मनुष्य पहिले ही वहीं है। मनुष्य के पास वह सभी कुछ है, जो वह होना चाहता है। मनुष्य को कुछ बनने या होने के लिए किसी भी परिवर्तन की कोई ज़रूरत नहीं है। वह सभी कुछ जिसकी आवश्यकता है, वह एक समझ है, वह एक जागरूकता है – वह कोई परिवर्तन नहीं है। कुछ बनना, तुम्हें कभी कोई चीज़ देने नहीं जा रहा। कुछ बनने की धुन में तुम निरंतर दुःख और तनाव में बने रहोगे, क्योंकि कुछ बनने या होने को अर्थ ही है – वह लक्ष्य, जो कहीं और है, वह लक्ष्य कभी भी यहां नहीं है, वह कभी भी अभी यहीं नहीं है, वह लक्ष्य तो कहीं दूर है। तुम्हें उसके लिए प्रयास करना है और तुम्हारा पूरा जीवन प्रयास करने में ही व्यर्थ बीत जाता है। और तुम प्रयास किये चले जा सकते हो और तुम उसे पाओगे नहीं, क्योंकि लक्ष्य तो यहीं और अभी है और तुम उसे यहां और वहां में देख रहे हो।

तुम्हारा अस्तित्व वर्तमान में है, और कुछ बनने या होने के सभी विचार, भविष्य में किये गये प्रक्षेपण हैं। भविष्य में प्रक्षेपित करने के द्वारा, तुम वर्तमान को चूके चले जाते हो। यह यथार्थ से पलायन करने का एक ढंग है। यह विचार कि तुम्हें कुछ भी बनना है, यह तुम्हें तुम्हारे असली और प्रामाणिक अस्तित्व से कहीं अधिक दूर ले जाता है। तुम पहिले ही से वहीं हो। इसी वजह से मैं कहता हूं कि जीवन या स्थिति में बदलाव लाने वाली कल्पित कथाएं, सबसे अधिक खतरनाक हैं। इसकी दो परिकल्पनाएं हैं – पहिली राजनीतिक और दूसरी धार्मिक।

इसकी राजनीतिक परिकल्पना है – समाज में सुधार किया जा सकता है, क्रांति जिसमें सहायता करेगी, एक कल्पित आदर्शों से भरा संसार है जिसे अनुभव किया जा सकेगा। इसी वजह से राजनीतिज्ञ, लोगों को यातनाएं देने, उनका शोषण करने, उनका उत्पीड़न कर उनकी हत्याएं करने में समर्थ हो सके। और लोगों ने इस आशा में सभी कुछ बरदाश्त किया कि क्रांति होने जा रही है।

क्रांति कभी होती नहीं। क्रांतियां आती हैं और चली जाती हैं, और समाज वैसा ही बना रहता है, जैसा हमेशा से था।

हिटलर, स्टालिन, माओ अपनी ही खातिर अपने स्वार्थ के लिए लोगों का शोषण कर सकते हैं। और यदि तुम एक आदर्श सुखी संसार, आश्चर्यों से भरी दुनिया और स्वर्ग पाना चाहते हो, तो यह स्पष्ट है कि तुम्हें उसकी कीमत अदा करनी होगी। यह इस कल्पित कथा की धर्मनिरक्षेप और लौकिक परिकल्पना है – कि वर्तमान से बेहतर भविष्य में कुछ होना संभव है। ठीक अभी तो वह है नहीं, लेकिन किसी दिन वह हो सकता है – तुम्हें उसके लिए बलिदान करना होगा। सोवियत रूस में लाखों लोगों की हत्या कर दी गई, उनकी अपनी भलाई के नाम पर उन्हें अमानवीय यंत्रणाएं दी गईं और तर्क कहता है कि यदि तुम एक बेहतर समाज चाहते हो, तो उसके लिए कौन चुकायेगा उसका मूल्य? स्वाभाविक है, तुम्हीं उसे चुकाने जा रहे हो। इसलिए लोग विद्रोह भी नहीं कर सकते। वे इसका प्रतिरोध भी नहीं कर सकते। यदि वे प्रतिरोध करते है, तो वे इस क्रांति के दुश्मन जैसे दिखाई देते हैं। और यह कपोल कल्पित कथन और कथाएं, मन में इतनी गहरी जड़ें जमा चुके हैं कि वे सभी तरह के अपमान और जिल्लतें इस आशा से स्वीकार कर लेते हैं, कि हो सकता है यदि वे उस स्वर्ण युग में नहीं रह सकते तो क्या, उनके बच्चे तो उसका आनंद लेंगे। इसी मानसिक रुग्णता की यह धर्मनिरपेक्ष और लौकिक परिकल्पना है।

और धार्मिक परिकल्पना है कि तुम्हारे पास एक बेहतर भविष्य हो सकता है – यदि इस जीवन में नहीं, तब अगले जन्म में। निश्चित रूप से तुम्हें इसके लिए कुछ त्याग करना पड़ेगा। यदि तुम वर्तमान का बलिदान करते हो, तभी तुम्हारा कुछ भविष्य होगा।

वह भविष्य कभी नहीं आता है। भविष्य स्वंय अपने आप नहीं आ सकता। कल, संभव ही नहीं है, वह हमेशा आज होता है। जो यहां होता है, वह हमेशा वर्तमान ही होता है। भविष्य तो केवल मन में और कल्पना में होता है। वह एक स्वप्न है, वह यथार्थ जीवन का कोई भाग नहीं है।

राजनीतिक कल्पित वक्तव्यों को उन लोगों ने अपना लिया, जो दूसरों को सता कर उसमें आनंद लेते हैं। और धार्मिक कपोल कल्पित कथाओं को उन लोगो ने ले लिया, जो स्वयं अपने को सता कर सुख पाते हैं। तुम स्वयं अपने आप को यातनाएं देकर सताओ। उपवास करो, निद्रा पूरी मत लो, यह मत करो, वह मत करो। तथाकथित संन्यासियों को जीवन के प्रति व्यवहार का यही पूरा रहस्य है – तुम स्वयं अपने शरीर को यातनाएं दो। और स्वाभाविक है कि तुम्हारा

शरीर असहाय है, तुम्हारा शरीर अपनी रक्षा स्वयं नहीं कर सकता। वह प्रतिवाद नहीं कर सकता। वह तुम्हारे विरुद्ध नहीं जा सकता।

इस बारे में राजनीतिक व्यक्तियों के विरुद्ध तो, इस बात की सम्भावना है कि लोग विद्रोह कर सकते हैं, लेकिन इसकी क्या सम्भावना है कि तुम्हारा शरीर तुम्हारे विरुद्ध कोई विद्रोह कर सके। इसकी कोई सम्भावना नहीं है। शरीर बहुत भोला और असहाय है। तुम उसे सताये चले जा सकते हो, और तुम यह भी अनुभव किये चले जा सकते हो, कि तुम्हारे पास अत्यधिक शक्ति है क्योंकि तुम उसे सता सकते हो। तुम उसे मारते चले जा सकते हो और स्वयं शक्तिशाली होने का अनुभव कर सकते हो। इससे तुम एक महान अहंकार प्राप्त कर लेते हो।

यहां संसार में दो तरह के रुग्ण व्यक्ति हैं – दूसरों को सताकर सुख लेने वाले और स्वयं अपने को सताकर सुख पाने वाले! सैडिस्ट या परपीड़क वे लोग हैं जिन्हें सुख और आनंद दूसरों के सताने में मिलता है, और मैसोचिस्ट (masochicts) हैं वे लोग, जिन्हें स्वयं अपने आपको सताने से सुख मिलता है – लेकिन है यह एक जैसी ही समान हिंसा, यह एक जैसी, वैसी ही आक्रामकता है। सैडिस्ट इस हिंसा को किसी अन्य व्यक्ति पर फेंकते हैं और मैसोचिस्ट इसे स्वयं अपनी और मोड़ लेते हैं। क्योंकि सैडिस्ट इसे दूसरों पर फेंकते है, इसलिए देर-सवेर वे लोग विद्रोह करेंगे। लेकिन जब मैसोचिस्ट या स्वपीड़क इसे स्वयं अपनी ओर ही फेंकता है तो वहां विद्रोह करने के लिए कोई होता ही नहीं।

वास्तव में सभी क्रांतिकारी, एक बार जब वे सत्ता में आते हैं, तो धीरे-धीरे अपना सम्मान खोने लगते हैं। देर-सवेर वे कुर्सियों से उतार दिए जाते हैं, देर-सवेर उनकी सत्ता और शक्ति नष्ट हो जाती है और देर-सवेर उन्हें अपराधी समझा जाने लगता है। तुम्हारा पूरा इतिहास इन्हीं अपराधियों से बना है। तुम्हारा इतिहास मनुष्यता का इतिहास नहीं है। क्योंकि उसमें मानवोचित सहृदयता नहीं है। यह मनुष्यता का इतिहास कैसे हो सकता है? यह मानवीय सहृदयता का इतिहास न होकर केवल राजनीति का, राजनीतिक टकरावों का, संघर्षों और युद्धों का इतिहास है।

यह ऐसा है, जैसे मानो तुम डाकुओं और हत्यारों का इतिहास लिख रहे हो और तुम इसे मनुष्यता का इतिहास कहकर पुकारते हो। यह क्रांतिकारी बहुत महान हत्यारे हैं, ये साधारण हत्यारे नहीं हैं – अन्यथा वे कारागारों में बंद होते अथवा फांसी पर चढ़ा दिये जाते। ये लोग शक्तिशाली हैं। उनके पास शक्ति और सत्ता है। जब तक उनकी शक्ति और सत्ता बनी रहती है, देवताओं की तरह वे पूजे जाते हैं। लेकिन देर-सवेर उनकी सत्ता समाप्त होती ही है। एक दिन ऐसा

आता है जब हिटलर सम्मानित नहीं रह जाता, उसका नाम गंदा और कुरूप बन जाता है। एक दिन वह आता है जब स्टालिन भी आदरणीय नहीं रह जाता। ठीक उल्टा हो जाता है।

लेकिन दूसरी परिकल्पना के साथ, जो कल्पित कथाओं की धार्मिक परिकल्पना है, स्वयं को सताने वाले स्वपीड़क संन्यासियों की वास्तविकता लोग कभी नहीं जान पाते, क्योंकि वे कभी किसी अन्य व्यक्ति को नहीं सताते। वे स्वयं अपने आप को ही सताते हैं। और लोग उन्हें सम्मान दिए चले जाते हैं। लोग उनका बहुत अधिक आदर करते हैं, क्योंकि वे स्वयं के अतिरिक्त किसी भी व्यक्ति के लिए हानिकारक नहीं हैं। यही उनका धंधा है। ऐसे साधु-संन्यासियों की हमेशा पूजा की जाती है। लेकिन ऐसा संन्यास, एक तरह की मानसिक रुग्णता है; यह किसी भी तरह सामान्य नहीं है।

बहुत अधिक भोजन करना भी असामान्य असाधारणता है। ठीक मात्रा में भोजन करना ही सामान्य होता है। मध्य में बने रहना ही सामान्य बनता है। ठीक मध्य में बने रहना ही, स्वस्थ, समग्र और धार्मिक बनना है।

यदि तुम एक पराकाष्ठा या अति पर जाते हो, तो तुम राजनीतिक बन जाते हो। यदि तुम दूसरी अति पर जाते हो, तो तुम एक कट्टर धार्मिक संन्यासी बन जाते हो। दोनों ने ही संतुलन खो दिया है।

इसलिए पहिली चीज़ यह समझ लेने जैसी है, कि जो धर्म हम यहां सृजित कर रहे हैं – इसे बार-बार सृजित करना पड़ेगा, क्योंकि वह बार-बार प्रदूषित हो जायेगा, जिस धर्म का हम यहां आह्वान कर रहे हैं, वह राजनैतिक नहीं है और साधारण अर्थ में वह धार्मिक भी नहीं है। वह न तो स्वपीड़क है और न दूसरों को सताने वाला ही। वह सामान्य है। वह मध्य में है।

और मध्य में बने रहने का मार्ग क्या है? मध्य में बने रहने का मार्ग है इस संसार में तो बने रहना लेकिन उसका बनकर या होकर नहीं। मध्य में बने रहने का अर्थ है – इस संसार में रहना, लेकिन तुम्हारे अंदर संसार को जीने की अनुमति न देना। ठीक मध्य में बने रहने और संतुलित बने रहने का अर्थ है कि कुछ तुम्हारे साथ घटता या होता है, तुम उस सभी के साक्षी बने रहते हो। एक सच्चे और प्रामाणिक की आधारशिला केवल साक्षी ही है। जिस किसी का भी साक्षी बनना है – प्रसन्नता और परम आनंद से बनना है। न तो परित्याग करना है और न कुछ भी अस्वीकार करना है। सारा परित्याग और सारा अस्वीकार तुम्हें सीमाओं में आबद्ध कर देगा और तुम संघर्ष में बने रहोगे। प्रत्येक चीज़ को, जैसी वह है, स्वीकार करना है।

और तुम्हें निरीक्षणकर्त्ता बने रहना है। प्रसन्नता आती है – सावधानी से निरीक्षण करो, पीड़ा होती है – होशपूर्वक उसे देखो। न तो प्रसन्नता से विचलित हो और न पीड़ा से परेशान। तुम अपनी शांति को भंग मत होने दो। दर्द आयेगा और चला जायेगा, प्रसन्नता आयेगी और विदा हो जायेगी। सफलता आयेगी और चली जायेगी, असफलता भी आकर रहेगी नहीं। और शीघ्र ही यह बात तुम्हारी समझ में आ जायेगी कि वह केवल तुम हो, जो बने रहते हो। तुम्हारा होना शाश्वत है। साक्षी शाश्वत है!

जो भी चीज़ें या विषय-सामग्री चेतना में प्रवाहित होती हैं, वे अस्थायी हैं, एक क्षण वे वहां होती हैं, और दूसरे ही क्षण वे चली जाती हैं। उनके बारे में फिक्र करो ही मत, न तो उनके पक्ष में रहो और न उनके विरुद्ध। उन्हें अधिकार में लेने का प्रयास मत करो, उन्हें पकड़े मत रहो, क्योंकि वह जाने की ओर ही गतिशील हैं। उन्हें जाना ही है। यह चीज़ों का स्वभाव ही है कि वे स्थायी बनकर नहीं रह सकती।

कुछ चीज़ सुंदर और सुहानी घट रही है। वह स्थायी नहीं बन सकती। उसे जाना ही होगा। और उसका अनुसरण करती हुई कोई अरुचिकर चीज़ पहिले ही से घटने को तैयार हो रही है। यही जीवन का सुरताल है दिन और रात, जीवन और मृत्यु, गर्मी और जाड़ा। यह चक्र घूमे चले जाता है

इसे पकड़ो मत, और न किसी चीज़ को बहुत अधिक स्थायी बनाने का प्रयास करो। यह संभव ही नहीं है। जितना अधिक तुम प्रयास करोगे, तुम्हें उतना ही अधिक निराश बनना पड़ेगा, क्योंकि ऐसा किया ही नहीं जा सकता। और जब यह किया ही नहीं जा सकता, तुम हारे होने का अनुभव करोगे। तुम हारने का अनुभव करोगे, क्योंकि तुमने एक साधारण सी चीज़ भी नहीं समझी कि कोई भी चीज़ स्थिर नहीं रह सकती। जीवन एक प्रवाह है। केवल शाश्वत रूप से वहां एक ही चीज़ है और वह है तुम्हारी चेतना, तुम्हारे अंदर का निरीक्षणकर्त्ता।

सूफ़ी इसे 'पहाड़ियों पर बैठा पहरेदार' कहते हैं। घाटियां बदलती रहती हैं, लेकिन पहरेदार सजग बना पहाड़ की चोटी पर बैठा देखता रहता है। कभी-कभी घाटी में गहन अंधकार होता है और कभी-कभी घाटी प्रकाशवान होती है और कभी-कभी वहां नाचना गाना होता है और कभी-कभी रुदन और चीखें होती हैं – और यह सभी कुछ पहाड़ की चोटी पर बैठा हुआ पहरेदार बस निरीक्षण किये चले जाता है।

धीमे-धीमे चेतना की विषय-सामग्री से कोई भी फर्क नहीं पड़ता। केवल

चेतना ही महत्वपूर्ण बन जाती है। यही सभी प्रामाणिक धर्मों की सारभूत आधार शिला है। और यही सूफ़ियों की समझ भी है।

आज इससे पहिले हम इस छोटी सी कहानी में प्रवेश करें, मैं तुम्हें यह बताना चाहता हूं कि सत्य तक पहुंचने के लिए, सत्य के साथ जुड़ने के लिए, यहां चार मार्ग हैं।

पूरब में पहिला मार्ग कर्मयोग के नाम से जाना जाता है – शुभ कार्यों को करने का मार्ग। मनुष्य के अंदर उसके पास तीन परिकल्पनाएं या परिमाण हैं कर्म, ज्ञान और भाव। इसलिए तीन मार्ग, तीन दिशाओं का प्रयोग करते हैं तुम कर्म कर सकते हो, और तुम अपने कायों को परमात्मा को समर्पित कर सकते हो। तुम बिना कर्त्ता बने हुए कर्म कर सकते हो। यह पहिला मार्ग है – कर्म योग – बिना कर्त्ता बने हुए भी कार्य में बने रहना। तुम उसे परमात्मा को ही करने दो। तुम अपने अंदर के परमात्मा को उसे करने दो, तुम अपने आप को पूरी तरह मिटा दो।

इस कर्म के मार्ग में चेतना, विषय सामग्री बदल देती है। ये दो चीज़ें समझने जैसी हैं – चेतना और विषय-सामग्री। इसी सब से तुम्हारा जीवन बना हुआ है। तुम्हारे अंदर वहां कोई ऐसी चीज़ है जो जानने वाली है, और कुछ ऐसी चीज़ है, जो जानी जाती है।

उदाहरण के लिए तुम मुझे सुन रहे हो। अब वहां दो चीज़ें है – जो कुछ मैं तुमसे कह रहा हूं वह विषय सामग्री होगी, और जो चीज़ भी तुम्हारे अंदर उसे सुन रही है या निरीक्षण कर रही है, वह तुम्हारी चेतना है। तुम मेरी ओर देख रहे हो। तब तुम्हारी आंखों में मेरी आकृति है – विषय-सामग्री और तुम जो उस आकृति को अपनी आंखों में देख रहे हो, वह है चेतना। वस्तु और चेतना।

कर्म के मार्ग पर विषय-सामग्री महत्वपूर्ण है, और उसी को बदलना है। यदि कोई व्यक्ति बीमार है, और तुम उसके निकट जाते हो, उसे दवा देते हो, उसकी सेवा करते हो, तो तुम विषय-सामग्री को बदल रहे हो। यदि कोई व्यक्ति नदी में गिर पड़ा है। और डूब रहा है, तुम नदी में कूदते हो और उसे डूबने से बचाते हो। तुमने विषय-सामग्री बदल दी।

कर्म, विषय-सामग्री या अंतर्वस्तु द्वारा निर्देशित होता है। कर्म इच्छा या संकल्प भी है – कुछ चीज़ या काम है जिसे करना है। वास्तव में यदि इच्छा, अहंकार से जन्मी है तब तुम एक धार्मिक व्यक्ति नहीं होगे। और तुम्हारा मार्ग कर्म का मार्ग तो होगा लेकिन वह परमात्मा को अपनी इच्छा और संकल्प बनने की अनुमति देते हो, जब तुम कहते हो – तेरी इच्छा ही मेरी बन जाये, जब तुम अपनी इच्छा

को परमात्मा के चरणों में समर्पित कर देते हो और उसकी इच्छा तुम्हारे द्वारा प्रवाहित होना शुरू हो जाती है – तब यह मार्ग है – कर्म योग।

कर्म योग का लक्ष्य है – मुक्ति पाना या मोक्ष। अंतर्वस्तु का विषय-सामग्री को इतना अधिक बदल देना कि वहां कुछ भी विरोधी विचार शेष न रहे, कुछ भी हानिप्रद वहां बचे ही न, अपने हृदय की इच्छा के अनुसार विषय-सामग्री या अंतर्वस्तु को बदल देना, जिससे तुम सारी सीमाओं से मुक्त हो सको। यह मार्ग है जैन धर्म का, योग का और सभी कर्म प्रधान दार्शनिक विचारधाराओं का।

दूसरा मार्ग है – ज्ञान मार्ग, जानने का मार्ग – ज्ञान योग। दूसरे मार्ग पर चेतना बदलती है विषय-सामग्री या अंतर्वस्तु से। पहिले मार्ग में विषय-सामग्री बदलती है चेतना से और दूसरे मार्ग पर ठीक उल्टा होता है – चेतना बदलती है विषय-सामग्री या अंतर्वस्तु से।

ज्ञान के मार्ग पर तुम सामान्य रूप से यह समझने का प्रयास करते हो कि यह स्थिति या प्रकरण है क्या – वह चाहे कुछ भी हो। इसी बजह से कृष्णमूर्ति सिखाये चले जाते हैं। यह जानने का सबसे अधिक शुद्ध मार्ग है। इसमें कुछ भी नहीं करना है। तुम्हें केवल स्पष्टता को उपलब्ध होना है, तुम्हें बस समझना है कि आखिर यह स्थिति या प्रकरण है क्या? जो भी कुछ है, तुम्हें बस उसे देखना और समझना है। तुम्हें कोई भी चीज़ करनी नहीं है। तुम्हें केवल सामान्य रूप से अपने पूर्वाग्रहों को छोड़ना है, तुम्हें अपनी धारणाओं और विचारों को छोड़ना है, जो प्रामाणिक अस्तित्व के साथ बाधा बन सकते हैं।

जो प्रामाणिक अस्तित्व की व्याख्या कर सके, और जो उसे रंग रूप दे सके। तुम अपने मन में जिन पूर्ववर्ती विचारों और धारणाओं को ढोये चल रहे हो, तुम्हें उन सभी को छोड़ना होगा – और तभी वहां प्रामाणिक अस्तित्व को प्रकट होने दो। वह जो कुछ भी है, तुम्हें केवल उसे देखना है। और वही तुम्हें बदल देता है।

सहज स्वाभाविक सत्य या वास्तविकता को जानना ही रूपांतरित हो जाना है। स्वाभाविक यथार्थ को ही प्रामाणिक जानना, तुम प्रामाणिक अस्तित्व को देखने के ढंग की अपेक्षा किसी अन्य तरह से कार्य कर ही नहीं सकते। एक बार तुमने सत्य या प्रामाणिक अस्तित्व को जान लिया, वह ही तुम्हें बदलना शुरू कर देता है। चेतना बदलती है, विषय-सामग्री या अंतर्वस्तु के द्वारा।

ज्ञान मार्ग का लक्ष्य है – सत्य। कर्म योग या इच्छा के मार्ग का लक्ष्य था – मुक्ति। जानने के मार्ग की मंज़िल है – वेदान्त, हिन्दुत्व, सांख्य, और ज्ञान के अन्य मार्ग हैं – अष्टावक्र और कृष्णामूर्ति के मार्ग – सत्य, और ब्रह्म को जानना। 'तू' वही है। यह प्रकट होने दो, तब तुम वही हो जाते हो। एक बार

तुमने उसे जान लिया, तुम 'वह' ही बन जाते हो। परमात्मा को जानने से, कोई भी परमात्मा ही बन जाता है। 'तू' 'वह' ही है – यह सबसे अधिक सारभूत घटना है दूसरे मार्ग की।

तीसरा है – भक्ति योग – अनुभूति और भावों का मार्ग। इसका लक्ष्य है प्रेम। चेतना, विषय-सामग्री को बदल देती है और विषय-सामग्री बदल देती है चेतना को। यह पारस्परिक परिवर्तन है। प्रेमी बदल देता है प्रेमिका को और प्रेमिका बदल देती है प्रेमी को। कर्म और इच्छा के मार्ग पर चेतना, विषय-सामग्री को बदल देती है, ज्ञान मार्ग पर विषय-सामग्री, चेतना को बदल देती है, और भाव तथा अनुभूति के मार्ग पर दोनों एक दूसरे को प्रभावित करते हैं और उनमें पारस्परिक क्रिया होती है। यह परिवर्तन पारस्परिक होता है। इसी वजह से भाव और अनुभूति के मार्ग को अधिक पूर्ण कहा जाता है। पहिला मार्ग आधा है, दूसरा मार्ग भी आधा है, लेकिन प्रेम का मार्ग अधिक स्पष्ट और अधिक पूर्ण है क्योंकि उसके अंदर वे दोनों ही एक साथ हैं।

वैष्णव, ईसाइयत, इस्लाम और दूसरे मार्ग, रामानुज, वल्लभ और दूसरे भक्ति मार्ग – वे कहते हैं कि चेतना और पात्र यह दो पृथक नहीं है। इसलिए एक यदि, दूसरे को बदलता है तो कुछ चीज़ असंतुलित बनी रहेगी। दोनों को ही एक दूसरे को बदलने दो, दोनों को आपस में मिलने और एक दूसरे में समाहित होने दो। वहां उनकी एकता या एक्य होने दो। जैसे पुरुष और स्त्री मिलते हैं, तो उस मिलन में महान आनंद होता है, इसलिए वहां चेतना और विषय-सामग्री के बीच, तुम्हारे और अस्तित्व के बीच, 'वह' और 'तू' के मध्य संयोग होने दो और परमानंद घटने दो।

उसे केवल एक जानना ही न रहने दो, उसे केवल एक खण्ड ही न रहने दो – उसे पूर्ण बनने दो।

सामान्य रूप से यह तीन पथ हैं। सूफ़ी धर्म चौथा है। इस युग का सबसे महान सूफ़ी सद्गुरु गुरजिएफ है। उसके शिष्य पी.डी. आस्पेंस्की ने एक पुस्तक लिखी है, जिसका नाम है The Fourth Way (चौथा मार्ग) यह बहुत प्रतीकात्मक है।

यह चौथा मार्ग क्या है? यदि यह न कर्मयोग है, ना ज्ञानयोग, और न भावों तथा अनुभूति का मार्ग, क्योंकि ये तीन, शरीर और मन के विशेष गुण और गतियां हैं तब यह चौथा मार्ग क्या है? चौथा मार्ग है तर्क और विश्वास के पार का मार्ग। सभी का अतिक्रमण करने का मार्ग। भारत में इसे राजयोग कहा जाता है। राजमार्ग, यानी चौथा मार्ग। न चेतना बदलती है विषय-सामग्री को, न

विषय-सामग्री बदलती है चेतना को। कुछ नहीं, कुछ नहीं को बदलता है। सभी कुछ यों रहता है जैसे यह बिना किसी परिवर्तन के साथ है। विषय-सामग्री या अंतर्वस्तु वहीं रहती है और चेतना भी यहीं बनी रहती है और कोई परिवर्तन नहीं होता है। वहां बदलने का कोई प्रयास होता ही नहीं।

यह वही है जिससे मेरा अर्थ होने से है। इन सभी तीन मार्गों के साथ मन मे कुछ चीज़ बनी रहती है, कि यह करना है। चौथे के साथ सभी बनना मिट जाता है। तुम सामान्य रूप से जो कुछ भी हो, उसे स्वीकार कर लेते हो। इस स्वीकृति में ही, सभी के पार जाकर रूपांतरण हो जाता है। इस सर्व स्वीकार में ही तुम सभी का अतिक्रमण कर जाते हो। तुम ठीक साक्षी बने रहते हो। तुम यहां कुछ भी नहीं कर रहे होते, तुम केवल यहां बने रहते हो।

इस चौथे मार्ग के साथ लक्ष्य का होना संभव नहीं है। वहां कोई लक्ष्य होता ही नहीं। पहिले मार्ग के साथ लक्ष्य है मुक्ति, मोक्ष; दूसरे मार्ग के साथ लक्ष्य है – सत्य, और तीसरे मार्ग के साथ लक्ष्य है प्रेम। चौथे मार्ग के साथ कोई लक्ष्य है ही नहीं। जेन और सूफ़ी धर्म चौथा मार्ग ही है। इसी कारण जेन के लोग कहते हैं – 'मार्ग रहित मार्ग' 'द्वारहीन द्वार' – क्योंकि वहां कोई लक्ष्य ही नहीं है। लक्ष्य रहित लक्ष्य। हम कहीं भी नहीं जा रहे हैं। हम किसी भी चीज़ के लिए कोई भी प्रयास नहीं कर रहे हैं। वह सभी कुछ, जिसकी भी ज़रूरत है, यहां पहिले ही से है। वह हमेशा से ही यहां रहा है। तुम बस केवल शांत बने रहो और उसे देखो। इस बारे में किसी भी चीज़ को बदलने की कोई भी आवश्यकता नहीं है। चौथे के साथ कल्पित कथनों और कथाओं द्वारा परिवर्तन की बात स्वतः मिट जाती है।

और जब वहां बदलने की या परिवर्तन की कोई ज़रूरत होती ही नहीं तो आनंद का विस्फोट होता है, क्योंकि जो ऊर्जा चीज़ों के बदलने में लग जाती थी, फिर वह कहीं और खर्च नहीं होती और मुक्त हो जाती है। यह मुक्त हुई ऊर्जा ही है, जिसे आनंद कहते हैं।

कभी-कभी अनज़ाने में यह तुम्हें भी घटती है। कभी-कभी अकेले बैठे हुए और कुछ भी न करते हुए तुम अनुभव करते हो कि कुछ चीज़ घट रही है। तुम विश्वास ही नहीं कर पाते कि यह है क्या? वह इतना अधिक आश्चर्यजनक, अविश्वसनीय और इतना अधिक अनज़ाना होता है। वह बिना किसी कारण, दुर्लभ क्षणों में प्रत्येक को घटता है। तुम उसे कोई शक्ल नहीं दे सकते, तुम उसकी कोई गणना नहीं कर सकते कि वह आखिर घटा तो क्यों घटा।

तुम स्नानघर में अपने नहाने की टब में लेटे हुए हो, और अकस्मात कुछ चीज़ घट जाती है। मन अपनी सामान्य तेजी से नहीं दौड़ रहा है, तुम्हारा शरीर गुनगुने जल में विश्रामपूर्ण है। तुम कोई भी कार्य नहीं कर रहे हो; तुम बस वहां हो। तभी अचानक उसका पदार्पण होता है – घर में छाई हुई शांति, बाहर से आती पक्षियों के चहकने की ध्वनि, सड़क पर खेलते बच्चों का शोर, यह सभी कुछ वहां हैं, लेकिन एक नये गुण के साथ। उसमें एक बहुत बड़ा सुकून, और परम विश्राम है। तुम्हारे अंदर कोई भी चीज़ अब और कुछ भी प्रयास नहीं कर रही है। तुम किसी लक्ष्य की ओर उन्मुख नहीं हो, तुम केवल यहीं और अभी हो।

यदि तुम इसके बारे में कि 'यह है क्या' सोचना शुरू करो, तो तुम तुरंत उसे भूल जाओगे। यदि तुम फिर से उसे पकड़ने का प्रयास करना शुरू करो, तो तुम उसे फिर से कभी पकड़ न पाओगे। 'वह' जब आता है, तब आता है। 'वह' तभी आता है जब वहां स्थिति ठीक होती है। लेकिन तुम उस ठीक स्थिति को सृजित नहीं कर सकते। यदि तुम उसे सृजित करने का प्रयास करते हो, तो तुम उन तीन मार्गों में से किसी एक में जा गिरोगे। यदि तुम विषय वस्तु को बदलने का प्रयास करते हो, तो तुम कर्म मार्ग के अनुयायी बन जाओगे। यदि तुम अपनी चेतना को विषयवस्तु के द्वारा बदलने का प्रयास करते हो, तो तुम दूसरे मार्ग के अनुसरण कर्त्ता बन जाओगे – जो ज्ञान का मार्ग है। यदि तुम दोनों को मिलाने और एक दूसरे में समाहित करने का प्रयास करते हो, तो तुम तीसरे पथ के अनुगामी बन जाओगे।

लेकिन यदि तुम कुछ भी नहीं करते हो न इच्छा करते हो, न जानना चाहते हो, और न भाव तथा अनुभूति में डूबते हो यदि तुम बस विश्राम पूर्ण बने रहते हो, तब वहां होता है – साक्षी! साक्षी होना, जानना नहीं हैं, साक्षी बिल्कुल ही अलग हैं। वास्तव में यह नही कहा जा सकता कि तुम साक्षी बन रहे हो। तुम बस वहां हो। चीज़ें हो रही हैं। तभी अचानक बाहर एक चिड़िया गीत गाना शुरू कर देती है और तुम उसे सुनते ही – क्योंकि तुम वहां हो, तुम उसे सुनते हो। सुनने के लिए वहां कोई प्रयास नहीं है, और न वहां उसके लिए जानबूझ कर एकाग्रता है।

परसों मैं सांख्य का एक सूत्र पढ़ रहा था। जिसमें अत्यधिक सौंदर्य है; 'ध्यानम् निर्विश्यायम् मनः' – सांख्य-सूत्र ध्यान को कैसे परिभाषित कर रहा है। बिना विचारों, बिना भावों और बिना कामनाओं का मन ही ध्यान है। बिना कोई भी प्रयास कर रही चेतना ही ध्यान है। 'ध्यानम् निर्विश्यायम् मनः' वहां किसी वस्तु या पदार्थ के लिए कोई कामना नहीं है। तुम किसी चीज़ के लिए कोई प्रयास नहीं

कर रहे हो। तब तुम ध्यान में हो। तुम कोई भी कार्य नहीं कर रहे हो: किसी भी तल पर तुम कुछ भी नहीं कर रहे हो। सारी क्रियाएं प्रामाणिक रूप से मिट चुकी हैं। तुम्हारे अंदर परिपूर्ण शांति है और है स्वयंभू विश्राम।

इस शब्द 'विश्राम' को तुम्हें स्मरण रखना है। विश्राम। स्मरण रहे, तुम इसे कर नहीं सकते। तुम इसे कैसे कर सकते हो? यदि तुम इसे करते हो तो तुम विश्रामपूर्ण नहीं हो सकते, क्योंकि तब विश्राम, एक लक्ष्य बन जाता है और तुम एक कर्त्ता बन जाते हो। तुम केवल इसे समझ सकते हो। तुम केवल उसे होने की अनुमति दे सकते हो; तुम उसे कर नहीं सकते, तुम उसे विवश नहीं कर सकते। तुम्हारे करने से उसका कोई लेना देना नहीं है। तुम केवल समझ सकते हो कि वह कैसें घटता है और तुम उस समझ में बने रह सकते हो, और वह आता है।

'ध्यानम् निर्विश्यायम् मनः' जब मन बिना कामना, बिना विषय वस्तु, बिना लक्ष्य के होता है, जब कहीं भी तुम जा नहीं रहे होते, तब वह कैसे तनाव में बना रह सकता है? यह एकाग्रता की स्थिति नहीं है। यह बिल्कुल भी एकाग्रता नहीं है, क्योंकि एकाग्रता को ज़रूरत होगी कठोर प्रयास की। एकाग्रता एक तरह का तनाव है। यह सावधान होना भी नहीं है, क्योंकि सावधान रहना भी एक तरह का तनाव है।

एनसाइक्लोपीडिया ब्रिटेनिका, 'मेडीटेशन' शब्द को एकाग्रता की भांति ही परिभाषित करती है। यह पूरी तरह से गलत है। ध्यान, एकाग्रता नहीं है। एकाग्रता का अर्थ है – मन प्रयास कर रहा है, बल प्रयोग कर रहा है, कामना कर रहा है, कुछ चीज़ करने की कोशिश कर रहा है। कोई अपनी पूरी ऊर्जा एक दिशा में लगा रहा है – यही होता है एकाग्रता का अर्थ। ध्यान का अर्थ है – तुम अपनी ऊर्जा किसी भी दिशा में नही लगा रहे हो, ऊर्जा सामान्य रूप से अतिरेक से प्रवाहित हो रही है। यह किसी विशेष दिशा में नहीं जा रही है, यह सामान्य रूप से एक सुगंध, जो किसी विशेष व्यक्ति के लिए न होकर चारों ओर हवा में व्याप्त हो जाती है – न तो उत्तर दिशा की ओर, न दक्षिण दिशा की ओर जाती है, वह कहीं भी नहीं जा रही होती, अथवा वह हर ओर जा रही होती है। जहां भी हवाएं उसे ले जायें, वह जाने को तैयार रहती है। वह पूरी तरह विश्रामपूर्ण होती है।

कभी-कभी तुम्हें भी ऐसा ही क्षण घटता है। मैं तुम्हें स्मरण दिलाना चाहूंगा कि यह कोई दुर्लभ चीज़ नहीं है, जो केवल धार्मिक लोगों को ही घटती हो। यह सामान्य जीवन में भी घटती है, लेकिन तुम उस पर ध्यान नहीं देते। तुम उससे भयभीत हो जाते हो।

कुछ ही दिनों पूर्व मुझे एक महिला का एक पत्र प्राप्त हुआ। वह यहां आश्रम में रही थी, तब वह घर वापस चली गईं छः महीनों से वह ध्यान में जाने का प्रयास कर रही थी, लेकिन उसके ध्यान की धारणा के अनुसार वह उसे घटता न था। इस बारे में उसकी ज़रूर ही कोई कामना रही होगी कि वह किस तरह घटना चाहिए। उसकी ज़रूर ही कुछ अपेक्षाएं रही होंगीं, और वह नहीं घट रहा था। उसने मुझे यह बताने के लिए पत्र लिखा था कि एक दिन वह बस अपने कमरे में बैठी हुई थी। वहां करने के लिए कुछ था ही नहीं। उसका पति ऑफिस चला गया था, बच्चे स्कूल जा चुके थे; और पूरा घर खाली था। वह बस बैठी हुई थी। वह आंखें बंद किए बस अपनी कुर्सी पर बैठी हुई थी – और वह घटा। 'वह' अचानक वहां था, अपने सभी आशीर्वादों और अनुग्रह के साथ। लेकिन वह भयभीत हो गईं वह डर गई, क्योंकि जब अचानक ऐसा घटा, तो एक भय उसके अंदर प्रविष्ट हो गया, क्योकि 'वह' वहां था, ध्यान भी था वहां, लेकिन वह वहां नहीं थी। यह बहुत बड़ा भय बन गया और उसने सामान्य रूप से अपने आप को खींचकर उस स्थिति से बाहर निकाल लिया। उसे अनुभव हुआ जैसे मानो वह विलुप्त हो रही थी।

हां, यह घटता है। तुम्हारे अहंकार का फिर वहां अस्तित्व नहीं रह जाता। तुम्हारे अहंकार का फिर वहां होना संभव ही नहीं है। तुम्हारा अहंकार और कुछ भी नहीं, बल्कि तुम्हारे सभी तनावों का एक साथ होना है। तुम्हारा अहंकार और कुछ भी नहीं, बल्कि भूत वर्तमान औरं भविष्य के तनावों का एक बंडल हैं। जब तुम तनाव में नहीं होते हो, तो अहंकार सामान्य रूप से जमीन पर खण्ड-खण्ड होकर गिर जाता है।

तो... वह भयभीत हो गईं छः महीनों से वह ध्यान में होने का प्रयास कर रही थी और कुछ भी नहीं घट रहा था, और तब एक दिन वह घटा। 'वह' तब घटा जब वह पूरी तरह से उसके बारे में बेखबर थी। उसे एक धक्का सा लगा। 'वह' वहां था। और वह उसे जगा रही थी, और 'वह' नहीं आ रहा था। और तब 'वह' आया। लेकिन वह चूक गईं 'वह' वहां था लेकिन वह भयभीत हो गईं 'वह' बहुत अधिक था। उसने अनुभव किया जैसे मानो वह उसमें मिट सकती है और फिर उससे बाहर आने में समर्थ न हो सकेगी। उसने अपने आपको उससे बाहर खींच लिया। अब वह लिखती है कि वह रोये चले जा रही है और चाहती है कि 'वह' फिर वापस आये।

अब यह वापस लौटने की चाह, कोई भी सहायता नहीं करेगी – क्योंकि उस दिन भी वह बिना किसी चाह के आया था। बिना किसी विचार के कि क्या

घटने जा रहा है, अचानक वह प्रकट हुआ था। वह हमेशा अचानक बिजली की कौंध की भांति ही आता है।

यह है चौथा मार्ग, इसी वजह से इसे राजयोग कहा जाता है – राज मार्ग। राजा से यह आशा नहीं की जाती कि वह कोई भी कार्य करे। वह सामान्य रूप से अपने सिंहासन पर विराजमान रहता है और चीज़ें घटती रहती हैं। वहां करने के लिए बहुत से लोग हैं, इसी कारण इसे राजयोग कहा जाता है – राजा का मार्ग। तीन अन्य मार्ग साधारण मार्ग हैं, चौथा वास्तव में एक अपवाद है। राजा से यह अपेक्षा नहीं की जाती कि वह कोई भी काम करे : वह वहां सामान्य रूप से विश्राममय होकर बैठा रहता है। किसी एक से हम जो अर्थ लेते हैं, जो एक राजा होता है, वह यही है। करना मिट चुका है, जानना भी नहीं रह गया है, भाव भी विलुप्त हो चुके हैं – राजा परिपूर्ण विश्राममय है। इसी परम विश्राम में वह घटता है।

सूफ़ी और ज़ेन का मार्ग – राजयोग है – राज पथ। न तो चेतना विषय वस्तु बदलती है और न विषय वस्तु, चेतना को बदलती है। यह इसका आधारभूत सिद्धांत है – कुछ भी नहीं बदलता, वहां कोई परिवर्तन होता ही नहीं है। चीज़ें बस हैं। वहां एक फूल है, और तुम भी हो वहां। न तो तुम फूल को बदलते हो और न फूल तुम्हें बदलता है। दोनों एक साथ बने रहते हैं। यह है वह अस्तित्व, जिसका कोई लक्ष्य नहीं है।

ज़ेन के लोग इसे निर्वाण कहते हैं, बिना लक्ष्य का लक्ष्य-निर्वाण। कोई एक पूर्ण रूप से विलुप्त हो जाता है। यह शब्द 'निर्वाण' बहुत सुंदर है। इसका अर्थ हैः जैसे मानो कोई व्यक्ति एक जलती हुई मोमबत्ती बुझा दे। ठीक कुछ क्षणों पूर्व वह वहां थी, पूरी चमक से वह प्रकाशित थी और तब तुमने उसे बुझा दिया। अब उसकी ज्योति अनंत में विलुप्त हो गई वह ब्रह्माण्ड का ही एक भाग बन गई तुम उसे अब खोज नहीं सकते। तुम उसका कोई चिन्ह या अवशेष नहीं पा सकते कि वह कहां चली गई और अब है कहां। वह बस सामान्य रूप से विलुप्त हो गई।

इस बारे में एक सूफ़ी कहानी है।

एक सूफ़ी रहस्यदर्शी एक गांव में प्रविष्ट हो रहा था कि उसे सामने आता एक छोटा लड़का दिखाई दिया, जो एक जलती हुई मोमबत्ती अपने साथ लिये जा रहा था। वह लड़का मस्जिद की ओर जा रहा था। रात आने वाली थी और

इसीलिए वह लड़का मस्जिद में, इबादत के कृत्य के रूप में वह मोमबत्ती वहां रखने जा रहा था।

रहस्यदर्शी ने उस लड़के को देखा, एक निर्दोष बच्चा, जिसका चेहरा मोमबत्ती की रोशनी में प्रकाशित हो रहा था। उस रहस्यदर्शी ने लड़के से पूछा – क्या तुमने खुद जलाई है मोमबत्ती?' और लड़के ने जवाब दिया – "जी जनाब"।

रहस्यदर्शी ने मज़ाक-मज़ाक में पूछा – "तब तुमने यह ज़रूर देखा होगा कि इसमें ज्योति कहां से आती है? क्या तुम मुझे बता सकते हो कि यह लौ कहां से आती है।"

लड़का हंसा और उसने मोमबत्ती बुझा दी और तब उत्तर दिया – "अब आपने इसे जाते हुए देखा। क्या आप मुझे यह बता सकते हैं कि यह कहां चली गई?"

कोई भी नहीं जानता कि कहां से आती है ज्योति, और कोई यह भी नहीं जानता कि वह कहां चली जाती है। वह अस्तित्वहीनता से आती है अथवा अखण्ड अस्तित्व से आती है – जो एक जैसे समान हैं। यही है निर्वाण।

सूफ़ियों के पास इसके लिए एक शब्द है – फ़ना। इसका अर्थ भी ठीक यही है। एक वह, जो परिपूर्ण रूप से खो गया।

इच्छा के मार्ग पर अथवा ज्ञान के मार्ग पर अथवा भाव तथा अनुभूति के मार्ग पर; वहां कोई भी चीज़ करने की कोई आवश्यकता ही नहीं है। कुछ भी करने की आवश्यकता नहीं है – क्योंकि यदि तुम कोई भी चीज़ करते हो, तुम तो रहोगे ही, तुम्हारा बने रहना जारी रहेगा, भले ही वह बहुत थोड़ा हो।

अहंकार जैसी कोई चीज़ घूमती रह सकती है। न कोई परिवर्तन न कोई सुधार, और न कोई प्रयास भी तुम्हें बेहतर बनाने के लिए ज़रूरी है – बस तुम्हें होना भर है।

हज़रत मुहम्मद कहते हैं – 'इस संसार में एक अजनबी की तरह बने रहो अथवा एक गुज़रने वाले मुसाफिर की तरह।' रहो इस संसार में ही लेकिन उसके होकर मत रहो। रहो इस संसार में ही, लेकिन संसार को तुम अपने अंदर रहने की अनुमति मत दो।

वह कहते हैं – 'इस संसार के लिए यों रहों, जैसे मानो तुम यहां एक हज़ार वर्षों से रहते आये हो और आगे के लिए यों रहो, जैसे मानो तुम्हें कल मर जाना है।'

इस क्षण में ऐसे रहो, जैसे मानो तुम हमेशा के लिए रहने जा रहे हो और

फिर भी यह ख्याल रहे कि अगला क्षण हो सकता है नहीं आये। इसलिए समग्रता से रहो, और फिर भी साक्षी बने रहो। उसके साथ जुड़ कर तो रहो, लेकिन तब भी अपने आपको, पहाड़ी पर बैठे एक निरीक्षणकर्त्ता या पहरेदार की तरह बनाये रखो।

यही है वह, जो जुन्नैद कर रहा था!

अब यह कहानी!

पुरातन सूफ़ी सद्गुरु जुन्नैद प्रदर्शन करते हुए सिखलाता था।

सूफ़ी हमेशा प्रदर्शन के द्वारा सिखलाते हैं। इस बारे में इससे बेहतर कोई दूसरा रास्ता नहीं है। इसीलिए जब सूफ़ी सद्गुरु के पास बाहर से लोग आते हैं तो ऐसा हमेशा होता है, कि वे उलझन में पड़ जाते हैं – क्योंकि वे यह समझ ही नहीं सकते कि यह क्या हो रहा है। वे पूरी कहानी नहीं जानते। वे केवल एक खण्ड, जो उनकी आंखों के सामने होता है, उसी को लेकर निष्कर्ष निकाल लेते हैं। वह एक प्रदर्शन भी हो सकता है। वह कोई ऐसी चीज़ हो सकती है, जिसे केवल शिष्य और सद्गुरु ही जानते हों कि वहां आखिर क्या चल रहा है।

गुरुजिएफ ऐसा ही किया करता था। और बाहर से आने वाले लोग हमेशा उलझन में पड़ जाते थे। और बाहरी लोगों द्वारा इस बारे में गुरुजिएफ पर लिखी गई सैकड़ों पुस्तकें हैं। स्वाभाविक रूप से वे सभी उसके विरुद्ध थे, क्योंकि वे पूरी कहानी नहीं जानते थे। पूरी कहानी का जानना तो केवल अंदर रहने वालों के लिए ही संभव है।

उदाहरण के लिए, यदि तुम अचानक गुरुजिएफ के पास चले गए, तो तुम्हें आश्चर्य हो सकता था। हो सकता है वह चीख चिल्ला रहा हो, किसी को अपमानित कर रहा हो, गालियों का प्रयोग कर रहा हो। वह पुरातन काल का सद्गुरु था, जो गाली भरे शब्दों के प्रयोग करते थे। और जब वह क्रोध में होता था तो वास्तव में वह क्रोध में ही होता था, ऐसा लगता था, जैसे मानो वह हत्या करने जा रहा हो।

यदि तुमने उसे देखा होता, तो स्वाभाविक रूप से तुम्हें आश्चर्य होता कि वह किस तरह का सद्गुरु था?

वह एक बुद्धत्व को उपलब्ध व्यक्ति जैसा दिखाई ही नहीं देता था क्योंकि बोध को उपलब्ध व्यक्ति के बारे में तुम्हारी एक निश्चित धारणा होती है कि

सद्गुरु ऐसा अथवा वैसा होगा। उसे तुम्हारी अपेक्षाओं को पूरा करने वाला होना चाहिए। लेकिन सद्गुरु तुम्हारी अपेक्षाओं को पूरा करने के लिए नहीं होते। उनके पास, तुम्हारी आशाओं और आकांक्षाओं को पूरा करने की अपेक्षा कुछ कहीं अधिक महत्वपूर्ण चीज़ें होती हैं। वे यहां पर उस तरह के कार्यों के लिए नहीं होते। वे तुमसे कोई सम्मान अथवा प्रतिष्ठा नहीं मांग रहे हैं। वे जनसामान्य की राय से ज़रा भी परेशान नहीं होते – वे तुम्हारा वोट नहीं मांग रहे हैं – वे कुछ ऐसी चीज़ कर रहे हैं जो विशाल और विराट है, जिसे समझना केवल तभी संभव है जब तुम उनके शिष्य हो।

उसके आश्रम का शिष्य जानता है कि गुरुजिएफ किस पर गालियों की बौछार कर रहा है। वह जानता है – अथवा वह कुछ क्षणों के बाबत तो जान सकता है, और कुछ क्षणों में वह भी चूक जाता है। वहां कुछ ही क्षण ऐसे होते हैं जब तुम अनुभव करोगे, कि यह व्यक्ति किस तरह का है? वह क्यों मुझ पर गालियों की बौछार कर रहा है? आखिर मैंने किया क्या है? तुमने हो सकता है कोई बहुत छोटी सी नगण्य भूल की हो, और वह सभी अनुपात के विपरीत पागल हुआ जा रहा हैं – जैसे मानो कोई पाप किया हो। कभी-कभी तो उसके शिष्य भी उसे समझने में असफल हो जाते थे। लेकिन वे यह स्मरण रखते थे, क्योंकि गुरुजिएफ ने कहा था – तुम्हें सावधान रहना होगा, मैं तुम्हें उत्तेजित करुंगा। मैं तुम्हें कई तरह से भड़काऊंगा जिससे तुम अपनी सावधानी खो सको।

अब गुरुजिएफ और उसके शिष्यों के मध्य कुछ चीज़ ऐसी है जो धीमे-धीमे रिस रही है। तुम बाहरी व्यक्ति, उसे न समझ पाओगे। वह वास्तव में क्रोध नहीं कर रहा। उसका क्रोध करना एक अभिनय है और शिष्य को वह क्रोध दिलाने के लिए उसे उत्तेजित कर रहा है। यदि शिष्य को क्रोध आ जाता है, तो वह लक्ष्य से चूक जाता है। वह आये हुए अवसर को खो देता है। और यदि शिष्य शांत मौन और सावधान रहे और विषयवस्तु को इस चेतना को बदलने की अनुमति न दे और किसी भी तरह गुरुजिएफ और उसके आचरण को यदि वह बदलने का प्रयास नहीं करता है तो वही वह चेतना है, जो विषय वस्तु को बदलने को प्रयास कर रही है – वहां विषय वस्तु है – गुरुजिएफ का क्रोध से पागल होना। इसलिए ठीक है, गुरुजिएफ पागल है। और वहां एक है, जो निरीक्षण कर रहा है – न तो चेतना विषय वस्तु को प्रभावित कर रही है और न विषयवस्तु, चेतना को प्रभावित कर रही है। और तुम गुरुजिएफ को धोखा नहीं दे सकते क्योंकि तुम्हारी चेतना में एक छोटा सा परिवर्तन भी तुम्हारे पूरे व्यवहार को बदल देता है। तुम्हारा चेहरा

बदल जाता है, तुम्हारा आभामंडल बदल जाता है, तुम्हारी ऊर्जा का ढांचा बदल जाता हैं – तुम फिर वही व्यक्ति नहीं रह जाते।

यदि शिष्य बिना किसी परेशानी या बाधा के और बिना घबड़ाये हुए बना रह सकता है, यदि वह वैसा ही बना रह सकता है, जैसा वह गुरुजिएफ के क्रोध में आने से पूर्व था, तो समझो उसने अपनी अंतर्यात्रा में एक कदम आगे उठा लिया। वह सद्‌गुरु के और अधिक निकट आ गया।

लेकिन यह उन लोगों के लिए कठिन होगा, जो बाहर से आये हैं। यदि तुम गुरुजिएफ के पास गये होते... वह एक असाधारण घटना होती थी। हर रात वह अपने सभी शिष्यों को आमंत्रित करेगा। सभी लोग एक साथ इकट्ठे होंगें और वहां खाने पीने का जबर्दस्त दौर चलेगा – और बाहर से आने वाला कोई भी व्यक्ति उसे देख कर सोचेगा कि ये लोग बस पागल ही हैं। वह लोगों को इतनी अधिक शराब पीने को बलपूर्वक विवश करेगा कि तुम सोचोगे कि यह चीज़ तो इपीकुरस के समय की किसी घटना जैसी ही है। यह किस तरह का धर्म है? बस, खाओ पियो और सेक्स करो? और वह भी अपनी पराकाष्ठा पर जाते हुए। और गुरुजिएफ पिये चले जाने के बारे में बहुत जोर देता था। वह स्वयं उतनी शराब पिया करता था, जितनी अधिक कोई व्यक्ति पी सकता है, लेकिन वह कभी नशे में नहीं होता था। सारी महत्वपूर्ण चीज़ यही थी, और वह अपने शिष्य से भी पीने के लिए कह सकता था।

और एक बिंदु ऐसा आता है जब पीकर तुम अपना नियंत्रण खोने लगते हो। तुरंत ही तुम्हारी असलियत परिधि पर आ जाती है। तुम असली व्यक्ति को कभी नहीं देख सकते, जब तक वह नशे में धुत न हो जाये। लोगों ने अपने आप को इतना अधिक दमित किया है कि केवल शराब ही उन्हें उनके दमन के ऊपर तक ला सकती है। यह उन महान प्रयोगों में से एक है, जो किसी सद्‌गुरु द्वारा भी आज तक किए गए हैं।

हम जानते हैं कि पूरब में यह प्रयोग पिछली सदियों में तांत्रिकों द्वारा किए गए हैं, लेकिन पश्चिम में ऐसे प्रयोग करने वाला गुरुजिएफ पहिला व्यक्ति था। वह जब भी यह देखता था कि शिष्य ने बहुत अधिक शराब पी ली है और अपने असली रूप में आ गया हैं – और अब वह वही व्यक्ति नहीं रहा, जैसा होने का वह बहाना बना रहा था, तब वह उसका निरीक्षण करता था। अब वह उसकी सहायता कर सकता था। अब वह तुम्हारे अचेतन को जान गया था। जो काम मनोविश्लेषण वर्षों में करता है, उसने एक दिन में कर लिया था। मनोविश्लेषक, तुम्हारे अचेतन को ऊपर

परिधि तक लाने के लिए तुम्हें कुरेदते चले जाते हैं। मनोविश्लेषक धुंधले प्रकाश में एक किनारे अपने सोफे पर बैठ जायेगा और तुम्हारी सभी तरह की बकवास और अंदर के कूड़े कर्कट को वर्षों तक सुनेगा – केवल इसलिए जिससे वह तुम्हें अपने अंदर के कूड़े कर्कट का बाहर निकाल कर फेंकने में तुम्हारी सहायता कर सके। धीमे-धीमे गहरे अचेतन में दबे हुए असली मनोवेग बाहर निकलना शुरू हो जायेंगें। जब ऊपर का कूड़ा कर्कट बाहर उड़ेला दिया जाता है तो गहरे में अंदर दबा कूड़ा कचरा बाहर निकलना शुरू हो जायेगा। लेकिन यह वर्षों का समय लेता है।

गुरुजिएफ एक ही दिन में अपने वज्र-प्रहार किया करता था। इस बारे में पहिले ही दिन शिष्य की दीक्षा शराब के द्वारा होती थी। सद्‌गुरु उसके अचेतन के बारे में तुरंत जानना चाहता था, क्योंकि वहां ही असली काम किया जाता था। वह चेतन व्यक्तित्व के साथ ज़रा भी समय नष्ट नहीं करना चाहता था। वह एक मुखौटा था। एक बार उसने जान लिया, तब वहां उसकी कोई ज़रूरत नहीं होगी। लेकिन वह पहिले तुम्हें गहरे नशे में ले जायेगा।

अब यदि कोई तथाकथित धार्मिक व्यक्ति बाहर से आते हैं, तो वे उलझन में पड़ जायेंगें, बहुत बड़ी उलझन में; कि आखिर यह हो क्या रहा है? यदि कोई ऐसा व्यक्ति आता है, जो उपवास कर रहा है, तो गुरुजिएफ उसे बहुत अधिक भोजन करने को विवश करेगा, और यदि कोई ऐसा व्यक्ति आता है, जो बहुत अधिक भोजन करता है, तो वह उसे उपवास करायेगा। वह तुम्हारे पुराने ढांचे को अस्त-व्यस्त कर देगा, क्योंकि जब नीति और नियम को अनुसरण करने वाला ढांचा अस्त-व्यस्त होता है, तभी तुम्हारी असलियत सामने आती है। यह कार के गेयर को बदलने जैसा है। जब तुम एक गेयर बदल कर दूसरे पर आते हो, तो उनके बीच तुम्हें न्यूट्रल (तटस्थ) गेयर होकर गुजरना होता है।

उदाहरण के लिए यदि एक व्यक्ति जैन है, जिसने अपने पूरे जीवन भर कभी मांस का सेवन नही किया है और वह गुरुजिएफ के पास जाता है, तो गुरुजिएफ उसे मांस खाने के लिए विवश करेगा। यह उसके पूरे स्वभाव और अस्मिता को नष्ट करने के लिए किया जाता है। पचास वर्षों तक मांस खाना तो दूर, उसने उसका स्पर्श तक नहीं किया है, और हो सकता है, उसने उसे कभी देखा भी न हों। अब उसका पूरा व्यक्तित्व विद्रोह करेगा। उसे उल्टी होने का अनुभव होगा। उसके विचार मात्र से उसे मतली आयेगी।

मेरी अपनी दादी जब जीवित थी, वे घर में टमाटर तक लाने की अनुमति नहीं देती थीं, क्योंकि वे उसे मांस की तरह दिखाई देते थे। यह उसका अपना

विचार था। टमाटर – ऐसे भोले और निर्दोष लोग – और उन्हें घर में लाने की वह अनुमति नहीं देती थीं।

इसलिए यदि एक व्यक्ति जिसने कभी टमाटर तक न खायें हों, उसे यदि मांस खाने को विवश किया जाये, तो तुम समझ सकते हो कि सद्गुरु उसके अंदर किस उपद्रव को फेंकने जा रहा है। वह उसे ऊपर से नीचे पटक रहा है। वह वास्तव में उसके नीति नियमों को अनुसरण करने वाले सारे ढांचे को नष्ट कर देगा। वह उल्टी करेगा, बीमार पड़ जायेगा, उसे बुखार भी आ सकता है, उसे डरावने स्वप्न आ सकते हैं – लेकिन यह उसके सभी सीखे हुए आचार-विचार के ढांचे को नष्ट कर देगा और फिर से एक निर्दोष बच्चा बन जायेगा वह और वहां से काम शुरू किया जा सकता है।

यदि एक व्यक्ति मांस खाता रहा हो, शराब पीता रहा हो, तो गुरुजिएफ उसके सामने शाकाहारी भोजन रख देगा और उससे शराब न पीने के लिए कहेगा। वह उसे पूर्ण शाकाहारी और शराब की जगह चाय पीने वाला बना देगा। वह उसे जितना शुद्ध शाकाहारी होना संभव है, उसे वैसा बनने को विवश करेगा। विधि वही और ठीक वैसी ही हैं – जिससे उसके अतीत की आदतों को अस्त-व्यस्त कर दिया जाए, चीज़ों को अधोमुख, ऊपर से नीचे की ओर उल्टा कर रख दिया जाए, जिससे मन के पुराने संस्कार आगे कार्य न कर सकें और उसके मुखौटे को हटाया जा सके और असलियत देखी जा सके।

एक सद्गुरु को अपने शिष्यों को उनके बचपन में फिर से स्थापित करना होता है, क्योंकि वहीं से वे भ्रमित हुए थे। कोई मुसलमान बन गया, कोई हिन्दू बन गया कोई ईसाई बन गया – उसी क्षण से वे विभाजित और भ्रमित हुए। एक सद्गुरु को उन्हें वापस उनके निर्दोष बचपन में स्थापित करना होता है, जिससे दूसरे तरह का जीवन, दूसरी तरह का स्वभाव और व्यक्तित्व विकसित होना प्रारंभ हो सके।

पुरातन सूफ़ी सद्गुरु जुन्नैद ने प्रदर्शन करते हुए एक विधि के द्वारा सिखलाया, जिसमें उसने वास्तव में विलासितापूर्ण जीवन जीने का पार्ट अदा किया, और जिसे वह एक उदाहरण देकर स्पष्ट करने का प्रयास कर रहा था।

वह जिसका उदाहरण देने जा रहा है, जीवन के उस खण्ड को वह जीकर दिखलायेगा। लेकिन बाहर के लोग इसे कैसे समझ सकते हैं? यह एक नाटक है, मनोवैज्ञानिक नाटक। केवल जो शिष्य उसके आश्रम के अंदर रहते हैं, जो अंदर की बाते जानते हैं कि यह क्या हो रहा हैं – वे ही उसे समझ सकेंगे। वे लोग भी बहुत बार उससे चूक जाते हैं। उनके अंदर भी संदेह उठ खड़े होंगें।

उदाहरण के लिए एक नग्न स्त्री नृत्य कर रही है और वहां सुरापात्र भी हैं। शराब प्यालों में डाली जा रही है और लोगों को दी जा रही हैं वहां चारों और विलासिता का वातावरण है। वहां नृत्य और संगीत भी चल रहा है – एक तरह की गुप्त साधना की जा रही है, जो देखनें से शराब और नाचने गाने का उत्सव दिखाई देता है। और जुन्नैद ठीक उसके मध्य में उत्सव का नियोजक बना बैठा हुआ है।

तुम उसे देखते हो। और तुम्हारे पास पहिले से एक धारणा है कि एक सद्गुरु को कैसा होना चाहिए। ऐसा व्यक्ति खोज पाना कठिन है, जो कोई धारणा लेकर न आता है।

यह स्वाभाविक है। इसे क्षमा किया जा सकता है। प्रत्येक व्यक्ति एक धारणा के साथ ही आता है। यदि एक ईसाई मेरे पास आता है, तो उसके पास क्राइस्ट की धारणा होती है। वह मेरी ओर देखना शुरू कर देता है – क्या मैं क्राइस्ट की तरह व्यवहार कर रहा हूं अथवा नहीं? यदि वह अनुभव करता है कि मैं वैसा नहीं हूं, तब मैं उसके लिए कुछ भी नहीं हो सकता। एक जैन मेरे पास आता है, उसके पास महावीर की धारणा होती है। वह मुझे देखता है, वह मुझसे अपेक्षा रखता है कि मैं महावीर की भांति आचरण करूं। मैं न तो क्राइस्ट हूं, न महावीर और न बुद्ध – मैं तो बस मैं ही हूं। मैं अपने संतोष में रहता हूं। मेरे पास उधार लिया हुआ ज्ञान और शक्ति नहीं है, मैं अपना प्रमाण स्वयं हूं। लेकिन लोग धारणाएं लेकर आते हैं। वे प्रशिक्षित किये गये हैं। इसलिए यह बहुत कठिन हो जाता है। वे पूर्व धारणाओं और अपने पूर्वाग्रहों के पीछे से झांक कर देखते हैं। यदि मैं उनकी धारणाओं को पूरा करता हूं, तब तो ठीक है, यदि मैं नहीं करता, तब वे सोचेंगें कि यह व्यक्ति सद्गुरु नहीं है, और यह सच्चा सद्गुरु तो है ही नहीं। उन्हें फिर कहीं और जाना ही होगा।

और स्मरण रहे, कोई भी सच्चा सद्गुरु कभी भी किसी व्यक्ति की चाह को पूरा नहीं कर सका है। वह कर ही नहीं सकता। यदि वह तुम्हारी सहायता करना चाहता है, तो उसे तुम्हें उत्तेजित करना होगा। उसे तुम्हें आघात पहुंचाना होगा। उसे आघात देने ही होते हैं, क्योंकि उसका कार्य ही तुम्हें आघात पहुंचा कर तुम्हें होशपूर्ण बनाना है।

एक बार वह सत्य के खोजियों द्वारा विलासिता और सुख सुविधाओं के प्रत्येक उन साधनों से जिसकी कल्पना की जा सकती है चारों ओर से घिरा, बैठा पाया गया।

उसकी ही उपस्थिति में, उन लोगों ने वह स्थान तुरंत छोड़ दिया, और सबसे अधिक कष्ट साध्य और कठोर जीवन व्यतीत करने वाले एक ऐसे फकीर के घर की खोज की, जिसके चारों ओर का वातावरण बहुत सादगी युक्त था। उसके पास एक चटाई और एक घड़ा पानी के अलावा और कुछ भी न था।

अब जुन्नैद, अब तक हुए महान सूफ़ी सद्गुरुओं में से एक है। एक साधारण व्यक्ति तुम्हारी कामनाओं की पूर्ति करेगा – वास्तव में केवल एक सामान्य मनुष्य ही तुम्हारी इच्छाओं को पूरा करेगा, तुम उससे जो कुछ होने की आशा और अपेक्षा करते हो, वह वैसा होने का बहाना बनायेगा – लेकिन कोई भी प्रमाणिक और सच्चा मनुष्य तुम्हारी व्याख्या और निर्णय के अनुरूप नहीं होगा। वह व्याख्याहीन बना रहता है। कोई भी प्रामाणिक व्यक्ति किसी भी श्रेणी या वर्ग में नहीं रखा जा सकता। वह अवर्गीकृत ही बना रहता है। वह पारे की तरह होता है – तुम उसे मुट्ठी में कसकर बांध नहीं सकते। एक असली व्यक्ति परम स्वतंत्र होता है। यदि तुम एक सच्चे सद्गुरु को समझना चाहते हो, तो तुम्हें अपनी सभी धारणाओं और विचारों को एक और हटाकर रखना होगा।

और तुम्हारी ठीक धारणा हो भी कैसे सकती है? तुम यह भी तो नहीं जानते कि तुम कौन हो, और तुम यह जानने का दावा करते हो कि एक सद्गुरु को कैसा होना चाहिए। तुम पूरी तरह से अपने अस्तित्व और असलियत को भूले हुए हो और तुम यह विश्वास करना चाहते हो कि तुम सर्वोच्च अस्तित्व अथवा उस अस्तित्व की चरम अभिव्यक्ति को जान सकते हो। यह मिथ्याभिमान है और यह खतरनाक है, और खोनेवाले केवल तुम ही होगे। यदि तुम एक प्रामाणिक सद्गुरु को खोजना चाहते हो, तो तुम्हें अपनी सभी अपेक्षाओं और आशाओं को छोड़ना होगा। तुम्हें नग्न हो जाना पड़ेगा। तुम्हें बिना किसी मन के उसके पास जाना होगा, केवल तभी उससे वहां कोई सम्पर्क होने की सम्भावना है।

कुछ दिन हुए, रात में एक युवा व्यक्ति ने मुझसे संन्यास लिया। मैं उसका निरीक्षण कर रहा था। वह मेरे निकट बैठा था। मैंने उससे जो कुछ भी कहा और – मैंने उससे लगभग आधा घंटे तक बात की, लेकिन उसने उसे सुना ही नहीं। मैं देख रहा था। उसके कान बंद थे। उसके मन में विचारों के बादल घुमड़ रहे थे। और तब अंत में मैंने उससे पूछा – "क्या तुम मुझसे कुछ कहना चाहते हो।" उसने कहा – "जी हां। मैं एक ईसाई हूं। मेरे दो नाम कैसे हो सकते है? मुझे एक ईसाई नाम दिया गया है। मुझे ईसाई धर्म में दीक्षित किया गया है। और आप मुझे दूसरा नाम दे रहे हैं। अब इस बारे में कठिनाई होगी मुझे।"

मैं निरीक्षण कर रहा था – उसने मेरा एक शब्द भी नहीं सुना था। मैंने उससे पूछा – "यदि तुम वास्तव में यह समझते हो कि तुम विकसित हो रहे हो, यदि तुम यह समझते हो कि तुम शांत, प्रसन्न और आनंदित हो, यदि एक ईसाई बने हुए तुम संतुष्ट हो, तब तुम्हें संन्यास लेने की कोई ज़रूरत ही नहीं थी। तुम पहिले ही से एक संन्यासी हो। तब फिर तुम यहां आये ही क्यों? आखिर किस लिए, यदि सभी चीज़ें बहुत सही ढंग से जहां तुम हो, वहां चल रही हैं, तो मेरे आशीर्वादों के साथ तुम वहीं बने रहो। फिर तुम यहां संन्यास लेने आये ही क्यों? किसी ने भी तुमसे यहां आने को कहा न था। तुम यहां स्वयं अपनी मर्जी से आये हो। तुमने ही मुझसे कहा कि मुझे संन्यास में दीक्षित कीजिये और अब तुम एक समस्या खड़ी कर रहे हो। यदि तुम विकसित नहीं हो रहे हो, और जहां तुम हो यदि वहां प्रसन्न नहीं हो, तब अपने अतीत को गिरा दो।"

अब यह युवा एक धारणा लेकर चल रहा है। वह सोचता है कि वह एक ईसाई है। तुम एक ईसाई कैसे हो सकते हो, यदि तुम्हारा कभी ईसा मसीह से सम्पर्क नहीं हुआ? चर्च के तथा कथित पादरी तुम्हें एक ईसाई नहीं बना सकते। केवल जब तुम क्राइस्ट के साथ सहभागी बनो, तभी तुम क्रिश्चिएन हो सकते हो। एक पादरी स्वयं ही क्रिश्चिएन नहीं है, फिर सामान्य व्यक्ति के बारे में क्या कहा जाये? यहां तक कि वेटिकन पोप भी ईसाई नहीं हैं। वह हो भी नहीं सकते – क्योंकि क्रिश्चिएन होने को यह अर्थ नहीं है कि तुम चर्च से संबंधित हो, इसका अर्थ है क्राइस्ट की चेतना का तुम्हारे अंदर प्रविष्ट होना।

केवल जीसस ही क्राइस्ट नहीं हैं। बुद्ध भी एक क्राइस्ट हैं, ऐसे ही मुहम्मद, जुन्नैद, कबीर और नानक भी हैं। क्राइस्ट होना एक दशा या स्थिति है जैसे बुद्धत्व एक स्थिति है। यह एक ही चीज़ है, यह वैसी ही स्थिति है। ये दो नाम एक ही स्थिति को प्रकट करते हैं। जैन इसी स्थिति को 'जिन', विजेता कहते हैं – क्योंकि वे संकल्प के मार्ग का अनुसरण करते हैं। बौद्ध इसी स्थिति को बुद्ध कहते हैं। यह स्थिति है जागरण की, होश और साक्षी होने की। वे चौथे मार्ग का अनुसरण करते हैं। क्राइस्ट होना एक स्थिति है, सर्वोच्च स्थिति – जब तुम एक मनुष्य नहीं रह जाते, बल्कि तुम परमात्मा बन जाते हो, जब तुम मनुष्यता का अतिक्रमण कर देते हो, जब तुम मनुष्यता के पार चले जाते हो।

लेकिन तुम एक ईसाई बन सकते हो, यदि तुम ईसा मसीह के चरित्र का कुछ अंश भी ग्रहण करते हो, अन्यथा तुम्हारी ईसाइयत नकली होगी और तुम्हारी ईसाइयत ही तुम्हें किसी जीवंत क्राइस्ट से सम्पर्क बनाने में बाधक होगी। लेकिन लोग अपने मनो और उसकी धारणाओं के साथ यहां आते हैं। इसे समझा जा

सकता है, इसे क्षमा किया जा सकता है, पर क्षमा किए जाने का यह अर्थ नहीं है कि तुम्हें उसके साथ लिपटे रहना है। उसे तो छोड़ना ही है।

अब यह युवा, यदि मेरे अंदर प्रवेश करे अथवा मुझे अपने अंदर प्रवेश करने की अनुमति दे, तो यह पहिली बार ईसाई बन सकता है। पहिली बार वह ईसा मसीह की चेतना के आभामण्डल में आया है, लेकिन वह भयभीत है। वह भयभीत है क्योंकि वह एक ईसाई है और यह स्वाभाविक है कि वह मुझे क्राइस्ट नहीं मान सकता, क्योंकि उसके पास क्राइस्ट के बारे में अपनी धारणा है। यदि वह मुझे केवल क्रूस पर लटका हुआ देखे, वह केवल तभी विश्वास कर सकता है – लेकिन तब तो बहुत देर हो जायेगी।

और मैं वह नाटक दोहराने नहीं जा रहा हूं। एक बार वह हो गया, अच्छा है। दोबारा, तब तो वह उबाने वाला होगा।

अब ये खोजी जुन्नैद के पास आये। जुन्नैद चारों ओर से विलासिता की उन सभी वस्तुओं से घिरा हुआ था, जिसकी भी कल्पना की जा सकती है। उन्होंने ज़रूर उसके अपने अर्थ निकाले होंगे। उन्हें ज़रूर आघात लगा होगा और वे परेशान हो गए होगें। यह किस तरह का सद्गुरु है?

कुछ ही दिन हुए, मैत्रेय मेरे पास एक हिन्दी की पत्रिका लाया। उन्होंने मुख्य आकर्षण के रूप में मेरे विरुद्ध एक लेख लिखा था। मुख्य पृष्ठ पर शीर्षक दिया गया था – "यह किस तरह का परमात्मा?" स्वाभाविक है, उनके पास उनकी अपनी एक विशिष्ट धारणा है कि परमात्मा किस तरह का होना चाहिए? मैं राम नहीं हूं, मैं न कृष्ण हूं, न मैं महावीर हूं – इसलिए फिर मैं किस तरह का परमात्मा हूं? और ये वही लोग हैं, जब कृष्ण थे वहां, तो ये पूछ रहे थे – यह किस तरह का परमात्मा है? क्योंकि वह राम जैसा नहीं है। ये वे ही लोग हैं जो बार-बार पूछे ही चले जाते हैं। राम कभी अपने को दोहराते नहीं। कुछ भी कभी भी दोबारा नहीं आता, क्योंकि यह अस्तित्व इतना अधिक अनूठा और सुंदर है।

इसलिए यदि तुम अस्तित्व के साथ संबंध स्थापित करना चाहो, तो तुम्हें अपनी सभी धारणाएं छोड़नी होंगी। हमारे सभी के पास अपनी-अपनी धारणाएं हैं।

रविवारीय स्कूल की शिक्षिका ने अपनी कक्षा के छात्रों को बाइबिल से कोई उचित वाक्य याद करके उसको तब सुनाने के लिए कहा, जब वे दान पात्र में अपने पैनी डाल रहे हों।

अगले रविवार को छोटे से लूकस ने दानपात्र में पैनी डालते हुए कहा – 'कहीं अधिक धन्यवादी हैं वे लोग, जो प्राप्त करने की अपेक्षा देते हैं।'

रिचर्ड का उदाहरण था – 'प्रभु, प्रसन्नता से देने वाले को ही प्रेम करता हैं।' इस वाक्य का भी अच्छा स्वागत किया गया।

और इसी तरह जब पंक्ति के अंत में खड़े नन्हे लोयड का नंबर आया, तो अनिच्छुक होकर अपनी हिस्से को पैनी दान-पात्र में डालते हुए वह बुदबुदाया – 'एक मूर्ख और उसका धन शीघ्र उससे अलग हो जाते हैं।'

अब इन तीनों बच्चों ने बाइबिल, उसी एक बाइबिल को देखा, लेकिन उन्हें तीन भिन्न-भिन्न उदाहरण मिले। जब तुम कुछ भी देखते हो, तो हमेशा ऐसी कोई चीज़ खोज लेते हो जो दर्पण की भांति तुम्हें प्रतिबिम्बित करती हो।

पादरी डफी और रबी मुचनिक शहर की एक सभा में गप्पें हांक रहे थे।

पादरी डफी ने पूछा – "क्या मैं आपसे एक सवाल पूछ सकता हूं?"

रबी मुचनिक ने कहा – 'निश्चित रूप से।'

– मेरी हमेशा से यही समझ रही है कि यहूदी धर्मप्रचारक परमात्मा के संदेशवाहक थे। क्या यह बात ठीक नहीं है?

रबी ने उत्तर दिया – "आप पूरी तरह से ठीक फरमाते हैं।"

– तब शैतान ने यहूदियों को कैथोलिक चर्च जैसी सुंदर चीज़ उनके हाथों से चली जाने दी और इटेलियन को झपट कर ले जाने दिया?

अब यह एक संगत प्रश्न है। यहूदियों ने इतने सुंदर धंधे को कैसे खो दिया? सबसे अधिक धनी बनाने वाला धंधा पूरी दुनिया में कैथोलिक चर्च है। यह प्रश्न बहुत संगत है। यहूदियों ने इसे कैसे अनुमति दी कि यह उनके हाथों से निकल जाये? वे लोग उससे कैसे चूक गये? इसमें यहूदीपन नहीं है।

हमारे मन निरंतर कार्य करते रहते हैं।

एक छोटी कक्षा में शिक्षक ने बच्चों से पूछा – "संसार का सबसे अधिक महान व्यक्ति कौन है?"

एक लड़के ने उत्तर दिया – "अब्राहम लिंकन।"

दूसरे लड़के ने कहा – "महात्मा गांधी।"

एक अन्य लड़के ने कहा – "वाशिंगटन।"

एक दूसरे अन्य लड़के ने कहा – "कार्ल मार्क्स।"

और इसी तरह लड़के बताते रहे।

और तब बारी आई छोटे से यहूदी लड़के की जिसने कहा – 'जीसस क्राइस्ट' शिक्षक हैरान हो गया। उसने पूछा – यह उत्तर कहां से आया? "क्या तुम यहूदी नहीं हो?"

छोटे बच्चे ने कहा – "अपने हृदय के अंदर गहरे में तो मैं जानता हूं कि संसार में सबसे अधिक महान मोज़ेज हैं – पर धंधा तो आखिर धंधा है।"

जब भी तुम किसी चीज़ की व्याख्या करते हो कि वह वास्तविक है या नहीं, तो विचार करने की तुलना में सदा यह स्मरण रखो कि वह तुम्हारे मन को ही प्रतिबिम्बित कर रहा है।

अब ये तीन खोजी उस विलासिता को देखकर जिसके बीच वहां जुन्नैद बैठा था, बहुत अधिक उलझन में पड़ गये। ये लोग ज़रूर ही सांसारिक बस्तुओं से बहुत-बहुत अधिक आसक्त रहे होंगें, ये लोग ज़रूर ही उन चीज़ों को अपने अधिकार में रखने के अत्यंत इच्छुक रहे होंगे, वे लोग ज़रूर ही भौतिकवादी रहें होंगे। जुन्नैद को विलासिता की इन सभी वस्तुओं से घिरा देखकर उनके अंदर गहरे में कहीं एक ईर्ष्या ज़रूर जागृत हुई होगी, जो उन्हें नज़र नहीं आ रही थी। और जब कभी लोग बहुत अधिक आसक्त हो जाते हैं, उनके पास सोचने को यह धार्मिक धारणा होती है कि जो लोग भौतिक वस्तुओं के प्रति आसक्त हैं, वे धार्मिक नहीं है। वे कैसे हो सकते हैं धार्मिक? वे लोग तो वस्तुओं के प्रति आसक्त हैं। इसलिए जो लोग धार्मिक होते हैं, उन्हें सभी तरह की आमोद-प्रमोद की वस्तुओं से दूर रहना चाहिए। यदि तुम बहुत अधिक धन के पीछे पागल हो, तब तुम्हारे विचार में परमात्मा के सच्चे बंदे को धन की कोई भी चाहत नहीं होनी चाहिए। इसे ठीक से समझ लेना है। तुम अपने आपसे विरोधी को हमेशा अधिक ऊंचे स्थान पर रखते हो, क्योंकि तुम स्वयं अपनी ही अत्यधिक निंदा करते हो। तुम जानते हो कि तुम धन के पीछे पागल हो, इसलिए तुरंत तुम्हारे अंदर यही विचार आता है कि वह व्यक्ति भी ठीक मेरी ही तरह है। यदि तुम बहुत अधिक कामुक हो, यदि तुम्हारे मन में निरंतर सेक्स के बारे में ही काल्पनिक चित्र तैरते रहते हैं, और जब तुम जुन्नैद को एक सुंदर स्त्री के साथ बैठा हुआ देखते हो तो तुम्हारा मन जुन्नैद की तुरंत ही निंदा करने लगता है तो वह भी तुम्हारे जैसा ही

है। यही है वह, जिसे तुम करना पसंद करोगे इसलिए ऐसे व्यक्ति को तुम अपना सद्गुरु बनाओ, इसकी आखिर क्या तुक है?

लोग अपने से विपरीत चीज़ की खोज किए चले जाते हैं। यह प्रवृत्ति समझ लेनी जैसी है। लोग अपने से विपरीत की और आकर्षित होते हैं, लेकिन विपरीत तुम्हें बदल नहीं सकता – क्योंकि विपरीत के प्रति आकर्षण एक बहुत स्वाभाविक नियम है। पुरुष, स्त्री की ओर आकर्षित होता है और स्त्री, पुरुष की ओर आकर्षित होती है। निर्धन व्यक्ति धनी की ओर आकर्षित होता है – और तुम आश्चर्य करोगे धनी भी निर्धन की ओर आकर्षित होता है। धनी व्यक्ति हमेशा सोचते हैं कि गरीब लोग महान चीज़ों का मजा ले रहे हैं – उनके पास चैन की सुंदर नींद है, उन्हें खुल कर भूख लगती है। धनी व्यक्ति हमेशा सोचते हैं कि शहरों से दूर छोटे-छोटे गांवों में बहुत प्रसन्नता और आनंद है। बड़े-बड़े शहरों में वहां कैसे मिल सकता है आनंद? वे लोग बड़े-बड़े शहरों में रहते हैं और वे गांवों में रहने की लालसा करते हैं। और ज़रा गांव वालों से पूछो। वह मुम्बई, न्यूयार्क और लंदन जाने की लालसा कर रहे हैं। उसकी लालसा जितना भी बड़ा नगर संभव हो, वहां पहुचने की है। उसकी लालसा बहुत बड़ी गगन चुम्बी इमारत में रहने की है।

स्मरण रहे, धनी व्यक्तियों की दिलचस्पी गरीबों में होती है – इसलिए वे जब भी एक बुद्धत्व को उपलब्ध व्यक्ति को निर्धनता में देखते हैं तो उनके सिर सम्मान से नीचे झुक जाते हैं। वे कहते हैं – 'यह बिल्कुल ठीक चीज़ है। यदि वे जनक की भांति एक समृद्ध धनी व्यक्ति को बुद्ध के रूप में देखते हैं तो वे उस पर विश्वास ही नहीं कर सकते। यह सोचना उनके लिए असंभव है। उनकी समझ ही एक अवरोध बन जाती है।

अब बुद्धत्व को उपलब्ध व्यक्ति किन्हीं बंधनों में नहीं होता। यदि वह अनुभव करता है कि निर्धनता में रहते हुए ही शिष्यों को अधिक सहायता दी जा सकती है, तो वह गरीबी में ही रहता है।

वह अमीरी और सुख सुविधाओं के बीच भी रह सकता है, यदि उसे लगे कि इस तरह से शिष्यों को अधिक सहायता मिलने जा रही है। उसका पूरा जीवन ही एक सिखावन होता है। वह एक समझी-बूझी या सुविचारित विधि है। वह एक स्थिति है। यह उस पर निर्भर करता है कि वह किसका चुनाव करता है। वह किसी चीज़ के बंधन में आबद्ध नहीं है और एक स्थिति को बदल कर दूसरी स्थिति में जा सकता है। वह परिपूर्ण स्वतंत्र होता है।

उन लोगों ने सोचा कि यह शख्स ठीक नहीं है। उन्होंने जुन्नैद के स्थान को छोड़ दिया। वे लोग एक महान अवसर से चूक गए।

उसकी ही मौजूदगी में उन लोगों ने वह स्थान तुरंत छोड़ दिया, और
सबसे अधिक कष्ट साध्य तथा कठोर जीवन बिताने वाले, एक ऐसे फकीर
के घर की खोज की जिसके चारों और का वातावरण बहुत अधिक सादगी
से भरा हुआ था और उसके पास एक चटाई और एक घड़ा पानी के
अलावा और कुछ भी न था।

उन लोगों को निश्चित रूप से यह सोचना ही चाहिए कि यही व्यक्ति ठीक है। वे सभी सांसारिक लोग थे। जुन्नैद को चारों ओर से सांसारिक सुख सुविधाओं और विलासिता की वस्तुओं से घिरा देखकर उन्होंने सोचा कि यह व्यक्ति तो ठीक उन्हीं जैसा था।

तुम अपने इन तथाकथित धार्मिक लोगों के अंदर ज़रा झांककर देखो, कि कौन इनका सम्मान करता है, तो यह देख तुम आश्चर्यचकित रह जाओगे। उदाहरण के लिए भारत में, जैन सबसे अधिक धनी और समृद्ध लोगों मे शामिल हैं। इन लोगों को भारत का यहूदी समझो। इन लोगों के पास सुख सुविधा और विलासिता के सभी साधन हैं। यह एक छोटा सा समुदाय है, लेकिन इनके पास पूरे देश की धन दौलत का बहुत बड़ा भाग है। उनके संतों की ओर देखो। वे नग्न रहते हैं, उनके पास कोई भी चीज़ नहीं होती। यह अनूठा और आसाधारण है। उनका पूरा समुदाय धनी है और यह किसी ऐसे व्यक्ति की पूजा करता है जो पूरी तरह से नग्न हो और जिसके पास कुछ भी न हो। यह तर्क अजीब लगता है लेकिन ऐसा है नहीं। विपरीत हमेशा आकर्षक होता है।

धनी व्यक्ति केवल निर्धन की ही पूजा कर सकते हैं। वे सुख सुविधाओं और विलासिता में रहते हैं, वे केवल ऐसे ही व्यक्ति की आराधना कर सकते हैं जो कष्ट साध्य जीवन व्यतीत करता हो। यदि तुम चाहते हो कि जैन तुम्हारे शिष्य बनें तो तुम्हें स्वपीड़क बनना होगा। तुम्हें अपने आपको यातनाएं देनी होंगी। तुम जितने ही दुबले पतले, केवल हड्डियों का ढांचा भर रह जाओगे – उतना ही अधिक-से-अधिक सम्मान तुम्हारे पास आयेगा। तुम्हें बहुत धीमी गति से आत्महत्या करनी होगी। तुम जितने अधिक मृत होंगे उतने ही अधिक लोग तुम्हारी पूजा करने आयेंगे। और यह बहुत अजीब बात है। ये लोग धनी और समृद्ध जीवन

बिता रहे हैं। लेकिन विपरीत आकर्षित करता है। हमेशा वह विपरीत ही होता है, जो आकर्षित करता है।

एक अन्य उदाहरण लें... इस देश में मुसलमान गरीब हैं। जब उनके धार्मिक त्यौहारों के दिन आते हैं, वे लोग नये-नये वस्त्र और नई सुगंधें खरीदेंगें। वे लोग अपने लिए स्वादिष्ट भोजन तैयार करेंगें और मित्रों को आमंत्रित करेंगें। जब मुसलमानों के धार्मिक त्यौहार आते हैं, वे लोग नूतन वस्त्र पहनेंगें, क्योंकि केवल यही समय है, जब वे उन्हें खरीदते हैं या खरीद सकते हैं। तब पूरे वर्ष वे उन्हीं वस्त्रों का प्रयोग करेंगें। और वे अच्छी-अच्छी मिठाइयां, और लज़ीज़ भोजन तैयार करेंगें, मित्रों को आमंत्रित करेंगें। वे दिन बहुत प्रसन्नता और आनंद के दिन होंगें। और वे लोग धन भी खर्च करेंगें। वे पूरे वर्ष भर धन खर्च करना गवारा नहीं कर सकते – केवल वर्ष में एक बार या दो बार ही वे धन खर्च कर सकते हैं।

अब इसके विपरीत जैन, जो भारत का सर्वाधिक धनी समुदाय है, जब उनके धार्मिक पर्व के दिन आते हैं, वे लोग उपवास करते हैं। वे लोग बिल्कुल भोजन करते ही नहीं। पूरे वर्ष भर वे लोग बहुत अधिक भोजन करते हैं। भारत में केवल जैन लोग ही ऐसे हैं जो भोजन किए चले जाते हैं। वे बहुत अधिक भोजन करते हैं। केवल ये ही ऐसे लोग हैं जो प्राकृतिक रूप से मनचाहा भोजन करने में रुचि रखते हैं। और जब उनके धार्मिक पर्वों के दिन आते हैं, तो वे उपवास करते हैं। अपने धार्मिक पर्व के दिनों में वे बहुत सात्विक जीवन व्यतीत करते हैं। इन दिनों वे अपने सामान्य वस्त्रों का ही प्रयोग करेंगें। वे संतो की तरह ही दिखाई देगें। ये इन्हीं संतों जैसे श्वेत वस्त्रों में अपने मंदिर जायेंगे। यह केवल दस दिनों तक चलता है – और पूरे वर्ष भर वे ठीक इससे विपरीत होते हैं।

यह हो क्या रहा है? विपरीत आकर्षित करता है। हमेशा यह स्मरण रहे, कि कुछ चीज़, क्योंकि वह तुम्हारे ठीक विपरीत हैं, इसका अर्थ नहीं है कि वह सच्ची और प्रामाणिक है। वह तुम्हारे विपरीत हो सकती है, लेकिन वह पूरी तरह विपरीत नहीं हो सकती। अथवा वह व्यक्ति जो तुमसे ठीक विपरीत बना हुआ है, यह हो सकता है कि वह केवल तुम्हारा सम्मान पाने के लिए ही तुम्हें आकर्षित करने का प्रयास कर रहा हो। सम्मान पाने के लिए, लोगों का ठीक विपरीत बन जाना, बहुत आसान है।

और लोग उन लोगों का बहुत-बहुत अधिक सम्मान करते हैं, जो स्व-पीड़क अर्थात स्वयं अपने शरीर को यातनाएं देने वाले होते हैं। वे सोचते हैं – यह व्यक्ति महान है। वे लोग उस दूसरे संसार के लिए अपने आपको यंत्रणाएं दे रहे

हैं। उनका त्याग और बलिदान महान है। पर यह कुछ भी नहीं है। यह सामान्य रूप से एक मानसिक रुग्णता है। ये लोग रुग्ण हैं। इन्हें मनोचिकित्सा कराने की आवश्यकता हैं – क्योंकि प्रसन्न और स्वस्थ बने रहना भूख लगने पर भोजन करना, यह सभी कुछ स्वाभाविक और प्राकृतिक है। सुविधा पूर्ण ढंग से रहना ही स्वाभाविक है। असुविधाएं सृजित करना अस्वाभाविक है। जीवन का ऐसा मार्ग खोजना, जो कम से कम असुविधानजक हो, बहुत अधिक सामान्य है। एक व्यक्ति जो असुविधाएं खोज रहा है, वह किसी तरह का रोगी है, जिसे चिकित्सा की आवश्यकता है।

इसलिए उन लोगों ने जुन्नैद का सान्निध्य छोड़ दिया और वे लोग बहुत-बहुत कष्टसाध्य जीवन बिताने वाले एक ऐसे फकीर के पास आये, जिसके चारों और इतनी अधिक सादगी थी कि उसके पास एक चटाई और एक सुराही पानी के सिवा और कुछ भी न था।

> उन खोजियों के प्रवक्ता ने उससे कहा – "आपके सादगी भरे तौर-तरीके और कष्टसाध्य वातावरण जुन्नैद के यहां के दिखावटी, विलासितापूर्ण और चोट पहुंचाने वाले तथा हर सीमा का उल्लंघन करने वाले वातावरण की अपेक्षा हम लोगों को कहीं अधिक पसंद है। और ऐसा प्रतीत होता है कि जुन्नैद ने सत्य के मार्ग से अपनी पीठ फेर ली है।"

– जैसे मानों वे लोग जानते थे कि सत्य क्या था, और सत्य का मार्ग क्या था; जैसे मानो वे लोग यह जानते थे कि जुन्नैद और उसके शिष्यों के मध्य वहां क्या कुछ अभूतपूर्व घट रहा था; जैसे मानो वे लोग यह जानते थे कि वह एक मनोवैज्ञानिक नाटक था। वे लोग कुछ भी नहीं जानते थे। बहुत बाहर ही बाहर से देखकर उन लोगों ने निर्णय लिया था। कभी किसी चीज़ को बाहर से देखकर ही निर्णय मत लो।

और जब तुम किसी चीज़ के अंदर जाते हो, तुम जितनी ही अधिक गहराई में जाते हो, उतना ही अधिक पूरी तरह से वहां का भिन्न दृश्य पाओगे। तब तुम वहां असलियत देखोगे तब तुम देख सकोगे कि वास्तविकता क्या है। कभी भी किसी चीज़ को केवल बाहर ही से मत देखो।

यहां ऐसा प्रत्येक दिन होता है। लोग यहां देखने के लिए आते हैं। वे तुम्हें नाचते गाते हुए देखते हैं और वे कहते हैं – यह क्या चीज़ है? नाचना और गाना?

नाचने और गाने का धर्म से क्या संबंध है? उनकी एक निश्चित धारणा है कि धर्मका तो यह अर्थ होता है कि किसी भी व्यक्ति को वहां किसी वृक्ष के नीचे योग मुद्रा में आंखें बंद किए बैठा होना चाहिए। यदि लोग तुम सभी को यहां योग मुद्रा में आंखें बंद किए वृक्षों की छांव तले बैठे हुए देखें, तब इन लोगों की भीड़ उमड़ पड़ेगी। तब पूरा देश यहां इस और दौड़ना शुरू कर देगा। देखो, कितने अधिक संत हैं यहां?

लेकिन मैं उन लोगों को आने से रोकता हूं। मेरे पास अपनी विधियां हैं – साधारण सी विधियां। यदि वे लोग एक पुरुष को एक स्त्री के हाथों में हाथ लिए देखते हैं, तो वे पलायन कर जाते हैं। यह जगह ठीक नहीं है। और यही है वह चीज़, जिसे वे हमेशा करना चाहते थे, पर कर न सके। वे ईर्ष्या का अनुभव करते हैं, और कहते हैं – यह स्थान धार्मिक नहीं हो सकता। ये लोग तो इस वातावरण में बहुत अधिक सांसारिक बन कर रहते हैं – हंसते, नाचते गाते और प्रेम करते हुए। यह उनके धर्म की धारणा नहीं है।

लेकिन वे नहीं जानते कि यहां क्या कुछ अभूतपूर्व घट रहा है। यह संभव है कि जो व्यक्ति पेड़ के नीचे आंखे बंद किए योग मुद्रा में बैठा हो, वह एक हत्यारा हो।

एक बार ऐसा हुआ...

एक व्यक्ति ने किसी की हत्या कर दी और भाग खड़ा हुआ। पुलिस उसका पीछा करते हुए उसके निकट से निकट आती जा रही थी। तब वह हत्यारा एक नदी के पास आया, जिसमें बाढ़ आई हुई थी। वह उलझन में पड़ गया क्योंकि वह नहीं जानता था कि कैसे तैरा जाये और इस दशा में नदी के अंदर जाना बहुत खतरनाक था।

उसने चारों ओर देखा, तो उसे एक संत दिखाई दिया, जो एक पेड़ के नीचे बैठा हुआ था। उसने अपने शरीर पर राख मल रखी थी। इसलिए उसने भी अपने कपड़े उतार कर नदी में फेंकें और नंगा होकर शरीर पर राख रगड़ ली और पेड़ के नीचे जाकर बैठ गया। जब पुलिस अधिकारी आये, तो उन्होंने इन दो महान संतों को देखा। उन लोगों ने उनके चरण स्पर्श किए – भारत में इसी तरह से होती है सभी चीज़ें – उन्होंने उनके चरण छुए। हत्यारा मन ही मन हंसा। यह तो चमत्कार था। कुछ ही मिनटों पूर्व वे लोग उसके पीछे भाग रहे थे। यदि वह पकड़ा गया होता तो उसे फांसी की सजा सुना दी गई होती। लेकिन अब वे लोग उसके अनुयायी बन गये। उन लोगों ने उसके पास सत्संग के

लिए आना शुरू कर दिया और उसके सान्निध्य में बैठने लगे। और भारतवर्ष में प्रत्येक मूर्ख व्यक्ति चीज़ों की आध्यात्मिकता के बारे में बखूबी जानता है, इसलिए उसने आत्मा-परमात्मा के बारे में बातचीत करना शुरू कर दी। धीमे-धीमे और भी बड़े अधिकारी उससे मिलने आने लगे। अंत में उससे मिलने राजा आया। और जब उसने उसके चरण छुए तो वह यह विश्वास ही न कर सका कि यह आखिर क्या हो रहा है।

लेकिन ऐसा ही होता है। तुम केवल बाह्य स्थिति और हाव-भाव को ही देखते हो, तुम केवल बाहर ही बाहर देखते हो। यह संभव है कि जब यहां लोग नृत्य कर रहें हों, हो सकता है वे परिपूर्ण मौन की भावदशा में हों। संगीत केवल बाहर हो, शोर शराबा बाहर ही हो पर उनके शरीर झूम रहे हों। वहां से बहुत अधिक गतिशील हों, लेकिन उनके अंदर गहरे में कोई बिंदु ऐसा भी हो सकता है, जो पूरी तरह स्थिर और शांत हो।

वास्तव में, उस बिंदु या केन्द्र तक पहुंचने के लिए जो गतिशील न होकर स्थिर है, घूमना या गतिशीलता ही सर्वश्रेष्ठ पृष्ठभूमि है। जब तुम्हारे चारों ओर प्रत्येक चीज़ घूम रही है, चक्र बहुत तेजी से घूम रहा है, पर ठीक उसके केन्द्र पर, यानी चक्रवात के केन्द्र पर – कुछ भी गतिशील नहीं है।

तुम एक व्यक्ति को बंद आंखों के साथ शांत बैठे देख सकते हो और हो सकता है कि वह स्त्री के बारे में कल्पनाएं कर रहा हो। और यह भी संभव है कि एक व्यक्ति अपनी स्त्री का हाथ पकड़े हुए हो और उस क्षण उसके अंदर कोई भी कामवासना न हो। लेकिन यह कुछ ऐसी चीज़ है जो आंतरिक भावदशा पर निर्भर है। वास्तव में जैसा मैं यथार्थ में देखता हूं, एक प्रेमपूर्ण स्त्री के साथ रहना और एक प्रेमपूर्ण पुरुष के साथ रहना, कामुकता के पार जाने का सर्वश्रेष्ठ तरीका है। यदि तुमने सेक्स का आनंद लिया है, उसके अंदर प्रविष्ट होकर, प्रेम ऊर्जा के साथ सम्मिलित हुए हो तो देर-सवेर तुम पाओगे कि सेक्स विलुप्त हो जाता है। और यदि तुम कामुक बने रहना चाहते हो, तुम अपने आपको सेक्स क्षुधित पाते हो – तो तुम कामुक ही बने रहोगे। और तुम्हारा मन सेक्स के बारे में ही काल्पनिक किस्से गढ़ता रहेगा।

तुम बस एक छोटा सा प्रयोग करने की कोशिश कर सकते हो। यदि तुम अच्छी तरह भोजन करते हो – मैं यह नहीं कह रहा हूं कि बहुत अधिक भोजन, बस ठीक मात्रा में, जिसे बुद्ध 'सम्यक आहार' कहते हैं, यानी जितनी कुछ तुम्हारे शरीर को आवश्यकता हो उतना ही उचित भोजन – तो तुम भोजन के बारे में भूल सकते हो। यदि तुम एक दिन उपवास करते हो, तो तुम पूरे दिन भोजन के

बारे में ही सोचते रहोगे। और तुम उसकी कल्पनाओं में खोये रहोगे। मानसिक चिंतन या कल्पना में खोना आता है अनजिए अनुभवों से। तुम्हारे तथाकथित संत जो पेड़ो के नीचे बैठे तप कर रहे हैं, हो सकता है वे ठीक इसके विपरीत हों। अपने अंदर गहरे में वे सभी तरह की चीज़ों में कल्पनाएं कर रहे हों, मन ही मन ही चिंतन करते हुए हो सकता है, उनके साथ संघर्ष कर रहे हों।

मैं एक पूरी तरह अलग तरह की स्थिति सृजित कर रहा हूं – जहां तुम्हें स्वाभाविक बने रहने की अनुमति है, जिससे तुम वह प्रत्येक चीज़ देख सको, जिसे तुम्हारा मन देखना चाहता है। तब तुम उसके पार जा सकते हो।

यही वह स्थिति थी – लेकिन वे लोग चूक गये। यही था, जो वहां घट रहा था। जुन्नैद अपने शिष्यों के साथ सभी सुख सुविधाओं तथा विलासिता से भरे वातावरण में बैठा हुआ था, और एक स्थिति सृजित कर रहा था, जिससे उसके शिष्य अत्यधिक शांत होकर उसके साक्षी बन सकें।

आपके सादगी भरे तौर-तरीके और कष्टसाध्य वातावरण जुन्नैद के यहां के दिखावटी, विलासितापूर्ण और चोट पहुंचाने वाले, और हर सीमा का उल्लंघन करने वाले वातावरण की अपेक्षा, हम लोगों को कहीं अधिक पसंद हैं। ऐसा प्रतीत होता है कि जुन्नैद ने सत्य के मार्ग से अपनी पीठ फेर ली है। उस फकीर ने लम्बी सांस छोड़ते हुए एक आह भरी, और रोना शुरू कर दिया।

वह फकीर अपने अंदर के बारे में कहीं अधिक बेहतर जानता था। अन्यथा यह बहुत अधिक कठिन होता है, कि जब लोग तुम्हारा सम्मान करते हुए तुम्हें आदर दे रहे हों, और तुम उनसे कहो – 'नहीं तुम गलती पर हो।' वह ज़रूर ही बहुत ईमानदार व्यक्ति रहा होगा।

> मेरे प्यारे मित्रों। तुच्छ बुद्धि के छिछले लोग ही – बाह्य लक्षणों से प्रभावित होते हैं और वे हर मोड़ पर अपना रास्ता खुद बंद कर लेते हैं। इसे ठीक से पहिचानों। अन्यथा तुम लोग दुर्भाग्यशाली ही बने रहोगे। महान जुन्नैद इस वक्त भी जिन विलासिता और सुख-सुविधाओं की वस्तुओं से घिरा बैठा है वह उसके बीच रहते हुए भी उस विलासिता के पार रहता है, और वह उसके अंदर प्रवेश करने का कोई मार्ग नहीं खोज पाती। और मैं चारो ओर से जिस सादगी में रहता हूं यह सादगी मेरे अंदर प्रविष्ट नहीं हो पाती।

उसने कुछ ऐसी अज्ञात चीज़ बहुत अधिक अर्थपूर्ण बतलाई जो अत्यधिक महत्वपूर्ण है। इसे पहिचानो। छिछली किस्म के बाह्य चिन्हों से बेवकूफ मत बनो, अन्यथा तुम लोग हमेशा दुर्भाग्यशाली ही बने रहोगे। तुम प्रामाणिक मनुष्य से चूक जाओगे, क्योंकि असली और प्रामाणिक व्यक्ति किसी भी तरह तुम्हारी आशाओं और अपेक्षाओं को पूरा नहीं करता। तुम्हारी आशाओं और अपेक्षाओं को पूरा करने के लिए वह बाध्य नहीं है। नकली और झूठे लोग हमेशा तुम्हारी आशाओं और अपेक्षाओं को पूरा करने के लिए तैयार रहते हैं, और तुम नकली लोगों के जाल में फंस जाओगे। और हमेशा दुर्भाग्यशाली ही बने रहोगे।

उसने कहा – "इसे पहिचानों, अन्यथा तुम लोग हमेशा दुर्भाग्यशाली ही बने रहोगे। एक चीज़ ठीक से जान लो : प्रत्यक्ष दिखाई देने वाला बाहर का भाग, अंतरस्थ या आत्मिक भाग का संकेत नहीं देता।

> महान जुन्नैद किसी क्षण भी, विलासिता से घिरा बैठा हो पर विलासिता या सुख-सुविधा उसके अंदर प्रविष्ट होने का एक छोटा सा भी छिद्र नहीं ढूंढ पाती।

वह चारों ओर से विलासिता से घिरा हो सकता है क्योंकि वह उसके पार बना रह सकता है। उसके अस्तित्व में, विलासिता को प्रवेश करने और उसे प्रभावित करने का मार्ग मिलता ही नहीं। वह अभेद्य है। वह पहाड़ी पर बैठे हुए पहरेदार की भांति है। वह वहां है भी और फिर भी नहीं है। विलासिता उसे चारों से घेरे है, लेकिन वह विलासिता से नहीं घिरा हुआ है। यही कारण है कि वह वहां प्रयोग करने के लिए बैठा है।

और जहां तक मेरा संबंध है, उस फकीर ने कहा – "मैं चारों ओर से सादगी से घिरा हुआ रहता हूं क्योंकि मुझे विलासिता से भय लगता है। मैं अभी भी कमज़ोर हूं। मेरे अंदर अभी भी कामनाएं शेष हैं। मैं साधारण और सादगी का बहाना कर रहा हूं। जुन्नैद सहज और सरल है। वह विलासिता से घिरा होना गवारा कर सकता है, क्योंकि वह सहज और सरल है। वह जानता है कि उसकी सादगी और सहजता किसी भी चीज़ से प्रदूषित या नष्ट नहीं की जा सकती।"

वह शरीर के सुख संबंधी सामग्री के इतनी अधिक पार चला गया है कि उससे उसे कुछ फर्क नहीं पड़ता। भौतिक पदार्थ उसके लिए अब कोई भी अर्थ नहीं रखते। वह बीच बाज़ार में रहते हुए भी अपनी गहरी ध्यान की दशा में बना

रह सकता है। मैं ऐसा करना गवारा नहीं कर सकता क्योंकि विलासिता के लिए मैं अभी अभेद्य नहीं हूं। इसके विपरीत मैं सादगी और सरलता के लिए अभेद्य हूं। यद्यपि सादगी और सरलता मेरे चारों ओर है, फिर भी वह मेरे अंदर प्रवेश नहीं कर पा रही है। उसके लिए कोई जाने का मार्ग है ही नहीं।

वह व्यक्ति ज़रूर ही एक प्रामाणिक और ईमानदार होना चाहिए। निश्चित ही वह अभी भी गलत दिशा की ओर ही जा रहा है, लेकिन वह धोखेबाज नहीं है। वह गलत दिशा में जाते हुए भी ईमानदारी से गतिशील है। जब तुम गलत दिशा में भी निष्कपट सच्चाई से गतिशील होते हो, तो देर या सवेर तुम्हारी सच्चाई और ईमानदारी तुम्हें ठीक दिशा में भी ले जायेगी।

यह कहानी कोई अन्य चीज़ नहीं कहती, लेकिन एक चीज़ निश्चित है – जो व्यक्ति जुन्नैद को समझता है वह कितने समय तक जुन्नैद से दूर रह सकता है? उसे उस सद्‌गुरु के पास जाना ही होगा। और वह अपनी समस्या को समझता है – आखिर वह कब तक अपने चारों ओर सादगी और सरलता की व्यवस्था करने के बहाने बना सकता है? एक न एक दिन वह इससे बाहर निकलेगा ही, और वह सही कुंजी की तलाश शुरू कर देगा। सही कुंजी है – चौथा मार्ग।

चौथे मार्ग का अर्थ है, विषयवस्तु, चेतना को प्रभावित नहीं कर रही है और चेतना, विषयवस्तु को प्रभावित नहीं कर रही है। संसार वहां है, और मैं यहां हूं। वहां उनके बीच कोई सेतु नहीं है। वहां उनकी आपस में कोई मुलाकात नहीं होती। सूफ़ी धर्म का और ज़ेन का भी यही मार्ग है। यही मार्ग है सभी सारभूत धर्मों का भी।

बारहवां प्रवचन

तरह-तरह की हवाएं और अफवाहें

पहिला प्रश्न :

मैं हमेशा दुविधा में रहता हूं, और हमेशा परेशान बना रहता हूं, कि उस तक मैं पहुंचने में समर्थ हो सकूंगा अथवा नहीं ?

उत्तर :

न तो यहां कहीं पहुंचना हैं और न ऐसा कोई है जिसे पहुंचना हो। लक्ष्य का पूरा विचार ही भ्रमपूर्ण हैं। तब तुम भविष्य में रहना शुरू कर देते हो, और समय है अभी, और वह स्थान है यहां। तब तुम वहां रहना शुरू कर देते हो – कहीं और, बहुत दूर। 'अभी और यहीं' की अपेक्षा 'तुरंत' शब्द अधिक महत्वपूर्ण बन गया है। दुःखी बने रहने की पूरी कला ही यही है और यही है वेदना और व्यग्रता का पूरा आधार। यह तुम्हें विभाजित कर देता हैं, यह तुम्हें तुम्हारे वर्तमान यथार्थ से पृथक कर देता है। लक्ष्य अधिक महत्वपूर्ण बन जाता है और परिणाम कम महत्वपूर्ण हो जाता है, जबकि परिणाम ही असली हैं और लक्ष्य है – केवल एक सपना। जब तुम एक सपने के लिए जीयोगे, तो तुम दुःखी रहोगे, क्योंकि सपने को पूरा नहीं किया जा सकता। सपना कभी यथार्थ नहीं बन सकता, सपना तो एक सपना ही रहेगा। और तुम अपने बहुमूल्य जीवन को व्यर्थ नष्ट कर दोगे।

मैं सभी लक्ष्यों के विरुद्ध हूं। परमात्मा एक लक्ष्य नहीं है, सत्य को पाना कोई लक्ष्य नहीं है। सत्य तो पहिले से ही यहां हैं। यदि तुम भी यहीं हो, तब वहां मिलना होगा ही। लेकिन तुम यहां हो ही नहीं। परमात्मा यहां तुम्हारी प्रतीक्षा कर रहा है और वह तुम्हें कभी यहां पाता ही नहीं, तुम कहीं और होते हो – किसी अन्य ग्रह पर, किसी दूसरे समय और किसी दूसरे स्थान में। यह परमात्मा के पास तुम्हारे जाने का प्रश्न नहीं हैं, यह प्रश्न तुम्हारे ही परमात्मा के पास आने का हैं, यह प्रश्न तो घर वापस लौट आने का है। यहां परमात्मा तुम्हारी प्रतीक्षा कर रहा है।

और एक बार तुम्हारे अंदर यह विचार आ जाए, जो प्रत्येक के पास होता ही हैं, क्योंकि युगों से मनुष्य को केवल एक ही चीज़ सिखाई गई है – कि इसे

कुछ बनना हैं, कि उसे अपने आप में कुछ सुधार करना हैं, कि इसे कुछ प्रगति करनी है। यह विचार तुम्हारी हड्डियों, मांस और मज्जा मे प्रविष्ट हो गया हैं। और तुम्हें पागल बनाये चलाता रहता हैं। यह कभी तुम्हें चैन से नहीं रहने देता, यह कभी तुम्हें विश्राम करने की अनुमति नहीं देता। इस मन के साथ विश्राम करना संभव ही नहीं है। लेकिन तुम्हें हमेशा सिखाया गया है – धक्का देना, तेज़ी से झपटना और शीघ्रता करना, क्योंकि समय कम है और समय ही धन है। धक्का दो, शीघ्रता करो, समय खोने से पहिले कुछ चीज़ करो। आखिर तुम करना क्या चाहते हो? अस्तित्व में बने रहो और अस्तित्व में होना संभव हैं, केवल अभी ओर यहीं। कुछ बनना एक जहरीला विचार है। यदि तुम कुछ बनने के जाल में पड़ गये हो, तो हमेशा मानसिक रूप से रुग्ण बने रहोगे।

वास्तव में इस बारे में कुछ ऐसा है ही नहीं, जिसकी तुम्हें ज़रूरत हो। कुछ बनने के लिए जो कुछ तुम्हें चाहिए, तुम्हारे पास वह शुरू से ही है। एक क्षण के लिए भी कभी भी तुमने उसे खोया नहीं है। भले ही तुम दुःख में रहे हो, एक क्षण के लिए भी तुम अपने अस्तित्व और अपने सत्य से कभी अलग नहीं हुए हो। फिर तुम कैसे अपने अस्तित्व और अपने सत्य से चूक सकते हो।

मैं यहां तुम्हें कोई लक्ष्य नहीं दे रहा हूं, क्योंकि सभी लक्ष्य किसी विशिष्ट दिशा की ओर उन्मुख होते हैं, और वे तुम्हें अधिक से अधिक दुःखी बनाएंगें। मेरा प्रयास सभी लक्ष्यों और सभी आदर्शों को तुमसे छीन लेने का हैं। तुम्हें मैं एक पूरी तरह से भिन्न अंतराल में और एक अलग तरह की चाल ढाल में छोड़ देने का प्रयास कर रहा हूं। यह क्षण बहुत सुंदर है और यह क्षण निर्दोष है।

तुम मुझसे पूछ रहे हो – मैं हमेशा शीघ्रता में रहता हूं और हमेशा परेशान बना रहता हूं। मैं उस तक पहुंचने में समर्थ हो सकूंगा अथवा नहीं? तुम कहां जाना चाहते हो ? तुम क्या प्राप्त करना चाहते हो ? खोजने वाला ही वांछित है। उसे जानना है, जो तुम्हारे अंदर ही छिपा बैठा है, वही सभी कुछ है और वही आवश्यक है, और उसके लिए तुम्हें कहीं और जाने की ज़रूरत ही नहीं है। उसके लिए तुम्हें अपनी आंखें खोलने की भी ज़रूरत नहीं है। उसके लिए तुम्हें एक कदम उठाने की भी आवश्यकता नहीं है। इसी वजह से लाओत्से कहता है – "यदि तुमने इसे खोजा, तो चूक जाओगे। खोज करो ही मत और तुम उसे पा लोगे।

खोजना, एक कामना है। और एक बार तुमने खोजना शुरू किया तो तुम भटकते ही जाओगे – एक लक्ष्य से दूसरे लक्ष्य की ओर। कभी धन होता है तुम्हारा लक्ष्य, कभी यह शक्ति और सत्ता होती है, तब कभी यह ध्यान होता है,

और कभी-कभी यह बुद्धत्व की प्राप्ति, परमात्मा और निर्वाण भी होता है। नाम बदल जाता है लेकिन लक्ष्य बना ही रहता है और तुम तनाव में रहते हो, क्योंकि समय हाथों से फिसलता जा रहा है और लक्ष्य अभी तक मिला नहीं और जिंदगी कम से कम होती जा रही है। ऊर्जा खोती जा रही है और मंजिल अभी तक आई नहीं। तुम कैसे प्रसन्न हो सकते हो ? तुम अधिक से अधिक उत्तेजित और लक्ष्य के लिए अधिक से अधिक भूखे बनते जा रहे हो। मृत्यु आ रही है लक्ष्य कहीं भी आता दिखाई नहीं देता।

स्वाभाविक है, कि जैसे-जैसे आयु बढ़ती जाती है तुम अधिक दुःखी होते जाते हो। यह मृत्यु नहीं है, जो तुम्हें दुःखी बना रही है, और यह वृद्धावस्था भी नहीं है, जो तुम्हें दुःखी बना रही है – यह है लक्ष्य पाने की असम्भावना। जब तुम युवा हो, तब तुम आशा कर सकते हो कि इस बारे में अभी काफी समय और ऊर्जा है, शरीर स्वस्थ है और तुमने अभी अवसाद का स्वाद नहीं चखा है और सपने सुहाने दिखाई देते है। धीमे-धीमे जैसे-जैसे आयु बढ़ती है तुम्हारी हताशा भी बढ़ेगी। किसी जगह सारे सपने भी टूटेंगे, और तुम नये-नये धोखों या भ्रमों को सृजित किये जाओगे, क्योंकि तुम बिना भ्रमों के नहीं रह सकते। मृत्यु निकट आती जा रही है, और लक्ष्य मिलता नहीं, यही है, वह वेदना। यही है वह चीज़, जो भयभीत बनातीं है।

लेकिन यदि तुम्हारे पास कोई लक्ष्य है ही नहीं, तो तुम्हें मृत्यु से डरने की कोई आवश्यकता नहीं है। यदि तुम्हारे पास कोई लक्ष्य नहीं है, तो तुम किसी भी चीज़ से नहीं डरोगे – तुमसे कुछ भी नहीं लिया जा सकता है, चीज़ों की वास्तविकता प्रकृति या स्वभाव को जानने में तुम चूक नहीं सकते। चूकना असंभव है।

आधुनिक मन लक्ष्यों को बनाने का कहीं अधिक आदी है, क्योंकि आधुनिक मन शिक्षित और सभ्य है। तुम जितने अधिक शिक्षित होते हो, तुम उतने ही अधिक महत्वाकांक्षी बन जाते हो – क्योंकि सभी कुछ जो शिक्षा करती है, वह है तुम्हारे अंदर महत्वाकांक्षा का सूक्ष्म मैकेनिज़्म सृजित करना। शिक्षा तुम्हें प्रदूषित करती है, वह तुम्हें महत्वाकांक्षा और अहंकार की दौड, में शामिल कर, तुम्हारी प्रसन्नता के स्रोत को प्रदूषित कर देती है। संसार जितना अधिक शिक्षित होता जा रहा है, लोग उतने ही अधिक आतंकित होते जा रहे हैं – कोई भी निश्चिंत नहीं है कि वह उसे पूरा करने जा रहा हैं अथवा नहीं।

लुइस कार्लोस के 'एलिस एडवेंचर इन वंडरलैंड' (आश्चर्यनगरी में एलिस के साहसिक कारनामे) पुस्तक में इस बारे में एक सुंदर अंश है –

एलिस ने कहा – 'चेशायर पुल! कृपया क्या तुम मुझे यह बताओगी कि मुझे यहां से किस रास्ते से जाना चाहिए?'

बिल्ली ने कहा – 'यह बहुत अधिक इस बात पर निर्भर करता है कि तुम्हें कहां जाना है।'

एलिस ने कहा – 'मैं इस बात की अधिक फिक्र नहीं करती कि कहां जाना हैं मुझे।'

बिल्ली ने कहा – 'फिर कोई भी फर्क नहीं पड़ता, तुम किसी भी रास्ते से जाओ।'

एलिस ने अपनी बात को स्पष्ट करते हुए जोड़ा – 'और इतने समय में जैसे मैं किसी जगह पहुंच जाऊं तब...?'

– "आह! यदि तुम्हें निश्चित रूप से यही करना है, तो बस केवल काफ़ी दूर तक चलती ही जाओ?"

तुम कहां जा रहे हो? तुम्हारा लक्ष्य क्या है? एक बार तुम्हारे मन में कोई लक्ष्य होता है, तो तुम उस तक पहुंचने के लिए रास्ते, विधियां और तरीके खोजना, शुरू कर देते हो। लक्ष्य-उन्मुखता, पथ, विधि और तकनीक सृजित करता हैं। एक बार जब लक्ष्य ही मिट जाता है, फिर इस बारे में किसी तकनीक अथवा किसी तरीके की भी कोई आवश्यकता ही नहीं रह जाती। तब अचानक तुम यहां होते हो, और तुम किसी चीज़ के अभाव का अनुभव नहीं कर रहे होते हो। चूकने का विचार, लक्ष्य की धारणा से सृजित होता है। एक बार जब तुम्हारे पास कोई लक्ष्य होता है, तुम्हें अनुभव होता है कि तुम चूक रहे हो।

उदाहरण के लिए, यदि तुम्हारे पास एक लक्ष्य है कि तुम्हारे पास दस लाख डॉलर होना चाहिए, तो तुम उसके अभाव का अनुभव कर रहे होते हो, क्योंकि अभी तो तुम्हारी जेब में एक डॉलर भी नहीं है और तुम्हे अपने पास दस लाख डॉलर की ज़रूरत है। इसलिए तुम दस लाख डॉलर से चूके जा रहे हो। वह व्यक्ति जो तुम्हारे पास बैठा हुआ है और जिसके पास दस लाख डॉलर का कोई विचार नहीं है, और तुम्हारी तरह पागल नहीं है, वह नहीं चूक रहा है दोनों व्यक्ति एक ही स्थिति में हैं, दोनों के ही पास एक तरह का धन हो सकता है, लेकिन इनमें से एक धन के अभाव का अनुभव कर रहा है, तो दूसरा नहीं कर रहा है। यह निर्भर करता है।

तुम परमात्मा के अभाव का अनुभव कर रहे हो, क्योंकि परमात्मा तुम्हारा लक्ष्य बन गया है। तुम बुद्धत्व के अभाव का अनुभव कर रहे हो, क्योंकि बुद्धत्व को उपलब्ध होना तुम्हारा लक्ष्य बन गया है। कोई अन्य व्यक्ति किसी अभाव का अनुभव नहीं कर रहा है। एक लक्ष्य बना लो फिर वही समस्या बन जाता है। यदि तुम मुझे ठीक से सुन रहे हो, तो अपना लक्ष्य छोड़ दो। अपने सभी लक्ष्य छोड़ दो, और तुम किसी भी चीज़ के अभाव का अनुभव नहीं करोंगे। अभाव के अनुभव करने का, इस बारे में कोई अन्य रास्ता हैं ही नहीं। तुम अभाव का अनुभव करोगे कैसे, यदि तुम्हारे मन में कोई लक्ष्य होगा ही नहीं? और जब तुम किसी अभाव का अनुभव नहीं कर रहे हो, तब यही स्थिति परमात्मा होने की अथवा स्वयं में होने की स्थिति है जब तुम किसी भी अभाव का अनुभव नहीं कर रहे हो, तो इसी स्थिति को कहते हैं बुद्धत्व। बुद्धत्व कोई लक्ष्य नहीं है। यह एक समझ है कि वहां ऐसी कोई भी चीज़ है ही नहीं जिसके अभाव का अनुभव हो, क्योंकि वहां प्राप्त करने जैसा कुछ है ही नहीं।

मुझे इसे फिर से दोहराने दो, बुद्धत्व कोई लक्ष्य नहीं है। यह एक समझ है कि वहां पाने जैसा कुछ है ही नहीं, और न किसी चीज़ के अभाव का अनुभव करने जैसा ही कुछ है। तब तुम बोध को उपलब्ध हो गए।

तुम इसी क्षण बुद्धत्व को उपलब्ध हो सकते हो। कोई भी रास्ता रोक नहीं रहा है, कोई भी बाधा नहीं डाल रहा है। लेकिन समस्या तुम्हारे साथ ही है – कि तुम भविष्य में बुद्धत्व को उपलब्ध होना चाहते हो। यदि मैं तुमसे आग्रह किये चले जाऊं कि ठीक अभी बुद्ध बन सकते हो, तब प्रश्न खड़ा होता है – ठीक अभी? यह कैसे संभव हो सकता है? हमें थोड़ा सा समय समझने दीजिए, हमें कुछ तैयारी करनी होगी। हमें पहिले से तैयार होना होगा। हमें योग के आसन, सक्रिय, कुंडलिनी ध्यान तथा उसी तरह की कुछ चीज़ें करनी होंगी। बस हमें थोड़ा सा समय दीजिए। हम जैसे हैं, वैसे ही हम कैसे बुद्धत्व को उपलब्ध हो सकते हैं ?

तुम बुद्ध हो, इसी वजह से मैं कहता हूं कि तुम ठीक अभी बुद्ध बन सकते हो। ऐसा कभी भी नहीं हुआ कि तुम बोध की उपलब्ध नहीं थे। तुम हमेशा हर समय बुद्ध ही थे। तुम बस इसको पहिचान नहीं सके।

तुम पूछते हो – कैसे हुआ जाये...? और इस 'कैसे' में ही तुम चूक जाते हो, तुम पूरी महत्वपूर्ण चीज़ से ही चूक जाते हो। इस बारे में 'कैसे' तो होता ही नहीं। एक बार तुमने प्रयास करना शुरू किया, तब तुम कठिनाई में पड़ने जा रहे हो।

कुछ ही दिनों पूर्व, रात में मैं एक कहानी सुना रहा था।

एक ज़ेन सद्गुरु ने अपना रुमाल नीचे गिरा दिया और वहां बैठे हुए अपने एक शिष्य से कहा – 'इस रुमाल को उठाने का प्रयास करो। इसे उठा लेने की कोशिश करो।

शिष्य ने तुरंत ही रुमाल उठाया और उस सद्गुरु को दे दिया। लेकिन सद्गुरु उससे खुश नहीं हुआ। उसने फिर रुमाल नीचे गिरा दिया।

और उसने कहा – 'जो कुछ मैं कह रहा हूं उसे ध्यान से सुनो। इसे उठाने की कोशिश करो।'

और शिष्य ने उसे फिर उठाकर उसे दे दिया। ऐसा छः बार हुआ और सद्गुरु बार-बार रुमाल नीचे गिराता रहा। जब उसने सातवीं बार उसे गिराया तब शिष्य के हृदय में बोध का सूर्योदय हुआ और वह समझा कि सद्गुरु के कहने का अर्थ क्या है? वह कुछ असंगत, बेतुकी बात कह रहा था। वह एक 'कुआन' दे रहा था।

'उसे उठाने की कोशिश करो। तुम कैसे उसे उठाने की कोशिश कर सकते हो? या तुम उसे उठाओ अथवा तुम उसे न उठाओ। तुम कोशिश कैसे कर सकते हो ?

तब उसने इस महत्वपूर्ण बात को समझा कि कोशिश या प्रयास करना संभव नहीं है। या तो तुम उसे उठालो अथवा तुम उसे न उठाओ – प्रयास करना संभव ही नहीं है। तब वह हंसा।

और उसने कहा – "मैं समझ गया।" उसने सिर झुकाया और सद्गुरु को धन्यवाद दिया।

और सद्गुरु ने कहा – स्मरण रहे, कभी प्रयास मत करना। या तो करना अथवा नहीं करना। इस बारे में प्रयास करने का कोई रास्ता है ही नहीं।

या तो तुम बुद्ध हो अथवा तुम बुद्ध नहीं हो। इस बारे में प्रयास करने का कोई मार्ग है ही नहीं। प्रयास करना, तनाव लाता है। और तुम प्रयास कर रहे हो, तुम कई तरह से प्रयास करते आ रहे हो। जब तुम एक तरह से चूक जाते हो तो तुम सोचते हो कि यह रास्ता गलत है। जो नहीं श्रीमान! यह रास्ता गलत नहीं हैं – गलत हैं तुम्हारा प्रयास करना।

जब तुम एक सद्गुरु के पास उसे प्राप्त करने में असफल हो जाते हो, तो तुम सोचते हो कि यह सद्गुरु गलत है। नहीं, कोई ज़रूरी नहीं है यह। हो सकता

है – सद्गुरु बिल्कुल भी गलत न हो। तुम ठीक इसीलिए असफल हो रहे थे, क्योंकि तुम प्रयास कर रहे थे

तुम चर्च में जाकर उसे प्राप्त नहीं कर पाते, इसलिए तुम मंदिर में जाते हो। तुम मंदिर में भी असफल होते हो इसलिए तुम मस्जिद जाते हो। तुम मस्जिद में भी सफल नहीं होते, इसलिए तुम गुरुद्वारे जाते हो। लेकिन तुम प्रयास करने की लत नहीं छोड़ते। न मंदिर, न मस्जिद, न चर्च और न गुरुद्वारा ही उसे तुम्हें देने जा रहे हैं – क्योंकि वह तुम्हारे पास पहिले ही से है।

केवल जिस चीज़ की आवश्यकता है – वह है प्रयास करने की व्यर्थता की समझ।

दूसरी सनक है बहुत तेज़ी पर शीघ्रता की – पहिले है प्रयास करने की और तब स्वाभाविक रूप से दूसरा विचार जो स्वतः आता है : वहां शीघ्र और तेजी से चलकर पहुंचने का । कौन जानता है, कल वहां जिंदगी रहे या न रहे। इसलिए कोई भी पहिले शुरूआत करता है प्रयास करने की पहुंचने की, लक्ष्य को झपटने की, और तब किसी की भी दिलचस्पी होती हैं कि कैसे रफ्तार बढ़ाई जा सके।

प्रतिदिन के जीवन में अथवा तथाकथित आध्यात्मिक जीवन में समस्या यही है।

मैं कुछ दिन पूर्व पढ़ रहा था : एक औसत अमरीकी प्रति वर्ष पन्द्रह सौ घंटे कार चलाने में खर्च करता हैं और लगभग सात हजार मील का सफर तय करता है, और उसे अपनी कार को पार्क करने के लिए, गैरेज़ के लिए, ख़राब होने पर रस्सा बांध कर खींच ले जाने के लिए, हाई वे का टैक्स चुकाने के लिए भी धन अर्जित करने की ज़रूरत होती है। अपने निवेश किए गए जीवन के प्रत्येक घंटे में भीड़भाड़ और व्यस्तता के कारण वह अपनी कार से केवल पांच मील का सफ़र कर पाता है।

जिन देशों में हाई वे बहुत कम हैं, नागरिक ऐसी दूरियां पैदल चलकर पूरी करते हैं। एक अमरीकी और इन पिछड़े और उद्योग रहित अविकसित लोगों के बीच एक ही अंतर है कि अमेरिकन प्रतिदिन, अपने कार्य से संबंधित आगे पीछे आने-जाने में अपने समय का पच्चीस प्रतिशत खर्च करते हैं और दूसरे पिछड़े देशों के नागरिक जो पैदल चलते हैं वे केवल पांच प्रतिशत खर्च करते है।

अब तेज़ गति से गंतव्य तक पहुंचने के इस प्रयास ने केवल समस्याएं ही सृजित की हैं। यह बहुत बेतुकी बात है कि पिछड़े देशों के लोग, अपने काम पर जाने और घर लौटने में अपने समय का केवल पांच प्रतिशत भाग देते हैं, जब

कि अमेरिकन को इसी कार्य के लिए अपना पच्चीस प्रतिशत खर्च करना पड़ता है – जब कि उन्हें सभी आधुनिक तकनीक और तेज़ गति के वाहन उपलब्ध हैं। यह चीज़ बहुत हास्यास्पद है। आखिर यह सारी बात किस ओर इंगित करती है? और यह पूरी चीज़ इसी तेज़ गति के कारण घटती है। तुम्हें शीघ्र पहुंचना हैं।

इस बारे में पहिली बात तो यह कि कहीं भी पहुंचना नहीं हैं। दूसरी बात यह, कि इतनी अधिक तेजी से जाने की कोई ज़रूरत ही नहीं हैं। आमोद-प्रमोद की एक छोटी सी यात्रा पर जाओ। इस जीवन को एक ऐसा आनंदपूर्ण सफ़र बना लो जिसका कोई गंतव्य न हो – 'कहीं नहीं' तक की यात्रा। तुम मध्य में बने रहो। तुम अनस्तित्व से आते हो और अनस्तित्व में ही विलीन हो जाते हो। बीच में तुम्हारा अस्तित्व, बिजली की एक कौंध की भांति है। जब तक वह वहां है, उसका आनंद लो। उत्सव मनाओ। किसी जगह पहुंचने में उसे बरबाद मत करो, कहीं पहुंचना ही नहीं हैं। और अधिक महत्वपूर्ण यह कि वहां अंदर कोई हैं ही नहीं, जिस तक पहुंचना हो। इस शाश्वत जीवन यात्रा के पथिक का कोई अस्तित्व है ही नहीं, यह एक काल्पनिक कथा है।

तीर्थ स्थान तो 'सत्य' हैं लेकिन उस तक पहुंचने की यात्रा असत्य है।

तुम अपने आनंद के सघन क्षणों में ज़रा झांक कर देखो, और तुम समझ जाओगे कि मेरे यह कहने का क्या अर्थ है। जब तुम वास्तव में बहुत प्रसन्न होते हो, तो वहां कोई नहीं होता, जो तुम्हारे अंदर खुश हो रहा हो, वहां केवल प्रसन्नता होती है, आनंद होता है, जो उत्सव मना रहा हो, वहां केवल उत्सव होता है। जब तुम नृत्य कर रहे हो अपने अंदर झांक कर देखो। वहां कोई भी नहीं होता, जो नाच रहा है, वहां केवल नृत्य होता है। यही है वह – जिसे सूफ़ी फ़ना कहते हैं – वहां अंदर कोई होता ही नहीं। यह सभी कुछ एक शून्यता है, शुद्ध शून्यता।

तुम एक लक्ष्य बनाते हो, ओर लक्ष्य से अहंकार सृजित होता है। तब अहंकार को आवश्यकता होती है, ऊंचे और महान लक्ष्यों की। ऊंचे और बड़े लक्ष्य, स्वाभाविक हैं, बड़े और ऊंचे अहंकारों की सृजित करते है। एक सांसारिक व्यक्ति का लक्ष्य धन होता हैं, उसका अहंकार भी बहुत बड़ा नहीं होता हैं। लेकिन आध्यात्मिक अथवा एक धार्मिक व्यक्ति का अहंकार बहुत विशाल होता हैं, क्योंकि उसके पास एक महान् लक्ष्य होता है। धन उसके लिए बहुत तुच्छ चीज़ हैं, उसे परमात्मा की आवश्यकता है। इससे कम में उसे संतोष मिलने वाला नहीं। शक्ति और प्रतिष्ठा भी बहुत नीचे की चीज़ें हैं उसके लिए, वह तो निर्वाण चाहता है, बुद्धत्व को चाहता है। इसलिए तुम उसमें बहुत उतप्त अहंकार देखोगे।

एक सामान्य सांसारिक व्यक्ति की अपेक्षा एक धार्मिक व्यक्ति में कहीं अधिक अहंकार होता है। एक सासांरिक व्यक्ति इतना अधिक अहंकारी नहीं होता। उसके लक्ष्य प्रतिदिन की बहुत तुच्छ चीज़ों के लिए होते हैं। कम महत्व के तुच्छ लक्ष्यों के साथ तुम साधारण अहंकार को सृजित कर सकते हो, जब कि महान लक्ष्यों से तुम बहुत बड़े अहंकार सृजित करते हो। साथ में कोई लक्ष्य न हो तो अहंकार विसर्जित हो जाता है – फ़ना, अनत्ता-अनात्म।

इसलिए समझने का प्रयास करो कि लक्ष्य बनाने के द्वारा तुम कितने दुःख सृजित किए चले जा रहे हो, लक्ष्यों के सृजन द्वारा तुम अहंकार सृजित किए चले जा रहे हो, जो एक दुष्चक्र है। और तब मन में तेज गति की बात आती हैं – तब जितनी अधिक तेज़ी से संभव हो, तुम उसे करना चाहते हो।

पहिली बात यह, वहां कोई भी लक्ष्य नहीं है, दूसरी बात, उसे प्राप्त करने वाला वहां कोई है ही नहीं, और तीसरी बात, तुम एक दूसरा कष्ट अपने लिए सृजित कर रहे हो – कि तेज़ी से या शीघ्रता से वहां कैसे पहुंचा जाये। लक्ष्य का कोई अस्तित्व नहीं है, खोजने वाला भी अस्तित्व में नहीं है और अब वहां इस शीघ्रता और तेज़ गति से जाने का विचार है। यह अधिक से अधिक पीड़ा सृजित करता है। तुम सो नहीं सकते। तुम विश्राम नहीं कर सकते, तुम प्रेम नहीं कर सकते। तुम कैसे कर सकते हो प्रेम, क्योंकि अभी करने के लिए इतना अधिक शेष हैं, जब पूरा जीवन बंजर भूमि की तरह प्रतीत हो रहा है, क्योंकि लक्ष्य अभी तक प्राप्त नहीं हुआ हैं, जो घटना था वह अभी घटा नहीं है।

समझ ही रूपांतरण हैं। वह समझ ही है जिसे सूफ़ी तौबा कहते हैं – एक सौ अस्सी अंश पर घूम कर घर लौटना। तुम सामान्य रूप से इस संकेत को समझ जाते हो और तुम हंसते हो, और अब एक प्याला चाय ले सकते हो तुम।

यही होता हैं बुद्धत्व – एक उन्मुक्त हास्य ओर एक प्याला चाय।

दूसरा प्रश्न :

आपका विश्वास है कि मनुष्य को अधिक ध्यान पूर्ण होकर जीवन व्यतीत करना चाहिए। इससे कैसे जीवन की समस्याएं हल हो सकती हैं अथवा युद्धों को कैसे रोका जा सकता है?

उत्तर :

पहिली बात तो यह, कि मैं किसी चीज़ पर विश्वास नहीं करता। मैं विश्वासी हूं ही नहीं, मेरे साथ, विश्वास जैसे शब्द को जोड़ो ही मत।

यह मेरा विश्वास नहीं हैं कि मनुष्य को अधिक ध्यानपूर्ण होकर रहना चाहिए। यह मेरी समझ हैं कि मनुष्य केवल ध्यान में ही जी सकता है – अन्यथा वहां कोई जीवन हैं ही नहीं। ध्यान ही जीवन है। ध्यान में न रहना, कोई जीना जैसा है ही नहीं। तब तुम केवल बहाना करते हो कि तुम जीवित हो, तब तुम्हारा जीवन ठीक एक मुखौटा होता है। उसमें कोई प्रामाणिकता नहीं होती, उसमें कोई गहराई नहीं होती, उसमें बाहर की आकृति मात्र होती हैं, वह ठीक परिधि होती है।

इसलिए पहिली बात तो यह, कि मैं यह विश्वास ही नहीं करता कि मनुष्य को अधिक ध्यान पूर्ण होकर जीना चाहिए। दूसरी बात यह कि मेरे पास 'चाहिए' ओर 'नहीं' चाहिए जैसी चीज़ है ही नहीं, कभी भी उन शब्दों को बीच में मत लाओ, जहां 'मैं' बना रहे। मैं तुम्हें 'चाहिए जैसी कोई चीज़ देता ही नहीं, क्योंकि सभी 'चाहिए', अपराध-बोध लाते हैं। यदि मैं यह कहता हूं कि तुम्हें ऐसा करना चाहिए तो मैं तुम्हारे अंदर अपराध-बोध सृजित कर रहा हूं। यदि तुम उसे नहीं कर सकते हो, तब वहां अपराध-बोध उत्पन्न होगा। तुम्हें यह अनुभव होगा कि तुम किसी चीज़ से चूक गए; तुम कहीं अधिक दुःखी हो जाओगे। और 'चाहिए' का अर्थ होता हैं – भविष्य। मेरी भविष्य के बारे में कोई दिलचस्पी है ही नहीं। ज़रा खेत में खिले लिली के फूलों को देखो। वे कल के बारे में सोचते ही नहीं, इसीलिए वे सुंदर है। वृक्षों की डाल पर बैठे पक्षियों के गीत सुनो। वे कल के बारे में सोचते ही नहीं। इसीलिए वे इतनी अधिक मनमौजी ओर शानदार हैं। प्रत्येक क्षण कितना अधिक आनंदपूर्ण है।

मैं तुम्हें 'चाहिए' जैसी कोई चीज़ देता ही नहीं। 'चाहिए' का अर्थ होता है – भविष्य। चाहिए का अर्थ होता है कि कल तुम्हें कुछ काम करना चाहिए, अथवा अगले ही क्षण कुछ करना चाहिए। 'चाहिए' को वर्तमान के साथ नहीं जोड़ा जा सकता है, वह भविष्य साथ ले आता है। मेरी पूरी दिलचस्पी वर्तमान के साथ है – इसी क्षण में हैं। मैं तुम्हें कोई सपने नहीं देता। सभी 'चाहिए' हैं – काल्पनिक आदर्श, और स्वप्न। वे कहते हैं – यदि तुम ऐसा करते हो, तो वैसा होगा। वे सशर्त हैं। और मैं तुमसे कहता हूं कि परमात्मा तुम्हें सभी कुछ बिना किसी शर्त के देता है। वह स्वयं एक उपहार स्वरूप मिला है। उसे अर्जित करने का कोई उपाय है ही नहीं। परमात्मा को पाने योग्य बनने का कोई उपाय है ही नहीं। परमात्मा स्वामित्व में रखने वाली सम्पत्ति नहीं है, वह तो एक उपहार है और तुम्हें बेशर्त मिला हुआ है। वह प्रत्येक व्यक्ति को मिला हुआ है और इस बारे मे, वह किसी 'चाहिए' की पूर्ति नहीं है।

इसी तरह ध्यान भी, 'चाहिए' जैसा कुछ भी नहीं है।

और तीसरी बात, तुम ध्यान कैसे कर सकते हो ? यह प्रश्न करने का नहीं है तुम ध्यान में हो सकते हो, लेकिन तुम ध्यान कर नहीं सकते। यह प्रेम की भांति है। तुम प्रेम से हो सकते हो, लेकिन तुम प्रेम कर नहीं सकते। क्या तुमने कभी प्रेम करने की कोशिश की है? तब तुम कुछ और ही चीज़ करते रहे हो, जिसमें वहां कोई प्रवाह नहीं था जिसमें कोई आभा और प्रसन्नता नहीं थी। वह एक कर्त्तव्य जैसा बन जाता है। तुम उसमें खोखली मुद्राओं और नपुंसक गतिविधियों के साथ जाते हो, लेकिन वहां उसमें कोई आत्मा नहीं होती। तुम प्रेम कर नहीं सकते। प्रेम एक कृत्य न होकर एक स्थिति होती हैं। ठीक ऐसा ही ध्यान होता हैं।

ध्यान एक स्थिति होती है मौन की। ध्यान एक ऐसी दशा होती है जहां कोई कामना न हो ध्यान एक ऐसी स्थिति होती है, जिसका न कोई अतीत होता है और न कोई भविष्य। ध्यान वह दशा होती है, जब तुम कोई भी चीज़ या काम नहीं कर रहे होते हो, तुम बस अपने अस्तित्व के प्रति प्रेमपूर्ण होते हो तुम बस अपने होने में खुश रहते हो, खुश होते हो इसलिए, क्योंकि तुम सांस ले रहे हो। तुम अकारण ही खुश होते हो। उन्हीं क्षणों मे वहां तुम ध्यान में होते हो।

मैं तुमसे यह नहीं कह सकता कि ध्यान 'चाहिए' जैसी चीज़ है, और तुम्हें उसे करना चाहिए। मैं तुम्हें केवल बता सकता हूं कि ध्यान क्या है। यदि तुम मुझे समझ रहे हो, तो तुम ध्यान में ही होंगे। इस बारे में 'चाहिए' जैसा कुछ है ही नहीं। यदि तुम मुझे नहीं समझते हो, तो तुम ध्यान में नहीं होंगे। लेकिन तब भी तुम्हें अपराध-बोध महसूस करने की कोई ज़रूरत नहीं है। अपराध-बोध तब होता है, जब तुम कुछ करते हो और असफल हो जाते हो। तब ध्यान, अपराध-बोध निर्मित होने का निश्चित रूप से एक ढंग बन जाता है। यदि तुम उसे करते ही तो तुम असफल हो जाओगे। इसी तरह से लोग अपराध-बोध से ग्रस्त होते हैं।

वे प्रेम करने का प्रयास करते हैं, और वह घटता ही नहीं – और वे अपराधी होने का अनुभव करते हैं। वे यह सोचना शुरू कर देते हैं – मैं प्रेमपूर्ण नहीं हूं। मैं तो कठोर प्रयास कर रहा हूं और वह घट ही नहीं रहा है। उनका यह सोचना स्वाभाविक है कि उन्हीं के साथ कुछ चीज़ गलत है। और गलत कुछ भी नहीं है। गलती केवल इतनी सी है कि तुम कुछ ऐसी चीज़ करने की कोशिश कर रहे हो, जो कोशिश करने से नहीं हो सकती। तुम कुछ ऐसी चीज़ करने का प्रयास कर रहे हो, जो केवल स्वाभाविक रूप से होती है, वह आती है, तब आती है। तुम केवल अधिक से अधिक इतना ही कर सकते ही कि बाधा न बनो – जब वह आती

है, तो प्रतिरोध मत करो। जब वह आती है, अपने द्वार-दरवाजे खुले रखो, बस सिर्फ इतना भर करो। लेकिन यह करने जैसा अधिक न होकर,अक्रिया जैसा ही अधिक है। तुम ध्यान को घटने की अनुमति दे सकते हो अथवा तुम ध्यान में बाधा बन सकते हो कि उसे घटने की अनुमति ही न दी। उसे 'चाहिए', नहीं बनाया जा सकता।

मैं तुम्हें कोई हुक्म या आदेश नहीं देता। मैं कोई सेनानायक नहीं हूं। सभी सेनानायक खतरनाक लोग होते हैं, उन्होंने मनुष्यता का विनाश किया है। सभी सेनानायकों या आदेश देने वालों ने मनुष्य को प्रदूषित कर दिया है, क्योंकि उन्होंने अपराध-बोध को उत्पन्न किया है। 'ऐसा करना चाहिए' ही लक्ष्य होता हैं।

मैं केवल अपनी समझ और प्रज्ञा में तुम्हे बस सहभागी बना रहा हूं। तुम्हारे सुधारने के बाबत किसी तरह से मेरी कहीं कोई रुचि नहीं हैं। मैं तुम्हें बांधने का कोई प्रयास नहीं कर रहा हूं। यदि तुम बंध कर जड़ बनकर रहना चाहते हो, तो तुम्हें किसी मनोविश्लेषक के पास जाना चाहिए, तुम्हें किसी उपचारक या चिकित्सक के पास जाना चाहिए। वे ऐसे लोग हैं जो तुम्हारी बुद्धि को जड़ बना देते हैं।

लेकिन यह विचार ही एक व्यक्ति को मानसिक रूप से जड़ बना देना है, बहुत अपमान जनक हैं। इसका अर्थ है कि तुम्हें एक वस्तु मान लिया गया। हां, एक कार को तुम गैरेज में स्थायी रूप से खड़े रख सकते हो, और जब तुम्हारे स्नानघर में पानी टपकने लगे तो नल का मिस्त्री पानी टपकने को रोक सकता है – लेकिन एक मनुष्य एक वस्तु नहीं है। तुम एक व्यक्ति को स्थिर व जड़ नही बना सकते।

पहिले यह काम पादरी और पुरोहित किया करते थे, अब इसी काम को मनोचिकित्सक कर रहे हैं। पुरोहित पादरी असफल हो चुके हैं। मनोविश्लेषक भी असफल हो रहें हैं, इसलिए नहीं कि पुरोहित या मनोचिकित्सक के साथ कुछ चीज़ गलत है, नहीं। गलत तो उसका पूरा प्रयास करना है। तुम किसी व्यक्ति को जड़ बनाकर व्यवस्थित नहीं कर सकते। मनुष्य होना एक स्वतंत्रता हैं। जड़ बनाकर सुधारने का विचार ही. उसकी महिमा से वंचित कर उसे एक वस्तु बना देता है, उसकी आत्मा को मार देता है। मैं तुम्हें कोई 'चाहिए' नहीं देता, और न मैं तुम्हें जड़ बनाकर तुम्हें सुधारना चाहता हूं। वास्तव में तुम्हारे धार्मिक विकास में मेरी कोई भी दिलचस्पी नहीं है।

जिस चीज़ में मेरी दिलचस्पी है वह है – तुम्हें उसमें, जो मुझे घटा है, उसमें सहभागी बनाना। यह ऐसा नहीं है, जो मैंने प्रयास कर पाया है यह मुझे घटा

है। और चूंकि यह मुझे स्वतः घटा है, फिर मैं तुम्हें 'चाहिए' का आदेश कैसे दे सकता हूं? मैं तुम्हें इस बारे में वह कैसे घटता है, केवल सजग बना सकता हूं। इसका तुमसे और तुम्हारे करने से कोई लेना-देना नहीं है। तुम्हें ग्राहक बने रहना है। समझ तुम्हें गह्यता देती है, समझ ही तुम्हें कहीं अधिक विश्रामपूर्ण बनाती है, समझ ही तुममें तथर्ता और स्वीकार-भाव लाती है। और उसी अंतराल में ध्यान शुद्ध रूप से होता है।

ध्यान वह स्थिति या भावदशा हैं, जब तुम किसी चीज़ के लिए कुछ भी प्रयास नहीं कर रहे होते, यहां तक कि ध्यान के लिए भी। ध्यान है, कठिन प्रयास न करने की दशा, परिपूर्ण विश्राम की स्थिति। वहां न कोई लक्ष्य होता है, न कहीं लाना होता है, और न कुछ भी करना होता है। ध्यान जो कुछ भी है, वह अपने होने का आनंद मात्र है। तुम इसे कैसे कर सकते हो? कुछ करने से तो तुम उसे नष्ट कर दोगे।

इसलिए मैं तुम्हें कोई 'चाहिए' जैसी चीज़ नहीं दे सकता।

तुम पूछ रहे हो – आपका विश्वास है कि मनुष्य को अधिक ध्यानपूर्ण होकर जीवन व्यतीत करना चाहिए। नहीं। मैं जो सभी कुछ तुमसे कहना चाहता हूं, वह यह हैं कि ध्यान तुम्हारा जन्मसिद्ध अधिकार है। वह, वहां तुम्हारे थोड़े से विश्रामपूर्ण होने की प्रतिक्षा कर रहा है जिससे वह कोई गीत गुनगुना सके जिससे वह एक नृत्य बन सके। फूल वहां खिला हुआ है, लेकिन तुम दूसरी चीज़ों के बारे इतनी अधिक चिंता से भरे हुए हो, कि तुम उसे न देख सकते हो, और न समझ सकते हो। वह पहिले ही से घटा हुआ है। वह उसी क्षण घट चुका था, जिस क्षण तुमने जन्म लिया था, वह उसी क्षण घट चुका था, जिस क्षण तुम जीवंत हुए थे। जिस क्षण तुम अस्तित्व में प्रविष्ट हुए थे, ध्यान का तुम्हारा पुष्प उसी क्षण खिल उठा था।

और कभी-कभी वहां ऐसे क्षण होते हैं, जब तुम उसके प्रति सजग हो जाते हो। दिन प्रति दिन के कार्यकलापों की परिधि के ठीक नीचे, क्या तुम अपने बहुत गहरे तल के प्रति सजग नहीं होते हो, जहां कभी कुछ चीज़ होती ही नहीं हैं और सभी कुछ शांत और स्थिर रहता है? उपनिषदों में 'वे' कहते हैं कि जीवन, एक वृक्ष पर बैठे दो पक्षियों की भांति है, जिनमें से एक पक्षी तो वृक्ष की सबसे ऊंची डाल पर बैठा हुआ है, बिना हिले-डुले, शांत, मौन, जैसे मानो वह वहां है ही नहीं, और दूसरा पक्षी एक डाल से दूसरी डाल पर, इस फल से उस फल पर फुदक रहा है, वह लड़ रहा है, संघर्ष कर रहा है, बहुत तनावपूर्ण, थका हुआ और निराश होकर कहीं पहुंचने का प्रयास कर रहा है। उपनिषद कहते हैं कि यह दोनों पक्षी

तुम ही हो। नीचे की डालों पर एक पक्षी उछलता कूदता, तेज़ी और शीघ्रता से यह अथवा वह कार्य कर रहा है। और ऊंची डाल पर बैठा दूसरा पक्षी, केवल नीचे के पक्षी के मूर्खतापूर्ण प्रयासों को जो वह किये जा रहा है, बस देखे जा रहा है, उनका निरीक्षण कर रहा है। और वे दोनों पक्षी तुम ही हो।

तुम्हारे गहरे में ध्यान पहिले ही घट चुका हैं – इसीलिए तुम्हारे दिन प्रतिदिन का कोलाहल जब कभी भी थोड़ा सा कम होता हैं हो सकता है तुम सूर्यास्त देख रहे हो, और सूर्यास्त को देखते-देखते तुम्हारे मन की निरंतर चटर-पटर शांत हो गई हो, सूर्यास्त की सुंदरता ने उसे शांत बना दिया हो,

यह हो सकता है कि तुम – डूबते सूरज के सुंदर दृश्य, धीमे-धीमे उतरते हुए अंधियारे, अपने घोंसलों की ओर लौटते पक्षियों और पूरी पृथ्वी को विश्राम करने के लिए तैयार होता हुआ और पूरे वातावरण को विश्रामपूर्ण देखकर आश्चर्यजनक रहस्य से विस्मय विमूढ़ ओर स्तब्ध हो गये हो। दिन विदा हो चुका है, दिन भर का कोलाहल समाप्त हो गया है और तुम्हारा मन शांति का अनुभव कर रहा है। वृक्ष की नीची डाल पर एक क्षण के लिए बिना गतिशील हुए पक्षी बैठा रह जाता है। अचानक तब वहां दो पक्षी नहीं रह जाते, केवल वहां एक पक्षी ही होता है। और तभी अकस्मात तुम अपने अंदर उठते महान आनंद का अनुभव करते हो।

यदि तुम सोचते हो कि यह आनंद उस सुंदर सूर्यास्त की वजह से उत्पन्न हुआ तो यह तुम्हारी भूल है। यह हो सकता हैं कि इस सुंदर सूर्यास्त ने एक स्थिति निर्मित करने का कार्य किया हो, लेकिन यह आनंद उसकी वजह से नहीं उंमगा। यह आनंद तो तुम्हारे अंदर से ही आ रहा है। यह संभव है कि सूर्यास्त ने इसमें सहायता की हो, लेकिन वह उसका स्रोत नहीं हैं। वह स्थिति को निर्मित करने में सहायक हो सकता है, लेकिन वह उसका कारण नहीं है। यह आनंद तो तुम से ही आता रहा है। यह तुम्हारे अंदर से उठ रहा है। यह वहां था ही, मन के धरातल को केवल शांत अंतराल में व्यवस्थित करना था, और आनंद उंमगना शुरू हो गया। अथवा चांद की ओर निहारते हुए, अथवा जब कभी बीथोविन या मोजार्ट का संगीत सुनते हुए, अथवा कभी बांसुरी बजाते हुए अथवा कभी-कभी कुछ भी न कर बस घास पर बैठे हुए या धूप सेंकते हुए, अथवा कभी वर्षा में भीगते और टहलते हुए जब छींटे तुम्हें भिगोये चले जा रहे हों और हर चीज़ भीगी हुई तथा ठंडी हो, और पृथ्वी से उठती मिट्टी की सौंधी सुगंध और बरसते मेघ का संगीत गूंज रहा हो तो अचानक वहां आनंद होता है, वहां बरसता आशीर्वाद और अनुग्रह होता है। यह कहीं बाहर से नहीं आता, यह तुम्हारे अंदर के सबसे अधिक

गहरे में स्थित केन्द्र से आता है। यह जो है, मैं इसी को ध्यान कहता हूं।

एक बार तुम इसे समझना शुरू कर दो तो तुम अधिक से अधिक इस ध्यान की स्थिति में बने रह सकते हो। यह कुछ चीज़ करने की नहीं है, यह कुछ चीज़ समझने की है।

और तुम पूछ रहे हो – इससे जीवन की समस्याओं का कैसे समाधान हो सकता हैं और युद्ध रोके जा सकते हैं ?

मैं जीवन की समस्याओं के बारे में चिंतित नहीं हूं और न मुझे युद्धों की कोई फिक्र है। वास्तव में समाज के साथ मेरी कोई दिलचस्पी नहीं है। मेरी पूरी दिलचस्पी व्यक्ति में है मेरी पूरी दिलचस्पी तुम में है। मेरी पूरी दिलचस्पी व्यक्तिगत में है, सामाजिक जीवन में नहीं।

हां, यदि अधिक से अधिक लोग ध्यान की स्थिति में डूबना शुरू करते हैं तो समाज अपने आप बदलेगा। लेकिन इससे मेरा कोई लेना-देना नहीं है। मैं इस बारे में ज़रा भी चिंतित नहीं हूं। यदि ऐसा होता है, तो बस होता है। यदि अधिक से अधिक लोग ध्यान की स्थिति में जीना शुरू करते हैं, वे बिना कोई प्रयास किये यदि ध्यान की इस स्थिति का आनंद लेते हैं, यदि कामनाओं और महत्वाकांक्षाओं के बिना, अधिक से अधिक लोग इस तरह के विश्राम में जीने लगते हैं, तो वे अपने चारों ओर एक तरह की तरंगें सृजित करेंगें, और समाज स्वाभाविक रूप से शांत होगा।

समाज या राष्ट्र इसीलिए युद्धों में जाते हैं क्योंकि लोग तनावपूर्ण हैं, क्योंकि लोग स्वयं अपने आप ही से निरंतर लड़ रहे हैं, क्योंकि लोग क्रोधित हैं, क्योंकि लोग प्रतिशोध से भरे हैं, क्योंकि लोगों को एक दूसरे से अत्यधिक शिकायतें हैं, वे लोग प्रसन्न नहीं हैं और वे सभी कुछ नष्ट कर देना चाहते हैं। जब तुम प्रसन्न होते हो, तुम कुछ सृजित करना चाहते हो, जब तुम अप्रसन्न होते हो तो सब कुछ मिटा देना चाहते हो। जब तुम एक तरह के क्रोध और प्रतिशोध से भरे होते हो, तुम हत्यारे बन जाते हो अथवा तुम आत्मघाती बन जाते हो, और जब तुम एक तरह के अनुग्रह से भरे होते हो तो कोई कविता रचते हो अथवा कोई चित्र बनाते हो – तुम कुछ कार्यों में सृजनात्मक करते हो। सृजानात्मकता, प्रसन्नता से आती है, और विनाश आता है, अप्रसन्नता या क्रोध से।

लोग दुःखी हैं। करोड़ों लोग दुःखी हैं – उनके दुःख और पीड़ाएं घनीभूत होकर बादलों की तरह घुमड़ रही हैं। क्या तुमने कभी भारत के किसी गांव में हर छत से धुंआ ऊपर उठते हुए देखा? वही धुंआ इकट्ठा होकर एक धुंअे का बादल-सा बन जाता हैं, जो गांव के ऊपर मंडराता रहता है। प्रत्येक व्यक्ति ने उसमें अपना

योगदान दिया है। वह जैसा होता है, वैसा ही युद्ध होता है। क्रोध, उन्माद, हिंसा, महत्वाकांक्षा और आक्रामकता ही प्रत्येक व्यक्ति की छत से, प्रत्येक व्यक्ति के सिर से धुंवें की तरह निकलता रहता है। तब वह एक साथ इकट्ठा होकर एक बड़ा बादल बन जाता है – और ऐसा ही होता है युद्ध। तब एक दिन तुम सभी लोग, चारों ओर से अंधेरे में घिरे हुए एक दूसरे की हत्या करने और बलात्कार करने में जुट जाते हो।

प्रत्येक दस वर्षों बाद एक महान युद्ध की आवश्यकता होती है, क्योंकि दस वर्षों में हम इतना अधिक क्रोध इकट्ठा कर लेते हैं कि केवल युद्ध के द्वारा ही उसे मुक्त किया जा सकता है।

हम इतना अधिक मवाद इकट्ठा कर लेते हैं कि प्रत्येक दस वर्षों बाद, संसार को पागल और विक्षिप्त होना ही होता है, जिससे हम अपने इकट्ठा किए मवाद और विष को बाहर निकाल सकें।

मैं प्रत्यक्ष रूप से समाज के साथ कोई भी दिलचस्पी नहीं रखता हूं। मेरी दिलचस्पी प्रत्येक व्यक्ति में है, क्योंकि केवल व्यक्ति के रूपांतरण से ही संसार में अंतिम रूप से एक अलग तरह का समाज लाया जा सकता है। यह प्रत्यक्ष रूप से नहीं लाया जा सकता। जो लोग इसे प्रत्यक्ष रूप से सीधे ही लाने का प्रयास करते हैं, वे राजनीतिक लोग हैं। मैं बिल्कुल भी राजनीतिज्ञ नहीं हूं।

यदि एक नूतन चेतना आ जाए, तो एक दिन एक नूतन समाज भी आ सकता है। लेकिन यह ठीक उल्टा न होकर नूतन चेतना का बाई प्रोडक्ट होगा।

मार्क्स कहता हैं, पहिले समाज को बदलना है और तब नई चेतना का जन्म होगा। और फिर मैं कहता हूं – पहिले नई चेतना को आना होगा, तभी समाज बदला जा सकेगा। चेतना कहीं अधिक कीमती है। इस संसार में एक ध्यानपूर्ण चेतना को मुक्त करना होगा। ओर तुम ध्यानपूर्ण बने बिना कोई भी कार्य नहीं कर सकते। यदि तुम स्वयं उस अंतराल में अधिक से अधिक गतिशील होते हो तो, तुम अपने चारों ओर एक तरह की ऐसी ऊर्जा निर्मित करोगे, जो अन्य लोगों को अधिक ध्यानपूर्ण बनाने में सहायक होगी। जब तुम एक ध्यानी व्यक्ति के निकट बैठते हो, तो तुम्हारे अंदर कुछ चीज़ तुरंत बदलना शुरू हो जाती है।

जब तुम किसी ऐसे व्यक्ति के निकट बैठते हो, जो वास्तव में क्रोध से भरा हुआ हो, तो तुम्हारे अंदर कोई चीज़ तुम्हें व्याकुल करना शुरू कर देती है। उसका क्रोध तुम पर चोट करता है, तुम्हारे क्रोध को वह उत्तेजित करता है। जब तुम किसी चारों ओर से अपने को बंद कर रखने वाले व्यक्ति के निकट बैठते हो, तो

तुम भी जैसे बंद बन जाते हो। उसकी अपने आप में बंद रहने की प्रवृत्ति तुम्हारे अंदर भी बंद रहने का झुकाव उत्पन्न करती है। हम चूंकि एक ही सागर में रहते हैं, इसलिए एक दूसरे से प्रभावित होते हैं। एक दूसरे से प्रभावित होना बहुत स्वाभाविक है। जब तुम किसी व्यक्ति को हंसता हुआ देखते हो, तो अचानक तुम्हारे चेहरे पर भी एक मुस्कान आ जाती है। हो सकता है कि तुम उस समय दुःखी हो, लेकिन एक क्षण के लिए तुम उसे भूल जाते हो। वह हंसी, इतनी सुंदर, इतनी पकड़ लेने वाली और इतनी संक्रामक होती है, कि तुम क्षण भर के लिए अपना दुःख भूलकर उस व्यक्ति के साथ लयबद्ध हो जाते हो। उस व्यक्ति की हंसी तुम्हें बदल देती है तुम मुस्कुराते हो। तुम कुछ ही क्षणों के बाद फिर से उस दुःख भरे जाल में गिर पड़ोगे – यह दूसरी बात है तो ज़रूर, लेकिन उसके चारों ओर की तरंगें तुम्हें प्रभावित अवश्य करती हैं।

इसलिए मेरा मार्ग, समाज की ओर उन्मुख नहीं है। मेरे लिए समाज का कोई अस्तित्व है ही नहीं, क्योंकि समाज के पास कोई आत्मा नहीं होती। केवल अस्तित्व तो व्यक्ति का है। व्यक्ति ही के पास आत्मा होती है। मेरी पहुंच व्यक्ति की ओर उन्मुख है। मेरा आकर्षण अलग-अलग व्यक्तियों में है। मैं प्रत्येक व्यक्ति को उत्तेजित करता हूं, उसे आगे बढ़ने को पुकारता हूं। और यदि बहुत सी वैयक्तिक इकाइयां, एक तरह के अंतराल में हों, तो मैं उसे ही ध्यान कहता हूं, तब क्रमशः धीमे-धीमे वहां और युद्ध भी नहीं होंगे। ऐसा नहीं है कि हमें शांति प्रदर्शनों का आयोजन करना होगा और हमें शांति यात्राओं की व्यवस्था करनी होगी – यह सभी कुछ निरर्थक हैं। क्या तुमने कभी लोगों को युद्ध के विरुद्ध प्रदर्शन करते हुए देखा है? वे लोग कितने अधिक क्रोधित दिखाई देते हैं। वे लोग किसी भी व्यक्ति के साथ लड़ने को तैयार रहते हैं। इस तरह के प्रत्येक विरोध प्रदर्शन का अंत पुलिस के साथ संघर्ष में होता है, वे लोग पथराव करना शुरू कर देते हैं, वे लोग बसों को जलाने लगते हैं। प्रत्येक शांति-यात्रा का अंत, संघर्ष में होता है। और तुम लोगों को चीखते चिल्लाते हुए देखते हो – वे लोग कितने अधिक क्रोधित होते हैं! यह अपना क्रोध बाहर फेंकने का एक अन्य तरीका है। और वे लोग युद्ध के विरुद्ध हैं। क्रोधित व्यक्ति को किसी चीज़ के विरुद्ध होना ज़रूरी है – कोई भी चीज़ हो इससे ही चलेगा काम – लेकिन वह किसी चीज़ के विरोध में होना चाहता है, जिससे वह अपने क्रोध को दिखला सके। और अपराधी होने का अनुभव न करे।

मैं इन सभी चीज़ों के पक्ष में नहीं हूं। ये चीज़ें राजनीतिक हैं। यह इसी लीक का एक भाग है, ये किसी चीज़ को बदलती नहीं। ये केवल एक भ्रम उत्पन्न करती हैं कि परिवर्तन बस होने ही जा रहा है और यह अभी तक आया नहीं

है। पांच हजार वर्षों से मनुष्य, समाज को बदलने का प्रयास कर रहा है और समाज बदलता ही नहीं। वह सभी कुछ जो किया जा सकता है वह व्यक्ति के ही साथ किया जा सकता है। केवल वैयक्तिक रूप से व्यक्ति में ही वह क्षमता है जो परिवर्तन ला सके, क्योंकि व्यक्ति के पास ही वह क्षमता है कि वह स्वयं अपनी ओर ही वापस मुड़ सके।

यदि बहुत अधिक व्यक्ति, वैयक्तिक रूप से मिलकर परिवर्तन लाते हैं, तो वह एक अलग तरह का समाज होगा। तब वहां कोई भी युद्ध नहीं होंगे।

और तुम पूछते हो : इससे जीवन की समस्याएं कैसे हल हो सकती हैं?

मैं यह नहीं कह रहा हूं कि इससे जीवन की समस्याएं हल हो जाएंगीं। मैं तो बस इतना ही कह रहा हूं कि यदि तुम ध्यान की स्थिति में होते हो, तो समस्याएं ओझल हो जायेंगीं – वे हल नहीं होंगी। इस बारे में किसी समस्या को हल करने की ज़रूरत ही नहीं है क्योंकि पहिली बात तो यह हैं कि समस्या केवल तनावपूर्ण मन के द्वारा सृजित की जाती हैं।

उदाहरण के लिए, एक सज्जन मेरे पास आये। वह अनिद्रा के रोग से पीड़ित थे। वह एक राजनीतिज्ञ थे, कभी वह किसी राज्य के मंत्री थे, और वह चाहते थे कि मैं उन्हें कोई ऐसा ध्यान प्रयोग बता दूं जिससे वह विश्रामपूर्ण होकर मज़े से सो सकें। मैंने इनसे कहा – आपकी समस्या आपकी महत्वाकांक्षा है। आप रात में किस चीज़ के बारे में सोचते रहते हैं ?

उन्होंने कहा – निश्चय ही राजनीति के ही बारे में। आप जानते हैं, राजनीति एक सतत संघर्ष है, इसलिए मैं इस बारे में ही निरंतर सोचता रहता हूं और यह मुझे इतना अधिक उतप्त बना देता है कि मैं सो नहीं पाता।

इसलिए मैंने उनसे कहा – "यह प्रश्न ध्यान का है ही नहीं, जो आपकी सहायता कर सके। प्रश्न तो यह है कि आप अपनी महत्वाकांक्षा कैसे छोड़े, आप अपनी आकांक्षा या लालसा को बोधपूर्वक समझें।"

लेकिन इस बात में उनकी कोई दिलचस्पी नहीं थी। उन्होंने कहा – "यह बहुत अधिक है। मैं राजनीति को नहीं छोड़ सकता। मैं तो बस आपसे आशीर्वाद लेने आया था जिससे मुझे नींद आ सके।"

अब वह चाहते हैं कि कोई चमत्कार कर दो। वह तो अनिद्रा को सृजित करेंगे, और मुझे उन्हे ऐसा आशीर्वाद देना है कि वह चैन से सो सकें।

और उन्होने बतलाया – "मैं महर्षि महेश योगी के भी पास गया था और उन्होंने मुझे भावातीत ध्यान दिया और कहा – "हर चीज़ अब ठीक हो जायेगी। मेरी हर समस्या हल हो जायेगी।"

मैंने उनसे कहा – "यह बात ही मूर्खतापूर्ण है। यों तो आप निरंतर समस्याएं सृजित करते रहेंगे। यह प्रश्न उन्हें हल करने का नहीं है। आप पेड़ की जड़ों में निरंतर पानी उड़ेलते रहेंगें, और पेड़ की काट-छांट भी करते रहेंगे। पानी देना बंद कीजिए, अन्यथा काट-छांट करने से कुछ भी सहायता नहीं मिलने वाली। वास्तव में काट-छांट करने से पत्ते और घने होते हैं। मैं आपको कोई ध्यान प्रयोग नहीं दे सकता, लेकिन मैं आपको दिखला सकता हूं, आपको यह समझा सकता हूं कि आप किस तरह अनिद्रा को सृजित कर रहे है आपकी लालसा और आकांक्षा ही इसका कारण हैं। यदि यह लालसा मिट जाती हैं तो अनिद्रा स्वतः मिट जाएगी।

जीवन की समस्याओं को हल नहीं करना है वे वहां प्रथम स्थान पर क्यों बनी हुई हैं, इस बात को समझना हैं।

एक ध्यानपूर्ण चित्त के पास अंतर्दृष्टि होती है। वह यह देख और समझ सकता हैं कि वह कैसे स्वयं ही समस्याओं को सृजित करता है। और तब स्वाभाविक रूप से वह उन्हें सृजित करना बंद कर देता है। ऐसा नहीं है कि कोई इन्हें सुलझाता या हल करता है – वे अब आगे उत्पन्न होती ही नहीं।

और इस बारे में समस्याएं तीन तरह की होती हैं। पहिली तरह की वह हैं, जिन्हें तुम सृजित करते हो – ये तुम्हारे जीवन की समस्याओं में लगभग नब्बे प्रतिशत होती हैं। तुम उन्हें सृजित किये चले जाते हो और यह भी कहे जाते हो कि तुम उन्हें पसंद नहीं करते – लेकिन तुम उन्हें उत्पन्न किये चले जाते हो। तुम्हें इस व्यर्थता और बेवकूफी को समझना है। नब्बे प्रतिशत समस्याएं तो सामान्य रूप से तभी मिट जाती हैं जब तुम ध्यानपूर्ण स्थिति में होते हो – लेकिन तुम उन्हें देख और समझ सकते हो। और समझने भर से तुम उन्हें सृजित करना बंद कर देते हो।

तब वहां दूसरी तरह की समस्याएं हैं – जो नौ प्रतिशत हैं और जिन्हें तुम सृजित नहीं करते हो। यह लोगों के साथ रहते हुए उत्पन्न हो जाती हैं। इनमें से कुछ तो ध्यान के द्वारा सुलझ जायेंगीं और कुछ नहीं सुलझेंगीं, क्योंकि तुम उनके स्रोत नहीं होंगे। उदाहरण के लिए, तुम अपनी पत्नी से ईर्ष्या करते हो। यह समस्या सुलझ जायेगी। लेकिन यदि तुम्हारी पत्नी तुमसे ईर्ष्या करती है, तो यह समस्या तुम्हारे ध्यान करने से भी नहीं सुलझेगी। वास्तव मे, यह तुम्हारी समस्या है ही नहीं। फिर यह तुम्हारे ध्यान करने से कैसे सुलझ जाएगी? तुम्हारी समस्या तो हल हो जायेगी – तुम फिर और ईर्ष्यालु न बने रहोगे। यदि तुम्हारी पत्नी ईर्ष्या करती है, तो यह उसका मामला है, वह उसे खुद भुगतेगी। लेकिन तुम उसकी कोई जिम्मेदारी भी नहीं लेते हो और न तुम उसके लिए दुःखी होते हो।

यह देखते हुए कि तुम्हारा उसके साथ कुछ भी लेना-देना नहीं है, और वह तुम्हारे अंदर नहीं उठ रही है, तुम इसके पार चले जाते हो। वह कुछ ऐसी चीज़ है, जो तुम्हारी पत्नी को ही करनी है और उसे इसके लिए ध्यानपूर्ण बनना होगा।

इसलिए समस्याएं जो दूसरे लोगों द्वारा उठाई जाती हैं और तुम्हारे अंदर तुमसे टकरा कर वापस लौट जाती हैं, और कभी क्योंकि तुम होशपूर्ण नहीं होते हो, तुम उन समस्याओं के साथ अपना तादात्म्य जोड़ लेते हो। उनका समाधान तुम्हारे द्वारा होगा नहीं, तुम इनको हल कर ही नहीं सकते, क्योंकि तुम्हारा उनसे कुछ भी लेना देना नहीं है। उनके बने रहते हुए तुम खुश-खुश बहुत मज़े से रह सकते हो। एक बार तुम यह समझ जाओ, कि तुम्हारा उनसे कुछ भी लेना-देना नहीं है, वे तुम्हारे लिए समाप्त हो जाती हैं।

तुम्हारे ध्यान करने से नब्बे प्रतिशत समस्याएं हल हो जाएंगीं नौ प्रतिशत हल नहीं होंगी, लेकिन वे विसर्जित हो जाएंगीं क्योकि उनसे तुम्हारा कुछ भी संबंध है ही नहीं। केवल एक प्रतिशत रह जाती हैं। इनका न तो तुमसे और न दूसरों से ही कुछ भी लेना-देना है – और वह एक प्रतिशत अपने आप में अस्तित्व का ही एक भाग हैं।

तब यदि वे अस्तित्व का ही एक भाग हैं... उदाहरण के लिए, मृत्यु, यह कोई समस्या नहीं है – इसे कोई भी उत्पन्न नहीं कर रहा है, न तुम और न अन्य दूसरे लोग। यह कोई समस्या है ही नहीं। जब निन्नायनवे प्रतिशत समस्याएं अंतर्धान हो जाती हैं, तब एक प्रतिशत, एक समस्या की भांति नहीं, बल्कि एक रहस्य की भांति दिखाई देंगीं। यह एक रहस्य है, ऐसा समझते ही पूरा दृष्टिकोण बदल जाता है।

हमारे चारों ओर वहां इस तरह की चीज़ें भी हैं जो रहस्यात्मक हैं। हम उन्हें समस्याओं में बदल देते हैं, क्योंकि हम अनिश्चित हैं, संशय से भरे हुए हैं। हम प्रत्येक चीज़ को एक समस्या बना देते हैं। यदि हमें उनके समाधान भी दिए जायें, तो हम उन समाधानों को समस्याओं में बदल देते हैं।

उदाहरण के लिए, मैं तुम्हें समझने में सहायता देने के लिए बुद्धत्व के बारे में बातचीत किये चले जाता हूं। तुम उससे भी समस्या खड़ी कर लेते हो। तुम कहते हो – "उसे कैसे प्राप्त किया जाये? "तुमने उसे भी एक समस्या बना लिया। तुम कहते हो – "किन विधियों का प्रयोग किया जाये? किस मार्ग का अनुसरण किया जाये?" तुमने उसे एक समस्या बना दिया।

मैं तुम्हें अपनी समझ में सहभागी बनाने का प्रयास कर रहा था, मैं तुम्हें अपने प्रेम में सहभागी बनाने का प्रयास कर रहा था, मैं तुम्हें अपने अस्तित्व में

सहभागी बनाने का प्रयास कर रहा था, और तुमने उसे ही एक समस्या बना लिया। अब तुम परेशान हो, अब तुम ठीक से सोने तक में समर्थ न हो सकोगे। अब तुम निरंतर सोचते ही रहोगे – मैं कब और कैसे बुद्धत्व को उपलब्ध होने जा रहा हूं? यह पीड़ा उत्पन्न करेगा।

और तुम बहुत सी चीज़ें करोगे और सभी चीज़ें असफल हो जायेंगी। कोई एक चीज़ भी सफल नहीं हो सकती। बुद्धत्व कुछ ऐसी चीज़ है जो तुम्हारे अंदर से तब प्रकट होता है जब तुम पूरी तरह से हार जाते हो, तुम जो कुछ भी कर सकते थे तुमने वह सभी कुछ किया भी और करने को कुछ बचा ही नहीं – उसी स्थिति में "तथाता" घटता है। वह इसीलिए घटता है क्योंकि वह सभी कुछ तुम कर चुके, और उससे अधिक तुम कोई भी चीज़ कर ही नहीं सकते थे – इसीलिए तुम विश्राम में चले जाते हो। इस बारें में अब कुछ भी करने को बचा ही नहीं, तुम अपनी-अपनी यात्रा को छोड़कर वापस लौट आते हो। उसी असफलता में... बुद्धत्व अचानक घटता है। पूरी तरह असफल हो जाना ही इसका द्वार हैं।

मैं अपनी समझ के साथ तुम्हें सहभागी बनाता हूं – और तुम उसे अलग से एक समस्या बना देते हो। मैं तुम्हें ध्यान के सौंदर्य ओर उससे बरसने वाले अनुग्रह के बारे में बतलाता हूं, और तुम तुरंत उसे ही अपनी कामना बना लेते हो, और तभी समस्या उठ खड़ी होती है।

एक प्रतिशत समस्याएं तो बनी रहेंगीं, लेकिन वे समस्या जैसी ज़रा भी दिखाई नहीं देंगी,। वास्तव में वे कुछ ऐसी चीज़ बन जायेंगीं जो अत्यधिक मूल्यवान हों। वह एक रहस्य है। जन्म एक रहस्य है, प्रेम एक रहस्य है, मृत्यु एक रहस्य है, यह अस्तित्व एक रहस्य है। इसे स्पष्ट करने का कोई भी उपाय नहीं है। इसे स्पष्ट किया ही नहीं जा सकता। उसकी सामग्री या तत्व ही रहस्य है। तुम उसे जानते चले जाओ। तुम उसे जितना अधिक जानोगे, तुम उतना ही अधिक यह अनुभव करोगे कि तुम उसे नहीं जानते। जब तुम वास्तव में प्रज्ञावान हो जाओगे – जब तुम सभी कुछ जान लोगे – तभी अचानक तुम अज्ञानी और निर्दोष बन जाओगे। तुम कहोगे – मैं कोई भी चीज़ बिल्कुल नहीं जानता। सर्वोच्च प्रज्ञा ही ज्ञान की निष्कपटता और निर्दोषता है।

इसलिए यहां तीन तरह की समस्याएं हैं? नब्बे प्रतिशत तो पूरी तरह से अर्थहीन हो जायेंगी, क्योंकि तुम उन्हें निर्मित नहीं करोगे। नौ प्रतिशत समस्याएं वहां बनी रहेंगीं, जो तुम्हें बिल्कुल भी प्रभावित नहीं करेंगीं, क्योंकि तुम्हारा उनसे कुछ भी लेना-देना नहीं है, क्योंकि वे अन्य लोगो की हैं। और एक प्रतिशत जो

शेष रहेंगीं, वे समस्याएं बनकर नहीं रहेंगीं, वे रहस्यमय होंगी, उन सुंदर रहस्यों से होकर गुज़रना, उन्हें जीना।

उस स्थिति में, जब वहां तुम्हारे चारों ओर कोई भी समस्या नहीं मंडराती है, तब वहां होता है आनंद।

तीसरा प्रश्न :

हजारों वर्षों से परिवार ही सामाजिक इकाई बनकर रहा है, फिर भी आप अपने नये संसार में उसकी वैधता पर संदेह करते हैं। उसके स्थान पर आप किस व्यवस्था का सुझाव देते हैं ?

उत्तर :

मनुष्य ने परिवार सीमा से कहीं अधिक बढ़ा लिया है। परिवार की उपयोगिता अब समाप्त हो गई है, वह बहुत अधिक समय तक जी लिया। यह सबसे अधिक पुरानी संस्थाओं में से एक है, इसलिए बहुत खोजपूर्ण दृष्टि वाले लोग ही समझ सकते हैं कि यह पहिले ही से एक मृत संस्था है। अन्य लोगों को इस तथ्य को पहिचानने में कि यह एक मृत संस्था है, कुछ समय लगेगा।

इसने अपना कार्य पूरा कर दिया है। चीज़ों के नूतन संदर्भ में अब यह और अधिक संगत नहीं रह गया है, नई मनुष्यता के संदर्भ में भी, जो ठीक अभी उत्पन्न हुई है, यह और अधिक संगत नहीं रह गया है।

परिवार अच्छे और बुरे, दोनों ही तरह के होते रहे हैं। इनके द्वारा मनुष्य जीवित रहा है, और यह सहायक बने रहे हैं – और यह बहुत हानिप्रद भी रहे हैं, क्योंकि इन्हीं ने मनुष्य के मन को प्रदूषित कर दिया है लेकिन अतीत में इस बारे में कोई दूसरा अन्य विकल्प नहीं था, वहां कोई भी अन्य चीज़ चुनने का कोई दूसरा रास्ता था नहीं। यह एक अनिवार्य बुराई थी। भविष्य में ऐसी कोई ज़रूरत रहेंगी ही नहीं। भविष्य में कई और भी वैकल्पिक शैलियां हो सकती हैं।

मेरे ख्याल में भविष्य, किसी एक स्थिर और जड़ ढांचे का नहीं होगा। उसके पास चुनने के लिए बहुत सी वैकल्पिक शैलियां होंगी। यदि कुछ लोग परिवार का ही विकल्प चुनते हैं, तो उन्हें ऐसा करने की पूरी स्वतंत्रता होगी। पर यह प्रतिशत बहुत छोटी सी होगी। पृथ्वी पर ऐसे परिवार तो हैं – जो बहुत अनूठे हों, पर यह एक प्रतिशत से अधिक नहीं हैं – जो वास्तव में सुंदर हैं, जो वास्तव में लाभप्रद हैं, जिनमें विकास होता है, जिनमें वहां कोई सर्वोच्च सत्ता नहीं है, शक्तिशाली बनने की प्रतियोगिता नहीं हैं, कोई मालकियत और अधिकार जमाने की भावना

नहीं है, जिसमें बच्चे बरबाद नहीं होते, जिसमें पत्नी, पति को और पति पत्नी को बरबाद करने का प्रयास नहीं करता, जहां प्रेम होता है, जहां स्वतंत्रता होती है, जहां लोग एक साथ केवल प्रसन्नता से एकत्रित होते हैं – जहां उनका अन्य कोई गलत उद्देश्य नहीं होता, जहां अंदर ही अंदर कोई राजनीति नहीं चलती। हां, इस तरह के परिवारों का पृथ्वी पर अस्तित्व रहा है और वे अभी भी यहां हैं। ऐसे लोगों के लिए परिवर्तन की कोई ज़रूरत ही नहीं है। भविष्य में भी ऐसे लोग निरंतर परिवार में ही रह सकते हैं।

लेकिन बहुत बड़ी संख्या में लोगों के लिए परिवार एक कुरूप और भद्दी चीज़ बनकर रह गया है। तुम मनोविश्लेषकों से पूछ सकते हो और वे बतायेंगे – सभी तरह की मानसिक बीमारियां परिवार के कारण ही उत्पन्न होती हैं। सभी तरह के स्नायु और मानसिक रोग, परिवार के कारण ही जन्मते हैं। परिवार एक अत्यंत ही रुग्ण मनुष्य का सृजन करता है।

इस बारे में ऐसे परिवारों की कोई ज़रूरत ही नहीं है, और चुनने के लिए कोई दूसरी व्यवस्था भी होनी चाहिए। मैंने देखा, एक वैकल्पिक व्यवस्था कम्यून है – और यह सर्वश्रेष्ठ व्यवस्था है।

एक कम्यून का अर्थ होता है, जहां लोग एक तरह परिवार के रूप में रहते हैं। बच्चे पूरी कम्यून के होते हैं, वे सभी के होते हैं। वहां किसी की कोई व्यक्तिगत सम्पत्ति नहीं होती, कोई निजी अहंकार नहीं होते। एक पुरुष एक स्त्री के साथ इसलिए रहता है क्योंकि वे लोग साथ-साथ रहना पसंद करते हैं, क्योंकि वे एक दूसरे को प्रिय लगते हैं, वे आनंद लेते हैं। जिस क्षण वे यह अनुभव करते हैं कि अब प्रेम और नहीं घट रहा है, वे एक दूसरे से लिपटे या चिपटे नहीं रहते। वे बहुत गहन कृतज्ञता से मित्रतापूर्ण वातावरण में एक दूसरे से अलग हो जाते हैं। वे अन्य दूसरे लोगों के साथ मिलना-जुलना शुरू कर देते हैं। अतीत में केवल समस्या यह थी कि बच्चों के साथ क्या किया जाये। कम्यून में बच्चे, कम्यून के बनकर रह सकते हैं, और यह कहीं अधिक सुंदर होगा। अधिक तरह के बहुत से लोगों के साथ उनके विकसित होने के कहीं अधिक अवसर होंगे। अन्यथा एक बच्चा मां के साथ विकसित होता है। वर्षों तक माता और पिता की दो छवियों के मनुष्य प्राणी ही उसके लिए सभी कुछ होते हैं। स्वाभाविक रूप से वह उनका अनुकरण करना शुरू कर देता है। बच्चे, अपने पिताओं का अनुसरणकर्त्ता बनकर उन जैसे ही बन जाते हैं, और वे संसार में उसी तरह की बीमारी को निरंतर बनाये रखते हैं, जैसी कि उनके माता-पिता के पास थीं। वे हूबहू उनकी कार्बन प्रतिलिपि बन जाते है। यह बहुत विनाशकारी हैं। और बच्चों के लिए कुछ भी

अन्य चीज़ करने का वहां कोई दूसरा रास्ता भी नहीं है, और उनके पास सूचना का कोई अन्य स्त्रोत भी नहीं हैं।

यदि एक कम्यून में सौ लोग एक साथ रहते हैं, तो वहां कई सदस्य पुरुष होंगें और कई सदस्य स्त्रियां होंगीं और बच्चे को एक शैली के जीवन के साथ आविष्ट होकर स्थायी रूप से जड़ बनकर रहने की ज़रूरत नहीं होगी। वह अपने पिता से सीख सकता है, वह अपने चाचाओं से सीख सकता है, वह कम्यून के सभी पुरुषों से सीख सकता हैं। उसके पास एक विशाल आत्मा होगी।

परिवार, व्यक्तियों को कुचल देते हैं, पीस देते हैं और उन्हें बहुत छोटी सी आत्मा देते हैं। कम्यून के समुदाय में बच्चे के पास एक विशाल आत्मा होगी, उसके पास कहीं अधिक सम्भावनाएं होंगीं और वह अपने अस्तित्व में कहीं अधिक समृद्ध होगा। वह बहुत सी स्त्रियों को देखेगा, उसके पास केवल एक स्त्री का ही विचार न होगा। केवल एक स्त्री का ही विचार पास होना बहुत विनाशकारी होता है – क्योंकि तुम अपने पूरे जीवन भी अपनी मां के लिए ही खोज पर खोज किये चले जाओगे। तुम जब भी किसी स्त्री के साथ प्रेम करोगे, तो निरीक्षण करना, इस बारे में हर संभावना इसी बात की है कि तुम किसी ऐसी स्त्री को खोज लोगे, जो तुम्हारी मां जैसी ही हो, और यही वह चीज़ है जिससे तुम्हें बचना चाहिए, या दूर रहना चाहिए।

प्रत्येक बच्चे को अपनी मां पर क्रोध आता है, क्योंकि मां कई चीज़ों का निषेध करती है, मां को नहीं कहना ही पड़ता है – इससे बचा नहीं जा सकता। कभी-कभी एक अच्छी और उदार मां को भी 'न' कहना ही पड़ता है। उसे रोक लगानी होती है अथवा इनकार करना पड़ता है। बच्चा क्रोध और उन्माद का अनुभव करता है वह मां के प्रति घृणा से भर जाता है और साथ ही साथ मां से प्रेम भी करता है क्योंकि उसी से उसका जीवन है, वही उसके जीवन का स्त्रोत और ऊर्जा है इसलिए वह मां से प्रेम और घृणा दोनों एक साथ करता है। और यही उसका ढंग, एक ढांचा बन जाता है। तुम जिस स्त्री से प्रेम करोगे, उसी स्त्री से घृणा भी करोगे। और तुम्हारे पास कोई दूसरी अन्य तरह का चुनाव होता ही नहीं है। तुम हमेशा अपनी मां को अचेतन रूप से हर स्त्री में खोजते ही रहोगे। और ऐसा ही स्त्री के भी साथ होता है, वे पुरुष में अपने पिता को खोजती रहती हैं। उनके पूरे जीवन की खोज, अपने पति में पिता को पाने की तलाश होती है। अब तुम्हारे पिता ही संसार भर में केवल एक आदर्श व्यक्ति नहीं हैं, संसार बहुत अधिक समृद्ध है। और वास्तव में यदि तुम अपने पति में अपने पिता को पा भी लो, तो तुम खुश नहीं होगी। तुम खुश तो एक प्रेमी के साथ ही हो सकती हो,

अपने पिता के साथ नहीं। यदि तुम स्त्री में अपनी मां को पा सकते हो, तो तुम उसके साथ खुश नहीं रहोगे। तुम उसे पहिले ही से जानते हो, वहां कुछ भी नया अन्वेषण करने जैसा है ही नहीं। वह पूर्ण परिचत है और सुपरिचित संबंध से नई नस्ल के बच्चे तिरस्कृत योग्य उत्पन्न होते हैं। तुम्हें किसी नूतन व्यक्ति की खोज करनी चाहिए, लेकिन तुम्हारे पास उसकी कोई विशिष्ट छवि न हो।

कम्यून में एक बच्चे के पास एक समृद्ध आत्मा होगी। वह बहुत सी स्त्रियों को जानेगा, वह बहुत से पुरुषों को जानेगा, वह केवल एक या दो व्यक्तियों का आदी नहीं बनेगा।

परिवार तुम्हारे अंदर एक आवेश उत्पन्न करता है और यह आविष्ट दशा मनुष्यता के विरुद्ध है। यदि तुम्हारे पिता किसी व्यक्ति के साथ लड़-झगड़ रहे हैं, और तुम देख रहे हो कि वह गलत हैं, तो भी तुम्हें कोई फर्क नहीं पड़ता है – तुम्हें अपने पिता के ही साथ रहकर उनकी तरफदारी करनी पड़ेगी। जैसा कि लोग कहते हैं – गलत हो या सही, मेरा देश तो मेरा अपना देश है, इसीलिए वे कहते हैं – मेरा पिता आखिर मेरा पिता है, वह ठीक हो या गलत। मेरी मां तो मेरी मां हैं, मुझे उसके साथ रहना ही है, अन्यथा यह उसके साथ धोखा करना होगा।

यह तुम्हें गलत और अन्यायपूर्ण होना सिखलाता है तुम देख सकते हो कि तुम्हारी मां गलती पर है ओर वह पड़ोसिन के साथ झगड़ा कर रही है, और पड़ोसिन बिल्कुल ठीक है – लेकिन तुम्हे मां का साथ देना ही होगा। यह एक अन्यायपूर्ण जीवन जीने का प्रशिक्षण है।

कम्यून में तुम किसी परिवार के प्रति बहुत अधिक आसक्त नहीं रहोगे – वहां आसक्त बनाने के लिए कोई भी परिवार होंगे ही नहीं। तुम कहीं अधिक स्वतंत्र और कहीं कम आविष्ट बनकर रहोगे। तुम न्यायपूर्ण बनकर रहोगे। और तुम्हें बहुत से स्रोतों से प्रेम मिलेगा। तुम अनुभव करोगे कि जीवन बहुत प्रेमपूर्ण है। परिवार तुम्हें समाज और दूसरे परिवारों के साथ एक तरह का संघर्ष करना सिखलाता है। परिवार की मांग एकाधिकार की होती है। वह तुमसे सभी से विरुद्ध अपने पक्ष में बने रहने की मांग करता है। तुम्हें परिवार की सेवा में बने रहना होगा। तुम्हें परिवार के नाम और प्रसिद्धि के लिए संघर्ष करना होगा। परिवार तुम्हें महत्वाकांक्षा, संघर्ष और आक्रामकता सिखलाती है। कम्यून के अंदर तुम कहीं कम आक्रामक होगे, तुम संसार के साथ कहीं अधिक सुविधा और सुगमता से रहोगे, क्योंकि तुमने बहुत से व्यक्तियों को जाना हैं।

यही है वह, जो मैं यहां सृजित करने जा रहा हूं – एक ऐसी कम्यून, जहां

सभी मित्र बनकर रहेंगे। पतियों और पत्नियों को भी मित्रों से अधिक बनकर नहीं रहना चाहिए। उनका विवाह भी दो के मध्य ठीक एक समझोते की तरह होना चाहिए – कि उन्होंने साथ-साथ रहने का निर्णय इसलिए लिया है क्योंकि वे एक दूसरे के साथ खुश हैं। जिस क्षण उनमें से कोई भी एक इस निर्णय पर पहुंचता है कि उनके मध्य अप्रसन्नता आने लगी है, तब वे एक दूसरे से अलग हो जाते हैं। वहां किसी तलाक की कोई ज़रूरत नहीं होती, क्योंकि वहां कोई विवाह भी नहीं हुआ था। न वहां विवाह होता है और न तलाक। प्रत्येक सहज और स्वाभाविक बनकर जीता है।

जब तुम दुःखी बनकर जीते हो, तो धीरे-धीरे तुम दुःखों के अभ्यस्त बनते जाते हो। कभी भी किसी व्यक्ति को एक क्षण के लिए भी किसी दुःख को बरदाश्त नहीं करना चाहिए। अतीत में एक पुरुष के साथ, एक स्त्री का जीवन बिताना अच्छा और प्रसन्नता से भरा, हो सकता है ठीक रहा हो, लेकिन यदि अब वह और आनंदपूर्ण नहीं रह गया है, तो तुम्हें बाहर निकल जाना चाहिए। और इस बारे में क्रोधित होने और विध्वंसक बनने की भी कोई आवश्यकता नहीं है, और न इस बारे में ईर्ष्या और असंतोष साथ ढोने की ज़रूरत है – क्योंकि प्रेम के बाबत कुछ भी नहीं किया जा सकता। प्रेम तो हवा के एक झोंके की तरह होता है। तुम देखते हो... वह बस आता है। यदि वह वहां है, तो वहां है। तब वह चला जाता है। और जब वह जाता है तो जाता है। प्रेम एक रहस्य है, तुम उसे नियंत्रित नहीं कर सकते। प्रेम को नियंत्रित करना भी नहीं चाहिए, प्रेम को विधि सम्मत पर वैध होना भी नहीं चाहिए। और किन्हीं भी कारणों से उसे विवश नहीं होना चाहिए।

कम्यून में लोग एक दूसरे के साथ किसी और कारण से नहीं, आनंदपूर्वक साथ-साथ रहने के लिए, रहते हैं और जब आनंद विलुप्त हो जाता है, वे पृथक हो जाते है। वे उदासी का अनुभव कर सकते हैं, लेकिन उन्हें अलग हो जाना होता है। हो सकता है अतीत की भावुक स्मृति उनके मन में अभी भी डोल रहीं हो, लेकिन उन्हें पृथक हो जाना है। वे एक दूसरे के अहसानमंद होते हैं कि उन्हें दुःख में नहीं रहना चाहिए, अन्यथा दुःख एक आदत बन जाते हैं। वे भरे हृदय से एक दूसरे से जुदा होते हैं, लेकिन बिना किसी असंतोष और ईर्ष्या के साथ। वे दूसरे साथी खोज लेंगे।

जैसा अभी तक अतीत में होता आया हैं, भविष्य में वहां विवाह होंगे ही नहीं और जैसा कि अतीत में होता रहा है, वैसा कोई तलाक भी नहीं होगा। जीवन कहीं अधिक तरल और विश्वसनीय होगा। कानून की स्पष्ट व्याख्याओं

कोर्ट, कचहरी, पुलिस, पुरोहित और पादरी आदि अन्य किसी चीज़ की अपेक्षा, जीवन के रहस्यों में उनकी कहीं अधिक श्रद्धा होगी। और बच्चे, सभी के कहे जाना चाहिए – और उन्हें अपने परिवारों के बिल्ले लगाकर नहीं चलना चाहिए। वे सभी कम्यून के होंगे और वही उनकी पूरी देखभाल करेगी।

मनुष्य जाति के इतिहास में यह सबसे अधिक क्रांतिकारी कदम होगा – जब लोग कम्यूनों में रहना शुरू करेंगे, जब वे सच्चे, ईमानदार, और विश्वसनीय बनना शुरू होंगें और जब वे अधिक से अधिक नियमों और कानून को छोड़ने चले जायेंगे।

एक परिवार में देर या सबेर, प्रेम विलुप्त हो जाता है। पहिली बात तो यह कि हो सकता हैं वह शुरू से ही बिल्कुल रहा ही न हो। हो सकता है कि वह माता-पिता की व्यवस्था से अन्य दूसरे उद्देश्यों जैसे धन, प्रतिष्ठा और शक्ति आदि की खातिर हुआ हो। हो सकता हैं बिल्कुल प्रारंभ से ही वहां प्रेम जैसी कोई चीज़ रही ही न हो। तब बच्चे भी विवाह बंधन के कारण उत्पन्न हुए हैं, जो एक व्यवधान जैसा ही है, क्योंकि बच्चे प्रेम का परिणाम नहीं हैं। बिल्कुल प्रारंभ ही से वे मरुस्थल जैसे शुष्क हो गये हैं। और घर में यह अप्रेम की स्थिति उन्हें सुस्त, एक रस और अप्रेम पूर्ण बना देती है। वे अपने जीवन का पहिला पाठ अपने माता-पिता से ही सीखते हैं और माता-पिता प्रेमपूर्ण नहीं हैं और वहां उनके मध्य निरंतर ईर्ष्या, संघर्ष और क्रोध है और बच्चे अपने माता-पिता के कुरूप चेहरे निरंतर देखते हुए ही बड़े होते हैं।

उनकी प्रामाणिक आशा नष्ट हो जाती है। वे यह विश्वास ही नहीं कर सकते कि यदि उनके माता-पिता के जीवन में प्रेम नहीं घटा, तो उनके जीवन में फिर प्रेम कैसे घटेगा? और वे दूसरे परिवारों और अन्य अभिभावकों को भी देखते हैं। बच्चे बहुत समझदार होते हैं, वे अपने चारों ओर सभी कुछ देखते और निरीक्षण करते रहते हैं। जब वे देखते हैं कि यहां प्रेम की कोई सम्भावना ही नहीं है, तो वो यह अनुभव करना शुरू कर देते हैं कि प्रेम केवल कविताओं में है, उसका अस्तित्व केवल कवियों की कल्पना में है, और वास्तविक जीवन में वह है ही नहीं। और एक बार तुमने इस विचार को पकड़ या सीख लिया कि प्रेम केवल कविताओं में है, तब यह कभी भी घटेगा नहीं, क्योंकि तुमने अपने द्वार उसके लिए बंद कर लिए हैं।

यह समझना और देखना कि प्रेम घटता है, तुम्हारे अपने आने वाले जीवन में उसे घटने देने के लिए, उसे देखना ही एक मात्र उपाय है। यदि तुम अपने माता-पिता को गहरे प्रेम में एक दूसरे की फिक्र और देखभाल करते, एक दूसरे

के प्रति करुणा और सम्मान से व्यवहार करते हुए देखते हो – तब तुमने प्रेम को घटते हुए देख लिया। तब आशा उंमगती है। तुम्हारे हृदय की भूमि में एक बीज जा गिरता है और तब वह अंकुरित होना शुरू हो जाता है। तुम जानते हो कि वह तुम्हारे जीवन में भी घटने जा रहा है।

यदि तुमने कभी प्रेम को घटते हुए देखा ही नहीं है, तो तुम कैसे विश्वास कर सकते हो कि वह तुम्हें भी घटने जा रहा है? यदि वह तुम्हारे माता-पिता के जीवन में नहीं घटा, फिर वह कैसे तुम्हें घट सकता है? वास्तव में तुम उसे घटने से रोकने के लिए हर संभव प्रयास करोगे – नहीं तो वह तुम्हें अपने माता-पिता के प्रति एक गद्दारी करने जैसा लगेगा, लोगों को देखते हुए यह मेरा अपना निरीक्षण हैः स्त्रियां अपने गहरे अचेतन में यह कहे चली जाती हैं – देखो मम्मी! मैं भी उतनी ही भुगत रही हूं जितनी तुमने भुगती है।' लड़के भी समय आने पर स्वयं ही से कहे चले जायेंगे – पापा। फिक्र मत करो, मेरा जीवन भी उतना ही वेदनामय है जितना कि आपका था। मैंने उसका अतिक्रमण नहीं किया है। मैंने आपसे गद्दारी नहीं की है। मैं भी वैसा ही दुःखी व्यक्ति बना रह गया जैसे कि आप थे। मैं उस श्रृंखला और परम्परा को आगे बढ़ा रहा हूं। मैं आपका ही प्रतिनिधि हूं, पापा। मैंने आपसे विश्वासघात नहीं किया है। देखिए, मैं भी ठीक वैसा ही कर रहा हूं, जैसा आप मां के साथ किया करते थे – मैं भी अपने बच्चों की मां के साथ वही कर रहा हूं। और जो व्यवहार मेरे साथ किया करते थे, मैं भी बच्चों के साथ वैसा ही व्यवहार कर रहा हूं। मैं भी उनका पालन-पोषण ठीक उसी तरह कर रहा हूं, जिस तरह से आपने मेरा किया था।'

अब बच्चों के पालन पोषण वेसा ही करने का विचार ही अर्थहीन है। तुम अधिक से अधिक उनकी सहायता कर सकते हो, तुम उनका पालन-पोषण नहीं कर सकते। इसी तरह के निर्माण करने का विचार भी अर्थहीन है – न केवल अर्थहीन, वह बहुत हानिकारक है, अत्यधिक नुकसान दायक है। तुम उसका निर्माण नहीं कर सकते... एक बच्चा कोई वस्तु नहीं है, वह एक मकान की भांति नहीं है। एक बच्चा तो एक वृक्ष की भांति होता हैं। हां, तुम उसके विकसित होने में सहायता कर सकते हो। तुम उसके लिए भूमि तैयार कर सकते हो, तुम उसमें खाद डाल सकते हो, तुम उसे सींच सकते हो, तुम यह निरीक्षण कर सकते हो कि पौधे को धूप मिल रही है अथवा नहीं – बस, तुम केवल यही सब कुछ कर सकते हो। लेकिन यह ऐसा नहीं है कि तुम पौधे का निर्माण कर रहे हो, वह तो स्वयं अपने से स्वतः हो रहा हैं। तुम सहायता कर सकते हो, लेकिन तुम उसको बड़ा नहीं कर सकते और न तुम उसका निर्माण कर सकते हो।

बच्चे अत्यधिक रहस्यात्मक है। जिस क्षण तुम उनका निर्माण करना शुरू करते हो, जिस क्षण तुम उनके चारों ओर चरित्रों के नमूने सृजित करना शुरू करते हो, तो तुम उन्हें बंदी बना रहे हो। वे इसके लिए तुम्हें कभी भी माफ नहीं करेंगे। और केवल एक ढंग है, जिससे वे सीखेंगे। और वे अपने बच्चों के साथ भी ठीक वैसा ही व्यवहार करेंगे और इसी तरह यह क्रम आगे भी चलता रहेगा। हर पीढ़ी इस पृथ्वी पर आने वाले नये लोगों को यही मानसिक रोग दिए चले जा रही है। और यह समाज अपने पूरे पागलपन और दुःखों के साथ मजबूती से खड़ा है। वहीं, अब एक अलग तरह की चीज़ की ज़रूरत है। मनुष्य आज जिस युग में जी रहा है, उसमें परिवार जैसी चीज़ अब एक बीते दिनों की बात बनकर रह गई है, और वास्तव में उसका कोई भी भविष्य नहीं है। कम्यून ही एक ऐसी चीज़ होगी जो परिवार का स्थान ले सकती है, और यह व्यवस्था कहीं अधिक लाभप्रद होगी।

लेकिन एक कम्यून में केवल ध्यानी व्यक्ति ही एक साथ रह सकते हैं। तुम केवल तभी एक साथ रह सकते हो, जब तुम यह जान लो कि जीवन को कैसे उत्सवपूर्ण होकर जिया जाए, तुम तभी साथ-साथ रह सकते हो, जब तुम उस अंतराल को जान लो जिसे मैं ध्यान कहता हूं, तुम केवल तभी प्रेमपूर्ण हो सकते हो। एकाधिकार रखने वाले पुराने व्यर्थहीन प्रेम को छोड़ देना पड़ेगा, केवल तभी तुम कम्यून में रह सकते हो। यदि तुम स्त्री पर एकाधिकार वाले उन्हीं पुराने विचारों को ढोये चले जाओगे कि तुम्हारी पत्नी को किसी अन्य व्यक्ति का हाथ नहीं पकड़ना चाहिए और तुम्हारे पति को किसी अन्य स्त्री के साथ-परिहास नहीं करना चाहिए, यदि तुम अपने मन में इन व्यर्थ की चीज़ों को ढोते रहे, तब तुम कम्यून के भाग नहीं बन सकते हो।

यदि तुम्हारा पति किसी स्त्री के साथ हंस रहा हैं तो यह बहुत अच्छी बात है। तुम्हारा पति हंस रहा है – हंसना हमेशा अच्छा होता है, वह किसके साथ हो रहा है, इससे कोई फर्क नहीं पड़ता। हंसना बहुत अच्छा है, हंसना बहुत मूल्यवान है। यदि तुम्हारी पत्नी किसी दूसरे व्यक्ति का हाथ थामे हुए है...तो यह अच्छी बात है। दोनों के मध्य ऊष्मा प्रवाहित हो रही है – ऊष्मा का प्रवाह, एक अच्छी बात है, यह चीज़ कुछ मूल्य रखती है – यह किसके साथ हो रहा है, यह बात अर्थहीन है। और यदि ऐसा तुम्हारी स्त्री का कई व्यक्तियों के साथ हो रहा है तो ऐसा तुम्हारे साथ भी हो सकता है। यदि किसी व्यक्ति के साथ ऐसा होने पर रोक लगाई जाती है, तो यह रोक तुम पर भी लगने जा रही है। यह पुरानी धारणा पूरी तरह मूढ़तापूर्ण है।

यह ऐसा ही है कि जैसे जिस क्षण तुम्हारा पति घर से बाहर जाता है और तुम उससे कहो – कहीं और तुम सांस भी मत लेना, और जब तुम घर वापस लौटो तो तुम मेरे साथ ही सांस ले सकते हो। बाहर अपनी सांस रोके ही रहना, एक योगी बन जाना। मैं नहीं चाहती कि तुम कहीं अन्य स्थान पर सांस लो? अब यह बात ही बेवकूफी भरी लगती है लेकिन तब प्रेम को भी सांस की तरह क्यों नहीं होना चाहिए। प्रेम करना, सांस लेने जैसा है।

श्वास ही शरीर का जीवन है, और प्रेम है आत्मा का जीवन। यह सांस लेने से भी कहीं अधिक महत्वपूर्ण है। अब जब तुम्हारा पति घर से बाहर जाये, और तुम इज़्ज़त का प्रश्न बनाकर उससे कहो – कि उसे किसी भी व्यक्ति के साथ हंसना नहीं चाहिए, कम से कम किसी स्त्री के साथ तो हरगिज़ भी नहीं, उसके सिवा किसी अन्य के प्रति प्रेमपूर्ण होना ही नहीं चाहिए, इसलिए वह तेईस घंटे तक तो अप्रेमपूर्ण बनकर रहता है, तब एक घंटे के लिए जब वह तुम्हारे साथ बिस्तर पर होता है, वह प्रेम करने का बहाना बनाता है। तुमने उसके प्रेम का हत्या कर दी। अब वह प्रवाहित ही नहीं हो रहा है। यदि उसे तेईस घंटे तक योगी बनकर अपने को प्रेम करने से रोककर भयभीत बने रहना होगा, तो क्या तुम सोचती हो, कि वह अचानक एक घंटे के लिए विश्राममय हो सकता है? यह असंभव है। तुम पुरुष के व्यक्ति को क्षत-विक्षत कर देती हो, तुम स्त्री के व्यक्तित्व को नष्ट कर देते हो, और तुम्हारी प्रेम की भूख मर जाती है, तुम उससे ऊब जाते हो। तब तुम यह अनुभव करना शुरू कर देते हो 'यह मुझसे प्रेम नहीं करता।' और यह तुम ही हो, जिसने यह पूरी स्थिति सृजित की है। और तब वह भी यह अनुभव करने लग जाता है कि तुम उसे प्रेम नहीं करती और तुम फिर उतने प्रसन्न अब और नहीं हो पाते जितने कि इससे पूर्व कभी हुआ करते थे।

जब लोग समुद्र तट पर मिलते हैं, जब वह किसी उद्यान में मिलते हैं, अथवा जब वह किसी विशिष्ट तिथि पर प्रेम करने के लिए मुलाकात करते हैं, तो कुछ भी पहिले से तय नहीं होता ओर चीज़ें तरल होती हैं, और दोनों ही प्रसन्न रहते हैं। क्यों? क्योंकि वे स्वतंत्र हैं। मुक्त गगन में उड़ता हुआ पक्षी, कुछ बात ही अलग है और वही पक्षी जब पिंजरे में बंद हो, तो कुछ और ही बात हो जाती है। वे दोनों प्रसन्न हैं। क्योंकि वे स्वतंत्र हैं।

बिना स्वतंत्रता के मनुष्य प्रसन्न नहीं हो सकता, और तुम्हारे परिवार के पुराने ढांचे ने स्वतंत्रता को ध्वस्त कर दिया है। और चूंकि उसने स्वतंत्रता को ध्वस्त कर दिया है उसने प्रसन्नता और प्रेम को भी मिटा दिया है। यह एक तरह से मरकर फिर से जीने का उपाय मात्र है। हां, किसी तरह से उस व्यवस्था ने शरीर

को तो बचा लिया है, लेकिन आत्मा को नष्ट कर दिया है। अब उसकी उन्हें कोई आवश्यकता ही नहीं है। हमें आत्मा को भी बचाना है, उसकी सुरक्षा करनी है। यह कहीं अधिक सारभूत और कहीं अधिक महत्वपूर्ण बात है।

अब परिवार के लिए कोई भविष्य नहीं है, इस अर्थ में नहीं कि उसे अब समझ-बूझ लिया गया है। इस बारे में भविष्य है प्रेम और प्रेम संबंधों के लिए। पति और पत्नी जैसे शब्द अब गंदे और कुरूप बनते जा रहे हैं।

और जब भी तुम स्त्री अथवा पुरुष पर एकाधिकार जमाते हो, तो स्वाभाविक रूप से बच्चों पर भी एकाधिकार स्थापित करते हो। मैं थामस गोर्डन से पूरी तरह सहमत हूं। वह कहता है – "मैं सोचता हूं कि सभी माता-पिता अपने बच्चों के साथ दुर्व्यवहार करने में अपनी शक्ति का प्रयोग करते हैं क्योंकि उनका बुनियादी ढंग शक्ति और अधिकार के द्वारा बच्चों को ऊपर उठाना है। मेरे ख्याल में यह विचार बहुत विनाशकारी है, जबकि बहुत से अभिभावकों का विचार है – यह मेरा अपना बच्चा है, मैं अपने बच्चे के साथ जैसा भी व्यवहार करना चाहूं कर सकता हूं।" इस विचार का होना बहुत हिसंक और आक्रामक है : "यह मेरा बच्चा है, और इसके साथ जैसा भी व्यवहार करना चाहूं, कर सकता हूं।"

एक बच्चा एक वस्तु नहीं है, वह एक कुर्सी नहीं है, वह एक कार नहीं है। तुम उसके साथ जो कुछ भी करना चाहो, नहीं कर सकते हो। वह तुम्हारे द्वारा अवश्य ही जन्म लेता है, पर वह तुम्हारा भाग नहीं है। वह परमात्मा का है, वह अस्तित्व का है। तुम अधिक से अधिक उसकी देखभाल करने वाले हो, इससे वह तुम्हारी सम्पत्ति नहीं बन जाता।

लेकिन परिवार की पूरी धारणा ही सम्पत्ति की भांति उन पर अधिकार स्थापित करने की है। सम्पत्ति पर अधिकार, स्त्री पर अधिकार, पुरुष पर अधिकार और बच्चों पर अधिकार और नियंत्रण, यह नियंत्रण और अधिकार का विचार विष तुल्य है। इसीलिए मैं परिवार के विरुद्ध हूं। लेकिन यह नहीं कह रहा हूं, कि वे व्यक्ति जो वास्तव में अपने परिवारों में प्रसन्न हैं, जो प्रेमपूर्ण जीवंत और प्रवाहमान हैं, उन परिवारों को भी मिटा देना है। नहीं, इसकी कोई भी आवश्यकता नहीं है। उनका परिवार पहिले ही से एक कम्यून है, एक बहुत छोटा कम्यून।

और वास्तव में एक वृहद कम्यून कहीं अधिक श्रेष्ठ होगी, उसमें कहीं अधिक व्यक्ति होंगे और उसकी सम्भावनाएं भी कहीं अधिक होंगी। भिन्न-भिन्न भांति के लोग, भिन्न-भिन्न तरह के गीत और संगीत लाते हैं, अलग तरह के लोग अलग तरह की जीवन शैली अपने साथ लाते हैं, भिन्न-भिन्न भांति के लोग भिन्न-भिन्न सांसें और हवाएं अपने साथ लाते हैं, भिन्न तरह के लोग अलग तरह की रोशनी

की किरणें अपने साथ लाते हैं – और बच्चों को जितनी भी अधिक जीवन शैलियों के झरनों के नीचे फुहारें लेना संभव हो सके, उन्हें उसका आनंद लेना चाहिए, वे जिस जीवन शैली को चुनना चाहें, उसे चुनने की उन्हें पूरी स्वतंत्रता होना चाहिए।

और वे केवल अपनी मां के चेहरे अथवा मां की जीवन शैली से ही आविष्ट होकर नहीं रहेंगे, उन्हें बहुत सी स्त्रियों को जानकर उनके गुणों से समृद्ध बनना चाहिए। तभी वे बहुत सी स्त्रियों अथवा बहुत से पुरुषों से प्रेम करने योग्य बन सकेंगे। जीवन एक साहसिक अभियान से कहीं अधिक रोमांचकारी होगा।

मैंने सुना है...

एक मां अपने लड़के को डिपार्टमेंटल स्टोर, में खिलौनों के कक्ष में ले गईं उसका लड़का एक बहुत विशाल आगे पीछे हिलने वाले घोड़े के खिलौने पर चढ़कर बैठ गया और लगभग एक घंटे तक आगे पीछे झूलता रहा ।

मां ने उससे कई बार कहा – "नीचे आ जाओ बेटे। मुझे घर चलकर तेरे पापा के लिए रात का भोजन तैयार करना है" लेकिन लड़के ने घोड़े से हटकर अलग होने से इनकार कर दिया। उसके सभी प्रयास व्यर्थ सिद्ध हुए। उस विभाग के मैंनेजर ने उस छोटे लड़के को बहलाने-फुसलाने की बहुत कोशिश की पर उसे भी कोई सफलता न मिली। अंत में निराश होकर उन लोगों ने स्टोर में कार्यरत मनोचिकित्सक को बुलवाया।

आहिस्ता से चलता हुआ वह लड़के के पास पहुंचा और उसके कान से मुंह लगाकर थोड़े से शब्द बुदबुदाये और वह लड़का तुरंत घोड़े से उछल कर मां की ओर दौड़ा।

मां ने आश्चर्ययुक्त अविश्वास से पूछा – "आपने आखिर यह काम किया कैसे? आपने उससे कहा क्या?"

एक क्षण के लिए वह मनोचिकित्सक कुछ हिचकिचाया, फिर उसने कहा – 'जो कुछ मैंने उससे कहा, वह बस इतना था – 'यदि तुम इस आगे पीछे हिलने वाले घोड़े से तुरंत नीचे न उतरे तो बेटे! मैं इसके अंदर भरी दम घोंटने वाली गैस का बटन दबा दूंगा।'

लोग देर-सवेर सीख ही जाते हैं, क्योंकि भय काम करता है, अधिकार और शक्ति काम करते हैं। और बच्चे इतने अधिक असहाय होते हैं और वे अपने

अभिभावकों पर इतने अधिक आश्रित होते हैं कि तुम उन्हें भयभीत कर सकते हो। उनका शोषण करने और उन्हें दबाने की वह तुम्हारी कार्यविधि बन जाती है कि वे उससे बाहर कहीं नहीं जा सकते।

कम्यून में उनके जाने के लिए बहुत से स्थान होंगे। उनके बहुत से 'अंकिल' और बहुत सी 'आंटी' होंगी, और अन्य बहुत से लोग होंगे – वे लोग तब इतने अधिक असहाय नहीं होंगे। तब वे तुम्हारे हाथों में इस तरह नहीं खेलेंगे, जैसे कि ठीक अभी खेलते और नाचते हैं। तब वे कम असहाय होंगे और उनके पास कहीं अधिक स्वतंत्रता होगी। तुम इतनी आसानी से फिर उन्हें बलात, विवश बनाने में समर्थ न हो सकोगे।

और बच्चे, जो सभी कुछ अपने घरों में देखते हैं वह है पीड़ा, वेदना और दुःख। कभी-कभी, हां मैं जानता हूं कभी पति और कभी पत्नी आपस में प्रेम भी करते हैं, लेकिन जब भी वे प्रेम करते हैं तो हमेशा गुप्त रूप से, सभी से छिपाकर। बच्चे इस के बारे में नहीं जान पाते। बच्चे तो उनके कुरूप चेहरे और उनके जीवन का कुरूप पक्ष ही देख पाते हैं। जब भी उनके माता और पिता प्रेम करते हैं तो प्रेम भी बंद दरवाजे के पीछे करते हैं। वे खामोशी बनाये रखते हैं, वे बच्चों को कभी यह देखने की अनुमति नहीं देते कि प्रेम क्या होता है। बच्चे केवल उनका संघर्ष देखते हैं, लड़ना-झगड़ना और एक दूसरे पर प्रहार करना देखते हैं, वे स्थूल और सूक्ष्म ढंगों से एक दूसरे का अपमान और एक दूसरे की अवमानना करते हुए देखते हैं। जो कुछ भी घरों में घटता है, बच्चे उसे निरंतर देखते रहते हैं।

एक पुरुष अपने सोने के कमरे में बैठा हुआ अखबार पढ़ रहा है, तभी उसकी पत्नी वहां आती है और उसके तमाचा मारती है।

क्रोधित होकर पति ने पूछा – "यह आखिर किस ख़ता पर?"

– "यह है प्रेम में निराश करने वाले प्रेमी होने की खातिर"

कुछ ही देर बाद पति उठकर वहां जाता है जहां उसकी पत्नी बैठी हुई टी.वी. देख रही है और वह उसे प्रतिध्वनि उत्पन्न करने वाला एक झन्नाटेदार तमाचा जड़ता है।"

वह उसकी ओर देखती और चिल्लाती हुई बोली – "यह मेरी किस खता पर मारा?"

इसका उसने उत्तर दिया – "यह था फर्क जानने के लिए, कि तेरे और मेरे तमाचे में फर्क क्या है?"

यही सब कुछ चले चला जाता है और बच्चे जो कुछ हो रहा है उसका निरीक्षण किये चले जाते हैं। क्या यही जीवन है? जीवन का जो अर्थ है, क्या वह यही है? क्या वहां यही सभी कुछ है? वे आशा खोने लगते हैं। इसके पहिले, वे अपनी असफलता स्वीकार कर चुके होते हैं, यदि उनके माता-पिता जो इतने अधिक बुद्धिमान और शक्तिशाली हैं, जब वे ही सफल नहीं हो सकते हैं, तो फिर इस बारे में वे स्वयं से क्या आशा कर सकते हैं? यह असंभव है।

और उन्होंने तरकीबें सीख ली हैं – दुःखी बनने की तरकीबें, आक्रामक होने की तरकीबें। बच्चे माता-पिता को प्रेम करते हुए कभी देख नहीं पाते। कम्यून में इसे देखने की वहां अधिक सम्भावनाएं है। प्रेम को थोड़ा सा कुछ और खुले में आना चाहिए। लोगों को जानना चाहिए कि प्रेम कैसे घटता है। छोटे बच्चों को जानना चाहिए कि प्रेम क्या है। उन्हें लोगों को एक दूसरे की देखभाल करते हुए देखना चाहिए।

यहां इस आश्रम में लोग, खासतौर से भारतीय मेरे पास आकर कहते हैं – "ऐसा यह क्यों हो रहा है? संन्यासी एक दूसरे के प्रति इतने अधिक प्रेम का प्रदर्शन खुले आम क्यों कर रहे हैं?" यह उन्हें कष्ट पहुंचाता है। ठेस लगती है उन्हें। उनकी सभी समस्याओं में यह समस्या ही सबसे अधिक बड़ी समस्या है।

कुछ ही दिनों पूर्व एक पत्रिका मेरे सामने आई – एक मराठी पत्रिका – और उसमें एक व्यक्ति ने मेरे विरुद्ध एक लेख लिखा था। उसने लिखा था – और तो हर चीज़ यहां ठीक है, लेकिन मैं यह समझ नहीं पाता... जब भगवान अपने प्रवचन के बाद चले जाते हैं, तो वहां बहुत अधिक आलिंगन और चुंबन होते हैं – यह चीज़ बहुत भद्दी है।

यह केवल एक व्यक्ति का ही विचार नहीं है – यह बहुत प्राचीन विचार है, बहुत पुराना विचार। यह विचार है, कि सार्वजनिक रूप से आपस में लड़-झगड़ तो सकते हो, लेकिन तुम सार्वजनिक रूप से प्रेमपूर्ण नहीं हो सकते हो। लड़ना-झगड़ना ठीक हैं। तुम किसी की हत्या भी कर सकते हो, उसकी भी अनुमति है।

वास्तव में जब दो व्यक्ति आपस में लड़-झगड़ रहे हों, तो वहां एक भीड़ खड़ी तमाशा देख रही है, और प्रत्येक उसका मज़ा ले रहा है। यही कारण है हत्या, अपराध, रोमांच आदि की साहसी कहानियां पढ़कर लोग उनका मज़ा लेते हैं। हत्या

करने की अनुमति है, पर प्रेम करने की अनुमति नहीं है। यदि तुम सार्वजनिक रूप से प्रेम कर रहे हो तो इसे अश्लीलता समझा जाता है। अब यह बात मूर्खतापूर्ण है। प्रेम अश्लील है और हत्या अश्लील नहीं है? सभी के सामने प्रेमी प्रेमिका प्रेमपूर्ण स्थिति में नहीं हो सकते और सेनापति तथा कमांडर सार्वजनिक रूप से टहलते हुए अपने पदकों का प्रदर्शन कर सकते हैं – ये लोग हत्यारे हैं और यह पदक उन्हें हत्याएं करने के लिए ही दिए हुए हैं। यह पदक यह दिखलाते हैं कि उन्होंने कितनी अधिक हत्याएं की हैं और उन्होंने कितने लोगों को जान से मारा है। यह चीज़ अश्लील नहीं है। इस चीज़ को तो अश्लील होना ही चाहिए। किसी भी व्यक्ति को सार्वजनिक रूप से लड़ने-झगड़ने की अनुमति नहीं दी जानी चाहिए। यह कुत्सित है, हिंसा कुत्सित है। प्रेम कैसे कुत्सित या अश्लील हो सकता है? लेकिन ऐसा सोचा जाता हैं कि प्रेम करना कुत्सित है, और तुम्हें उसे छिपाकर अंधेरे में करना चाहिए। तुम्हें प्रेम इस तरह करना चाहिए जिससे कोई भी उसे जाने नहीं। तुम्हें प्रेम चोरी-छिपे खामोशी से करना चाहिए। कि...

स्वाभाविक रूप से तुम उसका अधिक आनंद नहीं ले सकते। और लोग इसके प्रति सचेत नहीं हो पाते कि प्रेम क्या होता है। विशेष रूप से बच्चों के लिए यह जानने का कोई रास्ता नहीं होता कि प्रेम आखिर क्या होता है।

अधिक श्रेष्ठ संसार में, कहीं अधिक समझ के साथ, वहां प्रेम सभी जगह व्याप्त होगा। बच्चे देखेंगे कि एक दूसरे की परिचय, फिक्र और देख-रेख कैसी होती है। बच्चे समझेंगें कि जब तुम किसी की फिक्र और देखभाल करते हो, तो वह चीज़ कितना आनंद देती है। तुम इसे यहां घटते देख सकते हो। तुम देख सकते हो कि छोटा सिद्धार्थ एक लड़की का हाथ बहुत अधिक प्रेम और सावधानी से थामे हुए है। यदि वे ऐसा होते देखते हैं तो उससे सीखते हैं। यदि वे जानते हैं प्रेम घटता है तो उनके हृदय के द्वार खुलते हैं।

प्रेम को कहीं अधिक स्वीकार किया जाना चाहिए और हिंसा को कहीं अधिक अस्वीकार। प्रेम अधिक से अधिक सुलभ होना चाहिए। दो व्यक्तियों को प्रेम करते हुए इस बात की चिंता नहीं होनी चाहिए, कि कोई इस बारे में जान न ले। उन्हें हंसना चाहिए, उन्हें गीत गाना चाहिए, उन्हें आनंद से भरी सिसकारी भरना चाहिए, जिससे पूरा आस-पड़ोस यह जान ले कि कोई किसी से प्रेम कर रहा है और कोई किसी के प्रति प्रेमपूर्ण है।

प्रेम को एक ऐसी भेंट होना चाहिए, प्रेम को इतना दिव्य होना चाहिए। यह अलौकिक है, यह एक पूजा है।

तुम एक व्यक्ति की हत्या करने के बारे में एक पुस्तक प्रकाशित कर सकते हो, वह बिल्कुल ठीक माना जाता है, वह अश्लील साहित्य नहीं माना जाता। मेरे लिए यह अश्लीलता है, यह कुत्सित है। तुम एक ऐसे व्यक्ति के चित्र को प्रकाशित नहीं कर सकते जिसमें वह बहुत प्रेमपूर्ण होकर किसी नग्न स्त्री को अपने आलिंगन पाश में बांध रहा हो – इसे अश्लील माना जाता है। यह संसार अभी तक प्रेम के विरुद्ध ही रहता आया हैं। तुम्हारा परिवार, प्रेम के विरुद्ध है, तुम्हारा समाज प्रेम के विरुद्ध है और तुम्हारा राज्य और देश भी प्रेम के विरुद्ध है। यह एक चमत्कार ही है कि प्रेम फिर भी बना हुआ है, भले ही वह थोड़ा हो, यह अविश्वसनीय लगता है कि प्रेम फिर भी किया जा रहा है – भले ही उस तरह से नहीं, जिस तरह से वह होना चाहिए, वह ठीक एक बूंद जैसा है, सागर जैसा नहीं – लेकिन इतने दुश्मनों और विषम परिस्थितियों में भी वह अभी तक जीवित है, और यह एक बहुत बड़ा चमत्कार है।

मेरी दृष्टि में कम्यून वह है, जहां प्रेमपूर्ण व्यक्ति एक साथ रहते हैं, एक दूसरे के मध्य बिना किसी प्रतियाोगिता के, एक ऐसे तरल प्रेम के साथ जो अधिक से अधिक प्राप्य है, बिना किसी ईर्ष्या और बिना किसी मालकियत या अधिकार के। और बच्चे सभी के बनकर रहेंगे, क्योंकि वे परमात्मा के हैं – और प्रत्येक व्यक्ति उनकी फिक्र और देखभाल करता है और यह बच्चे इतने अधिक सुंदर और प्यारे हैं कि कौन उनकी चिंता और देखभाल नहीं करना चाहेगा? और इतने अधिक लोगों को प्रेम करते हुए देखकर, जबकि प्रत्येक पुरुष अपने ढंग से प्रेम करता है और प्रत्येक स्त्री अपने ढंग से प्रेम करती है, बच्चों के लिए ढेर सारी सम्भावनाएं हैं – बच्चों को यह सभी कुछ देखने और समझने दो, और खेलने दो और उसका आनंद लेने दो। जब उनके माता-पिता आपस में प्रेम कर रहे हों, उन्हें वहां रहने दो, उन्हें उसका एक भाग बन जाने दो। उन्हें निरीक्षण करने दो, कि उनकी मां के साथ, जब वह प्रेम करती है, क्या घटता है, उसका चेहरा कितने दिव्य आनंद से दमकने लगता है, कैसे उसकी पलकें मुंद जाती है और कैसे वे अपनी गहराइयों में खो जाती हैं, कैसे उनके पिता संभोग के सर्वोच्च शिखर आनंद पर पहुंचते हैं, कैसे वे हर्ष और आनंद से चीखते और किलकारियां भरते हैं। यह सभी कुछ बच्चों को जानने दो।

बच्चों को जानने दो कि बहुत से लोग कैसे प्रेम करते हैं। वे इससे अधिक समृद्ध बनेंगें। और मैं तुमसे कहता हूं कि यदि ये बच्चे इस संसार में रहते हैं तो उनमें से कोई भी 'प्ले बॉय' मैगज़ीन नहीं पढ़ेगा। उसकी कोई आवश्यकता ही नहीं होगी। और उनमें से कोई भी वात्स्यायन का कामसूत्र भी नहीं पढ़ेगा। फिर

उसे पढ़ने की कोई ज़रूरत ही नहीं होगी। नग्न स्त्री पुरुषों की तस्वीरें अंतर्धान हो जावेंगी। वे पूरी तरह से सेक्स की भूख और क्षुधित प्रेम को दर्शाती हैं।

यह संसार लगभग कामुकता से मुक्त होगा क्योंकि वह इतना अधिक प्रेमपूर्ण होगा। तुम्हारे पुरोहितों, पादरियों और तुम्हारे पुलिस वालों ने ही संसार में सभी तरह की कुत्सित अश्लीलता को सृजित किया है। जो कुछ भी कुरूप है, ये लोग ही स्रोत हैं। और तुम्हारे परिवार ने इस बारे में बहुत बड़ा रोल अदा किया है। परिवार को तो मिट ही जाना है। उसे कम्यून की एक वृहद अंतर्दृष्टि के अंतर्गत, एक ऐसे जीवन के अंतर्गत जो अधिक प्रवाहमान हो, जो छोटी जान-पहचान पर आधारित न हो, विलीन हो जाना होगा।

कम्यून में कोई व्यक्ति बौद्ध होगा, कोई व्यक्ति हिन्दू होगा, कोई व्यक्ति जैन होगा, कोई ईसाई तो कोई व्यक्ति यहूदी होगा। यदि परिवार मिट जाते हैं तो उपासना गृह अर्थात मंदिर चर्च आदि भी स्वतः मिट जायेंगे क्योंकि परिवार ही पूजाघरों के सदस्य होते हैं। कम्यून में वहां हर तरह के व्यक्ति होंगे, सभी तरह के धर्म होंगें, सभी तरह की दार्शनिक विचार धाराएं प्रवाहित हो रही होंगी, और बच्चों को उन्हें सीखने का अवसर मिलेगा। एक दिन वह किसी अंकिल के साथ चर्च जायेगा, दूसरे दिन वह अन्य अंकिल के साथ मंदिर जायेगा और वह वहां वह सभी कुछ सीख लेगा जो वहां उपलब्ध है और वहां वह अपना चुनाव कर सकता है। वह चुन सकता है और यह निर्णय ले सकता है कि कौन सा धर्म उसकी पसंद का है और उसे किस धर्म का सदस्य बनना चाहिए। कुछ भी उस पर थोपा नहीं जायेगा।

जीवन अभी और यहीं एक स्वर्ग बन सकता है। सारे अवरोध और सीमाएं हटा देनी होंगी। सबसे बड़ा अवरोध तो परिवार है।

अंतिम प्रश्न :

> युगों से ऐसा माना जाता हैं कि जीसस और बौद्ध जैसे इस पृथ्वी पर पुनः अवतरित होगे और मनुष्यता की सहायता करेंगे। यदि जीवन एक चुटकुले या मज़ाक से अधिक नहीं है, तो फिर वे यहां आने का कष्ट क्यों उठायें?

उत्तर :

यह भी इस महान, ब्रह्माण्ड के मज़ाक का ही एक भाग है। बुद्ध और क्राइस्ट – ये भी इस महान नाटक, इस खेल और इस लीला के ही एक भाग हैं इसे गंभीरता से मत लो, ये लोग भी गंभीर व्यक्ति नहीं हैं वे एक नाटक या खेल, खेल रहे हैं। यह सभी कुछ एक मज़ाक है।

जब मैं कहता हूं – "यह सब कुछ एक मज़ाक है, तो पूरी तरह से मेरा यही अर्थ है कि इसे गंभीरता से मत लो, और न इसे उदासी से लो। इसे एक मज़ाक ही बना रहने दो।

कोई भी मुक्तिदाता नहीं है – न बुद्ध और न जीसस। कोई भी मुक्तिदाता नहीं है। मैं भी इसी में सम्मिलित हूं। कोई भी मुक्तिदाता नहीं है। तब एक बुद्ध होना क्या होता है? एक बुद्ध होता है ठीक एक मुक्ति या मोक्ष। मुक्तिदाता नहीं, मुक्ति। यदि तुम एक बुद्ध को समझ सको, यदि तुम उसके अंदर झांक सको यदि तुम उसके सहभागी बनकर उसे पी सको, पचा सको तब तुम्हारा जीवन फिर और दुःख नहीं रहता। वह एक परमानंद बन जाता हैं।

ऐसा नहीं, कि बुद्ध तुम्हें मुक्ति देते या, बचाते हैं, न जीसस ही तुम्हें मुक्त करते हैं। कोई भी किसी को मुक्ति नहीं दे सकता। केवल तुम स्वयं ही मुक्त हो सकते हो। लेकिन वे स्वयं मोक्ष या निर्वाण हैं। और मोक्ष पाने या मुक्त होने का रहस्य यही है – आनंदित बनो, उदास मत रहो। मुक्ति का रहस्य है – दुःखों का सृजन मत करो। और गंभीर, लम्बा नीचे लटका उदास चेहरा ही अधार्मिक चेहरा है। इसी वजह से मैं कहता हूं – यह जीवन एक ब्रह्माण्डीय मज़ाक है। इसे तुच्छ समझ कर उसे अपमानित मत करो। यह वह महानतम सम्मान है, जो मैं उसके प्रति प्रदर्शित कर सकता हूं – वह है उसे एक नाटक मानना, इसी कारण हिन्दू उसे 'लीला' या एक खेल कहकर पुकारते हैं।

खेलपूर्ण बने रहो और इस खेलपूर्ण बने रहने में ही तुम्हारी मुक्ति है। और यह तुम ही हो, केवल तुम, जो स्वयं को मुक्त कर सकता है। मैं अपने हृदय को तुम्हारे लिए उपलब्ध बना सकता हूं, पर मैं मुक्ति दाता नहीं हूं। मैं एक मुक्ति या मोक्ष ही हूं।

तेरहवां प्रवचन

डिज़ाइन के अंदर डिज़ाइन

सूफ़ियों के नक्शबंदिश क्रम के एक सूफ़ी से पूछा गया – "आपके क्रम या श्रेणी के नाम का शाब्दिक-अर्थ होता है – नक्शा नवीस या डिज़ाइन बनाने वाला। आप किस तरह के नक्शे, नमूने या डिज़ाइन बनाते हैं और उनका क्या उपयोग है?"

उसने उत्तर दिया – "हम बहुत बड़े पैमाने पर नमूने और डिज़ाइन बनाते हैं और यह सबसे अधिक उपयोगी हैं।"

यहां उसी तरह के डिज़ाइन की एक कहानी प्रस्तुत है। अन्यायपूर्ण ढंग से क़ैदखाने में क़ैद एक कसेरे या टीनसाज़ को, अपनी पत्नी द्वारा बुने गये एक छोटे से कालीन को लेने की अनुमति दी गईं वह अपनी प्रतिदिन के नमाज़ में अपने सिर को उस कालीन पर झुका दिया करता था। और कुछ समय बाद उसने क़ैदखाने के पहरेदारों से कहा – "मैं एक ग़रीब इंसान हूं और यहां बिना किसी उम्मीद के अपने दिन गुज़ार रहा हूं, और आपको भी बहुत संतोषजनक वेतन नहीं मिलता है लेकिन मैं एक कसेरा या टीनसाज़ हूं, और टीन से कलात्मक खिलोने और अन्य चीज़ें बना सकता हूं। बस, आप मुझे टिन की धातु और कुछ औज़ार मंगा दीजिए, जिनसे मैं छोटे-छोटे कलात्मक खिलौने बना दूंगा। जिन्हें आप बाज़ार में बेच सकते हैं और इससे हम दोनों को ही लाभ होगा।"

पहरेदार इस बात पर राज़ी हो गये और शीघ्र ही वे लोग और वह क़ैदी दोनों ही लाभ कमाने लगे, जिससे उन्होंने अच्छा खाना और आराम की कई चीज़ें खरीदीं। तब एक दिन, जब पहरेदार उस क़ैदी की कोठरी में पहुंचा तो देखा कि दरवाज़ा खुला था और वह क़ैदी फरार हो गया था।

कई सालों बाद, जब उस व्यक्ति की निर्दोषता सिद्ध हो गई, तो जिस व्यक्ति ने उसे क़ैदखाने में बंद किया था, उसने उससे पूछा – "तुम आखिर क़ैदखाने से किस तरह फरार हुए और तुमने इसके लिए आखिर किस तरह के जादू का प्रयोग किया?"

उसने जबाब दिया – "यह मामला डिज़ाइन के अंदर डिज़ाइन बनाने का है। मेरी बीबी जुलाहिन है। उसने उस शख्स की खोज की, जिसने क़ैदखाने के सभी

ताले बनाए थे, और उसी से उसने क़ैदखाने के तालों की अंदरूनी डिज़ाइन प्राप्त की। उसने उन डिज़ाइनों को गलीचे में उस जगह बुना – जहां मैं सिर को पांचों वक्त की नमाज में नीचे झुकाता था। मैं धातुओं का कारीगर हूं और मुझे वह डिज़ाइन तालों के अंदर की लगी। मैंने कलात्मक टिन के खिलौने को बनाने की योजना की डिज़ाइन तैयार की, जिससे मैं तालियों को बनाने का सामान प्राप्त कर सकूं – और बस मैं क़ैद के ज़ालिम चंगुल से आज़ाद हो गया। उस नक्श्बंदी सूफ़ी ने कहाः "वह, कई तरीकों में से एक तरीका है, जिससे इन्सान अपनी ही क़ैद के जुल्मों से छुटकारा पा सकता है।"

मनुष्य का जन्म अपरिभाषित है वह जानता है कि वह है, लेकिन वह यह नहीं जानता कि वह कौन है? वह इस संसार में पूरी तरह अपरिभाषित, अवर्गीकृत होकर और बिना किसी लेबिल के आता है, वह संसार में एक स्वतंत्रता की भांति आता है। उसके पूरे जीवन का धंधा या कार्य व्यापार स्वयं की स्पष्ट व्याख्या करना और यह जानना है कि वह कौन है।

मनुष्य ही अकेला वह प्राणी है, जो यह प्रश्न पूछता है – 'मैं कौन हूं? केवल वही पूछ सकता है, क्योंकि प्रत्येक अन्य पशु के पास पूर्ण और स्पष्ट व्याख्या है एक गुलाब, एक गुलाब है, और एक कुत्ता, एक कुत्ता है – पर एक मनुष्य, ठीक एक मनुष्य नहीं है। एक मनुष्य के अंदर कुछ और भी अधिक है, अनंत रूप से अधिक है। एक गुलाब होना परिभाषित है, उसके होने का अध्याय बंद हो चुका है, पर एक मनुष्य का अंत खुला हुआ है। गुलाब के बारे में पहिले से कुछ कहा जा सकता है, लेकिन मनुष्य ऐसा नहीं है। उसे कोई भी कभी नहीं जान पाता। एक व्यक्ति आज पापी हो सकता है और कल वह महानतम संत बन जाता है – अथवा इसके ठीक विपरीत या उल्टा हो जाता है। मनुष्य खुला हुआ रहता है, वह तरल बना रहता है, वह प्रवाहमान होता है मनुष्य एक प्रक्रिया जैसा या उससे कहीं अधिक है, वह परिभाषित चीज़ की तरह नहीं है। यही मनुष्य की महिमा है और उसकी वेदना भी – क्योंकि उसके बारे में निरंतर यह जानने की उत्कंठा बनी रहती हैं कि वह कौन हैं। और बार-बार वह अपने अस्तित्व के अंदर अंधकार में टटोलता हैं। उसका अस्तित्व प्रकाशित नहीं है – इसीलिए खोज और जांच जारी रहती हैं।

मनुष्य को यही महत्वपूर्ण बात समझनी है, क्योंकि केवल इसी समझ से ही वह जीवन की स्पष्ट व्याख्या की ओर, प्रामाणिक अस्तित्व और सत्य की ओर कार्य करना प्रारंभ करता हैं।

जब मैं कहता हूं कि मनुष्य बिना किसी स्पष्ट व्याख्या या निर्णय के जन्मा है, तो मेरे कहने का अर्थ है कि मनुष्य पहिले से बना बनाया तैयार होकर नहीं जन्मता है। अस्तित्ववादी जो कहते हैं वह सत्य है। वे कहते हैं अस्तित्व मनुष्य में, अपने सारभूत तत्व को पहले लाता है। वृक्ष में उसके अंतर्निहित अस्तित्वगत स्वभाव पहिले आता है और तब वह अस्तित्व मे प्रकट होता है। मनुष्य के सिवा, प्रत्येक वस्तु के बारे में यही सत्य है सारभूत तत्व पहिले आता है – बीज में आवश्यक कार्यक्रम की संभावना और सारभूत डिज़ाइन मौजूद होता है। ब्लूप्रिंट, या बीज में उसकी संभावनाओं का नक्शा या डिज़ाइन पहिले आता है। तब ब्लूप्रिंट अपने को उघारता या खोलता है और अस्तित्व बन जाता है।

मनुष्य का मामला ठीक इससे उल्टा है। वह बिना किसी ब्लूप्रिंट; बिना किसी डिज़ाइन और बिना किसी भी तरह के कार्यक्रम के रहना शुरू करता है। वह 'कोई नहीं', कुछ नहीं, की भांति सामान्य रूप से रहना शुरू करता है, और तब धीमे-धीमे उसे अपनी पहिचान बनानी होती है। उसे स्वयं अपने को निर्मित करना होता है उसे कार्य रूप में परिणत करना होता है, और इसीलिए उसे उत्कंठा होती हैं। वह उस योग्य बन सकता है और उस योग्य नहीं भी बन सकता है – इसे कौन जानता है? मनुष्य में इस बात की गारंटी नहीं है, वह सफल हो भी सकता है, और सफल नहीं भी हो सकता है

एक कुत्ता सफल होने के लिए बाध्य है – वह एक कुत्ता ही बनेगा। वह उससे अधिक नहीं बन सकता। एक मोर को अपने असफल होने का कोई भी भय नहीं होता। एक चीते को चिंता करने की कोई ज़रूरत नहीं होती, उसे अनिद्रा की पीड़ा से ग्रस्त होने की चिंता करने की ज़रूरत नहीं होती। वह पहिले ही से वह है, जो वह बन सकता है।

मनुष्य वह नहीं है, जो वह बन सकता है, मनुष्य ठीक एक शुरूआत है, वह एक प्रारंभ है, जिसका अंत अज्ञात बना रहता है। मनुष्य पहिले से तैयार होकर नही जन्मता, वह संसार में कोई कार्यक्रम लेकर नहीं आता। वह परम स्वतंत्रता में जन्म लेता है।

इसलिए उस पर बहुत बड़ी ज़िम्मेदारी है – अन्यथा तुम स्वयं अपनी आत्मा को ही चूके चले जाओगे। तुम्हारी जिम्मेदारी स्वयं तुम्हारे ही प्रति है। तुम कभी भी पूर्ण संतुष्टि का अनुभव नहीं करोगे, तुम हमेशा रिक्त बने रहोगे। यदि तुम खोजना, आविष्कार करना और सृजन करना शुरू नहीं करोगे, यदि तुम अपने अस्तित्व के लिए कार्य करने की शुरूआत नहीं करोगे, तो तुम्हारे अस्तित्व की सुवास नहीं फैलेगी, उसका सारतत्व प्रकट नहीं होगा।

यही है वह चीज़, जो लाखों करोड़ों व्यक्तियों के साथ घट रही है। वे जीवित हैं, स्पष्ट रूप से दिखाई देते हैं लेकिन उनके जीवित रहने में कार्य सम्पन्न करने की संतुष्टि नहीं है, उसमें कोई प्रफुल्लता नहीं है। यह स्थिति अस्तित्वगत वेदना, पीड़ा, और तनाव की है – जिसे बुद्ध 'दुःख' या परम वेदना कहते हैं। परमानंद तो तब आता है जब तुम अंधकार से बाहर आ जाते हो, जब तुम अपने को स्पष्ट रूप से परिभाषित करते हो और तुम एक प्रकाश पुंज बन जाते हो। तुम्हारे अंदर अब एक अंतर्ज्योति है, और तुम जानते हो कि तुम कौन हो। इसे जानकर, तुम अपना शाश्वत घर पा जाते हो – अन्यथा तुम हमेशा एक अजनबी बने रहते हो, जो हमेशा घर की खोज करता रहता है और कभी भी, कहीं भी अपना घर नहीं पाता है। तुम एक यात्री ही बने रहते हो, और तुम कभी भी विश्राम को जान तक नहीं पाते – क्योंकि विश्राम केवल तभी संभव है, जब तुम घर आ जाते हो।

पूरा जीवन घर के लिए एक खोज है – एक ऐसे स्थान की खोज, जहां तुम आराम और विश्राम ले सको, एक ऐसे अंतराल की खोज, जहां तुम स्वयं अपने होने में, और अपने अस्तित्व में पूर्ण संतुष्टि पा सको। अस्तित्व को सारभूत सुवास बनना है, अस्तित्व को इस सुवास को उत्पन्न करना है।

और जब मैं कहता हूं कि मनुष्य को स्वयं अपना निर्माण करना है तो मेरे कहने का अर्थ हैं कि वह कैसे परमात्मा के साथ सम्मिलित होकर उसका अंश ग्रहण करे। जानवर जीवित है, लेकिन वे कोई निर्माण नहीं करते। वृक्ष जीवित हैं, लेकिन वे कोई निर्माण नहीं करते। यदि कुछ चीज़ उनके द्वारा आती भी हैं तो वह एक प्राकृतिक और स्वाभाविक पैदावार है – उनसे फूल आयेंगे, फल आयेंगे। यह केवल मनुष्य ही हैं जो नव निर्माण करता है। इस बारे में कोई अनिवार्यता नहीं है... पहिले से वहां भविष्यवाणी करने की कोई सम्भावना नहीं थी कि पिकासो चित्र बनायेगा। एक आम का वृक्ष आमों को पैदा करेगा, लेकिन मनुष्य के बारे में कुछ भी निश्चित नहीं हैं। पिकासो चित्रों का सृजन करेगा अथवा एक बुद्ध बनेगा अथवा एक नर्तक, कोई नहीं जानता।

मनुष्य एक अव्यवस्था है, एक सृजनात्मक उलझन है। वह अपने अस्तित्व में बहुत धुंधला है, जैसे कोहरे की चादर में घिरा है वह। तुम उसे सीमा में आबद्ध नहीं कर सकते, तुम ठीक-ठीक बता नहीं सकते कि वह है क्या। और मनुष्य प्रतिदिन बदलता रहता है। वह ठीक एक नदी की भांति है। यही मनुष्य की गरिमा और महिमा हैं। वह अकेला ऐसा प्राणी है, जो सृजन कर सकता है वह अकेला ऐसा प्राणी हैं जो परमात्मा की सृजनात्मकता में उसका भागीदार बन सकता है।

लेकिन इस बारे में तब एक समस्या खड़ी हो जाती है। साथ में किसी

समस्या में बिना, कोई गौरव या क्रांति भी नहीं आ सकती। गौरव यह है कि तुम उससे चूक भी सकते हो। तुम इस योग्य नहीं भी हो सकते हो कि अपना गीत गा सको, तुम इस योग्य भी नहीं हो सकते कि तुम अपने नृत्य को नाच सको – तुम असफल भी हो सकते हो। इसलिए मनुष्य निरंतर भय से घिरा रहता है – असफल होने का भय, कुछ नहीं बनने का भय, अस्तित्वहीन बनकर रहने तथा अपरिपूर्ण कामनामय अभावों का भय और बंजर, उजाड़ मरुस्थल बने रहने का भय। कौन जाने? तुम इस बारे निश्चित भी नहीं है।

असफलता की सम्भावना निन्नायनवे प्रतिशत है। सफलता की सम्भावना केवल एक प्रतिशत है – इसलिए इस बारे में मनुष्य का हृदय कांपता रहता है। प्रत्येक कदम अज्ञात में, बिना किसी गारंटी और बिना किसी सुरक्षा के उठाना होता है। प्रत्येक रास्ता तुम्हें अज्ञात में ले जा रहा है। तुम नहीं जानते कि वह तुम्हें लक्ष्य तक ले जायेगा अथवा, वह तुम्हें आगे से बंद एक तंग गली की ओर मोड़ देगा। वह तुम्हें किसी ढालू चट्टान की ओर भी ले जा सकता है, जहां से कहीं आगे जाने का कोई रास्ता ही न हो। हो सकता है तुम्हें वापस लौटना पड़े और हो सकता है तुम्हारे सारे प्रयास व्यर्थ हो जायें। कोई भी नहीं जानता।

प्रत्येक को बिना यह जाने कि वह कहां जा रहा है, अंधकार में प्रवेश करना ही होता है। लेकिन प्रत्येक व्यक्ति को फिर भी चलना ही होता है – क्योंकि यदि तुम आगे नहीं बढ़े, तो भी जीवन हाथों से फिसला जा रहा है। इसलिए अच्छा यही हैं कि न चलने की अपेक्षा चलते ही रहो, क्योंकि चलते रहने के साथ वहां कम से कम इस बात की सम्भावना तो रहती है कि तुम पहुंच सकते हो। न चलने से इस बारे में वहां ऐसी कोई संभावना होती ही नहीं। प्रत्येक को चुनाव करना होता है।

और सभी विकल्प एक जैसे दिखाई देते हैं। यह ऐसा है, जैसे मानो तुम एक चौराहे पर खड़े हुए हो – चारों ओर जाती सड़कें एक जैसी दिखाई देती हैं। यह सड़क भी हो सकती है और वह सड़क भी हो सकती है, और पहिले ही से निश्चित करने का कोई रास्ता होता ही नहीं कि यही सड़क मंजिल की ओर जा रही है। तुम्हें खोजना और तलाशना होता है। मनुष्य के लिए परीक्षा और भूल करने की विधि का रास्ता ही उपलब्ध होता है – इसी वजह से बहुत से लोग चुनाव न करने का निर्णय लेते हैं। यह उन्हें अधिक सुविधाजनक और आरामदायक जीवन में बनाए रखता है। अच्छा यही है कि कोई चुनाव न कर बीच चौराहे पर बैठ जाओ और कहीं जाओ ही मत। कम से कम तुम भूल चूक करने से तो बच सकते हो।

लेकिन बस भूल करने या गलती से बचकर तुम मंजिल के अंत तक नहीं पहुंच सकते। यह हो सकता है कि तुमने कोई गलती या भूल चूक न की हो, लेकिन तुम कहीं पहुंचे भी नहीं हो। इसलिए वे लोग जो गलतियां करने से बहुत अधिक डरे हुए हैं, वे ऐसे लोग हैं जो विकसित होने या कुछ बनने के महान अवसर को खो देते हैं।

मनुष्य को स्वयं ही खोज करनी है। उसे स्वयं ही से पूछना है। इसे टाला नहीं जा सकता। जो लोग इसे टालते हैं या इससे बचते हैं, वे अपनी ही जोखिम पर ऐसा करते हैं। 'मैं कौन हूं?' उसे यह पूछना ही होगा और यह तब तक निरंतर पूछना होगा, जब तक कि अपने अस्तित्व के गहनतम केन्द्र से उत्तर न आये। यही प्रश्न ही एकमात्र – धार्मिक प्रश्न है।

और स्मरण रहे, मनुष्य कोई पदार्थ या प्रकृति नहीं है, क्योंकि वह पहिले से तैयार कोई चीज़ नहीं है। वह कोई परमात्मा नहीं है, वह एक प्रक्रिया है। इसलिए मनुष्य एक सेतु है। उसे उस मूल के पार जाना है, उसे तेजी से विकसित होकर वह बनना है, जो वह है, उसे स्वयं को ही खोजना है और स्वयं ही उसके पार जाना है। मनुष्य निरंतर स्वयं के पार जाने का स्वयं का ही अतिक्रमण करने का प्रयास कर रहा है।

यह बहुत बड़ा विरोधाभास है – स्वयं के ही पार जाने का प्रयास – लेकिन मनुष्य एक ऐसे ही विरोधाभास से भरा जीवित प्राणी है। वह एक सेतु है, और तुम्हें उसके पार जाना है। तुम पुल पर घर नहीं बना सकते। वे लोग जो पुल पर घर बना लेते हैं, वे कभी भी दूसरे किनारे पर नहीं पहुंच सकते। बस उसे चलते ही चले जाना है। वहां जाने में अनेक कामनाएं हैं, वहां अनेक समस्याएं हैं, अनेक अवरोध और बाधाएं हैं, लेकिन इन सभी के बावजूद भी, बस उसे चलते ही जाना है। इससे पहिले वह उसे जान सके कि सत्य है क्या,, उससे बहुत सी गलतियां भी हो सकती हैं।

यही वजह हैं कि मनुष्य को निरंतर अपने अतीत को छोड़कर आगे बढ़ जाना होता है। अतीत को जान लिया गया है, वह ज्ञात है, तुम्हीं ने उसे जाना है, और भविष्य तुम्हारे लिये अज्ञात है। और तुम्हें हमेशा अपने ज्ञात को अज्ञात के लिए बलिदान करना होगा। यही है वह जिसकी सभी महान धर्म शिक्षा देते हैं। इसी को वे त्याग करना कहते हैं। उन चीज़ों का त्याग करना, जिन्हें तुमने जाना है, वह सभी कुछ, जिसके साथ तुम्हारी जान-पहिचान रही है। भविष्य के लिए अतीत का त्याग करना, अज्ञात के तिए ज्ञात को छोड़ना व्यवस्थित चीज़ का अव्यवस्थित चीज़ के लिए त्याग करना। विकसित होने का केवल यही एक

उपाय है। यदि तुम अतीत के साथ बहुत अधिक तादात्म्य जोड़ लेते हो, तो विकास रुक जाता है। यदि तुम अतीत के जाल में बहुत अधिक फंस जाते हो, तो तुम उसी दुष्चक्र में घूमते रहते हो।

मनुष्य एक तीर्थयात्री न होकर स्वयं ही तीर्थ है। और स्पष्ट रूप से वहां समस्याएं ही नहीं, महान समस्याएं हैं। जानवरों, वृक्षों, चट्टानों और नदियों के सामने कोई समस्याएं नहीं हैं, समस्याएं केवल मनुष्य के लिए ही हैं – क्योंकि प्रकृति के द्वारा पहिले ही से प्रत्येक चीज़ स्पष्ट रूप से परिभाषित और व्यवस्थित है। प्रकृति ने मनुष्य को ही अवयवस्थित दशा में छोड़ रखा है, मनुष्य को उसके अपने प्रयासों और कोशिशों को करने के लिए छोड़ दिया गया है। लेकिन इन समस्याओं को समस्याएं न समझ कर उन्हें चुनौतियां समझना है, शत्रु न समझ कर उन्हें मित्र समझना है – क्योंकि केवल इनके ही द्वारा कोई व्यक्ति सीखता है, कोई जानता है और कोई स्वयं ही में होता है। इस खोज के लिए ही, नक्शों को लेकर योजनाएं बनानी होती हैं, डिज़ाइनों के द्वारा उपाय किये जाते हैं। क्योंकि इस खोज के लिए दिशानिर्देशों की ज़रूरत पड़ेगी। पर स्मरण रहे, एक नक्शा, बस एक नक्शा भर ही होता है, वह देश नहीं होता, जिस देश का वह बनाया गया है और जिसका वह प्रतिनिधित्व कर रहा है। भारत का नक्शा, भारतवर्ष नहीं है। कोई भी डिज़ाइन, सत्य नहीं है। डिज़ाइन तो बस एक डिज़ाइन होती है, भली भांति यह जानते हुए कि नक्शा कोई देश नहीं होता, एक नक्शा अत्यधिक सहायता कर सकता है। नक्शा, देश से भी मिलता जुलता हुआ नहीं होता – भारत के नक्शे को देखते हुए, तुम भारत की कोई भी चीज़ नहीं देखोगे। नक्शा ज़रा भी मेल खाता हुआ नहीं होता। नक्शा केवल एक समानान्तर उपाय होता है, वह एक रूपक होता है, और उस स्थान का वह सांकेतिक प्रतिनिधित्व करता है।

लेकिन उससे बहुत बड़ी सहायता मिल सकती है। वे लोग जो इस संसार के पार गये हैं, वे तुम्हारे लिए वहां की डिज़ाइन बना सकते हैं – और यह काम एक सद्गुरु का होता है। वे लोग जिन्होंने जाना है, वे लोग जो वहां पहुंच गये हैं, वे लोग जो अपने स्वभाव को उपलब्ध हो गये हैं, वे लोग जो अखण्ड अस्तित्व ही बन चुके हैं, वे लोग जो शरीर मन और हृदय के पार आधारभूत सत्य को प्राप्त कर चुके हैं, जिनकी तरल प्रवाहमय चेतना ठोस स्फटिक बनकर केन्द्रित हो गई है, वे लोग ही तुम्हें कुछ दिशा निर्देश और थोड़े से संकेत दे सकते हैं, वे तुम्हें वहां पहुंचने का नक्शा दे सकते हैं।

सूफ़ी लोग उन्हें डिज़ाइन, नक्शा या खाका कहते हैं, और इस संबंध में सूफ़ियों का एक अलग स्कूल है जिन्हें नक्शबंदी अर्थात नक्शा नवीस कहते हैं।

यह सूफ़ियों के सबसे अधिक प्रमुख स्कूलों में से एक हैं। इसी तरह के वहां अन्य स्कूल भी हैं। वे सभी इसी तरह के अलग-अलग नामों से पुकारे जाते हैं। एक दूसरा स्कूल जुलाहों वाला' और एक अन्य 'नाव बनाने वाला' के नाम से जाना जाता हैं। सूफ़ियों के पास इसी तरह के नाम हैं। यह सभी बहुत व्यावहारिक ज्ञान के वास्तविक नाम हैं – और वे तुरंत इस बात का संकेत दे देते हैं कि वह स्कूल करता क्या हैं?

नक्शाबंदिश सूफ़ी, पृथ्वी की सतह और आकाश में सितारों की स्थिति दर्शाने वाले मानचित्रों के ख़ाके खींचते रहते हैं भारत में हम इसे 'यंत्र' कहते हैं। 'यंत्र को ही सूफ़ी डिज़ाइन अथवा 'नक्शा' कहते हैं। तुमने हो सकता है भारत में ज्योतिषियों द्वारा बनाये यंत्र देखें हों और उनके बारे में तुम उलझन में पड़ सकते हो कि वे आखिर हैं क्या? एक यंत्र को देखने पर वहां केवल रेखाएं दिखाई देंगी, ज्योमितीय डिज़ाइन – लेकिन यदि तुम उनके रहस्य का अनावरण करना जानते हो, तो तुम आश्चर्य चकित रह जाओगे यह तुम्हारी पूरी अंतर्यात्रा का नक्शा है। वह कुछ चीज़ें प्रदर्शित कर रहा है, लेकिन तुम्हें उसकी भाषा को जानना होगा। ऐसे नक्शों की एक विशिष्ट भाषा होती है, जो सार्वजनिक रूप से सभी को उपलब्ध नहीं होती – क्योंकि जनसाधारण उसका प्रयोग गलत और खतरनाक तरीके से कर सकते हैं। वह अपने आप में महान शक्ति छिपाये रखती है। वह केवल अंतरंग और निकट के लोगों को दी जा सकती है। संसार के सभी धर्मों ने अपने नक्शे तैयार किए हैं, लेकिन नक्शबंदिश सूफ़ियों के साथ किसी का कोई मुकाबला ही नहीं किया जा सकता।

पहिले बात तो यह समझ लेने जैसी है कि एक नक्शा एक विधि है जो समझदारी पर आधारित है। न यह सच्चा है और न नकली। यह पूर्ण रूप से न तो उपयोगी है, और न अनुपयोगी। यह एक उपयोगिता के सिद्धांत को मानने वाली अर्थात परमार्थ से संबंधित विधि है। इसका जैसी वह है, उसका सत्य के साथ कुछ लेना-देना नहीं है।

एक बार बुद्ध से पूछा गया – क्या बुद्ध झूठ बोल सकते हैं? क्या एक ऐसा व्यक्ति, जो बुद्धत्व को उपलब्ध हो गया है, झूठ बोल सकता है?"

बुद्ध ने उत्तर दिया – "उसे बोलना ही होता है – क्योंकि उसे विधियों, या उपायों के रूप में नक्शे देने होंगे और सभी नक्शे झूठ हैं – झूठ इस अर्थ में क्योंकि वे सत्य नहीं हैं। वे सत्य की ओर किए गए संकेत हैं। एक बार तुम वहां पहुंच गये, तो तुम नक्शे को फेंक दोगे। वह केवल उपयोगी था। इसलिए बुद्ध ने सत्य को एक बहुत ही नये ढंग से परिभाषित अर्थात स्पष्ट किया। वह कहते

हैं, जो कुछ उपयोगी है, वही सत्य है। उपयोगी परिभाषा बहुत ही व्यवहारिक, मित्रतापूर्ण, और अत्यंत वैज्ञानिक है। यही मुद्रा 'नक्शबंदिश' की भी है।

एक बहुत प्राचीन और प्रसिद्ध नक्शबंदी सूफ़ियों की कहानी है जिसमें एक पिता ने आग में घिरे घर में से अपने बच्चों को बाहर निकालने के लिए, उन्हें आवाज़ दी। जब उन्होंने उसकी पुकार की उपेक्षा की तो उसने उन्हें आने के लिए यह कहकर बुलाया कि वह उनके खेलने के लिए कार का खिलौना लाया है – जिसे सुनते ही वे दौड़ते हुए बाहर आ गये। वह अपने साथ कोई भी कार का खिलौना नहीं लाया था, लेकिन इस तरकीब से उसने अपने बच्चों की जान बचाई।

अब वह झूठ बोला। छोटे बच्चे, वे ज़रूर घर के अंदर खेल रहे होंगे। यह देखते हुए भी कि घर में आग लगी है, अपने खेल में ज़रूर ही उन्हें बहुत व्यस्त होना चाहिए। लेकिन पिता बाहर था, उसने खतरे को देखा और उन्हें बाहर बुलाया। वह चिल्लाया – 'फौरन बाहर आ जाओ।' लेकिन वे लोग अपने खेल से इतने अधिक जुड़े हुए और उलझे थे, कि उन्होंने उसकी बात सुनी ही नहीं। उसने तब एक झूठ गढ़ा। उसने कहा – 'देखो! मैं तुम्हारे लिए कार के 3 खिलौनों को लाया हूं जिन्हें तुम लोग हमेशा से चाहते थे। ऐसे बहुत से खिलौने हैं मेरे पास और वे सभी बहुत सुंदर हैं।" और वे सभी दौड़ते हुए बाहर आ गए। वहां कार के खिलौने थे ही नहीं, और पिता झूठ बोल रहा था – लेकिन उसने उनकी इस तरह जान बचा ली।

अब यह एक विधि है, एक डिज़ाइन या नक्शा है। यह नक्शबंदी हैं। न यह सत्य है और न झूठ, लेकिन यह उपयोगी है, अत्यधिक उपयोगी। क्या तुम यह कहोगे कि जब उस पिता ने झूठ बोला तो क्या उसने कोई पाप किया? – क्योंकि सभी धर्म कहते हैं – 'सच बोलो। सत्यवादी बनो।'

ऐसा ही कई बार होता है, क्योंकि तुम सभी बच्चों जैसे ही हो और तुम जिस घर में बैठे हो वह आग से घिरा हुआ है, और तुम कुछ सुनते ही नहीं। तुम सभी लोग अपने-अपने खेलों में उलझे हुए हो। कोई धन कमाने के खेल में लगा है, कोई राजनीति में, तो कोई किसी अन्य में। लोग इतने अधिक उलझे हैं अपने-अपने खेल में कि उसके पूरी तरह खत्म हो जाने पर भी वे उनके सपनों और कामनाओं के बादलों से घिरे रहते हैं। और उनका घर निरंतर जल रहा है। क्योंकि तुम मृत्यु में ही जी रहे हो, इसीलिए तुम्हारा घर निरंतर आग की लपटों से घिरा है। किसी भी क्षण तुम समाप्त हो जाओगे। लेकिन तुम इतने अधिक अपने-अपने खेलों में उलझे हुए हो कि सद्गुरु को किसी चीज़ का उपाय खोजना होता है।

एक बार ऐसा हुआ...

एक व्यक्ति एक महान संत के पास आया करता था और वह उससे हमेशा पूछता था – श्रीमान! एक चीज़ मुझे उलझन में डाल देती है। आप इतने अधिक निर्दोष और इतने अधिक पवित्र हैं, पर यह कैसे संभव है? मेरे मन में यह संदेह उठता है कि हो सकता है कि आप ऐसा होने का बहाना बनाते हो। इस भ्रष्ट संसार में कोई इतना अधिक निर्दोष, इतना अधिक पवित्र और कुंवारा कैसे बना रह सकता है? कोई कैसे इस संसार द्वारा भ्रष्ट होने से बचा रह सकता है। हो सकता है आप अपने अंदर गहरे में यही सारी चीज़ें अभी भी साथ लिए हों, और बाहर परिधि पर आपने सभी कुछ संभाल कर ठीक से रखा हो।"

एक दिन वह व्यक्ति फिर आया। उसने सद्‌गुरु से फिर वही बात कहनी शुरू की, और सद्‌गुरु ने उससे कहा – "सुनो! इस बारे में कुछ अधिक ज़रूरी बात, मैं तुम्हें बताना चाहता हूं। ज़रा तुम अपना हाथ तो मुझे दिखाओ।" उसने उसका हाथ देखा और बहुत उदास हो गया। उसने अपनी आंखें बंद कर ली और रोना शुरू कर दिया। उस व्यक्ति ने पूछा – "आखिर क्या मामला है? आप क्यों रो रहे हैं? मैंने श्रीमान! आपको कभी रोते हुए नहीं देखा।"

उसने कहा – "मैं इसीलिए रो रहा हूं क्योंकि तुम्हारे लिए केवल सात दिन ही बचे हैं। सात दिनों के बाद तुम विदा हो जाओगे। तुम्हारी जीवन रेखा कट गई है। अगले रविवार को तुम मर जाओगे। हां! तुम मुझसे कुछ पूछना चाहते थे?"

उस व्यक्ति ने कहा – "मैं उस बात को भूल गया हूं। आपने मुझे बहुत अधिक परेशान कर दिया है। सिर्फ सात दिन?"

अब इस सद्‌गुरु से लोग इतना अधिक प्रेम करते थे, उसका इतना अधिक सम्मान करते थे, कि इस बारे में संदेह करने का कोई कारण ही न था कि वह झूठ बोलेगा।

वह व्यक्ति भागता हुआ घर गया। वहां जाकर वह बीमार पड़ गया और सात दिनों तक अपने बिस्तर से ही लगा रहा। वह प्रतिदिन जैसे डूबता जा रहा था। उसने भोजन करना बंद कर दिया था और उसकी नींद भी उड़ गई थी। उसके नाते रिश्तेदार इकट्ठे हो गए थे। सातवें दिन वे सभी केवल उसकी मृत्यु की प्रतीक्षा कर रहे थे, क्योंकि सद्‌गुरु ने कहा था कि जैसे ही सूर्य डूबेगा, वह मर जायेगा। और उसे डूबने में आधा घंटा और बचा था। सूर्य बस नीचे आता जा रहा था और उसके मित्र, संबंधी, उसकी पत्नी और बच्चे रोये चले जा रहे थे और वह व्यक्ति बस धीमे-धीमे मृत्यु की ओर बढ़ रहा था। तभी

सद्गुरु आया और उसने उस व्यक्ति से कहा – "मैं तुमसे एक प्रश्न पूछना चाहता हूं। क्या इन सात दिनों में तुमने कोई ऐसा काम किया जिसे तुम पाप, अशुद्ध और गंदा काम या भ्रष्ट होना कहो? क्या ऐसा सांसारिक विचार इन दिनों तुम्हारे मन में आया?"

उस व्यक्ति ने बड़ी कठिनाई में अपनी आंखें खोली, और उत्तर दिया – "आप किस बारे में बात कर रहे हैं? मैं मर रहा हूं। एक व्यक्ति के पास इस संसार और पाप जैसे विचार कैसे हो सकते हैं, जब वह मर रहा हो। मेरे चारों ओर तो वहां मृत्यु नाच रही थी। वह पास आती जा रही थी। इन सात दिनों में मेरे अंदर कोई सांसारिक कामना जैसी एक भी चीज़ नहीं उठी। मैं केवल परमात्मा को याद करता रहा। मैं परमात्मा के नाम का ही जाप करता हुआ प्रार्थना करता रहा।"

सद्गुरु हंसा और उसने कहा – "तुम उठ कर बैठ सकते हो। तुम मरने नहीं जा रहे हो। यह एक विधि या उपाय था जिससे तुम देख सको कि मैं पवित्र और धार्मिक हूं। मृत्यु निरंतर मेरे चारों ओर है। इससे क्या फर्क पड़ता हैं कि वह सात दिनों में आ रही है, सात वर्षों या सत्तर वर्षों में? इससे ज़रा भी फर्क नहीं पड़ता। यह केवल समय का सवाल है। वह आ रही है – इतना तो निश्चित है – वह आ ही रही है। जब मृत्यु आ ही रही है, और यह बात तुम्हारी चेतना में अत्यधिक स्पष्ट हो जाती है, तो जीवन एक बड़े परिवर्तन से हो कर गुज़रता है, और एक मौलिक परिवर्तन हो जाता है।"

वह व्यक्ति हंसने लगा। उसने कहा – "आपने मेरे साथ मज़ाक किया था?" और कुछ ही मिनटों में वह पूरी तरह स्वस्थ और ठीक हो गया। लेकिन उसने कहा – प्यारे सद्गुरु! एक चीज़ बतलाइये, आप झूठ कैसे बोल सके?"

सद्गुरु ने कहा – "न तो यह झूठ है और न सच। यह एक विधि या उपाय है। यह एक नक्शबंदी है।"

नक्शों की ईजाद तुम्हारी ही सहायता के लिए की गई है। वे समझदारी पर आधारित हैं। किसी भी नक्शे या उपाय के साथ बहुत अधिक सम्मोहित मत हो जाओ। यदि तुम कर सकते हो तो उसका प्रयोग करो, और यदि नहीं कर सकते हो तो उस बारे में भूल जाओ। उसमें कुछ भी मूल्यवान नहीं है और वह प्रयोग से परे है।

मनुष्य एक विशिष्ट कारण से इस संसार में फेंका गया है। यह बात ज़रा

समझने जैसी है। ईसाइयों ने पूरे संसार को यह धारणा दी है कि मनुष्य को सजा देने के लिए परमात्मा द्वारा इस संसार में फेंक दिया गया है। यह बहुत मूर्खतापूर्ण विचार या धारणा है। न केवल यह विचार मूर्खतापूर्ण है बल्कि यह परमात्मा को भी ऐसा बना देता है जैसे वह एक मूर्ख है, और वह एक अभिमानी और पागल जैसा दिखाई दे। उसने मनुष्य को इतनी अधिक छोटी सी बात पर संसार में फेंक दिया क्योंकि आदम ने उसकी आज्ञा का पालन नहीं किया था। प्रत्येक बच्चा अपने पिता की आज्ञा का पालन नहीं करता है उसे आज्ञा का उल्लंघन करना ही होता है। वास्तव में पिता की आज्ञा के उल्लंघन से वह स्वयं अपनी वैयक्तिकता को प्रकट करता है। अपनी वैयक्तिकता को परिभाषित करने का केवल यही एक रास्ता है। प्रत्येक बच्चे को किसी न किसी दिन माता-पिता के विरुद्ध जाना ही होता हैं। यदि वह माता-पिता के विरुद्ध कभी नहीं जाता तो कभी भी उसका कोई अलग अस्तित्व नहीं होगा। तब वह केवल एक छाया बनकर रहेगा। उसे विद्रोह करना ही होता है, उसे 'न' कहना ही होता है। स्मरण रहे, 'न' कहना और कुछ भी नहीं है बल्कि यह तुम्हारे स्वयं को परिभाषित करने का एक प्रयास है। जब तुम 'हां' कहे जाते हो, तो तुम अपनी ही परिभाषा खोते हो।

आदम और ईव वही कर रहे थे,जो प्रत्येक बच्चे को करना होता है। यह इतना अधिक मनोवैज्ञानिक है। परमात्मा ने कहा – "इस वृक्ष के फल को मत खाना, यह वृक्ष ज्ञान का है। यदि तुम सूफ़ियों से पूछो तो वे कहेंगे कि यह नक्शबंदी है, यह एक उपाय अथवा डिज़ाइन है। वास्तव में निषेध नहीं कर रहे है, वह उसे उत्तेजित कर रहे हैं। ईडन के उद्यान में वहां लाखों वृक्ष थे। यदि आदम को स्वयं ही ज्ञान का वृक्ष खोजने के लिए छोड़ दिया जाता, तो हो सकता था कि वह उसे न खोज पाता। लाखों वृक्षों में वह अकेला एक वृक्ष था और उसके बारे में विशेष कुछ भी न था। वह सेव का केवल एक सामान्य वृक्ष था। वहां उस जैसे ही सेब के लाखों वृक्ष थे, लेकिन यही वृक्ष ज्ञान के विष से भरा था।

परमात्मा ने आदम से यह क्यों कहा – "इस वृक्ष का फल मत खाना।" ईसाई सोचते हैं कि परमात्मा आदम को अनुशासन में रखना चाहता था और वह उसे आज्ञाकारी बनाना चाहता था। पर यह ठीक नहीं है। नक्शबंदिश सूफ़ियों से पूछो, क्योंकि वे ही ऐसे लोग हैं जो यह जानते हैं कि चीज़ों के द्वारा डिज़ाइन कैसे बनाई जाती है। वे नक्शे बनाने या उपाय खोजने में माहिर हैं। वे जानते हैं कि परमात्मा ने डिज़ाइन बनाते हुए पहिले योजना क्यों बनाई। उन्होंने आदम को उकसाया, आदम को चुनौती दी। उन्होंने उसके अंदर यह कामना और विचार

उत्पन्न किया कि वह उनके बेतुके आदेश के विरुद्ध विद्रोह करने के लिए विवश हो जाय – 'तुम ज्ञान के उस वृक्ष का फल मत खाना।' उन्होंने यह कहकर आदम और ईव के अंदर उसे खाने की इच्छा उत्पन्न कर दी।

इसके बाद उन्होंने ज़रूर इस वृक्ष के बारे में ही सपने देखे होंगे। वे निश्चित रूप से उस वृक्ष के चारों और बार-बार गये होंगे। उन्होंने उसके फल को भी अवश्य छुआ होगा, उन्होंने उस फल को सूंघा भी ज़रूर होगा। वे निश्चित रूप से ठीक क्षण के लिए प्रतीक्षा कर रहे होंगे वे ज़रूर हिचक भी रहे होंगे। प्रत्येक बच्चा डरता है – वे भी ज़रूर भयभीत हो रहे होंगे। प्रत्येक व्यक्ति बच्चे की ही भांति होता है। वे लोग कई बार वृक्ष के पास ज़रूर गये होंगे और वापस लौट कर आये होगे, कई बार वे परमात्मा की आज्ञा के उल्लंघन तथा विद्रोह करने की कगार पर पहुंचे होगे, और तब वे ज़रूर भयभीत भी हो गये होंगे – यदि परमात्मा को यह बात ज्ञात हो गई, तब क्या होगा? लेकिन तुम कितनी देर तक 'नहीं' कहने की इच्छा का प्रतिरोध करोगे – क्योंकि पूरी चीज़ उसकी ही एक योजना या विधि है। एक बार आदम परमात्मा के आदेश के विरुद्ध 'नही' कहता है, तो वह अपनी वैयक्तिकता को प्रकट करता है 'न' कहकर वह अपनी वैयक्तिकता को स्पष्ट करता है।

यही वजह है कि इस बारे में एक उम्र ऐसी होती है, जब बच्चे हर बात पर 'ना' कहते हैं। उनसे कोई बात कहो, वे 'न' कहेंगे। वे स्वयं अपनी वैयक्तिकता की घोषणा कर रहे हैं। वे कह रहे हैं – यही मेरी परिभाषा है, और यह 'मैं' हूं। तुम मुझे अलग रखो। मुझे अपनी वैयक्तिकता में रहने दो। यह मेरा स्थान है। मैं इस काम को नहीं करना चाहता।

पिछली रात ही एक संन्यासिनी अपने छोटे से बच्चे को संन्यास दिलाने मेरे पास आईं मैंने इस छोटे बच्चे की ओर देखा और वहां बच्चे की आंखों में आदम मौजूद था। वह 'न' कहना चाहता था। उसकी आंखें 'न' कह रही थी। उसका पूरा शरीर 'ना' कह रहा था। और मैंने उस बच्चे को प्रेम दिया और जब मैंने माला उसकी गर्दन में डाली तो उसने उसे फेंक दिया।

ऐसा होना ही था। बच्चे की भी वही प्रवृत्ति थी, आदम वाली प्रवृत्ति। वह जैसे कह रहा था – 'आपने ऐसा साहस किया कैसे? मेरी स्वयं की अपनी वैयक्तिकता है। मैं किसी अन्य व्यक्ति के द्वारा परिभाषित नहीं होना चाहता।'

ऐसा नहीं था कि वह शब्दों द्वारा अपने को अभिव्यक्त कर रहा था – उसने कहा कुछ भी नहीं , लेकिन उसकी मुद्रा, उसकी प्रतिरोध करती दृष्टि उसका चेहरा, उसका अपने शरीर को पीछे हटा लेना ओर माला का फेंकना यह सभी अभिव्यक्त

कर रहे थे। ऐसा ही कुछ आदम ने किया था। उसे अपनी वैयक्तिकता प्रकट करने को वैसा करना ही था। वह परमात्मा की ही एक योजना थी। इस व्याख्या में एक सौंदर्य है। नक्शबंदिश सूफ़ी कहते हैं कि यह आदम को उत्तेजित करने के लिए परमात्मा की एक योजना या विधि थी – क्योंकि जब तक वह उत्तेजित न किया जाता वह कभी भी विकसित नहीं हो सकता था। उसे परमात्मा को न कहना ही था, जिससे वह संसार में अपने मार्ग पर आगे बढ़ सके। यह बिल्कुल भी कोई सज़ा नहीं थी। परमात्मा अभिमानी और अन्यायपूर्ण नहीं है।

जब उस बच्चे ने माला दूर फेंक दी, तो मैंने उसे इतना प्रेम दिया, जितना मैंने किसी अन्य बच्चे को कभी नहीं दिया। उसके पास कुछ साहस तो था। इतना छोटा सा बच्चा, लेकिन इतना महान साहस! इतना पिद्दी सा, लेकिन पूरे संसार के साथ लड़ने को तैयार। परमात्मा ने आदम को कोई सज़ा न दी। परमात्मा ने आदम को प्रेम दिया। यदि आदम ने परमात्मा की आज्ञा का अनुसरण किया होता, तो यहां कोई संसार जैसा कुछ होता ही नहीं, तो यहां कोई भी व्यक्ति न होता। यह सभी कुछ है, परमात्मा की आज्ञा का उल्लंघन करने से, परमात्मा से 'न' कहने से कि मनुष्य, मनुष्य बना, उसने पहिली बार अपने को परिभाषित किया, उसने स्वयं अपने वैयक्तिक अस्तित्व की पहिली बार अनुभूति की।

परमात्मा न तो अभिमानी है, न अहंकारी है और न पागल। उसने ज़रूर ही आदम से प्रेम भी किया होगा और उसे आशीर्वाद भी दिया होगा। यही मेरी भी अनुभूति है। जब आदम ईडेन के उद्यान से बाहर जा रहा था, तो वहां ज़रूर ही परमात्मा के आशीर्वाद उस पर बरस रहे होंगें। अब वह अपने रास्ते पर जा रहा है। यही वह चीज़ है जो प्रत्येक पिता चाहता है कि उसके बच्चे ऐसा करें। एक दिन उन्हें अपने रास्ते पर आगे बढ़ना ही चाहिए, उन्हें खोज और तलाश करनी चाहिए और अपनी वैयक्तिकता को प्राप्त करना चाहिए। कितनी अवधि तक तुम संरक्षण में बने रह सकते हो? तुम्हें असुरक्षा में जाना ही होगा, तुम्हें पाप में प्रवेश करना ही होगा, तुम्हें इस संसार में प्रवेश करना ही होगा। यह आदम का स्वर्ग से निष्कासन नहीं हैं यह आादम का विद्रोह है। और कोई सज़ा नहीं है, यह भली भांति योजना बनाकर एक नक्शा तैयार किया गया था। इसी डिज़ाइन अर्थात उपाय से परमात्मा ने इस संसार की रचना की।

अब ईसाई इस तथ्य को बिल्कुल समझ ही नहीं पाये और उन्होंने इससे एक बेवकूफ़ी से भरी कहानी गढ़ ली, कि परमात्मा ने इसके लिए आदम को निंदित कर उसे सज़ा दी। आदम ने आज्ञा उल्लंघन का अपराघ किया, और जिसे पूरी मनुष्यता को भुगतना पड़ा। और चूंकि जीसस नें फिर से परमात्मा को स्वीकार

किया और समग्रता से 'हां' कहा, तो जीसस के द्वारा ही पूरी मनुष्यता बचाई जा सकी।

यह भी अर्थहीन है। आदम के पाप के लिए तुम कैसे दुःख भुगत सकते हो? और जीसस के मुक्त होने से, तुम कैसे मुक्त हो सकते हो? फिर तुम इसमें कहां आते हो? तुम्हारी जिम्मेदारी क्या है? तब तुम ठीक एक कठपुतली की भांति हो। आदम ने पाप किया और तुमने उसे भुगता। तुम उसके पाप में भागीदार नहीं रहे हो। तुम आदम के बारे में कुछ भी नहीं जानते हो कि वह कब हुआ था, क्या वह कभी मौजूद रहा भी है अथवा नहीं – और आदम ने जो पाप किया था, तुम उसके लिए दुःख उठा रहे हो।

यह अन्यायपूर्ण है। हजारों वर्ष पूर्व किसी व्यक्ति ने कोई पाप किया और तुम्हें उसके लिए सज़ा दी जा रही है, और तुम कष्ट सह रहे हो। यह तो बहुत पहिले किए पाप की कीमत वसूलने जैसा न्याय है। यह उचित और ठीक प्रतीत नहीं होता। और फिर, दो हजार वर्ष पूर्व जीसस ने परमात्मा से 'हां' कहा, और वह मुक्त हो गये और जीसस के मुक्त होने से तुम भी मुक्त हो जाते हो। इसलिए कोई व्यक्ति एक पाप करता है और पापी तुम बन जाते हो, और कोई व्यक्ति एक संत बन जाता है और तुम भी संत बन जाते हो। तुम कहां से आते हो इसके अंदर? तब तुम्हारी ज़िम्मेदारी क्या है? तब तुम कुछ भी नहीं हो। पूरा नाटक ही आदम और जीसस के बीच पूरा हो जाता है। तुम रहो या ना रहो, उससे कोई भी फर्क नहीं पड़ता। यदि वहां आदम न हुआ होता, तो तुम भी यहां न होते, और यदि वहां जीसस न होते तो तुम कभी भी मुक्त नहीं हो सकते थे। यह पूरा दृष्टिकोण ही बेवकूफी से भरा हुआ है। आदम के कारण न तो तुम्हें सज़ा दी जा सकती थी और न जीसस के कारण तुम मुक्त हो सकते थे। तुम वही बनोगे, जो कुछ भी तुम अपनी वैयक्तिकता और अपने उत्तरदायित्व से बनने जा रहे हो। तुम या तो चूक जाओगे अथवा उसे प्राप्त कर लोगे, लेकिन यह तुम्हारी ही जिम्मेदारी होगी।

नक्शबंदिश सूफ़ी कहते हैं कि यह परमात्मा की पहिली नक्शबंदी थी, यह परमात्मा द्वारा सृजित पहिली डिज़ाइन अर्थात पहिली विधि थी। उसने एक स्थिति सृजित की थी, जिसके विरुद्ध आदम को विद्रोह करना ही था। और तभी से मनुष्य विद्रोही बन कर रहा है। मनुष्य को अपने शाश्वत घर वापस लौटने के लिए अंधकार से होकर गुज़रना ही होता है। यह कोई सज़ा नहीं है। मनुष्य को सज़ा देने के लिए संसार में नहीं फेंका गया है, मनुष्य को संसार में फेंका गया है – सीखने के लिए, कुछ खोज करने के लिए और कुछ बनने के लिए।

रोबर्ट फ्रोस्ट प्रत्येक रात्रि प्रार्थना किया करता था। मैं इस प्रार्थना से प्रेम करता हूं। वह परमात्मा से कहा करता था – 'हे परमात्मा! यदि अपने विरुद्ध मेरी प्रार्थना के लिए तू मुझे क्षमा करे तो मैं वायदा करता हूं कि मैं तुझे अपने विरुद्ध किए गए उस महान पाप के लिए क्षमा कर दूंगा। मैं वायदा करता हूं, कि मैं तुझे अपने और मनुष्यता के विरुद्ध तेरे द्वारा किए गए उस महान पाप के लिए क्षमा कर दूंगा।'

यह प्रार्थना अर्थपूर्ण है। यदि यह सोचा जाता है कि आदम ने कोई पाप किया हैं, तो यह बहुत छोटा सा पाप है। और आदम एक बच्चा है – उसे क्षमा किया जा सकता है। लेकिन फिर परमात्मा के बारे में? उसने उसे उत्तेजित किया। परमात्मा के बारे में क्या किया जाये? उसी ने पूरी स्थिति सृजित की। यदि आदम के कृत्य को एक पाप के रूप में सोचा जाता है, तब यह एक छोटा सा पाप है, बहुत छोटा सा कुसूर है, एक नगण्य सा पाप। लेकिन परमात्मा के बारे में? क्या वह इस छोटी सी चीज़ के बारे में सचेत नहीं था, एक ऐसी चीज़, जिसके बारे में कोई भी मनोवैज्ञानिक जानता है – और वह है कि यदि तुम किसी को उत्तेजित करते हो यदि तुम उसे चुनौती देते हो, यदि तुम ऐसी स्थिति सृजित करते हो... उसने आदम को उत्तेजित किया – यही उसका महान पाप था। यदि आदम का पाप, एक पाप है तो परमात्मा का पाप उससे कहीं अधिक बड़ा है।

लेकिन कुछ भी पाप नहीं है। मैं आदम के पाप को एक छोटा सा पाप, या पाप मानता ही नहीं, और न मैं परमात्मा के पाप को महान पाप कहता हूं। वह प्रमाणित रूप से एक डिज़ाइन अथवा एक विधि थी, जिसके द्वारा अपने पैरों पर स्वयं खड़ा होकर चलने के लिए, अपनी वैयक्तिकता को पाने के लिंए आदम की सहायता की जाये।

क्या तुमने कभी इस चीज़ का निरीक्षण किया है? जब वृक्ष फलता-फूलता है, जब उस पर फल लगते हैं, और जब बीज पकते हैं, तो प्रत्येक वृक्ष अपने बीजों को हवा के और पक्षियों के द्वारा उन्हें दूर-दूर तक भिजवाने का प्रयास करता है। और यदि वृक्ष यह अनुभव करता है कि बीज भारी होने से हवा उसे साथ ले जाने में समर्थ न हो सकेगी, तब वह अपने बीजों को दूर भेजने के लिए दूसरे उपाय या नक्श्बंदी सृजित करता है, क्योंकि वह जानता है कि यदि बीज उसके ही नीचे गिर गये तो वे कभी भी विकसित होकर एक बड़ा वृक्ष न बन सकेंगे। उसे स्वयं अपना वैयक्तिक अस्तित्व बचाने के लिए, अंतराल खोजना होता है।

फलस्वरूप ऐसे भी वृक्ष हैं जो बीजों के साथ उनके चारों ओर रुई जैसी चीज़ उगाते है। बीज भारी होता है लेकिन रुई भार रहित होती है और हवा

उस रूई को अपने साथ उड़ा ले जाती है। तब बीज़ भी उसके साथ बहुत दूर चले जाते हैं और फिर वे किसी खुले स्थान में जा गिरते हैं और विकसित होकर महान वृक्ष बन सकते हैं।

यही थी वह तरकीब, जो परमात्मा ने आदम के साथ आजमाई। उसने उसे धक्का देकर दूर फेंकने का प्रयास किया – क्योंकि तुम केवल तभी विकसित हो सकते हो जब तुम अपनी निजता से अलग जाकर रहो। एक दिन बच्चे को स्कूल भेजना ही होता है, एक दिन बच्चे को छात्रावास भेजना ही होता है, एक दिन बच्चे को विश्वविद्यालय भी जाना होता है। वह स्कूल जाने के लिए रोता और चीखता है। वह परिवार और उसके सुपरिचित आत्मीय वातावरण को, वहां की सुख सुविधा, सुरक्षा और सलामती को छोड़ना नहीं चाहता। वह छोड़ना तो नहीं चाहता, लेकिन उसे धक्का देकर वहां भेजा ही जाता है उसे संसार में फेंकना ही होता है। यही परमात्मा ने भी किया। वह एक योजना, विधि अथवा एक उपाय था।

एक बार तुम संसार में फेंक दिए जाते हो, तो तुम स्वयं ही सीखोगे। कई बार तुम असफल होगे, जो सहज स्वाभाविक है, लेकिन बार-बार असफल होने पर तुम्हारे अंदर ही कुछ अंतर्दृष्टि का उदय होना प्रारंभ होगा, और वही अंतर्दृष्टि तुम्हें वापस ले आएगी।

आदम संसार में आया... उसे आना ही पड़ा। जब आदम सीखता है, कुछ बनता है, वह अपनी आत्मा अर्थात स्वयं को जान लेता है, वह क्राइस्ट बन जाता हैं। क्राइस्ट कोई और नहीं, वह आदम ही है, जो विकसित हो गया है। अब वह अपने शाश्वत घर में वापस लौट सकता है। अब वहां परमात्मा उसका स्वागत करेगा। उसने बहुत कुछ सीखा हैं। संसार स्वयं अपने आप में लोगों को अपने अस्तित्व का बोध देने के लिए एक नक्शबंदी है।

चेतना, कोई ठोस, परिपूर्ण और दी गई चीज़ जैसी नहीं है, उसे विकसित करना होता है, उसे सीखना होता है, उसकी सुरक्षा करनी होती है। तुम्हें ही अपनी चेतना का माली बनना है। तुम्हें उसे जल, स्थान, धूप और खाद्य उपलब्ध करानी होगी, तुम्हें उस नन्हे अंकुर की, जो बहुत नाजुक, कोमल और शीध्र ही किसी भी चीज़ से कुचला या नष्ट किया जा सकता है, सुरक्षा करनी है।

इसलिए स्मरण रखो – चेतना कोई ठोस, परिपूर्ण और जो जाने वाली वस्तु जैसी नहीं है। वह स्वयं, सृजन की एक प्रक्रिया है। वह हमारा निरंतर होने वाला सुधार और विकास है, जो इस क्षण तक जो कुछ भी हुआ है, उसके अस्वीकार करने पर आधारित है।

यह बात समझ लेने जैसी है। चेतना केवल तभी विकसित होती है, यदि तुम

अपने अतीत को अस्वीकार किये जाओ। सामान्य रूप से हम अतीत से लिपटे या चिपटे रहते हैं, तब चेतना विकसित नहीं होती। तुमने अभी तक जो कुछ भी सीखा है, उसके बारे में भूल जाओ। वह समाप्त हो चुका। तुमने उसे सीख लिया, तुमने उसे अवशोषित कर लिया।

तुम अभी तक जो कुछ भी हुए हो या बने हो, उसे छोड़ दो जिससे उससे भी कुछ अधिक बन सको। कभी भी अपने अतीत की सीमा में बंदी बन कर मत रहो। वे लोग जो अतीत की सीमा में बंध कर रह गये हैं, कैदियों की भांति हैं। यही है वह नक्शबंदी। सूफ़ी इसे क़ैदखाना कहते हैं, अतीत का बंदीघर। इसे प्रतिदिन तोड़ना है और प्रत्येक को इसी से विकसित होना है।

कुछ बनने के लिए, एक व्यक्ति को, जो वह अब तक बन चुका है, उसे ठुकरा देना होता है। जहां तक हो सके वह ऐसा कर नहीं पाता, उसे एक चीज़ के निकट होना होता है और यह स्वयं में होने की स्थिति को समाप्त कर देता है। यदि तुम्हारे पास कोई भविष्य नहीं है, यदि तुम्हारे पास केवल तुम्हारा अतीत है तो तुम एक व्यक्ति न होकर एक वस्तु हो। व्यक्ति तो वह होता है जिसके पास कोई भविष्य होता है। व्यक्ति तो वह होता है, जो हमेशा अतीत के बोझ को छोड़कर निर्भर होता जाता है, जो अपने अतीत छोड़े चले जाता है, जो उसे निरंतर अस्वीकार किए जाता है। उसे पहिले ही जीया जा चुका है, इसलिए उसे ढोये चले जाने का महत्व क्या है। वह पहिले ही से जाना जा चुका है उसका पहिले ही अनुभव किया जा चुका है और उसे दोहराये चले जाने की कोई ज़रूरत है ही नहीं। जब कोई व्यक्ति किसी चीज़ को दोहराता नहीं, जब वह बार-बार एक ही अनुभव को दोहराये नहीं चले जाता, वह विकसित होता है। उससे उसका महान विकास होता है।

'मनुष्य के पास आत्मरूपांतरण की विशेषता है। तुम अपने बारे में जो कुछ भी सोचते हो, तुम्हें उसके पार जाना है। तुम स्वयं अपने बारे में जो कुछ भी सोचो कि तुम ऐसे या 'इस तरह' हो, तुम्हें उसे हमेशा-हमेशा के लिए छोड़ देना है, तुम्हें उसका त्याग कर देना है। इसी को मैं आत्मत्याग या संन्यास कहता हूं। इसी वजह से मैं तुम्हें दीक्षा देते समय, केवल इसी ओर इशारा करते हुए, एक नया नाम देता हूं। यह फिर एक 'नक्शबंदी' है – यह केवल यह दर्शाने के लिए है, कि तुम्हारा अतीत अब मिट चुका और पुराना अध्याय समाप्त हो चुका। अब किसी नई चीज़ की शुरूआत करो, तुम्हारा पुनर्जन्म हो। फिर से तुम नया जन्म लो। यह केवल एक रूपक है। यदि तुम इसे भली-भांति समझ लो, तो तुम इसे बहुत अधिक उपयोगी बना सकते हो। और जिस क्षण से तुम एक संन्यासी बने

हो तुम्हें निरंतर इसका स्मरण बनाये रखना है। प्रत्येक रात, जब तुम सोने के लिए बिस्तरे पर जाओ, अपनी आंखे बंद कर लो, और जो कुछ भी गुज़र चुका है, उसका अध्याय बंद कर दो। उसी के साथ समाप्त हो जाओ। स्वयं अपने से कहो – कि मेरा अतीत बचा ही नहीं। इसे सचेतन रूप से जानते समझते हुए इस तरह छोड़ दो, उसका यों परित्याग कर दो, जिससे अगली सुबह तुम फिर से ताज़ा होकर, फिर से साफ सुथरे और युवा बनकर और फिर से निर्दोष बनकर जाग सको। केवल तभी चेतना विकसित होती है।

मनुष्य में आत्म रूपांतरण की स्वभावगत विशेषता है। उसमें कुछ ऐसी विशेषता है, जैसे कोई वस्तु सभी से आगे निकल कर सर्वोच्च हो जाती है। सामान्य भाषा में कहा जाये तो मनुष्य स्वतंत्र है अथवा यह कहना अधिक ठीक होगा कि मनुष्य एक स्वतंत्रता ही है। स्वतंत्रता मनुष्य की सुवास अर्क है अथवा कहा जाये कि मनुष्य का अस्तित्व इसके सारभूत तत्व से पहिले है। मनुष्य पहिले है, केवल उसके बाद ही 'यह' अथवा 'वह' है। मनुष्य को स्वयं अपने लिए ही अपने सारभूत गुणों और सुवास को, अपनी आत्मा को और अपने अस्तित्व को सृजित करना चाहिए। मनुष्य को निरंतर स्वयं के द्वारा ही स्वयं के लिए ही, स्वयं से जन्म लेना पड़ता है।

यह एक सौंपा गया कार्य है, और जीवन एक कठिन परिश्रम है, जिसका सामना प्रत्येक को करना होता है और इसीलिए तुम्हें नक्शों या डिज़ाइनों की ज़रूरत पड़ती है। सभी धर्म भिन्न-भिन्न प्रकार के नक्शे हैं। और स्मरण रहे कभी इन नक्शों में दूसरे नक्शे को मिलाना नहीं है। यदि तुम एक नक्शे का प्रयोग कर रहे हो, तो उसका प्रयोग बहुत सजगता, समर्पण प्रतिबद्धता और सचेत होकर करो। उसे दूसरे नक्शों के साथ मिलाओ मत, क्योंकि अलग-अलग नक्शे भिन्न-भिन्न व्यक्तियों द्वारा बनाये गये हैं, और उनके बनाने के पीछे उनके भिन्न-भिन्न विचार थे। एक जैसी विधि और व्यवस्था से उनकी योजना नहीं बनाई गई है। एक नक्शा सड़को का नक्शा हो सकता है और दूसरा नक्शा रेल की पटरियों का हो सकता हैं, कोई अन्य नक्शा राजनीतिक हो सकता है जिसमें सीमाएं अंकित की गई हो, और कोई दूसरा नक्शा धार्मिक हो सकता है जिसमें कुछ और दिखलाया गया है, और अन्य कोई नक्शा भौगोलिक हो सकता है, जो कुछ दूसरी चीज़ दिखला रहा हो। सभी नक्शे, भिन्न-भिन्न लोगों के द्वारा खोजी गई विधियां या उपाय हैं। इन नक्शों को एक दूसरे से मिलाना मत, अन्यथा तुम उलझन में पड़ जाओगे। यदि तुम एक नक्शे का प्रयोग कर रहे हो, तो एक नक्शा ही तुम्हारे लिए यथेष्ट है।

इसी वजह से मैं उन सभी प्रयासों के विरुद्ध हूं जो संसार में सभी धर्मों का संश्लेषण करने के बाबत किये जा रहे हैं। उनको मिलाया ही नहीं जा सकता। यह वैसी ही बेवकूफी और मूर्खता होगी जैसे कोई व्यक्ति रसायन शास्त्र, मनोविज्ञान, शरीर विज्ञान, भौतिक शास्त्र, जीव विज्ञान, इतिहास, भूगोल और धर्म को एक साथ मिलाकर उनका संश्लेषण करे। यह कार्य असंगत और बेतुका होगा। विभिन्न धर्म, विभिन्न तरह के नक्शे हैं, जो भिन्न सीमाएं और भिन्न रास्ते प्रदर्शित कर रहे हैं।

हां, अंतिम रूप से वहां सत्य एक ही है, वे सभी एक ही मंज़िल पर पहुंचते हैं – लेकिन वे भिन्न-भिन्न दृष्टिकोण और भिन्न-भिन्न रास्तों से यात्रा की शुरूआत करते हैं। यात्रा प्रारंभ होने की उनके दिशा और संकेत ही अलग-अलग हैं। पहुंचने का अंतिम बिंदु भले ही एक हो, लेकिन प्रारम्भिक दिशा, संकेतों का संश्लेषण करने की वहां कोई आवश्यकता ही नहीं है, अन्यथा तुम उलझन में पड़ जाओगे। इसलिए जो भी नक्शा तुम्हें अपील करता हो, अपने हृदय की गहराई में अपने अंतर्स्वर की सुनो कि कौन सा नक्शा तुम्हें ठीक और अपने लिए सुगम लगता है, उसे चुनो तब उसके प्रति समर्पित और प्रतिबद्ध होकर चल पड़ो।

इससे पहिले हम इस बोधकथा में प्रवेश करें तीन चीज़ें समझ लेने जैसी हैं। यह सूफ़ी धर्म के तीन स्तम्भ हैं। तुम्हारी सहायता करने के लिए यह एक नक्शबंदी या डिज़ाइन है। यह एक तरह का नक्शा है। पहिला स्तम्भ है – इस्लाम, दूसरा है ईमान और तीसरा हैं इहसान।

इस्लाम का अर्थ है – समर्पण – अहंकार का समर्पण, अपने अतीत का समर्पण, अपनी तथाकथित आत्मा का समर्पण, जिसके बाबत तुम्हारा विश्वास है कि 'तुम' हो – परिपर्ण समर्पण, यह है पहिला आधारभूत स्तम्भ। 'इस्लाम' शब्द बहुत सुंदर हैं। इसके कई अर्थ और भी हैं, लेकिन बुनियादी अर्थ समर्पण ही है। इस्लाम का दूसरा अर्थ है – शांति। जब कोई समर्पण करता है, तो वहां शांति छा जाती है – क्योंकि जब तुम समर्पण करते हो तो सारे संघर्ष मिट जाते हैं। जब तुम किसी सद्गुरु को, धर्म के किसी स्कूल को अथवा किसी विशिष्ट नक्शे के प्रति समर्पित हो जाते हो, तुम बहुत अधिक शांति का अनुभव करते हो। अब तुम संघर्ष नहीं कर रहे हो। तुमने किसी ऐसे व्यक्ति को खोज लिया है जिस पर तुम आस्था कर सकते हो। तुमने किसी ऐसे व्यक्ति को पा लिया है जो रास्ता जानता है। तुमने किसी ऐसे व्यक्ति की तलाश कर ली है, जिसके पास स्वयं का प्रकाश है। तुम उसका अनुसरण कर सकते हो। महान श्रद्धा से शांति का जन्म होता है। जब श्रद्धा घट गई, जब समर्पण घट गया, फिर वहां संघर्ष कैसे हो सकता है ?

इसका तीसरा अर्थ है – खामोशी या मौन। शांति का अर्थ है कि वहां जीवन में कोई और संघर्ष नहीं, रह गया, अब जीवन में 'यह रास्ता' अथवा 'वह रास्ता' भी चुनने को बाकी न रहा। मुझे इस रास्ते से जाना चाहिए अथवा उस रास्ते से ? मुझे यह काम करना चाहिए अथवा वह? एक बार तुमने एक सद्गुरु को चुन लिया, शांति उदित होती है क्योंकि अब वहां बताने के लिए वह मौजूद है कि क्या करना है और क्या नहीं करना है। अब तुम्हारी वचनबद्धता परिपूर्ण है, अब तुम उससे पूरी तरह जुड़ गए हो, अब तुम्हें इस बारे में कुछ भी और अधिक सोचने की ज़रूरत ही नहीं है। तुम सोचने वाले मन को उठाकर अब एक किनारे रख सकते हो। शांति आती है और मौन छा जाता है। मौन, शांति का ही दूसरा आयाम है।

क्या तुमने कभी निरीक्षण किया है, कि ऐसा जब कभी भी तुम्हें घटता है, जैसे तुम प्रेम में किसी व्यक्ति को समर्पण कर देते हो, तो अचानक तुम्हारे अंदर वहां एक गहन मौन छा जाता है। एक भी विचार गतिशील नहीं होता, कोई भी विचार तरंग उठती ही नहीं। वहां बाहर बहुत अधिक शोर हो सकता है। सड़क पर वाहनों के आने जाने का, हवाई जहाज या रेलों का – लेकिन जब तुम मौन में होते हो तो अचानक रेलगाड़ियों, हवाई जहाज और सड़क के यातायात का शोर भी तुम्हारी एकाग्रता को भंग नहीं करता। तुम उनके रहते हुए भी मौन को पा लोगे। जब तुम शांत होते हो, तो तुम मौन हर जगह पा लोगे।

प्रेम में एक बहुत छोटा सा समर्पण घटता है, क्योंकि प्रेम में तुम किसी व्यक्ति के साथ प्रेम कर रहे होते हो, जो तुम्हारे ही बराबर या तुम्हारे ही समान है। वह बहुत बड़ा समर्पण नहीं हो सकता। तुम उस स्त्री अथवा उस पुरुष को जानते हो, जिसे तुम समपर्ण कर रहे हो, लेकिन वह ठीक तुम्हारे ही जैसा है।

जब तुम एक सद्गुरु को समर्पण करते हो, तुम किसी ऐसे व्यक्ति को समर्पण कर रहे हो, जो तुमसे बहुत दूर भी है और फिर भी तुम्हारे निकट है। एक सद्गुरु एक सीढ़ी होता है। सीढ़ी का पहिला डंडा बहुत निकट होता है और सबसे अंत का डंडा आसमान की ऊंचाइयों में बादलों के साथ कानाफूसी करता हुआ अत्यधिक दूर होता है। जब तुम उसे समर्पण करते हो, तो सीढ़ी का एक भाग या एक छोर तुम्हारे हाथों में होता हैं और सीढ़ी का दूसरा छोर परमात्मा के साथ होता है। एक सद्गुरु मनुष्य रूप में परमात्मा होता है। वह तुम्हारी तरह ही दिखाई देता है, ठीक तुम्हारे जैसा ही, और फिर भी वह तुम्हारे जैसा नहीं होता। वह पहुंच गया है। उसने पा लिया है। अब वहां उसके लिए कुछ

भी पूछने या खोजने को शेष न रहा। अब उसकी कोई कामनाएं नहीं रही। वह पूर्ण तृप्त ओर संतुष्ट है।

सूफ़ी धर्म का पहिला आधार स्तम्भ इस्लाम है – अर्थात समर्पण, शांति और मौन।

इसका दूसरा स्तम्भ हैं 'ईमान'। ईमान का अर्थ होता है – आस्था, श्रद्धा, – विश्वास नहीं! विश्वास विचारों में होता है और आस्था होती है उपस्थिति में। मैं जो कुछ भी कहता हूं, यदि वह तुम्हें अपील करता है तो तुम उस पर भरोसा करते हो, तब वह विश्वास होगा। में जो भी हूं, यदि वह तुम्हें एक चुम्बक की भांति अपनी ओर आकर्षित करता है, यदि वह तुम्हें किसी अज्ञात ऊर्जा स्रोत की भांति अपनी ओर खींचता है, तब वह श्रद्धा होती है। जब तुम किसी तर्कयुक्त वक्तव्य पर भरोसा करते हो, तो वह विश्वास होता है, जब तुम किसी व्यक्ति की उपस्थिति में विश्वास करते हो तब वह श्रद्धा होती है। ईमान का अर्थ है – श्रद्धा।

सूफ़ी कहते हैं कि तुम अकेले कार्य नहीं कर सकते। बिना सद्‌गुरु के यह लगभग असंभव है। बिना सद्‌गुरु के तुम एक आकस्मिक संयोग की भांति होंगे, जो अव्यवस्थित होकर कभी इस मार्ग पर तो कभी उस मार्ग पर जाता है। अकेले तुम बुद्धत्व उपलब्ध होने के मार्ग पर तो चल सकते हो, लेकिन तब तुम आसानी से पागल हो सकते हो।

और एक बात का स्मरण रहे; कभी भी एक क्षण के लिए यह मत सोचना, जैसे कि बहुत से लोग सोचते हैं कि जो लोग समर्पण करते हैं अथवा जो लोग श्रद्धावान होते हैं, वे कमजोर लोग होते हैं। नहीं, बिल्कुल भी नहीं। केवल शक्तिशाली लोग ही समर्पण कर सकते हैं और केवल शक्तिशाली लोग ही श्रद्धावान हो सकते हैं। दुर्बल मनुष्य हमेशा भयभीत रहते हैं। श्रद्धा करना, कायरों के वश की बात नहीं। श्रद्धा करने के लिए साहस की आवश्यकता होती है। श्रद्धा करने का अर्थ है – जोखिम उठाना। श्रद्धा करने का अर्थ है कि अब तुम अपने हृदय के द्वार किसी व्यक्ति के लिए पूरी तरह खोल रहे हो और तुम नहीं जानते कि अब क्या होने जा रहा है। वह तुम्हारा शोषण कर सकता है, वह तुम्हें बरबाद कर सकता है, तुम अब आघात सहने योग्य बन गये हो। कौन जाने कि यह व्यक्ति अब तुम्हारे साथ क्या करने जा रहा है? अब तुम असुरक्षित बन गए हो, तुमने सारी चौकसी और पहरे दूर हटा दिए हैं। तुम इस व्यक्ति के लिए अपने वक्ष पर पहिना हुआ सुरक्षा कवच उतार रहे हो और तुम नहीं जानते कि अब क्या होने जा रहा है। एक कायर और निर्बल मनुष्य ऐसा कभी भी नहीं

कर सकता। इसलिए एक क्षण के लिए भी यह मत सोचना कि जो लोग समर्पण करते हैं, वे कायर या दुर्बल होते है। नहीं, ज़रा भी नहीं। मामला ठीक इससे उल्टा है, केवल शक्तिशाली और हठप्रतिज्ञ लोग ही समर्पण कर सकते हैं। ईमान उन्हीं लोगों के लिए है, जो साहसी हैं।

ईमान का पहिला अर्थ है – आस्था, श्रद्धा। ईमान का दूसरा अर्थ है धर्म – कोई सम्प्रदाय नहीं बल्कि धार्मिकता। धार्मिकता क्या है? जो प्रत्यक्ष दिखाई देता है, उसके साथ असंतुष्ट होना ही धार्मिकता है। जो प्रत्यक्ष दिखाई देता है, जिसका स्पष्ट रूप से स्पर्श किया जा सकता है – उसके साथ असंतुष्ट होना, यह संसार जैसा हैं उसके साथ और वस्तुएं जैसी वे हैं, उनके साथ असंतुष्ट होना ही धार्मिकता है। इस असंतोष के साथ, इस दिव्य असंतुष्टि से तुम्हारे अंदर सत्य की खोज करने के लिए जीवन का क्या अर्थ है। इसकी खोज करने के लिए, जीवन के इस स्रोत की, जहां से सभी कुछ आता है और जहां सभी कुछ जाता है, और इस पूरे रहस्य का क्या आधार है, एक तीव्र अभिलाषा उत्पन्न होती है। यही अर्थ हैं धार्मिकता का। इसका हिन्दू-मुस्लिम या ईसाई या किसी सम्प्रदाय से कुछ भी लेना-देना नहीं है। एक धार्मिक मनुष्य बस धार्मिक मनुष्य होता है, उसका हिन्दू, मुसलमान या ईसाई होने के साथ कोई संबंध नहीं होता। तुम इस गुण को देख सकते हो। जब तुम एक धार्मिक मनुष्य को देखते हो, तो तुम्हें यह अनुभव नहीं होगा कि वह मुसलमान है, अथवा वह एक हिन्दू है अथवा एक ईसाई है, तुम्हें प्रामाणिक रूप से यह अनुभव होगा कि वह धार्मिक है। उसके चारों ओर धार्मिकता की एक सुवास होगी। उसकी आंखों में एक प्रकाश और चमक होगी, लेकिन इस संसार की नहीं, उसके हृदय में एक धड़कन होगी, लेकिन इस संसार की नही। वह पृथ्वी पर चलता अवश्य है लेकिन इसके चरण पृथ्वी का स्पर्श नहीं करते, वह यहां है और यहां नहीं भी है। वह किसी और ही चीज़ के नशे में धुत है – तुम यह नहीं समझ सकते कि उसने कौन सी शराब पी ली है। उसकी शराब प्रत्यक्ष दिखाई नहीं देती, उसने जो शराब पी है, उसे बाज़ार में कहीं से भी खरीदा नहीं जा सकता। उसने उस शराब को अपने आत्मिक केन्द्र में उत्पन्न किया है और वह उसी खुमारी में डूबा है। तुम उसे तभी समझ सकोगे, जब देखो कि वह किस तरह चलता है, वह किस तरह बैठता है, वह किस तरह बात करता है, वह किस तरह संबंध जोड़कर अपना संदेश देता है। वहां बस मस्ती और मदहोशी है।

यदि तुम उसके लिए उपलब्ध हो, तो केवल उसके साथ सम्पर्क में आने मात्र से हो सकता है तुम्हें कोई उच्च कोटि का श्रेष्ठ अनुभव होना शुरू हो जाये। केवल

इसलिए, क्योंकि उसका पूरा रूपांतरण हो चुका है, उसके निकट सम्पर्क में तुम भी नई दिशा की ओर उन्मुख होने का अनुभव करना प्रारंभ कर दोगे। यही है वह धार्मिकता, जिसे सूफ़ी 'ईमान' कहते हैं, हिन्दू उसें 'धर्म' और लाओत्से 'ताओ' कहकर पुकारता है और यहूदी उसे 'तोराह' कहते हैं। धर्म का सबसे अधिक आधारभूत नियम है – अज्ञात और अदृश्य के साथ नशे में मदमस्त रहना, किसी ऐसी चीज़ के साथ, जो इस संसार की न हो और न यहां उपलब्ध हो, पीकर मदहोश पड़े रहना, अथवा किसी ऐसी चीज़ की खुमारी में झूमते रहना, जो उस पार से आकर तुम्हारे अंतस में गहरे उड़ेल दी गई हो। और यदि तुमने सूफ़ियों को देखा है, तो तुम आश्चर्य में पड़ जाओगे – वे संसार भर में सबसे अधिक पियक्कड़ लोग हैं।

और ईमान का तीसरा अर्थ है – पाबंदी या वचनबद्ध होना, संबद्ध होना, न केवल विचारों के प्रति, बल्कि कृत्यों में भी। यह एक स्थिति से दूसरी स्थिति में लाना है, यह उसे दीक्षित करना है। यदि तुम यह अनुभव करते हो कि तुम उसके अर्थ से चूक रहे हो, तब केवल सोचने भर से तुम उसे खोजने नहीं जा रहे हो। तुम्हें उसके लिए स्वयं को, तथा अपने विचारों और भाषों को समग्रता से उसके प्रति समर्पित करना होगा। तुम्हारे सभी कार्य भी उसके प्रति समर्पित होंगे।

संन्यास लेने का भी यही अर्थ है। यही ईमान है। तुमसे केवल यह आशा ही नहीं की जाती कि जो कुछ मैं कहता हूं, तुम उस पर विश्वास करो, जो कुछ मैं कहता हूं उसे तुम्हें न केवल मौन होकर सुनना है, वरन तुम्हें वैसा बनना भी है, तुम्हें उसका प्रतिनिधित्व करना है, तुम्हें उसे जीना है और तुम्हें अपने अस्तित्व में वह जीवंतता लानी है। उसे केवल एक दार्शनिक विचारधारा जैसी चीज़ बनकर नहीं रहना चाहिए, इसे तुम्हारा प्रामाणिक जीवन बन जाना चाहिए। केवल तभी और केवल तभी कोई वहां पहुंचता है, अन्यथा नहीं।

और तीसरी चीज़ हैं 'इहसान'। इहसान का अर्थ है – प्रामाणिकता, ईमानदारी और सच्ची लगन। जब तक तुम्हारे प्रयासों में प्रामाणिकता और ईमानदारी न हो, कुछ भी घटने नहीं जा रहा है। तुम परमात्मा को धोखा नहीं दे सकते। तुम प्रत्येक को धोखा नहीं दे सकते, तुम स्वयं अपने आपको धोखा नहीं दे सकते, लेकिन तुम परमात्मा को तो धोखा दे ही नहीं सकते हो। तुम अखण्ड अस्तित्व को धोखा नहीं दे सकते। इस बारे में ऐसा करने का कोई उपाय है ही नहीं। तुम्हें प्रामाणिक होना होगा। तुम्हें सच्चा बनना होगा।

ऐसा प्रतिदिन होता है। कोई व्यक्ति आता है और संन्यास लेना चाहता है। मैं उसकी आंखों में देखता हूं, मैं उसके हृदय में झांकता हूं, और मैं समझता हूं

कि वह प्रामाणिक संन्यासी बनने नहीं जा रहा है। वह सोचता है – "इसे भी आज़मा कर क्यों न देखा जाए? मैं यहां दो या तीन महीने तो हूं ही, मैं भी एक संन्यासी बन सकता हूं। और जब मैं वापस शिकागो जाऊंगा, तो कौन उसकी फिक्र करता है? मैं अपने वस्त्र बदल सकता हूं, माला उठाकर सूटकेस में रख सकता हूं। यदि कुछ चीज़ घट जाती है तो बढ़िया, यदि कुछ नहीं भी घटता है तो मैं कुछ भी तो नहीं खोता। क्यों न एक प्रयास करके देखा जाए?"

यदि तुम आज़मा कर देख रहे हो, तो कुछ भी घटने नहीं जा रहा। कोई चीज़ घटना केवल तभी संभव होती है, जब तुम वास्तव में उसके अंदर बैठ जाते हो, जब तुम उसके लिए प्रत्येक चीज़ को अपनी प्रतिष्ठा, अपना नाम और हर वस्तु का बलिदान करने को तैयार होते हो।

कुछ दिनों पूर्व रात्रि में एक संन्यासिनी यहां आईं वास्तव में उसकी दिलचस्पी जीवन का अर्थ खोजने की थी। संन्यास लिए एक वर्ष हो चुका था, लेकिन वह अपने नये नाम का बिल्कुल भी प्रयोग नहीं कर रही थी। अब उसे अपने अंदर थोड़ा सा अपराध-बोध का अनुभव होना शुरू हुआ। उसने मुझसे कहा – 'मैंने अपने नये नाम का बिल्कुल भी प्रयोग नहीं किया है।' यह प्रश्न नामों का नहीं है। यदि तुम समग्रता से उसके अंदर नहीं हो, तब चीज़ें घटेंगी नहीं, और जब वे नहीं घटतीं, तो तुम सोचते हो – 'संन्यास लेने से क्या लाभ हुआ? इसे छोड़ दो, क्योंकि कुछ भी नहीं घट रहा है।' और यह तुम ही हो, जो इसके लिए ज़िम्मेदार हो। चीज़ें केवल तभी घट सकतीं हैं, जब तुम उसमें समग्रता से होते हो, जब वह जीने मरने की बात बन जाती है।

जो नाम मैंने तुम्हें दिया है, जब वह तुम्हारी असलियत बन जाता है, जब जीने और अपने स्वभाव के अनुसार होने का जो मार्ग मैंने तुमको बतलाया है, जब केवल वही तुम्हारा मार्ग बन जाता है, तब चीज़ें घटना शुरू हो जाती हैं, तब कोई भी उन्हें घटने से रोक नहीं सकता – लेकिन उससे पहिले कुछ भी न होगा।

अब मैं इस संन्यासिन को जानता हूं – उसका नाम पामा है। वह एक सुंदर स्त्री है, वास्तव में उसके अंदर खोज है – लेकिन आधे हृदय से। इसीलिए वह आगे नहीं बढ़ सकती, क्योंकि उसका आधा हृदय ही मेरे साथ है, और वह पूरी तरह से मेरे अंदर प्रविष्ट नहीं हो सकती, क्योंकि उसका आधा हृदय अभी भी अन्य चीज़ों के बारे में सोच रहा है। अब वह कठिनाई में पड़ेगी ही, वह एक तरह से खण्डित है, उसके विचारों, भावों और कार्यों में तारतम्य नहीं है।

'इहसान' का अर्थ है, खंडित या विभाजित होकर मत रहो। तुम यदि

परमात्मा को नहीं पाना चाहते, तो उसके बारे में भूल जाओ। संसार में ही बने रहो, केवल संसार को ही अपनी वास्तविकता बना लो। एक न एक दिन तुम निराश होंगे ही। तभी परमात्मा की खोज शुरू होगी। लेकिन इस बारे में अभी आगे जाने की कोई ज़रूरत नहीं है। यदि अभी तुम परिपक्व नहीं हुए हों, तो यही अच्छा है कि संसार में ही बने रहो। यह संसार ही परमात्मा के लिए तुम्हें परिपक्व बना देगा। कोई भी जल्दी नहीं है यदि तुम वास्तव में तैयार हो, तो दो घोड़ों की सवारी मत करो। तब चुनाव कर लो। यही अर्थ है इहसान का, प्रमाणि ाकता और ईमानदारी का।

इहसान का दूसरा अर्थ हैं – सद्गुण और सदाचार। आंतरिक सद्गुण और सदाचार, बाहर से थोपे गये सद्गुण नहीं। जब एक व्यक्ति प्रामाणिक बनता है, उसके अंदर एक तरह के सद्गुणों का उदय होता है। तुम एक प्रामाणिक व्यक्ति को देख सकते हो। उसके अस्तित्व में सत्य स्पष्ट रूप से झलकता है वह जो कुछ भी करता है वह बहुत स्पष्ट और पारदर्शी होता है। उसके पास निर्देशन की कला है, उसमें निर्देश देने की एक समझ है, क्योंकि उसकी खोज ईमानदार और प्रामाणिक है वह जानता है कि वह क्या कर रहा है, इसीलिए वह केवल वही करता है, जो उसे उसके अंतिम लक्ष्य में सहायता देने जा रहा हो, और वह उन सभी चीज़ों का छोड़ देता है, जो असंगत हैं। वह अपने समय और ऊर्जा का एक क्षण भी किसी अन्य चीज़ पर नष्ट नहीं करता है।

यदि तुम वास्तव में एक संन्यासी हो, तो तुम जो कुछ भी करोगे, वह तुम्हारे लक्ष्य और समाधि की ओर सहायक बनेगा। यदि तुम कोई वाद्ययंत्र बजा रहे हो, तो तुम उसे इस विचार के साथ बजाओगे, कि वह तुम्हारे ध्यान का एक भाग होगा। यदि तुम नृत्य कर रहे हो, तो तुम अपने चारों ओर कहीं अधिक ध्यानपूर्ण अंतराल सृजित करने का प्रयास करोगे। यदि तुम किसी से बातचीत कर रहे हो, तो तुम केवल उन चीज़ों के बारे में बात करोंगे, जो ध्यान में सहायक हैं, तुम व्यर्थ की कचरा बातों से भ्रम और उलझन में न पड़ोगे। तुम साधारण रूप से कह दोगे – 'यह बाते मेरे मतलब की नहीं है मेरी इनमें कोई रुचि नहीं है।' तुम केवल वे ही पुस्तकें पढ़ोगे जो तुम्हारी सहायता करने जा रही हैं। तुम बेवकूफी भरे उपन्यासों को पढ़ने में समय नष्ट न करोगे। तुम कोई फिल्म देखने नहीं जाओगे और न तुम कोई रेडियो कार्यक्रम सुनोगे।

तुम्हारा जीवन अधिक से अधिक निर्देशित मार्ग पर गतिशील बनता जायेगा। तुम्हारे पास ही इरादा या निश्चय होगा और वह निश्चय होगा – प्रत्येक काम जो तुम कर रहे हो उसमें निरंतर एक धागे की तरह तुम बने रहो। केवल तभी

वहां कोई सम्भावना है, और केवल तभी तुम इस योग्य बन सकते हो और इसके अधिकारी बन सकते हो कि परमात्मा तुममें अवतरित हो।

जब यह स्पष्ट रूप से दिखाई देता है कि तुम्हारे पूरे प्रयास सीधे ही परमात्मा की ओर उन्मुख हैं, और तुम्हारा पूरा जीवन ही एक पूजा बन गया है, तो यह 'इहसान' होता है। इसी को बौद्ध, 'शील' और 'सदाचार' कहते हैं। और 'इहसान' का तीसरा अर्थ है – परिपूर्णता, समग्रता। तुम जो कुछ भी करो, उसे बीच में रोको मत। उसमें पूर्ण रूप से प्रवेश करो, एक तमाशबीन बनकर मत रहो – क्योंकि केवल उसमें भागीदार बनकर कोई, किसी चीज़ को जान पाता है। दर्शक तो पूरी तरह से उससे चूकते चले जाते हैं।

यदि तुम नृत्य कर रहे हो, तो उस क्षण, में नृत्य को ही तुम अपना सभी कुछ बन जाने दो। उसमें अपना सभी कुछ लगा दो, जो भी तुम्हारे पास है। तुम्हारा कोई छोटा सा भाग भी दर्शक बनकर नहीं रहना चाहिए। तुम्हें उसमें पूर्ण रूप से डूब जाना चाहिए। वे थोड़े से क्षण ही, जब तुम किसी चीज़ में पूरी तरह से लीन हो, वे अमूल्य क्षण होते हैं, जब तुम परमात्मा के सबसे अधिक निकट होते हो।

सूफ़ी धर्म और इस्लाम के यह तीन स्तम्भ हैं। इन्हीं तीन स्तम्भों को ग्रहण करना है। और इनमें वह सभी कुछ है जो किसी भी धार्मिक व्यक्ति के लिए जो सूफ़ी हों अथवा सूफ़ी न भी हों। ये तीनों स्तम्भ बहुत आवश्यक सारभूत तत्व हैं। यह एक डिज़ाइन है, एक नक्शबंदी है। यदि तुम स्मरण कर सकते हो तो स्मरण रहे – 'इस्लाम' का अर्थ है समर्पण, शांति, और मौन, 'ईमान' का अर्थ है – आस्था, श्रद्धा धार्मिकता, और वचनबद्धता, और 'इहसान' का अर्थ है – प्रामाणिकता, सद्‌गुण और समग्रता – अब तुम्हारे पास पूरा नक्शा है।

अब यह छोटी सी बोध कथा –

सूफ़ियों के नक्शबंदी क्रम के एक सूफ़ी से पूछा गया – "आपके क्रम या श्रेणी के नाम का शाब्दिक अर्थ होता है – नक्शानवीस या डिज़ाइन बनाने वाला। आप किस तरह के नक्शे, नमूने या डिज़ाइन बनाते हैं, और उनका क्या उपयोग है?"

उसने उत्तर दिया – "हम बहुत बड़े पैमाने पर नमूने और डिज़ाइन बनाते हैं और ये सबसे अधिक उपयोगी हैं।

यहां इसी तरह की डिज़ाइन की एक बोध कथा प्रस्तुत है।

अन्यायपूर्ण ढंग से क़ैदखाने में क़ैद एक कसेरे या टीनसाज को अपनी पत्नी द्वारा बुने गए एक छोटे से कालीन को लेने की अनुमति दी गई वह अपनी प्रतिदिन की नमाज़ में अपने सिर को उस कालीन पर झुका दिया करता था। और कुछ समय बाद उसने क़ैदखाने के पहरेदारों से कहा – "मैं एक गरीब इन्सान हूं, और यहां बिना किसी उम्मीद के अपने दिन गुज़ार रहा हूं। आपको भी बहुत संतोषजनक वेतन नहीं मिलता है। लेकिन मैं एक कसेरा या टीनसाज़ हूं और टीन से कलात्मक खिलौने तथा अन्य चीज़ें तैयार कर सकता हूं। बस आप मुझे टिन की धातु और कुछ औज़ार मंगा दीजिए, जिनसे मैं छोटे-छोटे कलात्मक खिलौने बना दूंगा, जिन्हें आप बाज़ार में जाकर बेच सकते हैं और इससे हम दोनों को ही फायदा होगा।"

पहरेदार इस बात पर राजी हो गए। और शीघ्र ही वे लोग और वह क़ैदी दोनों ही लाभ कमाने लगे, जिससे उन्होंने अच्छा खाना और आराम की कई चीज़ें खरीदीं।

तब एक दिन, जब पहरेदार उस क़ैदी की कोठरी में पहुंचे तो देखा कि दरवाजा खुला था और वह क़ैदी फरार हो गया था।

कई वर्षों बाद, जब उस व्यक्ति की निर्दोषता सिद्ध हो गई, तो जिस व्यक्ति ने उसे क़ैदखाने में बंद किया था उसने उससे पूछा – "तुम अखिर क़ैदखाने से किस तरह फरार हुए, और तुम ने इसके लिए आखिर किस तरह के जादू का प्रयोग किया?"

उसने जबाब दिया – "यह मामला डिज़ाइन के अंदर डिज़ाइन बनाने का है। मेरी बीवी जुलाहिन है। उसने उस शख्स की खोज की, जिसने क़ैदखाने की सभी कोठरियों के ताले बनाये थे। और उसी से उसने क़ैदखानों के तालों की अंदरूनी डिज़ाइन प्राप्त की। उसने उन डिज़ाइनों को गलीचे में उस जगह बुना, जहां मैं सिर को पांचों वक्त की नमाज़ में नीचे झुकाता था। मैं धातुओं का कारीगर हूं, और मुझे वह डिज़ाइन तालों के अंदर की लगी। मैंने कलात्मक टिन के खिलौनों को बनाने की योजना का डिज़ाइन किया, जिससे मैं तालियों को बनाने का सामान प्राप्त कर सकूं, बस मैं क़ैद के ज़ालिम चगुंल से आजाद हो गया।"

उस नक्शबंदी सूफ़ी ने कहा – वह कई तरीकों में से एक तरीका है, जिससे इन्सान अपनी ही क़ैद के जुल्मों से छुटकारा पा सकता है।

मनुष्य एक क़ैदखाने में क़ैद है, अपने ही अहंकार के क़ैदखाने में। अहंकार ही क़ैदखाना है और यदि तुम उस क़ैद से बाहर आना चाहते हो तो उसका नक्शा या डिज़ाइन है – इस्लाम, ईमान और इहसान। यदि तुम इन तीन चीज़ों की व्यवस्था कर सको तो क़ैदखाने से आजाद होने के लिए तुम्हारे पास पूरी डिज़ाइन मौजूद हैं।

यह एक बहुत सुंदर बोधकथा है – लेकिन साथ ही बहुत अर्थपूर्ण भी।

जहां तुम अभी हो, तुम अपने इस वर्तमान कारागार से कैसे बाहर आ सकते हो? तुम्हें किसी ऐसे व्यक्ति से, जो जानता हो, इसे पूछना होगा।

> क़ैदखाने से फरार होने वाले क़ैदी ने बतलाया – "यह मामला डिज़ाइन का है, और डिज़ाइन के अंदर डिज़ाइन बनाने का है। मेरी बीवी जुलाहिन है। उसने इस व्यक्ति की खोज की जिसने क़ैदखाने की सभी कोठरियों के ताले बनाए थे।

इस बारे में इस पृथ्वी पर हमेशा ही ऐसे व्यक्ति होते हैं, जो ऐसे व्यक्ति की खोज कर लेते हैं, जिसने हर कोठरी के दरवाजे के तालों को बनाया है। ये ही वे लोग हैं जिन्हें सद्गुरु कहते हैं। ये वही लोग हैं जिन्होंने परमात्मा का साक्षात्कार किया है।

किसने बनाई पहिली डिज़ाइन, किसने आदम को विद्रोह करने के लिए उकसाया? ये ही वे लोग हैं, जिन्होंने इस पूरी बोधकथा को, जैसी वह है, इस पूरी कथा में यह झांक कर देखा है कि मनुष्य क्यों और कैसे इस संसार में प्रवेश करता है, और वह कैसे इस संसार में से वापस लौट सकता है। जीसस क्यों संसार से बाहर आकर मुक्त हो जाते हैं, जब कि अन्य लोग नहीं हो पाते? इनके मध्य अंतर क्या है? जीसस समर्पण करते हैं, अपने अहंकार को विसर्जित करते हैं... यह अर्थ है ईसाइयों के क्रॉस का। एक अहंकार के रूप में वह मरते हैं और क्राइस्ट के रूप में उनका पुनर्जन्म होता है। जीसस अब बचे ही नहीं, जीसस मर जाते हैं और क्राइस्ट का जन्म होता है।

वास्तव में इन दोनों शब्दों का साथ-साथ प्रयोग करना ठीक नहीं है। जीसस को बुलाने के लिए, 'क्राइस्ट' का संबोधन ठीक नहीं है – क्योंकि वे दोनों कभी भी साथ-साथ न थे। वहां कभी एक समय था, जब वहां जीसस हुआ करते थे, लेकिन वहां क्राइस्ट न थे। तब एक समय ऐसा आया जब वहां क्राइस्ट थे, लेकिन वहां जीसस न थे। वे दोनों कभी भी साथ-साथ न थे। वे साथ-साथ हो

भी नहीं सकते थे। जीसस ही आदम है, जो इस संसार में खो गए – अनज़ाने में ही वह वहां कैसे पकड़ लिए गए और अहंकार के जाल में अधिक से अधिक फंसते गए। क्राइस्ट वह चेतना है, जिसे बोध हुआ और जो सजग और समझदार बनकर, समर्पण करते हुए अपने शाश्वत घर की ओर वापस लौटने लगी।

आदम ने कहा – नहीं। 'नहीं' कहने से अहंकार सृजित होता है, आत्मभाव जागता है। जीसस ने कहा – 'हां'। 'हां' कहने से, स्वीकार भाव से अहंकार विसर्जित होता है। 'हां' कहना ही इस्लाम है, समर्पण है। 'हां' कहने से ही उनके जीवन की पूरी दिशा बदल गईं उन्होंने परमात्मा के स्वर्ग में स्थित ईडेन के उद्यान की ओर वापस लौटना शुरू कर दिया।

> यह मामला डिज़ाइन का है, और डिज़ाइन के अंदर डिज़ाइन का है। मेरी पत्नी एक जुलाहिन है। उसने उस व्यक्ति की खोज की जिसने क़ैदखाने की सभी कोठरियों के ताले बनाये थे और उसी से उसने क़ैदखाने के तालों की अंदरूनी डिज़ाइन प्राप्त की। उसने इन डिज़ाइनों को गलीचे में उस जगह बुना, जहां मैं अपने सिर को पांचों वक्त की नमाज़ में नीचे झुकाता था।

उसका ख़्याल था कि यदि उसका पति दिन में पांच बार कालीन पर नमाज़ पढ़ते हुए दिन में पांच बार अपने सिर का कालीन से स्पर्श करेगा, और आखिर कितनी अवधि तक वह कालीन में बुनी गई डिज़ाइन को नहीं देखेगा और उससे चूकता रहेगा ?

यही वजह है कि मैं प्रतिदिन बोले चले जाता हूं। आखिर तुम कब तक चूकते रहोगे ? तुम्हारा सिर रोज ही नीचे झुकेगा, और एक न एक दिन तुम 'डिज़ाइन' की ओर देखना शुरू कर दोगे – और मन ही मन कहोगे – 'आखिर यह मामला क्या हैं ? यह सभी कुछ क्या चले जा रहा है? एक दिन तुम सजग और सचेत बनोगे ही।

> मैं टीन की धातु का एक कारीगर हूं,और मुझे वह डिज़ाइन तालों के अंदर की लगी। मैंने कलात्मक खिलौनों को बनाने की योजना की डिज़ाइन तैयार की, जिससे मैं तालियों को बनाने का सामान और सामग्री प्राप्त कर सकूं, और बस मैं क़ैद के चंगुल से आजाद हो गया।

यह क़ैद हमारी स्वयं की ही बनाई हुई है। यह हमारा अहंकार है – और हम इसे छोड़ सकते हैं।

इसलिए इन तीन शब्दों पर ध्यान करो : इस्लाम, ईमान और इहसान।

चौदहवां प्रवचन

एक अपूर्व झंझट

पहिला प्रश्न :

आप कहते हैं – कहीं भी जाना ही नहीं है। कहीं भी जाने का अर्थ है, भ्रम को स्थायी बना लेना।

और कभी-कभी मैं इसे समझता भी हूं...

और आप कहते हैं – ज्ञात को अस्वीकार करना ही धार्मिकता है, और किसी एक को चौराहे पर खड़ा नहीं होना चाहिए बल्कि साहस कर किसी ओर चल पड़ने का साहस करना चाहिए, भले ही गलतियां हो जायें...

आप कहते हैं कि यह स्थिति पहिले ही से है – खोजी ही खोज है...

और आप कहते हैं कि धर्म है स्वयं द्वारा ही की गई सृष्टि, एक निरंतर विद्रोह...

इन सभी चीज़ों के बीच संसर्ग और लयबद्धता होना ही एक अपूर्व झंझट अथवा एक विलक्षण गड़बड़झाला लगती है।

उत्तर :

यह सच है। क्या तुम कभी बच्चे के जन्म लेने के साक्षी रहे हो? यह बहुत बड़ा झंझट है, एक अपूर्व झंझट।

यह भी एक नई चेतना का जन्म है। तुम किसी अनूठी चीज़ के साक्षी हो। यह हज़ारों वर्षों में केवल कभी-कभी ही घटता है। जब कभी भी किसी नई चीज़ का जन्म होता है, वहां एक अव्यवस्था और झंझट होती है। तुम वैज्ञानिकों से पूछ सकते हो, वे इस संसार की उत्पति के संबंध में क्या कहते हैं। वह अत्यधिक अव्यवस्थित झंझटों से भरी और उलझन पूर्ण थी। यह ब्रह्माण्ड, गड़बड़ी भरी अव्यवस्था से जन्मा।

इससे पहिले मैं तुम्हारा सृजन करूं, मुझे तुम्हें मिटा देना है। मुझे पुराने को पूरी तरह खण्ड-खण्ड कर देना है। स्वाभाविक रूप से जब पुराना मिटता है, और नये का अभी सृजन नहीं हुआ है, तो वहां एक संक्रमण काल होता है, जहां प्रत्येक चीज़ अव्यवस्थित और गड़बड़ की स्थिति में होती है।

लेकिन यदि वह अव्यवस्था एक सितारे को जन्म देने जा रही है, तो वह स्वागत करने योग्य है। सुनिश्चित पद्धति और व्यवस्था हमेशा अच्छी नहीं होती और न हमेशा लाभप्रद होती है। अव्यवस्था हमेशा हानिप्रद भी नहीं होती। एक व्यक्ति को प्रत्येक मामले को देखकर उसे निर्धारित करना पड़ता है। यह निर्भर करता है। यदि लक्ष्य विनाश करने का है, तो विनाश और विध्वंस हिंसा है। यह कुरूप है। यदि लक्ष्य सृजन करने का है, तब ऐसा कौन हुआ है, जो किसी चीज़ का विनाश किए बिना सृजन करने में समर्थ हो सका हो? तुम्हें कुछ नष्ट करना ही होगा।

तुम्हें विरोधाभासी वक्तव्य देना ही, मेरी विधि और उपाय है। यही मेरी डिज़ाइन है। यह एक नक्शबंदी है। एक विशिष्ट कारण से मैं स्वयं अपनी ही बात का विरोध करता हूं : यदि तुम मुझे सुनते ही रहो, तो देर-सवेर तुम उस पर विश्वास करना ही बंद कर दोगे। यही मेरा पूरा अभिप्राय है – क्योंकि तभी तुम जानोगे कि इस व्यक्ति पर विश्वास करना व्यर्थ है। कल यह अपनी ही कही बात का विरोध करेगा। इससे पूर्व कि तुम किसी विश्वास को स्थायी रूप से प्रतिष्ठित करो, वह उसका विरोध कर देगा। वह तुम्हें किसी भी विश्वास की शरण में टिकने के लिए छोड़ेगा नहीं। एक बार तुम यह जान लो, फिर धीमे-धीमे किसी विशिष्ट धारणा से चिपकने की मन की पुरानी आदत विलुप्त हो जाती है। वह केवल तभी विलुप्त हो सकती है, यदि तुम निरंतर उसका विरोध करते रहो।

यदि मैं किसी बात पर दृढ़ता से बना रहूं, तो मैं तुम्हारा विश्वास बन जाऊंगा, मैं तुम्हारे लिए पूज्यनीय बन जांऊगा, मैं तुम्हारा धर्म और ईमान बन जाऊंगा। मैं तुम्हारा उपासना स्थल अथवा तुम्हारा सिद्धांत और तुम्हारा धर्म नहीं बनना चाहता – मैं तुम्हारी मुक्ति, तुम्हारा मोक्ष और तुम्हारी स्वतंत्रता बनना चाहता हूं। लक्ष्य पूरी तरह भिन्न है। यदि तुम इस तरह विश्वास खोज रहे हो, तब तुम कठिनाई में हो।

इसी वजह से आनंद वेद! जिसने यह प्रश्न पूछा है, कठिनाई में पड़ गया है। वह ज़रूर ही कोई सुरक्षा या कोई विचार खोज रहा है। वह कोई ऐसा विचार चाहता है जिससे वह बंध कर रह सके, वह ऐसा कोई शरणस्थल चाहता है, जिसके पीछे वह अपने को छिपा सके। वह उलझनों और झंझटों से भरे जीवन का, जैसा कि वह है, सामना नहीं करना चाहता। वह विचारों, आदर्शों, धारणाओं और दार्शनिक विचारधाराओं के साथ, जीवन से साक्षात्कार करने के लिए अपने आप को तैयार करना चाहता है। वह परमात्मा से भी भेंट करने के लिए पूरी तरह से पहिले से तैयार किए गए मन के ही साथ जाना चाहता है।

अन्यथा परमात्मा एक गड़बड़झाला है। वह एक पूरी अव्यवस्था है। बिना तैयारी के परमात्मा से मिलना, उसी ही में मिलकर विलुप्त हो जाने जैसा है। लेकिन उससे मिलना केवल इसी तरह होता है, इस बारे में कोई अन्य उपाय है ही नहीं। यदि तुम इस गड़बड़ झाले में विलुप्त हो जाने को पहिले से तैयार नहीं हो, तो तुम परमात्मा से न मिल सकोगे। परमात्मा कोई विचार या धारणा नहीं है।

लेकिन तुम एक धारणा चाहते हो, तुम एक स्पष्ट दर्शन शास्त्र चाहते हो, जिससे तुम उस पर आश्रित हो सकते हो, और तुम उस दार्शनिक विचार-धारा के नाम पर संघर्ष कर सकते हो, तुम उस दर्शन शास्त्र के नाम पर तर्क-वितर्क कर सकते हो।

अब मेरे लिए तर्क-वितर्क करना बहुत कठिन हो जाएगा। मेरे लिए तर्क करना असंभव है। तुम नहीं कर सकते। कोई व्यक्ति भी देख और समझ सकता है कि मेरे वक्तव्य विरोधाभासी हैं – इसे देखने के लिए किसी बड़ी अंतर्दृष्टि की आवश्यकता नहीं है। यह देखने के लिए कि मेरे वक्तव्य सत्य के बारे में न होकर, तुम्हारे मन में कोई चीज़ मिटाने के लिए हैं, वे कुछ उपाय और विधियां हैं। उन्हें समझने के लिए महान प्रज्ञा की आवश्यकता होगी।

मैं तुम्हें अपने साथ व्यवस्थित और स्थिर हो जाने की भी इज़ाज़त नहीं दूंगा। तुम्हें गतिशील बना रहना होगा। प्रतिदिन मैं नये को सृजन करूंगा और प्रतिदिन मैं उसे नष्ट कर दूंगा। देर सवेर तुम्हारे अंदर इस समझ का उदय होगा कि इस बारे में उससे बंधने या लिपटने की कोई आवश्यकता नहीं है। क्योंकि तुम उससे लिपट जाते हो, और जब मैं फिर कुछ चीज़ उससे हटा लेता हूं, तो उससे तुम्हें चोट पहुंचती है। इसलिए पहिली ही जगह उसके साथ लिपटो मत। किसी भी चीज़ से न बंधना ही स्वतंत्रता है।

यह विरोधाभासी वक्तव्य सत्य के बारे में बिल्कुल भी नहीं हैं। सत्य कहा नहीं जा सकता। किसी ने उसे कभी कहा भी नहीं, और न कोई भी उसे कभी कह सकेगा। यह संभव ही नहीं है। सत्य को शब्दों की सीमाओं में नहीं बांधा जा सकता। और मैं सत्य कह भी नहीं रहा हूं, मैं सामान्य रूप से तुम्हारे अंदर एक अंतराल निर्मित कर रहा हूं, उसी अंतराल या रिक्त स्थान को मैं बिना कहीं बंधा व बिना किसी से लिपटा निरासक्त और किसी भी विषय-सामग्री से रहित मन को कहता हूं। एक बार वहां यह स्थिति उत्पन्न हो जाये, तभी तुम जान लोगे कि सत्य क्या होता है। मैं नहीं कह सकता कि सत्य क्या है, लेकिन मैं तुम्हारे लिए एक विधि, उपाय अथवा एक डिज़ाइन सृजित कर सकता हूं, जिससे तुम सत्य को समझने में समर्थ हो सकोगे।

जब तुम मुझे सुनते हो, और यदि तुम यों सुनते हो जैसे किसी दार्शनिक की बात सुनी जाए, तो तुम मुझसे चूक जाओगे। यदि तुम मुझे इस भांति सुनते हो, जैसे तुम किसी धर्मशास्त्री को सुन रहे हो, तो तुम मुझसे चूक जाओगे। यदि तुम मुझे एक तर्कशास्त्री के रूप में सुनते हो तो भी तुम मुझसे चूक जाओगे। मैं तर्क का प्रयोग केवल तर्क को नष्ट करने के लिए करता हूं, मैं शब्दों का प्रयोग केवल शब्दों को मिटाने के लिए करता हूं। मैं शास्त्रों का प्रयोग केवल शास्त्रों के प्रभाव को नष्ट करने के लिए करता हूं। तुम जितनी अधिक शांति और प्रज्ञा से मुझे सुनोगे, उतना ही अधिक, यह तथ्य धीमे-धीमे तुम्हें स्पष्ट होता जायेगा। इस स्पष्टता में ही अंतर्दृष्टि मिलती है, इस पारदर्शिता में और इस मौन में, जब वहां तुम्हारे अंदर सत्य के बारे में कोई धारणा या विचार नहीं होता है, तभी सत्य प्रकट होता है।

इसीलिए मेरे यह वक्तव्य विरोधी हैं। विरोध और विरोधाभास ही मेरी डिज़ाइन है।

और मैं तुमसे यह नहीं कह रहा हूं – 'इसे करो और इसे मत करो। इस तरह से तुम फिर अपने लिए एक मुसीबत खड़ी कर लेते हो। तुम कुछ करने की गहरी कामना के साथ मुझे सुनते हो। इसलिए जब तुम मुझे यह कहते हुए सुनते हो – यह करो तो तुम तुरंत उस बात को पकड़ लेते हो और तुम करने की तैयारियां करनी शुरू कर देते हों और अगले ही क्षण मैं कहता हूं कि यह तो गलत है तब तुम अपनी तैयारी का सदुपयोग नहीं कर पाते हो। तुम नये कुछ करने के लिए छलांग लगाने को पहिले ही से तैयार बैठे थे और इससे पहिले तुम ऐसा कर पाते वह चीज़ फिर ठीक रह ही नहीं जाती।

मैं तुम्हारी सहायता करने का प्रयास कर रहा हूं कि तुम अपनी सभी तरह की कामनाओं को जिसमें सत्य को पाने या निर्वाण को उपलब्ध होने की चाह भी संभलती है और साथ में यह कामना भी कि तुम्हें कामनामुक्त होना है छोड़ सको।

तुम्हें कुछ करने की इतनी अधिक जल्दी क्या है? क्या तुम प्रामाणिक रूप से स्वयं में नहीं बने रह सकते हो। अपने स्वभाव में बने रहना ही समझदारी और मुक्ति है। जिस क्षण तुम कुछ करना प्रारंभ करते हो, तुम उलझन में पड़ जाते हो। क्योंकि जो कुछ भी तुम करते हो वह तुम्हारे अंदर और अधिक अहंकार निर्मित करेगा और मैं उसे तुमसे बेशर्त करने के लिए कह रहा हूं। कुछ करने से कर्त्ता उत्पन्न होता है। और पूरी समस्या अहंकार की ही है। अहंकार को ही छोड़ना है और अहंकार को हमेशा कुछ करने का अवसर पाने की प्रतीक्षा करता है।

जब मैं तुम्हें यह स्पष्ट करने का प्रयास कर रहा हूं कि ध्यान क्या है तो जो कुछ कर रहा हूं तुम उससे अलग हटकर तैयारियां कर रहो हो। मैं तुमसे बात करने की कोशिश कर रहा हूं, मैं पूरी तरह से ध्यान की अपनी अंतर्दृष्टि तथा ध्यान के अपने अनुभवों में तुम्हें सहभागी बना रहा हूं। ध्यान की दशा या स्थिति क्या होती है मैं इस बारे में तुम्हें बस सजग बनाने का एक ही काम करने का प्रयास कर रहा हूं। जब मैं ध्यान की स्थिति के बारे में बतला रहा हूं इस बारे में क्या किया जाए और कैसे इस स्थिति को उपलब्ध हुआ जाए, तो इस बारे में अंदर ही अंदर तुम योजना बना रहे हो। तुम पूरी तरह से एक अलग ही आयाम में रहते हो। मैं कहता हूं – ध्यान किया नहीं जा सकता – कोई भी ध्यान में हो सकता है, लेकिन कोई भी इसे कर नहीं सकता। यह ठीक प्रेम की भांति है। तुम प्रेम में हो सकते हो, लेकिन तुम उस बारे में क्या कर सकते हो। या तो वह है, अथवा वह नहीं है।

मूझे सुनते हुए तुम उसकी व्याख्या करते जाते हो जो मै बताता हूं कि उसे कैसे करना है तुम उस हर बात को क्षीण करते जाते हो। मैं तुमसे कह रहा हूं कि यदि तुम मुझे पूरी तरह से सुन लो तो यह समझ तुम्हें बोध को उपलब्ध करा सकती है और इसमें कुछ करने की और आवश्यकता ही नहीं है। केवल सुनने मात्र से, केवल मेरे साथ बने रहते हुए और मेरे तथा तुम्हारे मध्य जो कुछ रिस रहा है उसे समझते हुए तुम बुद्धत्व को उपलब्ध हो जाओगे। लेकिन कोई भी चीज़ करते हुए ऐसा न हो सकेगा।

लेकिन तुम उसे बहुत अधिक पसंद नहीं करते हो, क्योंकि तब तुम्हारे अहंकार को रस नहीं मिलता। यदि मेरे साथ रहते हुए बुद्धत्व घट सकता है, तब तुम आखिर हो कौन? तब तुम्हारा महत्व क्या है? तब तुमने आखिर किया क्या? तब इस बारे में तुम शेखी कैसे हांक सकते हो? वह तो एक उपहार होगा फिर। तुम्हें उसके प्रति शुक्रगुज़ार होना होगा। तुम फिर संसार में जाकर यह नहीं कह सकते कि तुम्हारे करने से कैसा हुआ। तब तुम कैसे कह सकते हो – 'उसे मैंने किया है।' फिर तुमसे और तुम्हारे करने से उसका कोई लेना देना नहीं होगा।

नहीं, तुम्हारी उसमें अधिक रुचि नहीं है। तुम्हारी दिलचस्पी तो करने में है, उसे स्वयं प्राप्त करने और उसे उपलब्ध करने की है। जिससे तुम कह सको कि तुमने उसे प्राप्त किया है। लेकिन तुम बुद्धत्व को कैसे प्राप्त कर सकते हो? तुम्ही बाधा हो, केवल बाधा ही तुम स्वयं हो।

बुद्धत्व तभी आता है, जब तुम नहीं रहते हो। यह ठीक अभी भी उपलब्ध है, यह तुम्हारे चारों ओर व्याप्त है। वह तत्व बुद्धत्व या बोध ही है जिससे यह

अस्तित्व बना है। यह सूरज की किरणों के साथ बरस रहा है, यह पक्षियों के गीत गाने में गूंज रहा है, यह वृक्षों के नृत्य में झूम रहा है। यह मेरे अंदर है, यह तुम्हारे भी अंदर है। तुम्हें बस उस बिंदु पर आना है जहां तुम कुछ भी नहीं कर रहे हो तो तुम इस तथ्य को, उस परमानंद की दीप्ति की उपस्थिति को समझ जाते हो। लेकिन यह केवल तभी घटता है जब तुम करने या क्रिया के किसी भी क्षण में नहीं होते। कुछ करते हुए तुम्हारी उस करने में दिलचस्पी हो जाती है, तुम्हारी चेतना बाहर चली जाती है। कुछ न करने में अचानक तुम स्वयं अपने ही अंदर होते हो। करना, एक रास्ता है, तुम्हारे स्वयं के बाहर जाने का, और कुछ भी न करने का उपाय है तुम्हारे अपने अंदर वहां होने का जहां तुम्हें होना चाहिए, जहां वास्तव में अस्तित्वगत रूप में तुम हो। क्रिया तुम्हें भविष्यकाल में ले जाती है, और अक्रिया तुम्हें शाश्वत में विश्राममय होने की अनुमति देती है।

विरोधाभास ही मेरा मार्ग है – जिससे तुम कभी भी किसी भी चीज़ से, जो मैं तुम्हें बताता हूं, उससे बंधने या लिपटने में समर्थ न हो सको। और एक दिन तुम कृतज्ञ होओगे कि मैं मेरे बोलने मे विचारों की दृढ़ता और स्थिरता न थी, क्योंकि एक नियमित व्यक्ति के साथ तुम कभी भी उस दिशा में नही हो सकते, जिसे बुद्धत्व कहा जाता है। एक नियमित व्यक्ति के साथ तुम उसके अनुसरणकर्त्ता बन जाओगे, और एक नियमित व्यक्ति के साथ तुम बहुत तार्किक दार्शनिक बन जाओगे। संसार में प्रतिपादित करने के लिए तुम्हारे पास सुंदर विचार होंगे, तुम्हारे पास एक अच्छा स्थापित और व्यवस्थित मन होगा। लेकिन उनका बुद्धत्व से कुछ भी लेना-देना नहीं है। तुम केवल एक पूर्ण रूप से अनियमित व्यक्ति के साथ ही बुद्धत्व को उपलब्ध हो सकोगे।

और यहां मैं जो कुछ कर रहा हूं जब तुम यह समझने में समर्थ होंगे तो तुम आश्चर्य करोगे कि मेरे सभी वक्तव्य तो अनियमित हैं पर फिर भी मेरे अस्तित्व में एक दृढ़ता और स्थिरता है। और वह नियमितता और स्थिरता इसलिए है क्योंकि मैं निरंतर विरोधाभासी हूं, नियमित रूप से विरोधाभासी हूं, नियमित रूप से अनियमित हूं। यह नियमितता तुम एक दिन समझोगे।

परिधि पर मैं बहुत सी चीज़ें कहूंगा और प्रत्येक चीज़, दूसरी चीज़ों के विरुद्ध होगी और तुम्हें किसी भी विचार को अपनी सम्पत्ति बनाने की अनुमति न होगी। मैं तुमसे तुम्हारे सारे विचार छीन लेने और तुम्हें कोई भी विचार न देने के लिए ही यहां बैठा हूं। यह जैसा भी है, तुम्हारे पास पहिले ही से कहीं अधिक है।

दूसरा प्रश्न :

> यह सिद्धांत, कि हमें स्वयं ही अपने आपको बलपूर्वक धकियाते हुए ठोकर मारकर आगे बढाना है, क्या यह सत्य है? मैं स्वयं अपने-आप से संघर्ष करने को घृणा करता हूं।

उत्तर :

इस प्रश्न की ओर ज़रा देखो। मैं तुमसे कहे चले जाता हूं कि सत्य कहीं और नहीं, वह यहीं है। तुम्हें उस मार्ग पर आगे बढ़ते हुए कोई संघर्ष नहीं करना है। संघर्ष करने के द्वारा ही तुम उसे चूक रहे हो। तुम नदी को आगे धकेलने के लिए नहीं हो। नदी को धकेलने से अर्थात् असंभव कार्य करने से तुम कहीं भी नहीं पहुंचोगे। तुम पूरी तरह थककर निढाल हो जाओगे।

असंभव कार्य को करने अर्थात नदी को ठेल कर आगे बढ़ाने का विचार ही, तुम्हारी पूर्ण असफलता की संभावना को सृजित कर रहा है। तुम नदी से संघर्ष नहीं कर सकते। नदी विशाल है – जीवन सरिता और अस्तित्व की सरिता तो इतनी अधिक विराट है – और तुम हो इतने अधिक बौने। तुम ठीक सागर की एक लहर के समान हो – एक लहर जो सागर के साथ लड़ने का प्रयास कर रही हो – सागर को निर्देशित करने का प्रयास कर रही हो, और एक निजी लक्ष्य को प्राप्त करने की कोशिश कर रही हो। यह पूरी तरह बेतुकी बात है। और पूरा संघर्ष ही तुम्हें हास्यास्पद बना देता है, सारा संघर्ष ही तुम्हें थकाकर, निढाल, सुस्त, उदास और दुःखी बना देता है।

लेकिन इस संघर्ष में वहां एक चीज़ तो होती है – वह चीज़ है – तुम्हारा यह अनुभव कि तुम हो। अहंकार को बहुत अच्छा लगता है। तुम लड़ रहे हो, तुम एक अच्छा खासा संघर्ष कर रहे हो। भले ही तुम जीतो नहीं, लेकिन कोई यह तो नहीं कह सकता है कि तुम कायर थे, कोई यह भी नहीं कह सकता है कि तुमने कड़ा संघर्ष नहीं किया। हो सकता है तुम न जीत सको, और कौन जाने, तुम जीत भी सकते हो – मन इसी तरह से सोचे चला जाता है। दूसरे लोग भले ही न जीते हों लेकिन हो सकता है तुम अपवाद हो। हो सकता है वह तुम्हारे ही करने के लिए बचा हो, जो दूसरे लोग नहीं कर सके। एक अच्छी कोशिश करने में हर्ज क्या है। अहंकार को यह अच्छा लगेगा कि तुम कुछ तो कर रहे हो। जितना बड़ा संघर्ष होगा, उतना ही बड़ा अहंकार होगा। तुम नदी को जितना अधिक धकेलोगे, उतना अधिक तुम्हें यह अहसास होगा कि तुम हो। नदी के विरुद्ध तुम अनुभव करोगे कि 'मैं' हूं। यह अहसास कि 'मैं' हूं, हमेशा तभी आता है, जब तुम किसी चीज़

के विरुद्ध होते हो। जितना अधिक तुम प्रतिरोध और संघर्ष करते हो, तुम जितना अधिक लड़ते हो, तुम उतना ही अधिक यह अनुभव करोगे कि तुम हो, तुम स्पष्ट रूप से अपने को परिभाषित कर रहे हो।

किसी अन्य व्यक्ति को अपना शत्रु बना लो, और वह व्यक्ति ही तुम्हारी परिभाषा बन जाता है, किसी दूसरे व्यक्ति को एक मित्र की भांति अपनाओ और तुम्हारी सीमाएं फिर स्पष्ट नहीं होतीं। जब तुम अपने मित्र अथवा प्रेमिका के साथ बैठे हुए हो, तो सीमाएं स्पष्ट नहीं होती। वे एक दूसरे को ढक लेती हैं। तुम एक दूसरे में बाढ़ की तरह अतिरेक से उमड़ते रहते हो, तुम नहीं जानते कि कहां तक तुम समाप्त होते हो और कहां से तुम्हारे मित्र की शुरूआत होती है। और यदि मित्रता वास्तव में गहरी है, तो कुछ अत्यधिक सुंदर चीज़ घटती है – अहंकार विलुप्त हो जाता है।

भारत में इस बारे में एक पौराणिक कथा कही जाती है। यह कथा है सृष्टि की। सृष्टि की अन्य कथाओं की अपेक्षा यह कहीं अधिक सुंदर है। हिन्दू कहते हैं वह अर्थात् परमात्मा अकेला ही था।

वह अकेला था, लेकिन फिर भी वास्तव में वह अकेला नहीं था क्योंकि उसके एक ही शरीर में दो शरीर थे। वह स्त्री और पुरुष दोनों एक साथ था। वह एक गहरे प्रेमपूर्ण आलिंगन में आबद्ध था, लेकिन था वह एक ही, क्योंकि वहां कोई सीमा न थी। यह कहना संभव नहीं था कि कहां वह समाप्त होता है, और कहां से उसकी प्रेमिका की शुरूआत होती है। पुरुष और स्त्री दोनों एक सुव्यवस्थित ब्रह्माण्डीय आलिंगन में बद्ध, एक दूसरे में लीन परमानंद में डूबे हुए थे।

इसी तरह अनंत काल गुज़र गया, और उसे अकेलेपन का अनुभव होने लगा। स्वाभाविक रूप से जब तुम्हारे पास अपनी कोई परिभाषा न हो, तब इससे कोई फर्क नहीं पड़ता कि तुम दो एक साथ हो, तुम्हें अनुभव होता है जैसे मानो तुम अकेले हो। उसे अकेलापन का अनुभव होना शुरू हुआ। अकेलापन उसके लिए बहुत बड़ा भार बन गया। और उसने अलग हो जाने का निर्णय लिया। इसलिए गिर कर वह भागों में बंट गया।

अलग होकर गिर जाने के लिए संस्कृत में एक शब्द है 'पत्', पत का अर्थ होता है – अलग होकर गिर पड़ना – 'पत्' से ही हिन्दी शब्द 'पतन' बना है – 'पतन' का अर्थ होता है नीचे गिर पड़ना। वह गिरकर दो में विभाजित हो गया। और 'पत' शब्द के कारण ही भारत में शौहर को 'पति' और उसकी स्त्री को 'पत्नी' कहा जाता है। वह नीचे गिरकर दो भागों में बंट गया – एक भाग

'पति' बना, – शौहर और दूसरा भाग 'पत्नी' बना, उस पुरुष की स्त्री। 'पति' और 'पत्नी', 'पत्' से ही उद्‌भूत हुए हैं – वह गिरकर एक से दो हो गये।

और कथा कहती है – कि वे तभी से फिर से एक दूसरे के पास पहुंचने का प्रयास कर रहे हैं, क्योंकि अब वे बहुत अलग-अलग विखण्डीकरण होने का अनुभव कर रहे हैं। इसीलिए प्रेम के लिए तीव्र कामना है, दूसरे को पाने की, और कुछ ऐसा खोज पाने की कामना है, जिसके साथ फिर से एक हुआ जाए।

जब तुम प्रेमिका के साथ एक होते हो, तो तुम अपनी पहिचान खो देते हो। तुम यह अनुभव ही नहीं कर पाते कि तुम हो भी, क्योंकि दूसरा तुमसे जुड़ा हुआ है, तुम्हारे अस्तित्व में बहुत अंतरंगता से संयुक्त है। प्रेम में अहंकार विसर्जित हो जाता है। जब तुम घृणा करते हो, जब तुम संघर्ष करते हो, अहंकार उठ खड़ा होता है। जब तुम अपने शत्रु के साथ बैठे हुए हो, तुम पूर्ण रूप से भली भांति परिभाषित हो, क्योंकि तुम बाढ़ की तरह नहीं उमड़ रहे हो, और न वह अतिरेक से छलक रहा है। तुम कहीं भी मिल नहीं रहे हो। वहां एक दूरी है।

इसलिए पूरी चीज़ बस इतनी सी है कि जब तुम संघर्ष कर रहे हो, तो वह सत्य के लिए नहीं है। जब तुम संघर्ष कर रहे हो, वह निर्वाण या बुद्धत्व के लिए नहीं है। जब तुम संघर्ष कर रहे हो तो गहरी प्रवृत्ति है, तुम्हारे स्वयं के घोषणा करने की, कि तुम शक्तिशाली हो, कि तुम संसार और अस्तित्व के विरुद्ध हो। लेकिन तब वहां एक कठिनाई भी होती है। एक बार की गई यह घोषणा – कि 'मैं हूं', तब वहां एक दिन यह भी संभावना है कि मैं नहीं भी हो सकता हूं।

तुम्हें इसे समझना होगा। यह उन बुनियादी समस्याओं में से एक है, जिनका प्रत्येक बुद्धिमान व्यक्ति को सामना करना ही पड़ता है। पहिले तुम यह घोषणा करने का प्रयास करते हो कि 'मैं हूं' और तुम्हें बहुत अच्छा लगता है यह सोचकर कि 'मैं हूं', कि 'मैं भी आखिर कुछ हूं', कुछ विशिष्ट हूं'। इसलिए अपने जीवन भर तुम विशिष्ट किसी न किसी रूप में असाधारण बनने का प्रयास करते हो, एक प्रसिद्ध चित्रकार अथवा एक कवि अथवा एक राजनेता बनने का प्रयास करते हो, किसी अन्य व्यक्ति की अपेक्षा तुम अधिक धन चाहते हो, रहने को ऐसा महल चाहते हो, जिसे देख प्रत्येक व्यक्ति को ईर्ष्या का अनुभव हो, तुम किसी भी भांति यह सिद्ध करना चाहते हो कि तुम विशिष्ट हो, तुम लीक पर चलने वाले साधारण व्यक्ति नहीं हो, तुम आम भीड़ में से नहीं हो, तुम भीड़ से ऊपर हो, अथवा तुम संसार छोड़ कर साधु बन गए हो, अथवा तुम शीर्षासन कर उल्टे खड़े कोई योगी हो – लेकिन कुछ ऐसा काम करो, जिससे पूरा संसार यह जान ले कि तुम साधारण न होकर कुछ विशिष्ट हो। लोग इतनी सारी चीज़ें

वह भी एक दूसरे से इतनी अधिक भिन्न करते हैं, लेकिन उद्देश्य सभी का एक होता है। यदि तुम उसकी गहराई में जाओ, तो उद्देश्य सभी का एक होता है। यदि तुम उसकी गहराई में जाओ, तो उद्देश्य एक ही पाओगे। वे सभी पूरे संसार के सामने यह घोषणा करना चाहते हैं कि 'मैं' हूं।

लेकिन तब एक समस्या उत्पन्न हो जाती है। पहिले तो यह सिद्ध करने के लिए कि तुम हो, तुम्हें संधर्ष करना होता है, और जब एक बार तुमने इसे सिद्ध कर दिया तो उत्कंठा होती है। यह उत्कंठा यह सोचकर होती है कि यदि तुम हो, तो एक दिन तुम मिट भी सकते हो। कुछ ऐसी चीज़ है जो मिटती हुई शून्यता की ओर जा रही है। कल वहां वृक्ष था, अब वह चला गया। सुबह फूल खिला हुआ था, शाम वह अपनी ताजगी खोकर मुरझा गया। कल बच्चा जीवित था, और अब वह बच्चा नहीं रहा। तुम हर कहीं यही देखते हो कि मृत्यु निरंतर जन्म का अनुसरण करती है। अस्तित्व चारों ओर से अनस्तित्व से घिरा हुआ है जन्म निरंतर मृत्यु को उत्तेजित करता हुआ प्रतीत होता है, और वे दोनों समानांतर चलते दिखाई देते हैं।

एक बार तुमने अपने को स्पष्ट रूप से परिभाषित कर दिया – कि 'मैं यह हूं' – एक बार तुम वह बन गये, तो अचानक तुम देखते हो – कि तुम मिट भी सकते हो और एक दिन मर ही जाओगे तो तुम्हारा पूरा अस्तित्व कांप उठता है। अब दुःख फिर स्थायी हो जाता है। पहिले तुम अहंकार सृजित करते हो तब यह भय उत्पन्न होता है कि यह अहंकार विसर्जित हो जायेगा।

यदि तुम अहंकार का सृजन ही न करो तो वहां मृत्यु का भी भय न होगा, ऐसा होना संभव है ही नहीं – क्योंकि यदि तुम हो ही नहीं, तो फिर तुम कैसे मर सकते हो? यदि तुम हो ही नहीं, तब वहां कोई मृत्यु भी नहीं है। मृत्यु हमेशा अहंकार की होती है। एक बार जब अहंकार है ही नहीं वहां, तो तुम कैसे मर सकते हो?

कुछ ही दिनों पूर्व मैं रात में एक घटना के बारे में पढ़ रहा था, एक बहुत ही अजीब मामले के बारे में। फिलाडेल्फिया में एक बच्चे का जन्म हो गया था। लेकिन वह एक दुर्लभ घटना थी – चिकित्सा विज्ञान के अनुसार उसे जीवित नहीं होना चाहिए था, फिर भी वह बच्चा जीवित था। उसका वज़न केवल आधा पौंड था, लेकिन वह जीवित था।

अब कठिनाई यह थी, कि चिकित्सा विज्ञान यह कहता है कि जो जन्म के समय एक पौंड से कम वज़न का हो, उसे जीवित बच्चा नहीं कहा जा सकता, क्योंकि ऐसा कभी होता ही नहीं है। कम से कम वज़न, एक पाउंड तो होना ही

चाहिए – हांलाकि एक पाउंड वज़न का बच्चा भी जीवित नहीं रह पाता, लेकिन वह कुछ दिन या कुछ क्षण तो जीवित रह ही सकता है। लेकिन इस बच्चे का वज़न तो एक पाउंड भी नहीं था, इसलिए डॉक्टर उसे जन्म प्रमाणपत्र नहीं दे सकते थे। लेकिन वह बच्चा जीवित था और वह दो दिनों तक जीवित रहा। अड़तालीस घंटे तक बच्चा जीवित रहा; लेकिन उसे जन्म प्रमाणपत्र नहीं दिया गया। और तब बच्चा मर गया। अब उसे कोई मृत्यु प्रमाणपत्र भी नहीं दिया जा सकता था, क्योंकि जब बच्चा कभी जन्मा ही नहीं था, तो तुम कैसे यह प्रमाणित कर सकते हो कि वह मर गया है। लेकिन अभी तक चीज़ें सरल थीं।

लेकिन तभी अस्पताल ने बच्चे के माता-पिता से अड़तालीस घंटे तक बच्चे की देखभाल, दवा दारू और उसके बाबत धन की मांग की। इस पर अभिभावकों ने कहा – लेकिन जब बच्चा कभी जन्मा ही नहीं और न कभी उसकी मृत्यु हुई, तो आप बिल आखिर किसके लिए मांग रहे हैं? आप किसके बारे में बात कर रहे हैं? आप कहते हैं कि आपने अड़तालीस घंटे देखभाल की, लेकिन जब कोई जन्मा ही नहीं, तो आपने देखभाल किसकी की?

अब यह एक ऐसा उलझन भरा मामला बन गया कि अस्पताल के अधिकारियों को खामोश रह जाना पड़ा, वे चुप लगा गये। वे कोर्ट कचहरी नहीं जाना चाहते थे, क्योंकि वहां कुछ होने की कोई संभावना नहीं थी। पहिले तो बच्चे के जन्म को उन्हें प्रमाणपत्र देना चाहिए था और तब उसकी मृत्यु का प्रमाणपत्र भी – और केवल तभी उन अड़तालीस घंटों तक बच्चे की देखभाल करने का बिल मिलना संभव था।

मृत्यु केवल तभी संभव है यदि अहंकार का जन्म हुआ हो। यदि वहां अहंकार ही नहीं है, तब वहां कोई मृत्यु भी नहीं हो सकती, जीवन तभी शाश्वत है। तभी जीवन में एक अलग तरह की गुणात्मकता होती है – शाश्वत होने का गुण, अमरता का गुण। अहंकार ही अमरता चाहता है, और ऐसा होना संभव ही नहीं है। तुम अमर हो, शाश्वत हो, लेकिन अहंकार, शाश्वत नहीं है। अहंकार की मृत्यु तो होगी ही – न केवल एक बार, बल्कि उसकी हजार बार मृत्यु होगी। और अहंकार अत्यधिक सामर्थ्यवान और सूक्ष्म है। यदि कोई अपमान कर देता है, तो जैसे तुम मर जाते हो, तुम्हारी एक छोटी मृत्यु हो जाती है। यदि तुम्हारे व्यापार का दीवाला निकल जाए, तो वहां भी एक छोटी मृत्यु घटित होती है। यदि किसी छोटी सी चीज़ में भी कुछ चीज़ गलत हो जाए, जो वहां भी एक छोटी सी मृत्यु हो जाती है। छोटी-छोटी सी चीज़ों के कारण तुम कई बार मरते हो। अहंकार हमेशा मरने के लिए तैयार रहता है, क्योंकि वह एक नकली आवरण है, वह एक

नकली चीज़ है। और उसे जीवित बनाए रखने के लिए तुम्हें नदी की धारा में नाव को धकेलना होता है।

इसलिए अहंकार को जीवित बने रहने के लिए पहिले तो झगड़ा-फसाद, संघर्ष, हिंसा और आक्रामकता ज़रूरी है। ये चीज़ें उसके लिए भोजन का काम करती हैं। लेकिन वे दुःख भी सृजित करती हैं। और उतने ही अधिक दुःख आते हैं, जितना अधिक अहंकार सृजित होता है, फिर उतना ही अधिक भय जन्मता है, मृत्यु का भय लगने लगता है। इसलिए अहंकार प्रामाणिक रूप से पीड़ा देता है। निरहंकारिता की स्थिति ही उत्सव आनंद की स्थिति होती है।

तुम मुझसे पूछ रहे हो – यह सिद्धांत कि हमें स्वयं अपने आपको ही बलपूर्वक धकियाते हुए ठोकर मारकर आगे बढ़ना है, क्या यह सत्य है?

यही है वह चीज़, जिसके बारे में मैं तुम्हें बताता रहा हूं। यही है वह सबसे अधिक खतरनाक हादसा, जो मनुष्यता के साथ घटित हुआ है। लेकिन यदि तुम अहंकार को साथ रखकर बने रहना चाहते हो तो केवल यही वह रास्ता है। तुम्हें इस विष को पीना ही पड़ेगा। और तुम दुःख तथा पीड़ाएं भुगतते हुए निरंतर नर्क में ही बने रहोगे, लेकिन तुम्हें एक अच्छा अनुभव कि 'मैं हूं' ज़रूर होता रहेगा।

जार्ज बनॉई शॉ के बारे में ऐसा कहा जाता है जब वह मृत्यु शय्या पर पड़े थे तो किसी ने उनसे पूछा – "आप कहां जाना पसंद करेंगे? स्वर्ग में या नर्क में?"

उन्होंने उत्तर दिया – "यह निर्भर करता है परिस्थिति पर। यदि मैं स्वर्ग में प्रथम बन सकता हूं, तब मैं स्वर्ग जाना चाहूंगा, लेकिन मुझे प्रथम स्थान पर नंबर एक पर ही रहना है। यदि ऐसा यह संभव नहीं होता – क्योंकि दूसरे लोग जैसे जीसस, बुद्ध आदि जो मुझसे वहां पहिले पहुंच गये हैं, और यदि उन लोगों ने महत्वपूर्ण स्थितियों पर पहिले ही से अधिकार जमा लिया है, और यदि वे पहिले ही से परमात्मा की बगल में बैठे हुए हैं, तब मैं नर्क जाना ही पसंद करूंगा। लेकिन कहीं भी रहूं, मैं नंबर एक ही रहना चाहता हूं। नर्क भी ठीक है इसके लिए।"

वह पूरे मनुष्य के मन के विरुद्ध परिहास कर रहे थे। जो कुछ वह कह रहे थे, वह बिल्कुल ठीक है। तुम अपने मन के अंदर ज़रा गहरे में झांक कर देखो – तुम कहां जाना चाहते हो?

यदि तुम वहां के राजा बन सकते हो, तो क्या तुम नर्क जाना चाहोगे?, यदि तुम्हें वहां सेवक बनकर रहना है तो क्या तुम स्वर्ग जाना चाहोगे? और तुम्हें खोज

करके आश्चर्य होगा कि तुम बर्नार्ड शॉ से राजी हो। तुम्हारा मन कहेगा – एक सेवक बनकर तुम आखिर करोगे क्या? उसके बारे में सभी कुछ भूल जाओ। नर्क कहीं अधिक अच्छा है। तुम वहां राजा बनकर रहोगे। निश्चित रूप से तुम पीड़ाएं भुगतोगे, लेकिन फिर भी वह कीमत चुकाने जैसा है। राजा को भी कष्ट होते हैं, लेकिन उसका कुछ महत्व है। धनी व्यक्ति भी दुःख भोगते है, लेकिन वह सम्माननीय है। राजनेता भी दुःखी रहते हैं पर उसका कुछ मूल्य होता है। निर्धन व्यक्ति हो सकता है, वे अधिक दुःख न उठाते हों – क्योंकि अधिक पीड़ाएं सहना वे गवारा कर सकते हैं। उतने अधिक दुःख भोगना तभी संभव है, जब तुम उसके लिए अधिक खर्च कर सको। कोई भी अधिक कष्ट नहीं उठाना चाहता। तुम उन्हें अपमानित नहीं कर सकते, वे लोग पहिले ही से पिछड़े हुए हैं। तुम उन्हें और अधिक पीछे नहीं फेंक सकते।

भिखारी उतना अधिक कष्ट महसूस नहीं करते। एक भिखारी उतने अधिक कष्ट कैसे उठा सकता है, जितने अधिक रिचर्ड निकसन? यह असंभव है। तुम भिखारी को आखिर कहां फेंक सकते हो? वह पहिले ही से वहां हैं – तुम उसे फेंकोगे कहां? वह किसी कष्ट का अनुभव नहीं कर सकता। लेकिन वह एक भिखारी है, वह कोई नहीं है। उसके हृदय में यह बात निरंतर एक चाकू की तरह खुमी रहती है कि मैं कोई नहीं हूं। भिखारी भी कुछ चीज़ बनना चाहता है। यदि वह दुःखों के द्वारा आती है, तो भी ठीक है।

किसी भी व्यक्ति को इस खतरनाक मन के अंदर झांक कर देखना है, कि यह अहंकार ही में रहना चाहता है भले ही उसे पाने में नर्क सृजित कर उससे होकर गुजरना पड़े। यदि अहंकार को मिटना पड़े, तो मन खुश आनंदित और समझदार होने को तैयार नहीं होता। और तुम सभी एक ही काम किए जा रहे हो। मैं तुम्हें ऐसा प्रतिदिन करते हुए देखता हूं। छोटी-छोटी सी चीज़ों के लिए तुम अपने आनंदपूर्ण क्षणों को छोड़ने के लिए तैयार रहते हो, लेकिन तुम अपने अहंकार को नहीं छोड़ सकते। और तुम जितने अधिक कष्ट उठाना संभव हो उतने अधिक बरदाश्त कर सकते हो, यदि वह अहंकार को सहायता देता है। इससे सावधान रहो।

मैं यह नहीं कह रहा हूं कि अपनी कार्यप्रणाली में बल प्रयोग करो, इसकी कोई ज़रूरत ही नहीं है। विश्रामपूर्ण रहो। धारा के साथ बहना शुरू करो। यहां तक कि तैरने की भी ज़रूरत नहीं है। बस धारा को पूरी तरह से अपने साथ ले जाने दो। वह तुम्हें अपने साथ सागर तक ले जायेगी। वह पहिले ही से सागर की ओर जा रही है, तुम्हें उसे धकियाने की कोई ज़रूरत नहीं है। धकियाने की

तब ज़रूरत होती है, जब तुम धारा के विरुद्ध जाने की कोशिश करते हो। जब तुम प्रकृति के अनुसार चल रहे हो, तब संघर्ष करने की कोई ज़रूरत ही नहीं है – प्रकृति पहिले ही से उस मार्ग पर जा रही है। उसके साथ विश्रामपूर्ण बने रहो। और तब वहां हृदय में एक महान संगीत का जन्म होता है क्योंकि सारे दुःख मिट जाते हैं।

लेकिन दुःख के साथ तुम भी मिट जाते हो। तुम्हारे पास दोनों एक साथ नहीं हो सकते। तुम्हारे स्वयं की उपस्थिति और परमानंद; यह संभव है ही नहीं। यह इसलिए संभव नहीं है क्योंकि प्रकृति इस तरह से कार्य करती ही नहीं। तुम्हें इन दो में से एक को छोड़ना होगा। या तो तुम परमानंद को छोड़ो और स्वयं बने रहो, अथवा तुम अपने अहंकार को छोड़ दो और परमानंद को बना रहने दो। यह तुम्हारा अपना चुनाव है। और यही वजह है कि मैं बार-बार कहे चले जाता हूं कि दुःखी बने रहने का तुम्हारा ही चुनाव है।

तुम मेरे पास आते हो और पूछते हो कि दुःख कैसे मिटे? तुम बिना अहंकार को छोड़े हुए दुःखों को छोड़ना चाहते हो। लेकिन यह संभव नहीं है, और यदि मैं कहता हूं 'अपना अहंकार छोड़ो' तो मैं तुम्हारी आंखों में हमेशा देखता हूं कि जैसे तुम यह सोच रहे हो कि मैं विषय बदल रहा हूं। तुम सोचते हो कि तुम तो यह पूछने आए हो कि दुःखों से कैसे छुटकारा हो, और मैं किसी अन्य चीज़ के बाबत बात कर रहा हूं। मैं कह रहा हूं – 'अहंकार को छोड़ो'। वास्तव में यह लगता ऐसा ही है, जैसे मानो यह कोई अन्य चीज़ है।

> मुल्ला नसरूद्दीन एक चांदनी रात में एक सुंदर स्त्री के साथ बैठा हुआ, महान चीज़ों के बारे में बात कर रहा था। वह बहुत अधिक रोंमाटिक होता जा रहा था। लेकिन स्त्री बहुत अधिक यथार्थ की ज़मीन से जुड़ी हुई व्यावहारिक थी।
>
> जब मुल्ला वास्तव में प्रेम की ऊंची पेंगें भरने लगा तो स्त्री ने कहा – "मुल्ला! तुम्हारा प्यार करना तो ठीक है पर क्या तुम मुझसे विवाह करोगे?"
>
> मुल्ला ने कहा – "सुनो! विषय को बदलो मत!"

मैंने कई बार तुम्हारी आंखों में यही चीज़ देखी है, तुम एक समस्या लेकर आते हो, और मैं किसी और चीज़ के बारे में बात करना शुरू कर देता हूं। यह कुछ दूसरी चीज़ केवल परिधि पर दिखाई देती है – मैंने देखा असली कारण ही वही है। तुम दुःखों को तो छोड़ना चाहते हो, लेकिन तुम अहंकार को नहीं छोड़ना

चाहते। और दुःख छोड़े नहीं जा सकते। दुःख तो अहंकार की छाया हैं। केवल अहंकार ही गिराया जा सकता है।

अहंकार के गिरते ही, दुःख स्वतः मिट जाते हैं। उसकी कीमत चुकाना बहुत अधिक लगता है। तुम कहते हो – 'मैं इस पर विचार करूंगा।' तुम्हारी दुःखों को छोड़ने में वास्तव में कोई रुचि है ही नहीं। यदि वास्तव में तुम्हारी दिलचस्पी है, तो केवल इस तथ्य को समझ लेने भर से तुम तुरंत अहंकार को छोड़ दोगे।

सिग्मंड फ्रॉयड ने कहा है – कि मनुष्य का स्वभाव ही दुःखी रहने का है। मैं इस पर विश्वास नहीं करता, लेकिन लगभग निन्नयानवे प्रतिशत लोगों के बारे में वह ठीक कहता है। मैं इससे इनकार नहीं कर सकता। फ्रॉयड अनुभव करता है कि इस बारे में मनुष्य के लिए कोई भी आशा नहीं है, बुनियादी रूप से मनुष्य दुःखी है। उसके दुःखों का रूपांतरण नहीं किया जा सकता। वह प्रसन्न और सुखी नहीं बनाया जा सकता। मनुष्य असंभव की मांग करता है। वह अहंकारी भी बना रहना चाहता है और साथ ही साथ प्रसन्न भी।

यह ऐसा ही है, जैसे मानो तुम बिना बादलों के पूरी धूप भी चाहते हो, लेकिन इसके ही साथ तुम अंधेरी रात जैसी शीतलता और शांति भी चाहते हो। और तुम आकाश में चमकता हुआ पूरा सूर्य और धूप भी चाहते हो। अब तुम असंभव चीज़ों की मांग कर रहे हो। यह संभव ही नहीं है। तुम केवल बहाने बना सकते हो। और यही लोग किये भी जा रहे हैं। तुम महत्वपूर्ण होने का दावा कर सकते हो। तुम किसी धूप भरे दिन में समुद्र तट पर बैठे हुए अपनी आंखें बंद कर सकते हो। लेकिन यह बनावटी है। यदि तुम आंखें बंद रखते हो तो तुम अपने अंदर एक अंधकार सृजित कर लेते हो। तुम्हारे पास दोनों ही चीज़ें हैं – रात भी और दिन भी। लेकिन यह बनावटी चीज़ है। यह वास्तव में दिन ही है, रात तो ठीक एक नकली भ्रम है, जो तुमने अपनी आंखों को बंद कर सृजित किया है। जो असंभव है, वह नहीं किया जा सकता।

समझदार व्यक्ति यह देखने के लिए कि वह असंभव कार्य को करने का प्रयास तो नहीं कर रहा है, वह अपने ही जीवन में झांक कर देखता है। जिस क्षण वह देखता है, कि वह कुछ ऐसा करने का प्रयास कर रहा है, जिसे चीज़ों की प्रकृति होने के कारण किया ही नहीं जा सकता, वह उसे करना छोड़ देता है। उस योजना को वह तुरंत त्याग देता है। इसे मैं समझदारी कहता हूं।

नासमझ लोग वे हैं, जो तथ्य को बिल्कुल भी न देखते हुए संघर्ष ही किए चले जाते हैं – जैसे मानो वे एक चौकोर-वृत को बनाने का प्रयास कर रहे हों। तुम भले ही प्रयास किये चले जाओ, लेकिन वैसा कभी होगा नहीं, क्योंकि एक

वृत्त, वृत्त होता है और तुम उसे कभी भी चौकोर नहीं बना सकते। और एक वर्ग एक समचतुर्भुज होता है, जो कभी भी वृत्त नहीं बन सकता। तुम प्रयास किये चले जा सकते हो, लेकिन तुम असफल ही रहोगे। पूरी मनुष्यता ही असफल है, क्योंकि वह असंभव को करने का प्रयास कर रही है।

और तुम कहते हो : 'मैं स्वयं अपने ही से संघर्ष करने से घृणा करता हूं', अब फिर यह एक संघर्ष है। घृणा! पहिले तुम संघर्ष करो, जो गलत है। तब तुम एक दूसरी गलत चीज़ करो, उससे भी कहीं अधिक गहरी – तब तुम संघर्ष के विरुद्ध संघर्ष करो, क्योंकि तुम उससे घृणा करते हो। मैं सर्वस्वीकार, तथर्ता सिखा रहा हूं। मैं तुम्हें जीवन, जैसा भी वह है, उसे समग्र रूप से स्वीकार करना सिखा रहा हूं – जिसमें प्रत्येक चीज़ सम्मिलित है। अब तुम फिर समझोगे कि इस बारे मे क्या कुछ कठिनाई है।

उदाहरण के लिए, तुम देखते हो कि तुम संघर्ष किये चले जा रहे हो। क्या तुम्हें इसे भी स्वीकार कर लेना चाहिए? मैं कहता हूं – हां। केवल स्वीकार करने से ही वह मिट जाएगी। स्वीकार करने के द्वारा चीज़ें बदल जाती हैं। तुम्हें प्रत्येक चीज़ स्वीकार करना चाहिए यहां तक कि संघर्ष भी। तुम आखिर क्या कर सकते हो? यदि तुम संघर्ष करते हुए नदी को धकिया रहे हो, तो तुम दूसरी समस्याएं उत्पन्न करोगे। यदि मैं कहता हूं – 'संघर्ष मत करो' तब तुम अपने संघर्ष से ही लड़ना शुरू का दोगे। यह और भी अधिक सूक्ष्म होगा। यह बहुत गहरे तल पर होगा। संघर्ष बना रहेगा। जब मैं कहता हूं – 'संघर्ष करना बंद करो', तो मैं यह नहीं कह रहा हूं – 'संघर्ष के विरुद्ध लड़ना शुरू करो।' मैं कह रहा हूं, स्वीकार करो। यदि तुम नदी को धकियाना पसंद करते हो, उसे धक्का दो। उसके विरुद्ध कोई नया संघर्ष सृजित मत करो। उसकी पूरी व्यर्थता समझते हुए, उसे धकियाते रहो। देखो कि वैसा करना मूर्खतापूर्ण है, जो कुछ तुम कर रहे हो वह मूढ़ता है। नदी को धक्का नहीं दिया जा सकता। उसे धकियाते भी रहो। उसका निरीक्षण भी करते रहो और उसे स्वीकार भी करते रहो।

उसी स्वीकार भाव में, उसी सचेतनता में, तुम एक दिन पाओगे कि तुम्हारे हाथ रुक गये हैं। लेकिन यह ऐसा नहीं है कि तुमने उसे रोका हो, यदि तुम उसे रोकते हो, तो तुम चूक गए। तब यह फिर रोकने के लिए एक संघर्ष हो गया। पहिले तुम नदी के विरुद्ध संघर्ष कर रहे थे, तब तुमने अपने संघर्ष करने के विरुद्ध लड़ना शुरू कर दिया – और तुम किसी तरह अपने हाथों को पकड़कर रोक रहे हो, जिससे वे फिर नदी को धकेलना शुरू न कर दें। यह स्थिति बहुत सुंदर नहीं होगी। यह तनावपूर्ण होगी, इस बारे में तकलीफ होगी, क्योंकि तुम स्वयं

अपने हाथ पकड़कर उन्हें रोक रहें होगें। तुम प्रवाहवान नहीं रहोगे, तुम प्रसन्नता की धारा के साथ नहीं बह रहें होगे, तुम दमन कर रहे होंगे। और किसी भी क्षण, किसी भी अवसर पर तुम नदी को फिर से धकेलना शुरू कर दोगे। आखिर कितनी अवधि तक तुम अपनी कामना को दबा कर रख सकते हो?

इसलिए मेरी बात को बहुत ध्यानपूर्वक सुनो। यदि तुम नदी को धकेल रहे हो, मैं यह नहीं कह रहा हूं कि तुम ऐसा करना रोक दो, मै सिर्फ इतना ही कह रहा हूं कि नदी को धकेलने से कुछ भी प्राप्त होने नहीं जा रहा है। यह बात सुनो। उसे अपने हृदय में गहरे उतर जाने दो। और यदि तुम अपनी पुरानी आदत के कारण धकियाने के अनुभव को पसंद करते हो – क्योंकि तुम कई जन्मों से नदी को धकियाने अर्थात् असंभव चीज़ों को करने का प्रयास करते रहे हो, लेकिन इस तथ्य को निरंतर समझते रहो कि यह मूर्खतापूर्ण है, और तुम अभी तक बेवकूफ बनते आ रहे हो। न तो वैसा करने से अपने को खींच कर अलग करो और न अपने पर नियंत्रण करने का प्रयास करो। उसे होने दो – लेकिन इस दृष्टि के साथ कि यह मूढ़ता है, यह अर्थहीन है और इससे कुछ भी होने वाला नहीं है, उसे होने दो, लेकिन बिना किसी आशा या अपेक्षा के, भली भांति यह जानते हुए कि उससे निराशा मिलने जा रही है, उस निराशा की प्रतीक्षा करो, भली भांति यह जानते हुए कि अपनी पुरानी आदतों के कारण तुम अपनी ऊर्जा नष्ट कर रहे हो, उसे करते रहो, अपने को उससे पीछे मत खीचों।

और एक दिन तुम देखोगे कि करने वाले हाथ स्वतः ढीले और धीमे होते जा रहे हैं। अब तुम उतनी तेजी से उसे कर रहे हो जितनी त्वरा से किया करते थे। और एक दिन, जब तुम्हारे पास एक स्पष्ट दृष्टि होगी, जब तुममें पारदर्शिता आयेगी, तुम उसकी व्यर्थता को समझ जाओगे। यह देख ओर समझ कर वहां एक रूपांतरण होता है। एक बार समग्रता से समझ लेने पर, हाथ पूरी तरह स्वतः रुक जाते है। ऐसा नहीं, कि तुम उन्हें रोकते हो, वह अपने आप ही रुक जाते हैं। और जब उनका रुकना स्वतः होता है तो उसमे एक गौरव, एक गरिमा और वहां एक महान सौंदर्य होता है।

तीसरा प्रश्न :

> आपने मुझे पूरी तरह आश्वस्त कर दिया है मैं कायल हो गई हूं। इससे पहिले मेरे अंदर कोई प्रश्न उठे, इससे पहिले कि कोई उत्तर दिया जा सके, मैं प्रसन्नता से आप पर आश्वस्त रहती हूं।

उत्तर :

यह प्रश्न पूछा है – मां योग पूजा ने।

यह प्रश्न जैसा तो बिल्कुल भी नहीं है। वह केवल मेरे साथ सहभागी बनना चाहती है। मैं प्रसन्न हूं पूजा। लेकिन तुम अपने मन से बस एक शब्द को बदल दो। इसे आश्वस्त होना या कायल होना मत कहो। इसे रूपांतरण कहो। और वास्तव में यही तुम्हारे कहने का अर्थ भी है। तुमने बस एक गलत शब्द का प्रयोग किया है।

कायल हो जाना, आश्वस्त हो जाना, तर्कपूर्ण और बुद्धिगत है। यह बहुत गहरे तक नहीं जाता। और प्रत्येक दृढ़ विश्वास के पीछे संदेह बना रहता है। विश्वास से किसी भी व्यक्ति का रूपांतरण नहीं होता। यह मन की ही चीज़ है और तुम्हारे समग्र व्यक्तित्व को कैसे बदल सकती है? और विश्वास, उधार लिया हुआ होता है। मैं किसी चीज़ को बहुत तर्कपूर्ण ढंग से प्रस्तुत करता हूं और तुम उससे प्रभावित होकर आश्वस्त हो जाती हो, लेकिन यह इसलिए होता है, क्योंकि मैं किसी चीज़ के बारे में बहुत अधिक तर्कपूर्ण ढंग से अपनी बात प्रस्तुत करता हूं। मेरा तर्क तुम्हें अपील करता है, तुम उसके विरुद्ध तर्क नहीं कर सकती, इसीलिए आश्वस्त हो जाती हो। विश्वास उधार लिया हुआ है। हम सभी उसे दूसरों से प्राप्त करते हैं। तुम एक ईसाई बन जाते हो, एक विश्वस्त ईसाई, क्योंकि तुम्हारे माता-पिता भी ईसाई थे। अथवा तुम एक विश्वस्त हिन्दू बन जाते हो, एक कट्टर और उन्मादी हिन्दू क्योंकि तुम्हारे माता-पिता हिन्दू थे। और इसी तरह चलता रहता है।

मैंने सुना है...

एक रविवारीय स्कूल की शिक्षिका अपनी बाइबिल का एक खण्ड पढ़ने के बाद अचानक रुक गई और उसने अपने शिष्यों से पूछा – "तुम ईश्वर पर विश्वास क्यों करते हो?"

उसे कई तरह के उत्तर मिले – कुछ पूरे विश्वास से भरे हुए थे, और दूसरे स्पष्ट रूप से इतने ईमानदार नहीं थे। एक उत्तर जो शिकागो के सर्वश्रेष्ठ विख्यात पादरी के पुत्र ने दिया, उससे जैसे उसका रक्त प्रवाह जम गया।

उसने गुर्राते हुए उत्तर दिया – 'मेरे अनुमान से यह हमारे परिवार में बस प्रवाहित हो रहा है।"

तुम अपने विश्वासों को इसी तरह से प्राप्त करते हो।

मेरे साथ इस बारे में इसे विश्वास नहीं, रूपांतरण बना लो। किसी चीज़ के बारे में मेरी दिलचस्पी तुम्हें आश्वस्त करने या कायल बनाने की नहीं है। जो सत्य होता है, उसे किसी विश्वास या आश्वासन की ज़रूरत नहीं होती। या तो तुम उसे जानते हो अथवा तुम उसे नहीं जानते हो। विश्वास किसी भी तरह कोई भी सहायता नहीं करते। तुम्हें जिसकी ज़रूरत है, वह विश्वास नहीं है, तुम्हें ज़रूरत है रूपांतरण की – हृदय का रूपांतरण, एक सौ अस्सी डिग्री पर पूरी तरह घूम जाना, तुम्हारी दृष्टि और समझ का पूरा परिवर्तन और तुम्हारे तल का बदल जाना। तुम जीवन को एक अन्य उच्च तल और बिंदु से देखना शुरू कर देते हो। वह विश्वास नहीं होता, वह रूपांतरण होता है। यह ऐसा नहीं होता, जैसे तुम्हारा विचार बदल गया हो, बल्कि तुम ही बदल जाते हो।

और ठीक यही पूजा के कहने का अर्थ भी है। उसने केवल एक गलत शब्द का प्रयोग कर दिया है। वह कहती है – 'आपने मुझे आश्वस्त कर दिया है, कायल कर दिया है। किसी प्रश्न के उठने से पूर्व और किसी दिए जाने वाले उत्तर से पूर्व ही, मैं आप पर विश्वास करती हूं।

वह फिर एक गलत शब्द का प्रयोग कर रही है, वह है – 'विश्वास'। लेकिन यह दोनों शब्द एक दूसरे से संबंधित हैं। यदि तुम सोचते हो कि यह आश्वस्त हो जाना है, तब तुम सोचोगे कि ऐसा इसलिए है क्योंकि तुमने मुझ पर विश्वास करना शुरू कर दिया है। यदि तुम सोचते हो कि यह रूपांतरण है तब वह विश्वास नहीं होगा, वह होगी आस्था या श्रद्धा। विश्वास होता है उसमें, जो मैं कहता हूं, और श्रद्धा होती है उसमें – जो मैं हूं। ये पूरी तरह विपरीत हैं।

लेकिन पूजा के बारे में मेरा अनुभव यही कहता है – कि उसने केवल गलत शब्दों का प्रयोग किया है – अन्यथा उसके कहने को ठीक-ठीक अर्थ यही है।

यह अच्छी बात है। मैं आनंदित हूं। यदि तुम मुझे हृदय से सुनते हो, तो ऐसा ही प्रत्येक को घटने जा रहा है। यदि तुम मुझे सुनते हो, कहीं और जाने के किसी उद्देश्य के लिए नहीं, किसी चीज़ को प्राप्त करने के लिए नहीं, बल्कि यदि तुम मुझे केवल मात्र आनंद के लिए ऐसे सुनते हो, जैसे कोई संगीत सुने, जैसे कोई किसी प्रपात के गिरने को और कोयल की कूक सुनें। यदि तुम मुझे बिना किसी उद्देश्य के, बल्कि केवल यहां मेरा सान्निध्य पाने के लिए सुनते हो, तो रूपांतरण और पूरा परिवर्तन बस होने ही जा रहा है। मेरी ज्योति तुम्हारे बुझे दीये में छलांग लगाने और उसे प्रकाशित करने तुम्हारी ओर बस आ ही रही है।

चौथा प्रश्न :

भगवान!

ठीक जब हमें ऐसा लगता है कि हम एक साथ रहते हुए आश्रम में स्थापित हो गये हैं, हमें यहां से हटकर कहीं और जाना होगा। क्या आपकी मंशा यही है कि हम लोग निरंतर गतिमान बने रहें?

उत्तर :

शायद ऐसा ही है।

पांचवा प्रश्न :

क्या यह ज़रूरी है कि प्रत्येक व्यक्ति के पास एक या दूसरी तरह का कोई धर्म हो?

उत्तर :

हां। प्रत्येक व्यक्ति के पास एक किस्म या दूसरी किस्म का कोई धर्म होना ही चाहिए। तुम यह जानकर स्वयं अपने प्रति ही अनुग्रहीत हो कि किस तरह के धर्म से तुम दूर जा रहे हो। अन्यथा तुम दुःख का अनुभव करोगे। तुम्हें उसके अभाव का अनुभव होगा।

मैंने सुना है...

एक नर्स ने अपने मरीज़ से पूछा – "आप किस धर्म से संबंध रखते हैं?"

मरीज़ ने कहा – "किसी से भी नहीं।"

नर्स ने कहा – "ठीक है, लेकिन जब आपको जाना ही हो, तो आप किस धर्म की ओर जायेंगें?"

मरीज़ ने उत्तर दिया – 'यदि आपके लिए यह जानना ज़रूरी है तो सुनिए, मैं अधितकम समय सभी धर्मों से दूर रहकर ही गुज़ारता हूं। और जब मैं कही नहीं जाना चाहता तो समझ लीजिए, वह धर्म बेपटिस्ट है।

अथवा...

जहाज़ के टूट कर नष्ट हो जाने के कारण, सिम्पकिन को बीस वर्ष तक, एक निर्जन टापू पर रहना पड़ा और आखिरकार एक दिन उधर से गुज़रते हुए एक जहाज़ द्वारा उसका उद्धार हुआ।

सहायता करने वाले जहाज़ के कैप्टन ने उससे पूछा – "इन वर्षों में अपने आपको व्यस्त बनाये रखने के लिए आखिर आप क्या करते रहे?"

सिम्पकिन ने उत्तर दिया – "मैं इमारतों के निर्माण कार्य में लगा रहा।" और वह कप्तान को द्वीप के एक कोने में ले गया और एक सुंदर 'सिनागॉग'(यहूदियों का पूजास्थल) दिखलाया।

जहाज़ के कप्तान ने कहा – "यह अविश्वसनीय और आश्चर्यजनक है।"

सिम्पकिन ने कहा – "यह कुछ भी नहीं।" इस बार वह उसे द्वीप की ठीक विपरीत दिशा में ले गया और एक अन्य अत्यन्त भव्य पूजा गृह की इमारत दिखलाई।

कप्तान ने कहा – "मैं कुछ समझा नहीं। आप ही इस द्वीप पर अकेले इंसान हैं, फिर आपको दो सिनेगॉग की ज़रूरत क्यों महसूस हुई?"

सिम्पकिन ने स्पष्ट करते हुए कहा – 'लेकिन वह जो दूसरा सिनेगॉग है, यदि लोगों ने मुझे वहां जाने के लिए धन भी दिया होता तो भी उसके अंदर मैं कदम तक नहीं रखता।"

ये तुम्हारे स्वयं अपने आपको परिभाषित करने के तरीके हैं। अपने आपकी स्पष्ट करने के यह अहंकार के ही उपाय हैं। तुम एक हिन्दू हो अथवा एक मुसलमान या एक बौद्ध। तुम भारतीय हो, जर्मन अथवा इटालियन। तुम कैथोलिक हो या प्रोटेस्टेंट। ये भी सभी तुम्हारे स्वयं को स्पष्ट या परिभाषित करने के तरीके हैं।

वास्तव में एक धार्मिक व्यक्ति के पास कोई भी धर्म नहीं होता। एक धार्मिक मनुष्य के पास धार्मिकता के गुण निश्चित रूप से होते हैं, लेकिन वे गुण अव्याख्या हैं। यह उसे चारों ओर से एक काव्यात्मक दीप्ति की भांति घेरे रहते हैं। हां! तुम उसके कार्यों में एक गरिमा देखोगे, तुम उसके जीवन में एक अहोभाव और कृतज्ञता देखोगे, और तुम उसके व्यवहार में एक करुणा देखोगे। लेकिन वह एक हिन्दू अथवा मुसलमान अथवा एक ईसाई नहीं होता। ये धार्मिक बनने के बहुत सस्ते और सामान्य तरीके हैं। ये धार्मिक बनने के प्रामाणिक तरीके नहीं हैं।

बुनियादी रूप से धर्म एक कला है! कैसे जीया जाये और कैसे मरा जाये, कैसे जीते हुए आनंद मनाया जाये, कैसे आनंद से मृत्यु को गले लगाया जाए, कैसे सौंदर्यमय ढंग से जीवन जीया जाए और कैसे अनुग्रहपूर्ण ढंग की मृत्यु को स्वीकार किया जाए और कैसे अपने पूरे जीवन को, जिसमें मृत्यु भी सम्मिलित है एक उत्सव और समारोह बनाया जाये।

धर्म का, बाइबिल, गीता और कुरान से कुछ भी लेना-देना नहीं है। धर्म के पास तो करने को कुछ ऐसी चीज़ होती है, जो तुम्हारे अस्तित्व में एक रासायनिक रूपांतरण कर देती है। इसलिए जब कभी तुम किसी प्रामाणिक धार्मिक व्यक्ति को पाओगे, तुम उसे हिन्दू, मुसलमान, ईसाई या यहूदी जैसा नहीं पाओगे, तुम उसमें प्रामाणिक रूप से कुछ अज्ञात गुणों की सुवास पाओगे, जो उसे परिभाषित करती है। लेकिन यह परिभाषा अहंकार की नहीं होगी, यह परिभाषा तो केवल उसकी जीवन-शैली की होगी।

हां! जीसस के चारों ओर तुम धार्मिकता के विशिष्ट लक्षण पाओगे, वैसे ही लक्षण तुम बुद्ध के चारों ओर, मुहम्मद और नानक के चारों ओर भी पाओगे। तुम धार्मिकता के विशिष्ट लक्षण तो पाओगे लेकिन तुम्हें उनका निरीक्षण करना होगा। उन्हें देखने और समझने की तुम्हारे पास एक विशिष्ट दृष्टि होनी चाहिए।

नानक के जीवन में एक बार ऐसा हुआ कि वह जिस नगर में गए, वहां मुसलमान, जैन, बौद्ध और हिन्दुओं के अनेक संत थे। वह नगर संतों से भरा हुआ था। और जब वहां इतने अधिक संत थे, तो वहां बहुत संघर्ष और विवाद भी थे। और एक नया सिद्ध वहां आ रहा था। इसलिए पुराने संतों ने सोचा कि यह तो बहुत अधिक हो जायेगा। हम लोगों की पहिले ही से यहां इतनी भीड़ है। इसलिए उन सभी ने आपस में मंत्रणा कर नानक को एक संदेश भिजवाया। वह शहर के बाहर रुके हुए थे। वह संदेश था – "यहां पहिले ही से संतों की बहुत भीड़ है। यहां का कार्य व्यापार पहिले ही से ठीक नहीं है क्योंकि सुनने वाले लोग थोड़े से हैं और संत बहुत अधिक हैं। आप कृपया कहीं ओर चले जाइये।"

और वे जानते थे कि नानक के नाम की खबर और उनकी प्रसिद्धि शहर तक पहुंच चुकी थी, और यदि वह आए तो वे थोड़े से भक्त, जो उनके बीच बैठे हुए थे, वे भी चले जायेंगे। इसलिए उन्होंने एक सुंदर कार्य किया। उन्होंने विचार किया कि नानक के पास संदेश इस तरह भेजा जाये, जिससे उन्हें बुरा भी न लगे। वे चिंतित थे कि वे बुरा भी मान सकते थे क्योंकि वह अपमानजनक था। वे लोग नानक को आने से रोकने वाले होते कौन थे? लेकिन वे चालाक लोग थे। उन्होंने शास्त्रों को टटोला और उन्हें एक उपाय मिल गया।

उन्होंने उनके पास तेल से लबालब भरा हुआ एक प्याला भेजा – जिसमें एक बूंद तेल भी नहीं उड़ेला जा सकता था। वह बस लगभग छलकने के बिंदु पर था। उन्होंने प्याले को प्रतीक रूप में यह स्पष्ट करने को भेजा कि यह नगर संतों और धर्म की चर्चा से इतना अधिक भरा हुआ है, कि अब और एक बूंद भी स्वीकार नहीं की जा सकती, क्योंकि अब वहां कोई स्थान बचा ही नहीं है।

नानक अपने शिष्यों के साथ एक वृक्ष के नीचे एक कुएं के निकट बैठे हुए थे, और उनका शिष्य संगीत का वाद्य बजाते हुए एक गीत गा रहा था। लोग वह तेल से भरा प्याला लेकर आए। नानक ने उनकी ओर देखा और उनका संदेश समझ गए। उन्होंने कुएं की बगल में उगा एक छोटा सा जंगली फूल तोड़ा और प्याले में डाल दिया। वह तेल के ऊपर तैरने लगा।

उसने कोई भी अंतराल लिया ही नहीं और न प्याले से तेल बाहर छलका। और नानक ने उन लोगों से कहा – "वापस जाकर यह प्याला उन लोगों को दे दो, जिन्होंने तुम लोगों के द्वारा यह मेरे पास भिजवाया है।"

उनका शिष्य उलझन में पड़ गया। उसने पूछा – "मैं तो कुछ समझा ही नहीं। आपके और इन लोगों के मध्य आखिर गुपचुप यह कैसा संवाद हुआ। और वह प्याला भी बहुत रहस्यमय था। उससे उन लोगों का मतलब क्या था?"

नानक ने कहा – "उनके कहने का अर्थ था कि यहां बहुत अधिक संत पहिले ही से हैं और अब किसी अन्य संत के लिए यहां ज़रा भी जगह नहीं है। लेकिन एक धार्मिक व्यक्ति को किसी स्थान या अंतराल की ज़रूरत होती ही नहीं। यही मेरा उत्तर था। मैं किसी के भी साथ संघर्ष नहीं करूंगा। मैं किसी भी व्यक्ति के साथ प्रतियोगिता नहीं करूंगा। एक धार्मिक व्यक्ति को किसी स्थान की ज़रूरत नहीं होतीं एक धार्मिक व्यक्ति कोई व्यापारी नहीं होता। उन लोगों को मुझसे डरने की कोई ज़रूरत नहीं। मैं यहां ऐसे ही रहूंगा, जैसे भरे प्याले के ऊपर वह फूल तैर रहा है। और मैं यहां ठीक उस फूल की ही तरह रहूंगा। एक दिन मैं यहां रहूंगा और कल ही चला जाऊंगा। वे लोग मेरे बारे में ज़रा भी फिक्र न करें।"

अब यह है धार्मिकता – किसी के भी साथ न कोई प्रतियोगिता, न कोई संघर्ष और न कोई आक्रामकता। और प्रत्येक यह जानता है कि प्रत्येक यहां बस कुछ क्षणों के लिए आया है। यह संसार एक सराय है, जहां रात भर रुकना है और सुबह हमें प्रस्थान कर जाना है – ठीक फूलों की तरह।

एक धार्मिक व्यक्ति का संगठित धर्म से कुछ भी लेना-देना होता ही नहीं, लेकिन उसे जीवन के काव्य के साथ, उसके अंदर की कविता के साथ कुछ चीज़ करनी होती है। उसके पास नृत्य की ऊर्जा है, इसलिए उसे आंतरिक नृत्य के साथ कुछ करना होता है। जीवन के साथ उसका गहरा रोमांस है, जीवन के साथ वह भावमय साहसिक प्रेम करता है। वह प्रसन्नता के प्रत्येक क्षण के लिए अत्यधिक अनुगृहीत होता है जो परमात्मा उसे दिए चले जाता है। और यद्यपि

हम उसके योग्य नहीं हैं। हम उसके अधिकारी नहीं हैं। हमने उसे अर्जित नहीं किया है। वह एक उपहार है।

तुम पूछ रहे हो : क्या प्रत्येक व्यक्ति के लिए एक तरह अथवा दूसरी तरह के धर्म की कोई ज़रूरत है?

दूसरी बात यह – धर्म दो तरह के होते ही नहीं हैं। धार्मिकता एक है – यद्यपि व्यवस्थापन में अंतर हो सकता है। यह ठीक इस तरह है जैसे तुम एक तरह से अपना घर बनाते हो, दूसरा उसे अन्य तरह से बनाता है, कोई अन्य व्यक्ति उसे कुछ और तरीके से बनाता है और तीसरा व्यक्ति एक तीसरे वास्तुकार का घर का नक्शा बनाने के लिए चुनाव करता है। लेकिन आंतरिक चीज़ एक ही होती है, कि तुम्हें एक शरण स्थल या सिर छिपाने को एक छत की ज़रूरत होती है। कोई व्यक्ति अपना भोजन भारतीय रीति से, कोई व्यक्ति चीनी शैली से और कोई व्यक्ति किसी और तरह से तैयार करता है, लेकिन असली चीज़ तो भूख होती है, क्योंकि तुम्हें भोजन और पोषण की ज़रूरत होती है।

इसलिए यह तथाकथित धर्म और कुछ भी नहीं, बल्कि तुम्हारे विकास में सहायक भिन्न-भिन्न शैलियां हैं। तुम उनमें चुनाव कर सकते हो। लेकिन चुनाव करना महत्वपूर्ण नहीं है। महत्वपूर्ण चीज़ है विकास, पोषण और सुरक्षा। महत्वपूर्ण चीज़ है परमात्मा की शरण मे जाना, जिसे सूफ़ी इस्लाम और बचनबद्ध ता कहते हैं, जिसे सूफ़ी ईमान कहते हैं और श्रद्धा द्वारा जीवन का रूपांतरण – और इसी को सूफ़ी इहसान कहते हैं।

छठा प्रश्न :

> चार वर्ष पूर्व मैंने कहीं पढ़ा था जिसमें कहा गया था कि गुरु के आशीर्वाद से ही मेरे रक्त की बीमारी ठीक हो गई जब मैंने आपको यह बतलाया तो आपने कहा – 'जिस दिन तुमने संन्यास लिया, तुम्हारी कैंसर की बीमारी भी समझो चली गई मुझे आपके वह कहने का भाव अभी भी याद है, जो एक वास्तविक तथ्य न होकर एक डिज़ाइन हो सकता है। मैंने हमेशा स्वीकार किया है कि आपके कहे सत्य, असली तथ्य नहीं हो सकते। क्या इसके कारण ही मैं चूक गया?

उत्तर :

पहिली बात तो यह कि सत्य का यह दायित्व या कर्त्तव्य नहीं होता कि वह एक तथ्य बने। तथ्य, एक निम्न तल पर होने वाली घटना है और सत्य होती है

उच्चतम तल की एक चीज़। कभी सत्य, वास्तविक यथार्थ भी हो सकता है और कभी नहीं भी हो सकता है। इस बारे में तथ्य निर्णयात्मक नहीं हो सकता। इस बारे में जीवन में उच्चतम अनुभव होते हैं, जो तथ्यों से नहीं लपेटे जा सकते।

लेकिन मैं समझ सकता हूं। यह प्रश्न किया है चिन्मय ने। पश्चिमी मन, तथ्यों का बहुत अधिक आदी है। जो भी चीज़ जो तथ्यात्मक है, वही असली दिखाई देती है, और जो भी चीज़ तथ्यात्मक नहीं है, वह आवश्यक रूप से नकली दिखाई देती है। पश्चिम का यही अनुभव है। कभी सत्य तथ्यात्मक होता है और कभी नहीं होता – इसी वजह से मैं कहता हूं कि सत्य का यह दायित्व या कर्त्तव्य नहीं होता कि वह तथ्य बने ही। इसी कारण, पश्चिम का वैज्ञानिक मन, मनुष्य की आत्मा को स्वीकार नहीं कर सकता, क्योंकि वह वास्तविक नहीं है।

और जिस तरह से तथ्यों को जाना जाता है, उस तरह से सत्य को नहीं जाना जाता, उस तक पहुंचने का ढंग पूरी तरह भिन्न होता है। उदाहरण के लिए, तुम एक गुलाब के फूल को देखते हो। सौंदर्य सत्य है, लेकिन वह तथ्य नहीं है। तुम उसे सिद्ध नहीं कर सकते। गुलाब के सौंदर्य को सिद्ध करने का वहां कोई भी उपाय नहीं है। तुम उसके रंगों का प्रमाण दे सकते हो, तुम उसके भार और रसायन को सिद्ध कर सकते हो, लेकिन तुम उसके सौंदर्य को सिद्ध नहीं कर सकते।

लेकिन वहां सौंदर्य से कुछ उच्चतम चीज़ विद्यमान है। इस बात का उल्लेख है कि टेनीसन ने एक कविता में कहा है – 'यदि मैं एक अकेले फूल को उसकी जड़ सहित सम्पूर्णता से समझ सकता हूं, तो मैं समग्र अस्तित्व को समझ जाता' – क्योंकि एक फूल में कुछ ऐसी चीज़ होती है जो एक तथ्य से कहीं अधिक होती है; और वह है उसमें छिपा उसका प्रामाणिक अस्तित्व, और उसमें अंतर्निहित उसका स्वभाव। लेकिन प्रामाणिक अस्तित्व या यथार्थ तक, स्थूल उपकरणों के द्वारा वैज्ञानिक प्रयोग कर नहीं पहुंचा जा सकता। सत्य तक पहुंचने का ढंग तो ध्यान है, उस तक प्रेम के द्वारा पहुंचा जा सकता है।

चिन्मय कहता है – 'चार वर्ष पूर्व मैंने पढ़ा था, जिसमें किसी ने यह कहा था कि गुरु के आशीर्वाद से उसके रक्त का कैंसर ठीक हो गया। जब मैंने आपको इस बाबत बतलाया तो आपने कहा – 'जिस दिन से तुमने संन्यास लिया, तुम्हारा कैंसर चला गया।"

मूल रूप से कैंसर एक मनोवैज्ञानिक व्याधि है, बुनियादी रूप से यह शरीर की व्याधि न होकर मन की व्याधि है। जब मन बहुत अधिक तनावपूर्ण होता है,

इतना अधिक तनावपूर्ण कि वह असहनीय हो जाए, तो वह शरीर के स्नायुओं को प्रभावित करना शुरू कर देता है। इसी वजह से कैंसर, अस्तित्व में केवल तभी आता है जब सभ्यता बहुत अधिक बुद्धिप्रधान और जटिल हो जाये। आदिम समाजों में तुम कैंसर को नहीं पाओगे। वहां लोग इतने अधिक तर्कशील और जटिल नहीं हैं। उच्चतम से मेरा अर्थ है जटिल और कपटी होने से, अधिक बुद्धिप्रधान होने का अर्थ है समाज का और अधिक पेचीदा और उलझन पूर्ण हो जाना, और उतना ही अधिक कैंसर भी होना।

इसलिए जब मैंने चिन्मय से कहा – 'जिस दिन से तुमने संन्यास लिया है, तुम्हारा कैंसर बिदा हो गया है,' तो मैं इसके साथ बहुत सी चीज़ें कह रहा था। संन्यास है – मन का विसर्जन, संन्यास का ठीक यही अर्थ है कि तुम मन को समर्पित करते हो। संन्यास लेने का अर्थ है कि तुम अपनी सभी उलझनों, मन की सभी बाधाओं, जटिलताओं और मन के सभी रोगों का समर्पण करते हो। संन्यास लेने का अर्थ है कि अब तुम एक सहज और सामान्य जीवन जीने के लिए तैयार हो। संन्यास लेने का अर्थ है – कि तुम अब, पहिले जैसे निर्दोष और एक बच्चे की तरह बनने के लिए तैयार हो।

कैंसर को मिटना ही होगा। कैंसर केवल मन की विशिष्ट रुग्ण दशा में ही बना रह सकता है। यदि मन विश्राममय हो जाता है, तो देर-सवेर शरीर उसका अनुसरण करेगा ही और विश्राममय हो जायेगा।

इस तथ्य के कारण ही वैज्ञानिक शोध, कैंसर का उपचार खोज पाने में अभी तक समर्थ नहीं हो पाई है। कैंसर का उपचार खोज पाना लगभग असंभव हो गया है, और जिस दिन वे कैंसर का उपचार खोज लेंगें, वे संसार में इससे भी अधिक खतरनाक बीमारियों को सृजित करेंगें – क्योंकि उपचार करने का अर्थ होगा उसको दबाना, उसका दमन करना। जिस दिन वे कैंसर को दबाने के लिए काफी शक्तिशाली रसायन खोज लेंगें। तब कोई अन्य बीमारी उत्पन्न हो जायेगी। तब विष किसी अन्य द्वार के माध्यम से बहना शुरू हो जायेगा।

युग-युगों से यह इसी तरह होता आया है। साधारण बीमारियां ठीक हो गईं और जटिल रोग अस्तित्व में आ गए। तुम एक बीमारी का उपचार करते हो, दूसरी बीमारियां आ जाती हैं। और दूसरा रोग, पहिले रोग की तुलना में कहीं अधिक जटिल होता है। पहिली व्याधि तो शरीर की प्राकृतिक प्रतिक्रिया थी, दूसरी व्याधि शरीर की अस्वाभाविक और असाधारण प्रतिक्रिया होती है। तुम दूसरी को दबाओगे तो तीसरी उठ खड़ी होगी, और तीसरी से पार पाना कहीं अधिक कठिन होगा। और यह क्रम इसी तरह चलता रहेगा। अब कैंसर का रोग शीर्ष

पर है। यदि कैंसर दबाया जाता है तो इससे कहीं अधिक जटिल रोग मनुष्य के शरीर और मन में उत्पन्न हो जाएंगें।

जब मैंने चिन्मय से कहा – "जिस दिन से तुमने संन्यास लिया, तुम्हारा कैंसर बिदा हो गया, तो मैं किसी तथ्य के बारे में बात नहीं कर रहा था। मैं एक सत्य की ओर संकेत कर रहा था। और यदि उसे मुझ पर श्रद्धा थी, तो उसका रोग भी चला गया होता। लेकिन उसके अंदर एक सूक्ष्म संदेह बना रहा। वह कहता है – 'मुझे आपके कहने का वह भाव याद आता है, जो एक वास्तविक तथ्य न होकर एक डिज़ाइन हो सकता है। एक डिज़ाइन या विधि, एक तथ्य की तुलना में कहीं अधिक उच्च होती है। एक तथ्य तो बहुत साधारण चीज़ होता है, और एक डिज़ाइन या विधि कहीं अधिक ऊंची चीज़ होती है, लेकिन हम लोग बहुत बहुत निम्न तल की वास्तविकता पर विश्वास करते हैं, और यही कारण है कि हम उच्चतम सत्य से चूके चले जाते हैं। हां, एक फूल का रंग एक तथ्य है, उसका रसायन भी एक तथ्य है – लेकिन वह काव्य, वह सौदर्य और वह प्रसन्नता, जो वह फूल तुम्हारे अंदर, जब तुम उसे देखते हो, सृजित करता है, जो आश्चर्य तुम्हारे हृदय को अचानक स्तब्ध कर देता है... वह एक वास्तविकता न होकर एक सत्य है, लेकिन क्योंकि वह एक वास्तविकता नहीं है, तो क्या वह असत्य है?

श्रेष्ठ व उच्च तल को निम्न तल के साथ सहमत होने की कोई ज़रूरत नहीं है, निम्न तल को ही उच्च तल के साथ राजी होना पड़ता है – यह है पूरब का दृष्टिकोण। पश्चिम का दृष्टिकोण है – उच्चतम या श्रेष्ठ तल से नीचे की ओर जाना, जब कि पूरब के सोचने का ढंग है निम्न तल से उठकर उच्चतम तल की ओर बढ़ना। उदाहरण के लिए यदि तुम तालाब के निकट जाकर एक कमल के फूल को खिलता हुआ देखो, जो गंदी कीचड़ से जन्म लेता है, और यदि तुम खिलते कमल के फूल को पश्चिमी विचारकों को दिखलाओ, तो उनके सोचने का ढंग होगा – 'यह है क्या? कुछ भी नहीं, केवल कीचड़।' 'कुछ भी नहीं, यही उनके निष्कर्ष पर पहुंचने का ढंग है।' और यह एक वास्तविकता है – इस बारे में वहां, ज़रा भी संदेह नहीं है। वह गंदी बदबूदार कीचड़ से उगा है। इसीलिए वह कहता है – 'इसका आखिर स्रोत क्या हैं?' वह विश्लेषण करते हुए निम्नतम तल, उसके स्रोत तक पहुंचो, असली कारण तक पहुंचों। कारण है गंदी कीचड़। इसलिए यह कमल का फूल और कुछ भी नहीं है बल्कि गंदी कीचड़ है।

इसी कारण फ्रॉयड कहे चला जाता है कि समाधि का अनुभव और कुछ भी नहीं, बल्कि सेक्स का अनुभव है। समाधि का अनुभव सहस्र दल कमल के खिलने का अनुभव है, लेकिन वह उसके स्रोत तक जाता है। और वह ठीक है,

ठीक इस अर्थ में क्योंकि वह यथार्थ परक है। इस आधार पर उसके तर्क को काटा नहीं जा सकता। तुम्हारे सभी तथाकथित महात्मा भी एकसाथ मिलकर इस आधार पर उसके तर्क को काट नहीं सकते। जहां तक वास्तविक यथार्थ का संबंध है वह बिल्कुल ठीक है। समाधि, सेक्स ऊर्जा की ही खिलावट है, लेकिन ठीक इसी तरह जैसे कीचड़ कमल बन जाती है। क्या तुम वास्तव में एक कमल के फूल को केवल कीचड़ के अलावा अन्य कुछ भी कहकर नहीं पुकार सकते हो? क्या यह पूरी तरह कुछ नई चीज़ नहीं है? वह निश्चित रूप से आता कीचड़ से ही है, लेकिन क्या तुम कम करके उसे पूर्व कीचड़ की स्थिति में वापस ला सकते हो?

पूरब के सोचने का ढंग है कि कीचड़ भी आदर देने योग्य है क्योंकि उसके अंदर एक गुलाब अथवा एक कमल का फूल छिपा हो सकता है। पश्चिमी मन में कमल इसलिए निंदित हो जाता है क्योंकि वह कीचड़ से जन्मा है, और पूरब के चित्त में कीचड़ भी पवित्र बन जाता है क्योंकि वह एक कमल को जन्म देता है। हम अंतिम और सर्वोच्च स्थिति की ओर ही देखते हैं, हम पीछे लौट कर निम्न तल पर नहीं जाते। हम आगे की ओर बढ़ते हैं। हम सर्वोच्च संभावना को देखते हैं। पश्चिम, कारण या स्रोत की ओर देखता है और हम लक्ष्य की ओर देखते हैं। हम इस बारे में फिक्र नहीं करते कि वह कहां से आता है, हम इस बारे में अधिक फिक्र करते हैं कि वह कहां जा रहा है। उसकी शक्ति, जो उसमें सर्वोच्च संभावित शक्ति है, वही सत्य है।

पश्चिमी मन के अनुसार मनुष्य एक शरीर बन जाता है, और पूरब के चित्त के अनुसार मनुष्य ही परमात्मा बन जाता है। पश्चिमी मन के अनुसार संसार केवल भौतिक पदार्थ-परक है, वहां सिवाय पदार्थ के और कुछ भी नहीं है। पूरब के चित्त के अनुसार, संसार में सिवाय परमात्मा और आत्मा के अन्य किसी भी चीज़ का कोई अस्तित्व नहीं है। पदार्थ भी आत्मा है – सोई हुई आत्मा। आत्मा है पदार्थ में छिपी संभावित शक्ति जो एक दिन आत्मा बन जाएगी। ये भिन्न दृष्टिकोण हैं। और यदि तुम्हें चुनना ही पड़े, तो पूरबी दृष्टिकोण को चुनना – क्योंकि इसमें जीवन के प्रति गहन श्रद्धा है, और इसमें श्रद्धा है सत्य के प्रति। तथ्य एक मामूली चीज़ है। तथ्य के बहुत अधिक जाल में मत फंस जाना।

तुम कहते हो – मुझे आपके कथन का वह भाव अभी तक याद है, जो एक वास्तविक तथ्य न होकर एक डिज़ाइन या विधि हो सकता है... जब चिन्मय कह रहा है कि वह एक डिज़ाइन या विधि भी हो सकता है, तो उसके कहने का अर्थ है कि वह एक झूठ भी हो सकता है। एक विधि न तो सत्य होती है और न

असत्य। एक डिज़ाइन एक सृजनात्मक विधि होती है, एक उपाय होता है। यदि तुम उसमें श्रद्धा रखते हो, तो वह कार्य करती है, यदि तुम उसमें श्रद्धा नहीं करते, तो वह कार्य नहीं करती। यह तुम्हारे ऊपर निर्भर करता है। तुम उससे चूक भी सकते हो। यदि तुम्हारे अंदर यह विचार उठता है कि वह केवल एक डिज़ाइन हो सकती है, तो तुम क्या कह रहे हो? तुम यही कह रहे हो कि वह झूठ भी हो सकती है। केवल यह विचार मात्र ही अवरोध बनने के लिए यथेष्ट होगा। वह पुल ही टूट जाता है, जिस पर से गुज़र कर तुम्हें उस पार जाना था।

स्मरण रहे, एक तथ्य की अपेक्षा, एक डिज़ाइन कहीं अधिक श्रेष्ठ है। वह सत्य से तो नीची है, लेकिन एक तथ्य से कहीं अधिक श्रेष्ठ और ऊंची है। वह तुम्हें तथ्य से सत्य की ओर ले जाती है, वह इन दो के मध्य एक सेतु बन जाती है। वह न तो वास्तविक होती है और न सत्य, वह मार्ग दिखाने वाली पथ प्रदर्शिका होती है।

अब ज़रा इसे सुनो...

एक नावेरियन किसान ने अपने सुअर को स्विटरजरलैंड के निकटवर्ती कस्बे में इसलिए बेचना चाहा, जिससे उसे उसका अच्छा मूल्य मिल सके। अंदर की ओर जाने वाली कस्टम डयूटी से बचने के लिए उसने सुअर को काला सूट पहिना कर उसकी आंखों पर धूप का चश्मा लगा दिया और उसे टोप लगा कर अपनी मर्सिडीज कार के पीछे रख दिया।

कस्टम की सीमा-अवरोध पर अधिकारी ने कार के अंदर झांककर देखा और किसान को कार आगे बढ़ाने का संकेत दिया। वह अपने मित्र की ओर घूमा पेट फाड़ हंसी का धमाका किया।

उसके मित्र ने पूछा – 'आखिर हुआ क्या?

हंसते हंसते उसकी आंखों से आंसू गिरने लगे' और उसने उत्तर देते हुए कहा – 'वहां कस्टम चुंगी पर कार के अंदर जो शख्स बैठा हुआ था वह ठीक मेरे सुअर की तरह लग रहा था।'

यह एक डिज़ाइन या तरकीब है। इसने काम किया। पूरा मुद्दा यही है कि वह तरकीब कारगर सिद्ध हुई। अब चाहे वह झूठ हो या सच, इससे कोई भी फर्क नहीं पड़ता। यह सच है कि वह एक वास्तविकता नहीं है। यह सत्य भी नहीं है, क्योंकि वह भी वहां है – यह ठीक दोनों के बीच में है।

और सद्गुरु के साथ रहते हुए उसकी डिज़ाइन के लिए सुलभ बने रहना है।

अंतिम प्रश्न :

आप कभी-कभी किसी घटना का वर्णन करते हुए 'संयोग' अथवा 'संयोगवश' शब्दों को प्रयोग करते हैं। क्या वास्तविक जीवन में वहां ऐसे कोई संयोग होते हैं?

उत्तर :

वास्तविक जीवन में वहां केवल आकस्मिक संयोग ही होते हैं और इसके अलावा कुछ भी नही होता। वास्तविक संसार, कारण और उसके परिणाम का संसार है, और सत्य का संसार, स्वतंत्रता का संसार है। स्वतंत्रता का अर्थ है कि कारण अब बिल्कुल भी कार्य नहीं करते। स्वतंत्रता का अर्थ है कि अब प्रत्येक चीज़ एक आकस्मिक संयोग है, अब हर चीज़ होना संभव है। इस यथार्थ संसार में कुछ भी असंभव नहीं है। जिस क्षण तुम बुद्धत्व को उपलब्ध हो जाते हो, प्रत्येक चीज़ संभव बन जाती है। अब कारण और प्रभाव की तुम पर कोई पकड़ नहीं होती।

लेकिन मैं तुम्हारे प्रश्न को समझता हूं। यह उसी कोरी सिद्धांतवादिता से आ रहा है कि कोई भी चीज़ आकस्मिक रूप से या संयोगवश कैसे हो सकती है? यह संसार कारण और परिणाम में सीमाबद्ध है। प्रत्येक चीज़ कारण और उसके परिणाम के आधीन है। कुछ भी एक चमत्कार की तरह नहीं घटता है। यही है वैज्ञानिक मार्ग।

यही कारण है कि बी. एफ. स्किनर अथवा पावलोव और दूसरे व्यवहारवादी लोग यह कहे चले जाते हैं कि स्वतंत्रता का विचार या धारणा ही केवल एक मूढ़ता है। इस जगह कोई स्वतंत्रता है ही नहीं। मनुष्य के पास कोई स्वतंत्रता है ही नहीं। प्रत्येक चीज़ कारण और उसके परिणाम से पूर्व निश्चित है। यदि स्किनर ठीक है तो बुद्ध ठीक नहीं हो सकते। यदि स्किनर ठीक है तो धर्म की पूरी विरासत ही ग़लत है। तब प्रत्येक चीज़ कारण और परिणाम से पूर्व निश्चित है। तुम कोई भी विशिष्ट कार्य करते हो, ठीक जैसे एक मशीन करती है। तुम्हारे पास कोई भी स्वतंत्रता नहीं होती।

और ये लोग लगभग निन्नायनवें प्रतिशत लोगों के लिए ठीक कह रहे हैं। यदि वे साधारण लोगों को निरीक्षण करते हैं तो वे हर तरह का समर्थन पायेंगें – और इसी तरह से वे इन निष्कर्षों पर पहुंचे हैं।

जब मैं यह बात कर रहा हूं, तो इस बारे में दो भिन्न परिकल्पनाओं का मेल हो रहा है। तुम जिस संसार में रहते हो, उसमें सभी कुछ कारण और उसके परिणाम से निश्चित होता है, और मैं जिस संसार में रहता हूं, वह स्वतंत्रता का संसार है। जब मैं तुम्हारी ओर देखता हूं, मैं कारण और परिणाम के बारे में ही बात करूंगा, लेकिन जब मैं स्वयं अपनी ओर देखता हूं, तो स्वतंत्रता के बारे में बात करता हूं। इस प्रामाणिक संसार में, इस सत्य के संसार में, सभी कुछ पूरी तरह स्वतंत्र है। कुछ भी पूर्वनिश्चित नहीं है। और यही इसका सौंदर्य है। यही कारण है कि हम भारत में इसे मोक्ष कहकर पुकारते हैं। मोक्ष का अर्थ है – स्वतंत्रता, परिपूर्ण स्वतंत्रता।

मनुष्य स्वाभाविक रूप से न तो अच्छा है और न बुरा। वह स्वतंत्र है, और वह जिस तरह से अपनी स्वतंत्रता को स्वीकार करता है अथवा उससे इनकार करता है, उसी के अनुसार वह अच्छा अथवा बुरा बन जाता है, स्वतंत्र बने रहने के लिए जीना, अस्तित्व के प्रति अनुगृहीत होना है। जो हमारे लिए बच जाता है वह है मार्ग, जिस पर चलने में हम स्वतंत्र होंगें – और अंत में वहां केवल ये दो ही मार्ग होंगें – अपनी स्वतंत्रता का प्रयोग स्वतंत्रता के विरुद्ध करना अथवा स्वतंत्रता के लिए उसका प्रयोग करना।

'आत्मा के होने अथवा न होने की संभावना यह अस्तित्व ही है' – यह एक अस्तित्ववादी वक्तव्य है। मैं इसके साथ सहमत हूं। मनुष्य एक स्वतंत्रता है। स्वतंत्रता मनुष्य का सारभूत केन्द्र है और यही मनुष्य की शान है। पशु कम स्वतंत्र हैं, वृक्ष और भी कम स्वतंत्र हैं, और चट्टानें उससे भी कम। हम इसी तरह से यह निर्णय लेते हैं कि स्वतंत्रता के अनुसार ही अधिक विकास होता है।

एक चट्टान स्वतंत्र नहीं है। एक वृक्ष थोड़ा अधिक स्वतंत्र है। वह किसी आंतरिक दृष्टि के अनुसार विकसित हो सकता है। वह उदासी अथवा प्रसन्नता का अनुभव कर सकता है। वह कुछ प्रयास कर सकता है। वह कुछ संघर्ष और प्रतियोगिता कर सकता है, लेकिन वह अपनी भूमि को नहीं छोड़ सकता, इस तरह से वह स्वतंत्र नहीं हैं। वह अपनी जड़ों से बंधा है। पशु थोड़े अधिक स्वतंत्र हैं। वे गतिशील हो सकते हैं, शारीरिक रूप से वह चल फिर सकते हैं। पक्षी कुछ और अधिक स्वतंत्र हैं। वे दूर आकाश में उड़ान भर सकते हैं। मनुष्य और भी अधिक स्वतंत्र है। वह न केवल शारीरिक रूप से, वह मानसिक रूप से भी गतिशील हो सकता है।

और एक बुद्ध पूर्ण स्वतंत्र होता है, क्योंकि न केवल उसका मन, बल्कि उसकी आत्मा भी स्वतंत्र है। स्वतंत्रता पर्त दर पर्त विकसित होती जाती है। वह

अधिक होती जाती है। जब स्वतंत्रता बेशर्त और पूर्ण हो जाती है, तुम अपने शाश्वत घर पहुंच जाते हो।

तुम मुझसे पूछ रहे हो – आप एक घटना का वर्णन करते समय कभी-कभी 'संयोग' अथवा 'संयोगवश' शब्दों का प्रयोग करते हैं। क्या वास्तविक जीवन में वहां कोई संयोग होते हैं?

एक सुहानी भोर, तीन मनुष्य स्वर्ग में एक ही समय जा पहूंचे। संत पीटर आश्चर्यचकित रह गये, क्योंकि कोई व्यक्ति इस समय बहुत मुश्किल में आ पाता था। इसलिए उन्होंने पहिले से पूछा – "आप कैसे आ गये?"

उसने उत्तर दिया – 'मैं यात्रा करके जब घर लौटा तो मैंने पाया एक पुरुष का कोट ऊपर लटका हुआ था और उसी के चारों ओर उसके जूते भी लटके हुए थे और मेरी पत्नी बिस्तर पर नग्न लेटी बहुत खुश दिखाई दे रही थी। इसलिए मैंने उस व्यक्ति की खोज की, लेकिन वह मुझे कहीं भी नहीं मिला और इससे मैं इतना अधिक क्रोधित हो गया कि मैंने अपने टी.वी को तोड़ दिया और फ्रिज को उठाकर खिड़की से बाहर फेंक दिया' तब मैं अपनी बंदूक उठा लाया और मैंने स्वयं अपने आप को मार डाला।'

– 'और तुम?' संत पीटर ने दूसरे व्यक्ति से पूछा।

– "जी! मैं अपनी निजी सचिव से प्रेम कर रहा था, तभी अचानक उसने कहा – "आह! मेरे पति आ गए। "इसलिए मैं अपने को छिपाने को फ्रिज में जा बैठा। लेकिन तभी उसके पति ने फ्रिज को तीसरी मंजिल से नीचे ज़मीन पर फेंक दिया, और इसीलिए मैं यहां हूं।"

तीसरे व्यक्ति ने कहा – "मैं कुछ भी नहीं जानता। मैं तो केवल सुबह के वक्त अपनी बस आने की प्रतीक्षा कर रहा था, तभी अचानक आसमान से एक फ्रिज मेरे ऊपर आ गिरा और मुझे यहां ले आया।

पन्द्रहवां प्रवचन

एक मौन समाधि

अपने समय के सबसे अधिक प्रख्यात, प्रज्ञावान और अनुभवी सूफ़ी फ़ैज़ के अब्दुलअलीम ने शिष्यों को कुछ भी सिखाने से इनकार कर दिया, लेकिन समय-समय पर वह लोगों को सत्य के पथ पर आगे बढ़ने के लिए सलाह दे दिया करते थे।

एक दिन एक शिष्य जो उपदेश सुनकर सीखने और नियमित रूप से संचालित होने वाले असाधारण और रहस्यात्मक धार्मिक अनुष्ठानों में भी सम्मिलित होने में असमर्थ और अयोग्य था, उनसे भेंट करने आया।

उसने पूछा – "मैं सद्‌गुरुओं की शिक्षाओं से कैसे अधिक से अधिक लाभ उठा सकता हूं?"

उस सूफ़ी सद्‌गुरु ने उत्तर दिया – "तुम्हें यह बताने में मुझे प्रसन्नता हो रही है कि मेरे पास एक अनूठी विधि है जो तुम्हारी योग्यता और क्षमता के अनुरूप है।"

– "यदि आप मुझे उसे सुनने की इजाज़त दें, तो मेहरबानी करके मुझे बतायें कि वह है क्या?"

सद्‌गुरु ने कहा – "तुम केवल अपने कानों को बंद कर सिर्फ मूर्तियों के बारे में ही विचार करो।"

उसने पूछा – "व्याख्यान को सुनने और उन अभ्यासों को करने से पहिले, उनके दौरान अथवा उनके बाद?"

सद्‌गुरु ने उत्तर दिया – "इनमें से किसी में भी उपस्थित होने के स्थान पर तुम केवल मूर्तियों के बारे में सोचो।"

मनुष्य एक खोज है – वह एक प्रश्न नहीं, बल्कि एक निरंतर खोज है। एक प्रश्न तो बुद्धि के द्वारा हल किया जा सकता है, लेकिन एक खोज का समाधान तो अस्तित्वगत रूप से ही किया जाना है। ऐसा नहीं है कि हम कुछ प्रश्नों के उत्तर खोज रहे हैं, यह कुछ ऐसा है कि हम अपने अस्तित्व के लिए कुछ उत्तर खोज रहे हैं।

यह एक खोज इसलिए है, क्योंकि वे प्रश्न दूसरों के बारे में हैं। एक खोज तो स्वयं अपने बारे में होती है। मनुष्य स्वयं अपनी ही खोज कर रहा है। वह जानता है कि वह है, लेकिन वह यह भी जानता है कि वह यह नहीं जानता कि वह कौन हैं इसलिए जन्म लेने के साथ ही, मनुष्य के आंतरिक गहनतम केन्द्र में एक महान प्रश्न उठना शुरू हो जाता है। हम इस उठने वाले प्रश्न या खोज को दबा सकते हैं, हम उस खोज की दिशा बदल सकते हैं, लेकिन हम उसे मार नहीं सकते। उसको मार देने या समाप्त कर देने का कोई उपाय ही नहीं है क्योंकि वह मनुष्य की सहज स्वाभाविक प्रवृत्ति में अंतर्निहित है। यह जानने की खोज चेतना में अंतर्निहित है कि वह आखिर है क्या?

यह खोज ही मनुष्य का प्रामाणिक स्वभाव है, और जब तक यह दृढ़ निश्चय न बन जाये, मनुष्य खोज करता रहता है। वास्तव में इस संबंध में गलत दिशा में चले जाने के नौ सौ निन्नायनवे रास्ते हैं और वहां जाने का केवल एक मार्ग ही ठीक मार्ग है, इसलिए यह खोज खतरों से भरी हुई है। यह साधारण खोज न होकर बहुत जटिल खोज है, और एक मनुष्य बहुत कठिनाई से ही वहां पहुंच पाता है। लेकिन जब तक तुम पहुंचोगे नहीं, तुम पीड़ा और उपद्रव में पड़े रहोगे। तुम प्रचण्ड अव्यवस्था के मध्य रोते चीखते रहोगे। तुम यह नहीं जान पाओगे कि प्रसन्नता क्या होती है। तुम स्वयं को न जान लो, तो फिर तुम कैसे प्रसन्न हो सकते हो? और तुम कैसे जान पाओगे कि कैसे होते हैं वे आशीर्वाद? बिना स्वयं को जानते हुए परमात्मा के आशीर्वाद बरसते ही नहीं।

तुम 'संतोष' और 'परमानंद' जैसे शब्द सुनोगे, लेकिन वे केवल शब्द ही बने रहेंगे। उनके पास ऐसा कुछ न होगा जो तुम्हें तृप्ति दे सके। यह संतुष्टि और तृप्ति तो तुम्हारे अनुभव ही तुम्हें देंगे वे खाली शब्द ही बने रहेंगे। वे तुम्हारे चारों ओर एक शोर उत्पन्न करेंगे, लेकिन उनका कुछ भी अर्थ नहीं होगा।

खोज, मनुष्य का सहज स्वाभाविक स्वभाव है। लेकिन तब समस्या यह खड़ी हो जाती है, कि गलत दिशा में जाने के लिए वहां अनेक मार्ग हैं, फिर ठीक मार्ग कैसे खोजा जाये?

यह छोटी सी बोध-कथा अत्यधिक महत्वपूर्ण है। इसका प्रत्येक शब्द समझने जैसा है।

कार्लाइल ने कहा है – 'मनुष्य का दुर्भाग्य उसकी महानता के स्रोत में ही होता है। इसके लिए वहां उसमें कुछ चीज़ असीम होती है और वह पूरी तरह अपने आप को सीमित के हाथों में बेचने को सफल नहीं हो सकता।'

वहां मनुष्य के अंदर कुछ चीज़ ऐसी है जो मनुष्य की तुलना में कहीं अधिक उच्चतम और महान है और उसे किसी सीमित स्थान में दफन कर देने के अलावा कोई अन्य रास्ता नहीं है। तुम इसे देख सकते हो। तुम धन और शक्ति खोज सकते हो लेकिन प्रत्येक बार सफल होकर भी तुम पाओगे कि तुम असफल हो गये। हर बार सफल होने पर, सफलता अपने साथ असफलता के होश के अलावा और कुछ भी नहीं लायेगी। धन है वहां, लेकिन तुम पहिले जितने ही असंतुष्ट हो, अथवा पहिले से भी कुछ अधिक हो। शक्ति है वहां तुम्हारे पास और तुम पहिले से भी कहीं अधिक शक्तिहीन हो। शक्ति की अपेक्षा, शक्तिहीनता के प्रति अधिक होशपूर्ण मनुष्य को और कुछ भी नहीं बनाता। धन और समृद्धि की अपेक्षा, आंतरिक निर्धनता के प्रति अधिक होशपूर्ण और कुछ भी नहीं बनाता – क्योंकि वहां वैषम्य और विरोध है, तुम देख सकते हो कि वहां बाहर तो धन और समृद्धि है, लेकिन अंदर तो तुम एक भिखारी हो, और अभी भी तुम कामना कर रहे हो, मांगे चले जाते हो और अभी भी तुम लालसा कर, खोज कर रहे हो।

एक ओर से तो यह दुर्भाग्य होना प्रतीत होता है – और यही मनुष्य की पीड़ा है। दूसरी ओर से वह उसकी महानता है। कार्लाइल बिल्कुल ठीक है, जब वह कहता है – 'मनुष्य का दुर्भाग्य उसकी महानता के स्रोत में ही होता है'। यह महानता क्या है? यह महानता है उसकी स्वयं को मात देने की क्षमता, स्वयं के भी पार जाने की क्षमता, अपने जीवन की सीढ़ी बनाकर स्वयं ही उससे छलांग लगाने की क्षमता। जब तक यह छलांग लग नहीं जाती, तुम एक बंजर भूमि में रहते हो, जहां कुछ भी खिल नहीं सकता। तुम हर संभव प्रयास कर सकते हो, लेकिन मरुस्थल एक मरुस्थल ही बना रहेगा, और तुम कभी भी किसी भी तरह के फूलों के सामने नहीं होगे। ये फूल तो तभी मिलना शुरू होते हैं जब तुम कहीं ऐसी जगह पहुंचना शुरू हो जाते हो, जो सत्य के निकट हो। यह खोज है। यह वह तलाश है कि मनुष्य परमात्मा बनना चाहता है। यही वह अभीप्सा है कि मनुष्य सत्य ही होना चाहता है। वह 'अनएलहक' होना चाहता है। मनुष्य यह अनुभव करना चाहता है – कि मैं ही हूं सत्य। इससे कुछ भी कम उसे कभी भी संतुष्ट नहीं कर सकता।

अब यह छोटी सी बोध कथा...

सबसे अधिक प्रख्यात, प्रज्ञावान और अनुभवी सूफ़ी, फ़ैज़ के अब्दुल अलीम ने शिष्यों को कुछ भी सिखाने से इनकार कर दिया, लेकिन समय-समय पर वह लोगों को सत्य के मार्ग पर आगे बढ़ने के लिए सलाह दे दिया करता था।

ध्यानपूर्वक और आहिस्ता चलो।

जो पहिली चीज़ समझ लेने जैसी है, वह है, ऋषि (sage) शब्द का अर्थ समझना। सूफ़ियों में 'संत' शब्द और फकीर या ऋषि शब्द के मध्य महान अंतर है, और इस बारे में बहुत मतभेद हैं। उनका समान अर्थ नहीं है, इसके बावजूद तुम्हारे भाषा कोश इस बारे में क्या कहते हैं और उनमें भी समान अर्थ नहीं है।

सामान्य रूप से मनुष्य के दो तरह के चरित्र हो सकते हैं। एक है, नकारात्मक चरित्र, एक अपराधी और समाज विरोधी व्यक्ति का चरित्र, एक विद्रोही व्यक्ति का चरित्र। दूसरा है – सुनिश्चित सिद्धांतवादी चरित्र परंपरागत, धार्मिक और सम्मानित चरित्र।

अपराधी को दण्ड दिया जायेगा, और यदि वह पकड़ा गया तो उसे जेल में बंद कर दिया जायेगा। समाज उसे बरबाद या नष्ट करने का प्रयास करेगा, क्योंकि वह समाज के लिए खतरा है। वह आज्ञाकारी नहीं है, वह अपना अधिकार स्थापित करने का प्रयास कर रहा है और समाज उसे पसंद नहीं करता। समाज का अस्तित्व लोगों की निजता और वैयक्तिकता को नष्ट करने में ही निहित है। समाज के पास कहीं अधिक शक्ति होती है, यदि वहां उसके चारों और वैयक्तिक इकाइयां न हों। यदि वहां व्यक्तित्व वाले व्यक्ति विशेष होते हैं, तो उसकी शक्ति कम से कम होती जाती है। यदि पूरे समाज में अपनी वैयक्तिकता रखने वाले विशेष व्यक्ति हों तो समाज के अधिकृत मुखियाओं के पास कोई शक्ति नहीं होगी – पुरोहितों और राजनेताओं के पास भी कोई शक्ति नहीं होगी। इसलिए समाज अनैतिक और असामाजिक लोगों को, उन विशिष्ट व्यक्तियों को जिनके पास अपनी निजी नैतिक मान्यताएं होती हैं और जो अपने ही कार्यों को अपने ढंग से करना चाहते हैं, उन्हें कुचलने और समूल नष्ट करने का प्रयास करता है। समाज नकारात्मक सोच वाले व्यक्तियों के लिए बहुत हिंसक है और दूसरी ओर यह स्वाभाविक है कि वह विधायक सोच वाले व्यक्तियों का सम्मान करता है।

यदि तुम समाज का अनुसरण करते हो, तो समाज तुम्हारा सम्मान करता है। इसलिए प्रत्येक वह व्यक्ति जो समाज के प्रति नहीं से भरा है वह विरोधी है, वह अपराधी बन जाता है, और समाज की हां में हां मिलाने वाला सिद्धांतवादी चरित्र का व्यक्ति एक सम्मानित सज्जन बन जाता है।

यदि तथाकथित अपराधी तर्कपूर्ण पराकाष्ठा की ओर गतिशील होता है, तो वह शैतान बन जायेगा, और यदि सज्जन व्यक्ति तर्कपूर्ण पराकाष्ठा की ओर गतिशील होता है, तो वह संत बन जायेगा। संत वह व्यक्ति है जो समाज के लिए होता है, और इसीलिए समाज उसके लिए हमेशा तत्पर रहता है। और समाज के लिए

हानिकारक चरित्र का व्यक्ति वह है जो समाज के लिए न जी कर केवल स्वयं के लिए जीता है, इसलिए स्वाभाविक रूप से समाज उसके विरुद्ध होता है। लेकिन वहां एक चीज़ है, जो दोनों में समान होती है, वे आधे होते हैं। यह बात समझ लेने जैसी है। यह सूफ़ी के सबसे अधिक महत्वपूर्ण विचारों में से एक है – दोनों ही आधे अधूरे हैं, उसका एक खण्ड हैं।

संत के पास केवल सुनिश्चित सिद्धांत हैं और निषेध और विरोध से चूक रहे हैं वे। इसी कारण तुम संतों को बहुत उबाने वाला असफल और एकरस पाओगे। अपने इन संतों के साथ चौबीस घंटे गुज़ारना भी तुम्हारे लिए एक कठिन परीक्षा होगी। संत के पास कोई प्रसन्नता और आनंद नहीं होगा। वह उदास होगा। वह कभी कोई गलत कार्य नहीं करेगा, वह हमेशा अच्छा बना रहेगा, पर उसके पास गाने के लिए कोई गीत नहीं होगा। उसके पास स्वयं के बारे में कोई अनूठापन नहीं होगा। वह एक छापे के अक्षर की भांति जड़ होगा, वह एक रस होगा। उसके पास अपने स्वयं का कोई निजी स्वाद नहीं होगा, वह एक परंपरावादी होगा। वह लगभग मृतप्रायः होगा, क्योंकि परंपरावादी सुनिश्चित सिद्धांतों में आबद्ध लोग मुर्दे जैसे होंगे ही। जब तक कि उनके साथ निषेध और विरोध का भाग कार्यरत नहीं होता वहां कोई आनंद नहीं होगा। जीवन, जड़ स्थिर सिद्धांतों तथा विरोधी विचारों के मध्य धागों और वस्त्र की भांति है। तुम संत को अखण्ड नहीं बना सकते। इसलिए सूफ़ी यह नहीं कहेंगें कि संत एक धार्मिक व्यक्ति है – क्योंकि वह पूर्ण नहीं है, वह आधा है, खण्डित है।

उसका आधा भाग, निषेध और विद्रोह करने वाला भाग दबा दिया गया है, उसे नकार दिया गया है। इस खण्ड के साथ सारे संबंध तोड़ दिए गए हैं। इस नकारात्मक खण्ड को अचेतन की कालकोठरी में फेंक दिया गया है। संत ने हर संभव प्रयास किया है कि उसे किसी भी ढंग से उसके अस्तित्व तक का उसे होश न रहे। लेकिन वह मौजूद है। उसे छोड़ने का वहां कोई भी उपाय नहीं है। उसके पार जाने को केवल एक रास्ता है, उसको न छोड़ते हुए अपने में अवशोषित करना। मुझे फिर से दोहराने दो, उसके पार जाने का केवल एक ही रास्ता है, उसे अवशोषित करना। लेकिन इसके लिए तीक्ष्ण बुद्धि की आवश्यकता है, इसके लिए महान समझ, प्रज्ञा, और ध्यानपूर्ण होने की ज़रूरत है जिससे विष को अमृत में रूपांतरित किया जा सके।

निषेध और विरोध का नकारात्मक भाग विषैला है, लेकिन विष भी सही हाथों में जाकर दवा भी बन सकता है। संत थोड़ा सा मूढ़ है। तुम संतों को सामान्य दर्जे का मूर्ख पाओगे। वे लोग वास्तव में बुद्धिमान नहीं हैं, अन्यथा उन्होंने अपने

नकारात्मक भाग को रूपांतरण कर लिया होता, उनके अंदर वह सभी कुछ जो खतरनाक है, उन्होंने उसकी सुंदर खिलावट कर ली होती। इसीलिए संत अपने निषेध और विरोध वाले खण्ड को अचेतन में साथ लिए ही चलेगा।

इसलिए यदि तुम एक संत के मन में, जब वह सो रहा हो, एक खिड़की से झांक कर देखो, तो तुम आश्चर्यचकित हो जाओगे। वह उन चीज़ों को कर रहा होगा, जिनके बारे में तुम सोच भी नहीं सकते। सपनों में संत नकारात्मक हो जायेगा, जिन बातों को वह निषेध और विरोध करता रहा है, वह उन नियमों और सिद्धांतों के विरुद्ध स्थान बदल कर नकारात्मक खण्ड पर आ जायेगा – क्योंकि इस खण्ड को भी थोड़ी सी सक्रियता और उछल-कूद की ज़रूरत है। इसलिए तुम पाओगे कि संतों के सपने बहुत अपराधपूर्ण होते हैं। यही कारण है कि संत निद्रा से बहुत भयभीत रहते हैं। वे अपनी नींद को घटाते चले जाते हैं, क्योंकि यही वह चीज़ है, जहां उनका कोई नियंत्रण नहीं है। जिस क्षण वे सो जाते हैं, वह अपने पर नियंत्रण खो देते हैं। चेतन भाग सोने चला जाता है और अचेतन अपना अधिकार स्थापित कर लेता है और अचेतन भाग ही नकारात्मक है।

और वे बहुत अधिक भयभीत हो जाते हैं, क्योंकि अचेतन भाग में दमित कामवासना है, क्रोध, प्रतिशोध और घृणा के साथ हत्या करने की हिंसक प्रवृत्तियां हैं, वहां सभी तरह के सांप बिच्छू और ज़हरीले जंतु विचर रहे हैं। वे सभी बुलबुले बनकर ऊपर सतह पर आ रहे हैं। संतों को नींद से बहुत अधिक कठिनाई होती है, क्योंकि नींद किसी को भी उसके वास्तविक घर में ले जाती है, और बहुत स्पष्टता से ले जाती है क्योंकि अचेतन या नकारात्मक भाग अभी मिटा नहीं है और वह अभी भी वहीं है। संतों के सपने बहुत अधिक भयानक होते हैं।

अपराधी, समाज विरोधी, विद्रोही तथा नकारात्मक व्यक्तित्व भी आधा है। निषेध और विरोध करने वाले ये नकारात्मक लोग वे हैं, जो महान राजनेता और कभी महान क्रांतिकारी बन जाते हैं और संसार में निषेध और विरोध का ज़हर उगलते हैं। एडोल्फ हिटलर हो, अथवा जोसेफ स्तालिन, अथवा बेनिटो मुसोलिनी हो अथवा वह माओत्सेतुंग हो – ये नकारात्मक टाइप के लोग हैं। ये लोग संतों से ठीक उल्टे हैं, लेकिन एक तरह से लगभग एक जैसे हैं – ये लोग भी संत की तरह आधे-अधूरे हैं। अंतर केवल एक है – संत ने जो कुछ अचेतन में छिपाया है, उन्होंने उससे ही अपने चेतन को निर्मित किया है, और जो कुछ उनके चेतन मन में है, वही संतों के अचेतन मन में है।

जोसेफ स्तालिन अथवा एडोल्फ हिटलर महात्मा गांधी से भिन्न नहीं हैं। अंतर केवल एक है कि महात्मा गांधी ने जिसका दमन किया है, वही एडोल्फ हिटलर

ने प्रकट किया है, और एडोल्फ हिटलर द्वारा जो कुछ अभिव्यक्त हुआ है, उसी का महात्मा गांधी द्वारा दमन किया गया है। महात्मा गांधी निषेध और विरोध को दबाये चले जाते हैं, और एडोल्फ हिटलर उसी नकारात्मक खण्ड को अभिव्यक्त किये जा रहा है। एडोल्फ हिटलर और महात्मा गांधी ठीक एक ही तरह के लोग हैं। इनमें से एक तो सिर के बल खड़ा हुआ शीर्षासन कर रहा है, लेकिन टाइप ठीक वही है। इस बारे में कोई भी अंतर नहीं है। और तुम्हें जानकर आश्चर्य होगा कि इन महान अपराधियों के पास सुंदर सपने हैं, संतों के सपनों की अपेक्षा वे कहीं अधिक सुंदर और सुहाने हैं क्योंकि उनकी दमित नैतिकता और सुनिश्चित सिद्धांत उन सपनों में प्रकट होते हैं। अपने सपनों में वे महान संत बन जाते हैं। वे सपनों में ही मनुष्यता के कल्याण के महान कार्य करते हैं।

सामान्यतः ये दो तरह के लोग होते हैं – संत और पापी। ये दोनों एक साथ चलते हैं। एक ऐसे संसार में जहां कोई भी पापी न हो, तो वहां कोई संत भी न होगा। और उस संसार में जहां कोई भी संत न हो, वहां कोई पापी भी नहीं होगा। ये दोनों एक ही धंधे के दो साझीदार हैं। ये दोनों एक साथ रहते हैं, वे एक दूसरे की सहायता करते हैं। बिना एक के, दूसरा भी जीवित नहीं रह सकता, इस अस्तित्व में ही नहीं रह सकता। पापी संत को परिभाषित करता है और संत पापी की परिभाषा देता है।

एक ऋषि या एक फकीर के पास एक भिन्न तरह की चेतना होती है। वह अखण्ड होती है, वह कोई चुनाव नहीं होता। वह न तो विधायक होती है और न नकारात्मक, उसने दोनों के गुणों को अवशोषित कर लिया होता है। वह सर्व स्वीकार होता है। जो कुछ भी परमात्मा ने दिया है, उसी को एक इकाई में रूपांतरित करना है। मनुष्य को चुनाव नहीं करना, बल्कि स्वीकार करना है। और स्मरण रहे, स्वीकार भाव से मेरा तात्पर्य सहनशीलता या बरदाश्त करने से नहीं है। जब तुम किसी चीज़ को सहन करते हो, तो तुमने उसे वास्तव में स्वीकार नहीं किया है। तुम कहते हो – 'क्या किया जा सकता है? वह है वहां, इसलिए ठीक है, मैं उसे बरदाश्त करूंगा। यदि उसे छोड़ा नहीं जा सकता, यदि उसे नष्ट नहीं किया जा सकता, तब मुझे उसे सहना ही पड़ेगा।' स्मरण रहे – स्वीकार भाव, केवल बरदाश्त करना नहीं हैं। स्वीकार भाव एक प्रसन्नतापूर्ण स्वागत है – 'जो कुछ परमात्मा ने दिया है ज़रूर उसका कुछ अर्थ होगा, यद्यपि हो सकता है कि ठीक अभी मैं उसे समझने में समर्थ न हो सकूं। मुझे उसे खोजना होगा' लेकिन इस बारे में यह समझ निहित है कि जो कुछ हमें दिया गया है, उसका ज़रूर ही कोई अर्थ है, अन्यथा पहिली बात तो यह कि वह मुझे दिया ही नहीं गया होता।

इसी समझ के साथ एक ऋषि या फकीर का जन्म होता है। एक फकीर एक धार्मिक व्यक्ति होता है, क्योंकि वह अखण्ड होता है। वह अपनी कामवासना से इनकार नहीं करता, वह अपने क्रोध से इनकार नहीं करता, वह किसी भी चीज़ से मना नहीं करता। वह प्रत्येक चीज़ को गहरी समझ, कृतज्ञता और स्वागत भाव से स्वीकार करता है। और उस पूरी समझ, उस स्वागतपूर्ण दृष्टिकोण से चीज़ें बदलना शुरू हो जाती हैं। एक महान रासायनिक परिवर्तन होता है। यह चमत्कार एक फकीर या ऋषि में ही घटता है – उसका क्रोध, करुणा बन जाता है। क्रोध और समझ मिलकर करुणा बन जाते हैं, सेक्स, ध्यान, समाधि बन जाता है।

इस बारे में एक खण्ड है, जो अपने साथ ध्यान के सभी बीजों को साथ ले जा रहा है, और एक वहां दूसरा भाग भी है, जो कामवासना के सभी बीजों को साथ ले जा रहा है। पापी ध्यान के खण्ड से इनकार करता है और कामुकता के भाग को स्वीकार करता है; संत कामुकता वाले भाग से इनकार करता है और ध्यान वाले खण्ड को स्वीकार करता है। लेकिन दोनों असंतुलित बने रहते हैं। फकीर या ऋषि दोनों को ही स्वीकार करता है, वह ध्यानमग्नता और कामुकता दोनों को एक साथ लाता है, और स्वयं में ही एक महान चमत्कार को घटित होते हुए देखता है। जैसे ही ध्यानमग्नता और कामवासना एक दूसरे के निकट आती हैं अचानक वहां एक परिवर्तन होता है – वे एक लौ बन जाती हैं। और उस लौ या ज्योति में पूरी तरह से एक नूतन गुणात्मकता होती है।

यह ठीक उसी तरह होता है जब हाइड्रोजन और आक्सीजन गैसें मिलती हैं और तुम्हारे पास पानी होता है। अब यह एक चमत्कार है, चमत्कार इस अर्थ में, क्योंकि आक्सीजन के पास और न ही हाइड्रोजन के पास जल के कोई भी गुण होते हैं। लेकिन जब हाइड्रोजन और आक्सीजन दोनों गैस एक दूसरे के निकट आती हैं, वे प्रेम से एक दूसरे को गले लगाती हैं, मिलकर एक हो जाती हैं, अचानक अस्तित्व में नये गुण उत्पन्न हो जाते हैं जो किसी भी भाग में न थे। तुम जितनी आक्सीजन पीना चाहो पी सकते हो लेकिन तुम्हारी प्यास न बुझेगी। तुम जितनी हाइड्रोजन पीना चाहो पी सकते हो लेकिन तुम्हारी प्यास न मिटेगी। लेकिन पानी और कुछ भी नहीं H_2o है, दो अणु हाइड्रोजन के और एक अणु आक्सीजन का। तब पानी में कुछ ऐसी चीज़ होती है, जो उसके भागों में नहीं होती। कुछ चीज़ नई उत्पन्न होती है, दोनों भाग विसर्जित होकर कुछ नई चीज़ बन जाते हैं। एक उच्च कोटि के संश्लेषण पर पहुंच जाते हैं हम।

इसी वजह से मेरा अर्थ मूल ढांचें के जैविक रूपांतरण से है। जब कभी भी दो चीज़ें मिलती हैं, और यदि वहां प्रामाणिक और सच्चा मिलन है तो एक तीसरी

चीज़ उत्पन्न होती है। जब एक स्त्री और पुरुष प्रेम से मिलते हैं, तो एक बच्चे का जन्म होता है। अब बच्चे में न तो पिता के गुण होंगें और न मां के ही गुण होगें। बच्चे में स्वयं के अपने ही गुण होंगें, बच्चे में एक अनूठी वैयक्तिकता होगी। तुम बच्चे के गुणों को उसके माता-पिता के गुणों के आधीन नहीं कर सकते। तुम यह नहीं कह सकते – कि यह गुण उसमें अपने माता से मिला है और वह गुण अपने पिता से आया है – और बच्चा केवल उन गुणों का एक जोड़ है। नहीं, यदि बच्चा केवल अपने माता-पिता के गुणों का एक जोड़ है, तब वहां आत्मा न होती। बच्चे में माता-पिता के गुणों के योग की तुलना में कुछ चीज़ कहीं अधिक ज़रूर होनी चाहिए, केवल तभी वहां एक आत्मा होती है।

जल में हाइड्रोजन और आक्सीजन के योग की तुलना में कुछ चीज़ अधिक होती है।

केवल जब दो विपरीत ऊर्जाएं मिलती हैं, यह जैविक रूपांतरण घटित होता है। मूल ढांचा ही बदल जाता है। स्त्री और पुरुष मिलते हैं, तब एक बच्चे का जन्म होता है। एक पुरुष का दूसरे पुरुष के साथ मिलन होने अथवा एक स्त्री का दूसरी स्त्री के साथ मिलन होने पर एक बच्चे का जन्म नहीं हो सकता। सृजन दो समानताओं में नहीं, केवल दो विपरीतताओं के मिलन से ही होता है।

अब ध्यानमग्नता और प्रेम दो विपरीतताएं हैं। ध्यानमग्नता के लिए ज़रूरी है अकेलापन, और प्रेम को ज़रूरत होती है अन्य की। कामवासना और ध्यान दो विरीतताएं हैं। कामवासना एक इच्छा है, एक निरंतर कभी न तृप्त होने वाली कामना – और ध्यान है कामना शून्य होना। ये दोनों दो विपरीतताएं हैं। जब वे मिलती हैं तब अचानक वहां एक खिलावट होती है। कुछ ऐसी चीज़ घटती है, जो उन दोनों में सम्मिलित नहीं होती।

संत केवल ध्यानी होता है। वह एक भाग साथ लेकर चलता है – हाइड्रोजन अथवा आक्सीजन। पापी केवल कामुक होता है, वह दूसरे भाग को साथ लेकर चलता है। जब तुममें संत और पापी दोनों एक साथ मिलते हैं, तो ऋषि या फकीर का जन्म होता है। जब दो विपरीतताएं तुममें गहन आलिंगनबद्ध होती हैं, जब वे एक दूसरे में खोकर सारी परिभाषाएं खो देती हैं, जब वे मिलकर एक बन जाती हैं, तब तुममें एक फकीर या ऋषि का जन्म होता है। एक फकीर या ऋषि, अस्तित्व की अनूठी खिलावट है। एक संत बहुत अधिक दूर की एक प्रतिध्वनि या गूंज जैसा है, उतनी अधिक दूर ही पापी की भी प्रतिध्वनि है।

इसलिए सूफ़ी कहते हैं कि फकीर एक संत नहीं होता। तुम बहुत से संत पा सकते हो, यह बहुत आसान है। संतों का होना एक सामाजिक घटना है। लेकिन

एक फकीर या ऋषि को खोजना बहुत कठिन है क्योंकि एक फकीर उतना ही वैयक्तिक होता है जैसा कि एक अपराधी; और उतना ही उसका अखण्ड अस्तित्व होता है जैसा कि एक संत का वह दोनों एक साथ होता है। एक फकीर या ऋषि में परमात्मा और शैतान दोनों एक साथ मिलते हैं और अपनी पहचान खो देते हैं। यह सर्वोच्च मिलन होता है। इसकी अपेक्षा कोई दूसरा उच्चतम मिलन नहीं होता। इस क्षण तुम्हारे अंदर पापी और संत का, विधायक और नकारात्मक चरित्रों का मिलन होता है, और यही क्षण समाधि का होता है।

एक फकीर अमन में रहता है। पापी है उसके निषेध और विरोध करने वाला मन, और संत है उसके विधायक मन, एक फकीर तो अमन होता है। एक पापी निरंतर द्वैतता में रहता है। स्मरण रहे उसे अपने संतत्व के साथ संघर्ष करना होता है, क्योंकि वहां संत मौजूद रहता है। पापी किसी की हत्या करने जा रहा है और उसके अंदर का संत कहता है – 'ऐसा मत करो, यह ठीक नहीं है।' उसे संघर्ष करना होता है। उसका संघर्ष उतना ही श्रमपूर्ण है, जितना कि एक संत का संघर्ष। संत को अपने अंदर के पापी के साथ संघर्ष करना होता है। यदि कोई व्यक्ति उसका अपमान करता है और उसके अंदर उसे जान से मार देने की तीव्र कामना उठती है, उसे अपनी इस कामना के साथ संघर्ष करना होता है। वह ऐसा कर नहीं सकता, क्योंकि वह एक संत है, वह एक पवित्र और धार्मिक व्यक्ति है, वह यह और वह है। दोनों संघर्ष करते रहते हैं। उन्हें संघर्ष करना ही होता है क्योंकि वे लोग द्वैतता में रहते हैं और दमित भाग प्रतिशोध लेता रहता है। वह अपने अधिकार का दावा करने के लिए ठीक क्षण आने की प्रतीक्षा करता है।

इस बारे में एक फकीर के अंदर वहां शाति और मौन होता है, वहां कोई द्वैतता नहीं होती। फकीर तो एक मौन समाधि बन जाता है। अब वहां कोई संघर्ष नहीं रह जाता, कोई विरोध नहीं रह जाता। अब वहां उसके अंदर कोई युद्ध नहीं चल रहा होता। वहां परिपूर्ण शांति होती है। इसी को सूफ़ी 'इस्लाम' कहते हैं। वहां परिपूर्ण शांति और मौन होता है। संघर्ष करने वाले वे तत्व, उस एकता में विलुप्त हो जाते हैं। दोनों विवाह सूत्र में बंध जाते हैं।

सूफ़ी सद्‌गुरु अब्दुलअलीम कहता है...

इसलिए इस बोध कथा में जब sage अर्थात् फकीर या ऋषि शब्द आये, तो उसका अर्थ बुद्धत्व को उपलब्ध व्यक्ति एक सद्‌गुरु से लेना, एक ऐसा व्यक्ति जो अपने शाश्वत घर वापस आ गया है।

सूफ़ी सद्गुरु फ़ैज के अब्दुल अलीम ने किसी को कुछ भी सिखाने से मना कर दिया, लेकिन समय-समय पर वह सत्य के पथ पर आगे बढ़ने के बारे में लोगों को सलाह दे दिया करता था।

उसे सिखाने से आखिर मना क्यों करना चाहिए?

एक सद्गुरु सिखाने के लिए मना कर देता है। और कारण? – क्योंकि सत्य सिखाया नहीं जा सकता। एक सद्गुरु कभी भी एक शिक्षक नहीं होता। वह एक सद्गुरु होता है, और वह कभी भी एक शिक्षक नहीं हो सकता।

पहिली बात तो यह कि सत्य सिखाया नहीं जा सकता, उसे केवल पकड़ा जा सकता है, ग्रहण किया जा सकता है, तुम उसे सद्गुरु तो संसर्ग में ग्रहण कर सकते हो।

तुम स्वयं को उसकी घनिष्ठता में बने रहने के लिए राजी हो सकते हो, और एक दिन तुम सत्य को उससे लपक कर पकड़ सकते हो, लेकिन वह सिखाया नहीं जा सकता। वह इस तरह की सूचना नहीं है, जो तुमको दी जा सके, वह एक अस्तित्वगत अनुभव है। तुम उसके सहभागी बन सकते हो, लेकिन वह तुम्हें दिया नहीं जा सकता। तुम्हें सत्य कोई भी नहीं दे सकता। पर मैं यह नहीं कह रहा हूं कि सद्गुरु सत्य तुम्हें इसलिए दे नहीं सकता, क्योंकि उसके पास वह है ही नहीं। यदि वह उसके पास है भी, वह तुम्हें दे नहीं सकता। वह न तो कोई वस्तु है और न कोई सूचना। वह कोई जानकारी या ज्ञान भी नहीं है, वह एक जीवंत अनुभव है – तुम्हें सद्गुरु के अंतर्तम में रहकर उसे उसके साथ रहकर ही जीना होगा।

वह कभी घटेगा। वह अत्यंत ही रहस्यपूर्ण ढंग से घटता है। परमात्मा के निराले रास्ते हैं। केवल असत्य ही तुम्हें दिया जा सकता है, सत्य नहीं दिया जा सकता। इसलिए एक फकीर कभी भी एक शिक्षक नहीं होता। यही अंतर है एक शिक्षक और सद्गुरु के बीच। वह तुम्हें देने के लिए उपलब्ध है, लेकिन यह देना अथवा हस्तांतरण बहुत सूक्ष्म और रहस्यमय है, यह बहुत गूढ़ और गुप्त है। वह इस तरह नहीं दिया जा सकता, जिस तरह तुम्हें वैज्ञानिक ज्ञान या जानकारियां दी जा सकती हैं। तुम उसे कोई शिक्षा प्रणाली नहीं बना सकते। तुम उसे शब्दों, सिद्धांतों और स्पष्ट विचार प्रणाली में नहीं ढाल सकते। वह इतना अधिक विराट है कि जिस क्षण तुम उसे सिद्धांतों में रखते या ढालते हो, तुम तत्क्षण देख और समझ सकते हो कि उसमें से कुछ चीज़ विलुप्त हो गई, वह अब और जीवंत रही ही नहीं।

सिद्धांत, फोटोग्राफ की तरह होते हैं। आकाश में उड़ता हुआ एक पक्षी कुछ और ही चीज़ होता है। यदि तुम उसका फोटो ले लो तो फोटो यह तो प्रदर्शित करेगा कि वह पक्षी उड़ रहा है – लेकिन वह केवल एक फोटोग्राफ होगा। अब पक्षी और अधिक उड़ेगा नहीं, और प्रत्येक चीज़ जैसे रुक गई है। वह अब जीवंत नहीं है।

मैंने सुना है...

एक सुंदर स्त्री ने पाब्लो पिकासो से कहा – 'कुछ दिनों पूर्व मैंने आपका बनाया हुआ स्वयं आपका अपना ही चित्र देखा। वह बहुत सुंदर था।' वह स्त्री उसे उबा रही थी और वह उसकी बातों से बुरी तरह बोर हो रहा था – और वह बोले चली जा रही थी। अंत में उसने कहा – "वह चित्र वास्तव में इतना अधिक सुंदर था और आपने उसे बनाकर एक बहुत खूबसूरत कारनामे को अंज़ाम दिया हैः और मैं उस चित्र के इतने अधिक प्रेम में पड़ गई कि मैंने उसे चूम लिया।"

पिकासो अचानक जीवंत हो उठा और उसने कहा – "फिर क्या हुआ? क्या उस चित्र ने तुम्हारा चुंबन लिया?"

उस स्त्री ने कहा – "आप किस बारे में बात कर रहे हैं? चित्र मुझे कैसे चूम सकता है?"

पिकासो ने कहा – "तब उस चित्र में मैं था ही नहीं।"

उड़ता हुआ पक्षी जीवंत है। वृक्ष की शाख पर लगा फूल जीवंत है। एक मुद्रा में उठा हुआ मेरा हाथ, एक उड़ते पक्षी के समान जीवंत है। तुम उसका एक फोटो खींच सकते हो, लेकिन उसमें तुम किसी सारभूत तत्व के अभाव का अनुभव करोगे। वह मेरे हाथ की केवल बाहरी रूपरेखा होगी। उसमें तुम आत्मा न खोज पाओगे।

ठीक ऐसा ही सत्य के साथ भी होता है। सत्य जीवंत होता है। वह शाश्वत जीवन होता है। जिस क्षण तुम उसे शब्दों की सीमा में बांधते हो, तुम्हारे पास उसके फोटोग्राफ होते हैं।

इसलिए एक फकीर या सद्गुरु, सत्य सिखा नहीं सकता, वह केवल तुम्हें उसे दिखा सकता है, जहां तुम जा सकते हो और तुम स्वयं पक्षी को आकाश में उड़ता हुआ देख सकते हो। वह तुम्हें उसके सिद्धांत नहीं सिखा सकता, वह केवल

उस मार्ग की ओर संकेत कर सकता है। वह सत्य के बारे में कोई सूचना नहीं दे सकता, वह तुम्हें केवल उन विधियों के बारे में, बता सकता है, जो तुम्हारे हृदय को निर्मल कर सकें, जो तुम्हारे मन के संदेहों से मुक्त कर सकें। जो तुम्हारे अंदर के कोलाहल को वश में ला सके, जो तुम्हारे अंदर निरंतर चलने वाली अंतर्वार्ता को रोकने में सहायता कर सके, जिससे तुम मन की शांत और मौन स्थिति में बने रहकर सत्य को समझ सको; क्योंकि सत्य तो चारों ओर मौजूद है, केवल चित्त को शांत और मौन होने की ज़रूरत है। सद्गुरु तुम्हें सिखा नहीं सकता, लेकिन वह तुम्हें प्रेरित कर सकता है। सद्गुरु तुम्हें सिखा नहीं सकता, लेकिन वह तुम्हारे अंदर एक जादू जगा सकता है। एक सद्गुरु तुम्हें सिखा नहीं सकता, लेकिन वह तुम्हें आमंत्रित कर सकता है। एक सद्गुरु उस उंगुली की तरह है जो चांद की ओर उठी हुई संकेत से उधर इशारा कर रही है। एक सद्गुरु एक शिक्षक होता ही नहीं।

और दूसरी बात यह है – शिक्षण हमेशा सामान्य होता है, शिक्षण हमेशा सैद्धातिक होता है। शिक्षण, भोज्य पदार्थों की उस सूची या 'मीनू' की तरह होता है; तुम जिसको खा नहीं सकते और न उससे तुम्हारा पोषण हो सकता है। शिक्षण, नंगी अश्लील फोटोग्राफ की भांति होता है जिनमें कोई वास्तविक स्त्री या वास्तविक पुरुष नहीं होता। तुम उससे प्रेम नहीं कर सकते और न वे तुमसे प्रेम कर सकते हैं।

एक फकीर एक सद्गुरु तुम्हें सलाह दे सकता है, लेकिन वह तुम्हें सिखा नहीं सकता। इसमें अंतर क्या है? सलाह हमेशा निजी होती है, वह कभी भी सामान्य नहीं होती। सलाह व्यक्ति से व्यक्ति को और हृदय से हृदय को दी जाती है। सलाह हमेशा व्यवहार और अभ्यास में लाने योग्य होती है, और कभी भी सैद्धांतिक नहीं होती। सलाह या परामर्श हमेशा प्रायोगिक होता है वह कभी तत्व ज्ञान से संबंधित नहीं होता। परामर्श, भोजन की भांति होता है और शिक्षण होता है भोज्य पदार्थों की सूची जैसा। परामर्श होता है एक प्रामाणिक पुरुष और प्रामाणिक स्त्री जैसा, और शिक्षण होता है ठीक नग्न अश्लील तस्वीरों जैसा।

कहानी बताती है –

सूफ़ी फकीर, फैज़ के अब्दुल हलीम ने सिखाने से मना कर दिया, लेकिन वह समय-समय पर लोगों को सत्य के पथ पर आगे बढ़ने के बारे में सलाह दिया करता था।

समय-समय पर वह लोगों को सलाह दिया करता था – लेकिन केवल तभी, जब वह पाता था कि कोई व्यक्ति पहिले से तैयार है, केवल तभी, जब वह पाता था कि वहां ज्वलंत चाह है: केवल तभी जब वह देखता था कि वहां मात्र कौतूहल न होकर गहरी प्यास है, केवल तब, जब वह देखता था कि वहां स्वयं को केवल सत्य के प्रति समर्पित करने की ईमानदार चाह है, जब वह देखता था कि वह एक व्यापारी न होकर पूरी तरह से एक जुआरी है, जो हर कदम नाप जोख कर उठाने की अपेक्षा, सभी कुछ दांव पर लगाने को तैयार है।

सत्य तो जुआरियों के लिए ही है, क्योंकि यह उन लोगों के लिए है, जो जोखिम उठाने के लिए तैयार हैं। यह रोजगार धंधा करने वाले लोगों के लिए नहीं है।

इसलिए केवल जब वह यह पाता है कि किसी व्यक्ति को वास्तव में उसकी ज़रूरत है तो उसकी सलाह उपलब्ध रहेगी। यही वजह है कि सद्गुरु हमेशा भीड़ से दूर चले जाते हैं। वे अपने पास भीड़ और जनसामान्य को आने से रोकने के लिए कई उपाय सृजित करते हैं। वे केवल थोड़े से लोगों के लिए ही जिन्हें वास्तव में सत्य की खोज है, अस्तित्व में बने रहते हैं। वे ऐसे तरीके सृजित करते हैं जिससे वे जनसमूह के लिए अदृश्य बने रहें। उदाहरण के लिए, तुम देख सकते हो कि मैं यहां हूं, लेकिन मैं पूना के लोगों के लिए अदृश्य हूं। ऐसा जानबूझकर किया गया है। मैं यहां केवल उन लोगों के लिए ही हूं, जिन्हें मेरी सलाह की ज़रूरत है, जो वास्तव में स्वयं अपने आप की खोज कर रहे हैं। यदि उन्हें परामर्श भी मिलने नहीं जा रहा, फिर भी वे खोज करते रहेंगें। वे अपनी खोज में अपने जीवन को जोखिम में डालते रहेंगें। लेकिन यदि उन्हें सलाह उपलब्ध हो जाती है, तो वे बहुत से खतरों से और कई तरह के जालों में फंसने से बच सकते हैं।

शिक्षण और सलाह देने के बीच यही अंतर है। मैं जो कुछ भी तुमसे कह रहा हूं, यह शिक्षा या उपदेश नहीं है, यह केवल मेरी सलाह या सुझाव है। यह तुम्हें उत्तेजित करने और फंसाने के लिए है, लेकिन यह कोई उपदेश नहीं है। यह तुम्हें फुसलाना है, लेकिन यह कोई शिक्षा नहीं है। यह एक प्रोत्साहन है, लेकिन कोई सिखावन नहीं है।

यह तुम्हारी अभिरुचि और दिलचस्पी बढ़ाने और तुम्हें साहस तथा उमंग से भर देने के लिए है, जिससे तुम अधिक जोश के साथ, अधिक उत्साह और कहीं अधिक ऊर्जा से आगे बढ़ सको, जिससे तुम कहीं अधिक सुनिश्चित हो सको कि इस बारे में आशा है। वह सभी कुछ, जो मैं तुमसे कह रहा हूं, वह केवल तुम्हारे अंदर आशा उत्पन्न करने के लिए है – क्योंकि आगे का पथ अंधकारमय है और

वहां अनेक खतरे और जाल हैं। और जो मार्ग जा रहा है, उससे कई छोटे और गलत मार्ग निकलते हैं। एक सद्गुरु की ज़रूरत होती ही इसलिए है, जिससे वह तुम्हें ठीक पथ पर बनाये रखे।

> एक दिन एक शिष्य जो उपदेश सुनकर सीखने और नियमित रूप से संचालित होने वाले असाधारण, रहस्यात्मक धार्मिक अनुष्ठानों में भी सम्मिलित होने में असमर्थ और उनके अयोग्य था, उनसे भेंट करने आया।

इस शिष्य के बारे में थोड़ी सी चीज़ें समझ लेने जैसी हैं। पहिली बात तो यह कि वह शिष्य है ही नहीं। वह सोचता है कि वह एक शिष्य है, लेकिन वह अधिक से अधिक एक छात्र है। इस बारे में एक शिक्षक और सद्गुरु के मध्य भी वैसा ही अंतर होता है, जैसा अंतर वहां एक छात्र और एक शिष्य के मध्य होता है। एक छात्र तो उस स्थान में कुछ सूचनाएं संग्रहीत करने जाता है। एक छात्र तो वहां ज्ञानवान बनने के लिए जाता है। एक छात्र तो वहां बिना किसी चीज़ की जोखिम उठाये, और अधिक जानने के लिए जाता है। एक छात्र वह होता है जो कोई भी कीमत चुकाने के लिए तैयार नहीं होता है। वह जैसा है, वैसा ही बना रहना चाहता है, और वह केवल अधिक से अधिक जानकारियां बटोर लेना चाहता है। वह अधिक बुद्धिमान बनना चाहता है, वह एक विद्वान और पंडित बनना चाहता है, वह पी.एच.डी. डॉक्टर बनना चाहता है लेकिन उसकी दिलचस्पी स्वयं के रूपांतरण में नहीं होती है। वह सत्य को भी झपट कर अपने हाथों की मुट्ठी में बांध लेना चाहता है, लेकिन वह स्वयं पिघलकर सत्य में घुल जाने को तैयार नहीं है। वह सत्य को भी अपने नियंत्रण में रखना चाहता है, लेकिन वह सत्य के नियंत्रण में रहने को तैयार नहीं है।

एक शिष्य वह होता है, जो सत्य के नियंत्रण में बना रहना चाहता है। एक शिष्य यह सोच भी नहीं सकता – 'मुझे सत्य पर अधिकार स्थापित करना चाहिए। मैं कैसे सत्य पर अधिकार जमा सकता हूं।' वास्तव में सत्य की ओर जाने में अवरोध है – केवल – 'मैं'। 'मैं' कैसे सत्य को अपने अधिकार में कर सकता हूं? सत्य तो विराट है, सत्य तो असीम और अनंत है। एक छोटे से मस्तिष्क द्वारा कैसे उसे अधिकार में लिया जा सकता है? यह संभव है ही नहीं। तुम अपनी मुट्ठी में सागर को नहीं बांध सकते, लेकिन तुम स्वयं सागर में डूबकर उसमें विलुप्त हो सकते हो। इसलिए जब एक शिष्य तैयार होता है, जब वह स्वयं

उसमें डूबने और विसर्जित होने को तैयार होता है, भले ही उसे जीवन देकर भी उसकी कीमत चुकानी पड़े, वह उसके लिए भी तैयार होता है।

जब वहां जीवन की अपेक्षा कुछ चीज़ अधिक मूल्यवान है, तभी तुम शिष्य बनते हो, अन्यथा बनते ही नहीं। यदि तुम किसी चीज़ के लिए जीवन तक बलिदान कर सकते हो, तभी तुम एक शिष्य हो। अन्यथा तुम एक छात्र हो – तुम एक लालची व्यक्ति हो। तुम कुछ सूचनाएं और जानकारियां चाहते हो, जिसका तुम अपने जीवन में उपयोग कर सको, जिससे तुम कहीं अधिक अच्छी तरह से सफलता प्राप्त कर सको।

यद्यपि मैंने इतने अधिक अवरोध खड़े किये हैं, फिर भी बहुत से लोग मेरे पास आते हैं। कभी-कभी किसी तरह वे लोग अपनी राम कहानी सुनाने मेरे पास आ जाते हैं और वे मुझसे ऐसे प्रश्न पूछते हैं, जो नहीं पूछे जाने चाहिए। वे मुझसे पूछते हैं – "यदि हम ध्यान करते हैं तो सांसारिक दृष्टि से उसका क्या लाभ मिलेगा? क्या वह हमें कहीं अधिक स्वस्थ और सफल बनायेगा? क्या उससे हमें संसार में सफल होने में सहायता मिलेगी? क्या इससे मन को अधिक बुद्धिमान बनने में सहायता मिलेगी? उनकी ध्यान में, जैसा भी वह है, कोई भी दिलचस्पी नहीं है, उनकी दिलचस्पी तो किसी अन्य चीज़ में है। वे सोचते हैं यदि वे उन चीज़ों के लिए ध्यान का उपयोग कर सकते हैं, वह अच्छा है। वे लोग एक छात्र हैं।"

एक शिष्य वह होता है जिसने एक चीज़ समझ ली है 'मैं नहीं जानता कि मैं कौन हूं – और सबसे पहिले जानने की यही सबसे अधिक बुनियादी चीज़ है। अन्य कुछ भी चीज़ प्रमुख है ही नहीं – मुझे जानना ही चाहिए कि 'मैं' कौन हूं,' केवल तभी जीवन का कोई अर्थ होगा – अन्यथा वह अर्थहीन होगा। मैं काम करते हुए धन, प्रतिष्ठा और चीज़ों को ढेर इकट्ठा कर सकता हूं, लेकिन यह कैसे मुझे संतुष्ट बना सकता है? – क्योंकि मैं अभी यह भी नहीं जानता कि मैं हूं कौन। मुझे पहिले पूर्ण रूप से अपनी आत्मा का अपने होने का अनुभव होना चाहिए केवल तभी मैं ठीक रास्ते पर हो सकता हूं।

प्रत्येक व्यक्ति परमानंद प्राप्त करना चाहता है, लेकिन तुम इस आनंद को कैसे पा सकते हो, यदि तुम इसके प्रति भी सचेत नहीं हो कि तुम हो कौन? एक व्यक्ति को अपने स्वभाव के बारे में पूर्ण रूप से सचेत होना है केवल तभी परमानंद संभव है। अन्यथा तुम ऐसी किसी चीज़ के लिए खोज किए चले जाओगे, जो तुम्हें परमानंद मिलने में, हो सकता है बिल्कुल भी सहायक न हो। और हो सकता है तुम किसी ऐसी चीज़ को चूके चले जाओ, जो ठीक वहीं कोने

में ही मौजूद हो, और पूरी तरह से उसका अभिप्राय तुम्हारे परमानंद से ही हो। लेकिन तुम कैसे उसकी जांच कर सकते हो? तुम तो अभी स्वयं अपने को ही नहीं जानते, तुम तो अभी अपने स्वभाव के प्रति भी सचेत नहीं हो। एक शिष्य की केवल एक ही चाह होती है कि वह स्वयं को जाने। और वह इसके लिए, उस सभी कुछ करने को तैयार रहता है, जिसकी भी ज़रूरत होती है। वह बिना शर्त उसकी कोई भी कीमत चुकाने को तैयार रहता है।

एक दिन एक शिष्य, जो उपदेश सुनकर सीखने और नियमित रूप से संचालित असाधारण और रहस्यात्मक धार्मिक अनुष्ठानों में भी सम्मिलित होने में असमर्थ और उनके अयोग्य था, उनसे भेंट करने के लिए उनके पास आया।

अब यह एक शिष्य नहीं है। वह सोचता है कि वह एक शिष्य है। वह बहुत से लोगों के पास जाता रहता है, इसलिए अपने ख्याल में वह एक शिष्य है। लेकिन वह अभी सीखने तक में अयोग्य है।

यह शब्द disciple, (शिष्य), जो मूल है, उसका अर्थ होता है – सीखने की क्षमता। और वह अभी सीखने तक में असमर्थ है। लोगों को सीखने में कौन सी चीज़ अवरोध बनती है? लोगों को कौन सी चीज़ असमर्थ बनाती है?

थोड़ी सी बातें इस बारे में समझने जैसी हैं। पहिली बात तो यह कि सीखने की क्षमता के लिए ज़रूरी है – चित्त की न जानने वाली दशा। तुम्हें एक बच्चे की तरह निर्दोष और अनजान होना चाहिए, केवल तभी तुम सीख सकते हो। यदि तुम पहिले ही से जानते हो, तो तुम नहीं सीख सकते। तुम्हें यह जानना चाहिए कि तुम कुछ भी नहीं जानते हो। तुम्हें ज्ञान का अहंकार साथ लेकर नहीं चलना चाहिए – कि मैं जानता हूं। दूसरी चीज़ यह कि बहुत बड़ी ग्राह्यता की ज़रूरत होती है क्योंकि तुम्हें उसे अवशोषित करना होगा। इसके लिए खुलापन ज़रूरी है। तुम बंद नहीं बने रह सकते, तुम अपने पुराने दुराग्रहों, विचारों, धारणाओं और आदर्शों के साथ बंद बने हुए नहीं रह सकते। इसके लिए प्रज्ञा या बुद्धिमानी की ज़रूरत होती है।

और जब मैं बुद्धिमानी या प्रज्ञा की बात कहता हूं तो सदा स्मरण रहे कि मेरे कहने का अर्थ बुद्धिवादिता से नहीं है। बुद्धिवादिता, बुद्धिमानी के स्थान पर किसी अन्य चीज़ को स्थापित करना है। जो लोग बुद्धिमान बनने का ढ़ोंग करते हैं, वे बुद्धिजीवी लोग हैं। एक प्रामाणिक बुद्धिमान व्यक्ति बिल्कुल भी बुद्धिजीवी

होता ही नहीं, वह अस्तित्वगत होता है। वह भली भांति जानता है कि बुद्धिजीवी होना असृजनात्मक है, और उससे किसी भी चीज़ का सृजन नहीं हो सकता। अधिक से अधिक वह मृत्यु के बाद भी जीवित बने रहने की एक अच्छी तरकीब है, लेकिन वह असृजनात्मक है। वह सभी कुछ जिसका सृजन होता है, वह अन्य किसी और ही चीज़ से सृजित होता है। यह बुद्धिमत्ता या प्रज्ञा है। तुम उसे अंतर्ज्ञान या सहज ज्ञान भी कह सकते हो – लेकिन वह कुछ और ही चीज़ है। उसका तुम्हारी बुद्धिमानी से कुछ लेना देना नहीं है।

विश्वविद्यालय में बुद्धि का ही प्रशिक्षण दिया जाता है। तुम्हें सिखाया जाता है, कैसे तर्क-वितर्क किया जाये, कैसे सिद्ध किया जाए, कैसे विचार-विमर्श और वाद-विवाद किया जाए। तुम्हें तर्कशास्त्र सिखाया जाता है।

और तर्कशास्त्र के द्वारा बुद्धि का जन्म होता है। अब तर्कशास्त्र अपने-आप में बहुत अतर्कपूर्ण है, क्योंकि वह पूरे जीवन को आच्छादित नहीं करता। वह बहुत अपूर्ण होता है। जीवन तर्कशास्त्र से कहीं अधिक बढ़कर है, वह आत्मविरोधी है। इसलिए एक बार तुम तर्क में यदि स्थिर और जड़ हो गये, तो तुम जीवन की लीक को खोना शुरू कर दोगे। तुम अधिक से अधिक बुद्धिजीवी और कम से कम प्रज्ञावान होते जाओगे। एक प्रज्ञावान व्यक्ति तर्क को तो स्वीकार करता है, पर वह अतर्क को भी स्वीकार करता है। एक बुद्धिमान अथवा एक प्रज्ञावान व्यक्ति हमेशा दो विपरीतताओं को स्वीकार करता है और उनके बीच कभी चुनाव नहीं करता। वह यह नहीं कहता – मैं नकारात्मक को चुनूंगा अथवा मैं विधायक को चुनूंगा अथवा मैं इसे चुनूंगा और उससे इनकार करूंगा। प्रज्ञा सभी को स्वीकार करती हैं

प्रज्ञा या बुद्धिमानी के पास कोई चुनाव होता ही नहीं। इसी वजह से कृष्णमूर्ति प्रज्ञा की व्याख्या चुनावरहित सचेतनता की भांति किये चले जाते हैं। और कभी-कभी तुम इसे खोज सकते हो। तुम ऐसे किसी आदिम जाति के व्यक्ति को खोज सकते हो जो पूरी तरह अशिक्षित हो, हो सकता है वह आदिवासी हो कोई, जो किसी गांव में रहता हो, लेकिन वह अत्यधिक प्रज्ञावान हो। तुम उसकी आंखों में बुद्धिमानी या प्रज्ञा की दीप्ति देख सकते हो, तुम उसके कार्यों में बुद्धि मानी देख सकते हो। और तुम एक विश्वविद्यालय के प्रोफेसर को एक बुद्धि हीन व्यक्ति की तरह आचरण करते देख सकते हो, लेकिन वह एक बहुत बड़ा विद्वान हो सकता है।

प्रज्ञा का अर्थ है – सचेतनता अर्थात होश। प्रज्ञा का अर्थ होता है एक जीवंत उपस्थिति, एक तात्कालिक और निकटस्थ समीपता। ऐसा यहां प्रतिदिन होता है।

मैं तुम्हारी ओर देखे चले जाता हूं। मैं जब भी किसी बुद्धिजीवी व्यक्ति को देखता हूं, मैं तुरंत ही यह अनुभव कर लेता हूं, कि उसने एक तरह की दीवार से अपने को चारों ओर से बंद कर रखा है। वह सुनते हुए भी नहीं सुन रहा है, क्योंकि वह इस बारे में निरंतर विचार कर रहा है कि ठीक है अथवा नहीं, वह निरंतर सोचे जा रहा है कि वह मुझसे सहमत है अथवा नहीं, वह निरंतर विचार कर रहा है – 'हां' या, 'न', और वह इनमें चुनाव कर रहा है। और इस चुनाव करने में ही वह सत्य से वंचित हो रहा है और वह पूरे मुद्दे से चूके जा रहा है।

एक प्रज्ञावान या बुद्धिमान व्यक्ति निर्विचार होकर होशपूर्वक सुनता है। उसे ठीक अभी निर्णय लेने की कोई आवश्यकता नहीं होती। वह तुरंत मेरे साथ हो लेता है। पर इसका यह अर्थ नहीं कि मुझसे सहमत होता है। इसका यह अर्थ नहीं है कि वह सहमत या असहमत होता है, नहीं। वह पूरी तरह केवल सुन रहा है। सहमत अथवा असहमत होने की कोई बात है ही नहीं वह – बाद में हुआ जा सकता है। और तब इस बारे में एक चमत्कार होता है – यदि तुम समग्रता से मुझे होशपूर्वक सुन सकते हो, और उस सुनने में ही तुम जान जाओगे कि क्या सत्य है और क्या असत्य। इस बारे में फिर सोचने की ज़रूरत होगी ही नहीं। खामोशी से श्रवण करने की गुणात्मकता ही, तुम्हें उसके प्रति सचेत बना देगी कि सत्य क्या है। सत्य स्वयं अपने को प्रकट करता है।

जब वह वहां होता है, तुम्हें यह अनुभव होना शुरू हो जाता है कि वह वहां है। जब वह वहां नहीं होता है तो हजार तर्क देकर भी तुम यह सिद्ध नहीं कर सकते कि वह वहां है। सत्य की अपनी शुद्ध और दृढ़ समीपता और उपस्थिति होती है, तुम्हें बस उपलब्ध बने रहना होता है।

इसलिए सीखने की क्षमता का अर्थ है – प्रज्ञा, बुद्धिमानी, निर्दोषता; एक बच्चे की तरह अज्ञात में जाने और उसे खोजने की तैयारी, जीवन के रहस्य का अनुभव करने के लिए हमेशा एक तरह की विस्मय विमूढ़ता। यही होती है सीखने की क्षमता और योग्यता, जो एक व्यक्ति को शिष्य बनाती है।

और इसके विरुद्ध एक होती है सीखने की अक्षमता – जानकारी और ज्ञान बटोरने की प्रवृति – या कहें एक तरह की मूढ़ता इन दोनों का अर्थ एक ही है। विद्वता और मूढ़ता, यह दोनों समानार्थक हैं। पूर्वाग्रहों, जंग, कबाड़ और बीते अतीत से भरा हुआ एक ऐसा मन, जो चारों ओर से बंद है और जिसमें किसी नये के लिए कोई स्थान है ही नहीं।

शिष्य एक गर्भ होता है – जो सत्य को, सद्‌गुरु और उसकी ऊर्जा को गर्भ में धारण करने को तैयार रहता है। और स्मरण रहे, एक सद्‌गुरु के साथ हमेशा

ही ऊर्जा का हस्तांतरण होता है। बिना तुम्हारे देखे हुए, बिना तुम्हारे स्पर्श किए हुए निरंतर ऊर्जा बरसती रहती है। यदि तुममें ग्राह्यता है, तो तुम पूरी तरह संतुष्ट होगे। तुम्हारी तृष्णा शांत हो जाएगी। लेकिन यदि तुम केवल शब्दों को सुन रहे हो और शब्दों को संग्रह करते हुए उनका परीक्षण करते हुए उन्हें झूठा सिद्ध कर रहे हो, और उनसे सहमत अथवा असहमत हो – तब तुम यहां हो ही नहीं, तुम मेरे निकट उपस्थित ही नहीं हो, तुम लगभग अनुपस्थित हो। तुम शारीरिक रूप से यहां हो सकते हो, लेकिन तुम न तो मन से यहां हो और आत्मिक रूप से तो बिल्कुल यहां हो ही नहीं।

एक दिन एक शिष्य जो सुनने तथा नियमित रूप से संचालित असाधारण रहस्यात्मक अनुष्ठानों, दोनों में ही उपस्थित रहने में असमर्थ था, उनसे भेंट करने आया।

अब यह समझ लेने जैसा है।

यह रहस्यात्मक अनुभव का प्रकरण बहुत नाजुक है। पहिली बात तो यह कि पूरे संसार भर में युग-युगों से यह रहस्यात्मक धार्मिक अनुष्ठान होते रहे हैं। एक रहस्यात्मक धार्मिक अनुष्ठान एक संस्कार है, जिस पर किसी बहाने विश्वास कर तुम उसे प्रारंभ करते हो और बाद में धीमे-धीमे तुम स्वयं अपने मिथ्याभिमान से सम्मोहित हो जाते हो। धीमे-धीमे यह मिथ्याभिमान एक तरह का आत्मसम्मोहन बन जाता है।

उदाहरण के लिए यदि तुम किसी रहस्यात्मक अनुष्ठान में भाग लेते हो, तो प्रारंभ में तो वह एक संस्कार ही होगा। यह संस्कार कई तरह के हो सकते हैं – और प्रत्येक धर्म के पास अपने संस्कार होते हैं। यदि तुम कुण्डलिनी ऊर्जा की धारणा पर आधारित एक रहस्यात्मक अनुष्ठान में भाग लेते हो, तो पहिले तो तुम्हें – इस बारे में पढ़ना होगा कि कुण्डलिनी क्या होती है। स्वाभाविक रूप से तुम्हें उसके साथ परिचित होना होगा कि कुण्डलिनी ऊर्जा होती क्या है, जिससे तुम कुण्डलिनी की संरचना को भली भांति समझ सको। तुम गोपीकृष्ण और उन जैसे दूसरे लोगों की पुस्तकों को पढ़ते हो, और तुम जानते हो कि वहां रीढ़ अर्थात मेरुदण्ड के मार्ग में कई चक्र होते हैं, जिनमें होकर ऊर्जा ऊर्ध्वगामी होती है। और तुम यह भी जानते हो कि यह ऊर्जा ऊपर की ओर गतिशील होकर जिस स्थान पर पहुंचती है, वहां क्या होता है – जब अंतिम रूप से वह सिर के शीर्ष पर पहुंचती है तो पूरा शरीर हिलने और कांपने लगता है और वहां एक

दिव्य प्रकाश और परमानंद घटता है। इन सभी चीज़ों के बारे में तुम पढ़ते हो। स्वाभाविक है, तुम्हारे अंदर एक बहुत बड़ा लालच जागता है कि इन अनुभवों से गुज़रा जाए। और अचानक तुम देखते हो कि तुम किसी चीज़ से चूके जा रहे हो और दूसरे लोग उन महान अनुभवों से होकर गुज़र रहें हैं और तुम्हें उस अनुभव का अभाव महसूस होता है। इससे एक तरह की ईर्ष्या, प्रतियोगिता, लोभ-लालच और एक गहरी चाह का जन्म होता है।

ठीक कुछ ही वर्ष पूर्व वेटिकन के पोप ने यह घोषणा की कि वहां एक सौ त्रेसठ तरह के पाप हुआ करते थे। और वेटिकन में तुरंत उनके पास हजारों पत्र पहुंच गए, जिनमें यह कहा गया था, 'कृपया श्रीमान' हमें उनकी पूरी सूची भेजिए – क्योंकि बहुत से लोगों ने यह महसूस किया कि वे उनके अनुभव से चूके जा रहे थे। एक सौ त्रेसठ तरह के पाप? तुम्हें भी आश्चर्य होगा कि तुम आखिर किस पाप से चूक रहे हो। हो सकता है कि तुम उनमें से दो, तीन, चार, पांच – या अधिक से अधिक सात तरह के पाप कर रहे हो। लेकिन एक सौ त्रैसठ तरह के पाप? वास्तव में लोगों के पास अच्छा खासा समय है। बहुत से लोग पूछताछ करने लगे 'हम लोग जानना चाहते हैं कि ये एक सौ त्रैसठ तरह के पाप कौन-कौन से हैं?'

लोग गुप्त साधनों का प्रयोग करने लगते हैं, जब वे देखते हैं कि किसी और के पास कोई ऐसी चीज़ है, जो उनके पास नहीं है। एक बहुत बड़ी चाह, एक उत्कट कामना का उनके अंदर जन्म होता है।

इसलिए पहिले तो तुम कुण्डलिनी के बारे में पढ़ते हो। चक्रों के ज्ञान के साथ ही तुम्हारा चट्टान जैसा शरीर हीरे की दिव्य उपस्थिति की खबर पाकर दमकने लगता है। उनके रंग उनके सक्रिय करने के मंत्र और भौतिक शरीर में उनकी उपस्थिति को तुम अपनी कल्पना में देखने लगते हो। तब तुम उसके अनुष्ठान या विधि में भाग लेते हो। उस अनुष्ठान में तुम देखते हो कि जिन लोगों में कुंडलिनी का ऊर्ध्वगमन हो रहा है, उनमें से कोई व्यक्ति परमानंद को प्राप्त कर रहा है, तो तुम्हें एक गहरा अवसाद और पीड़ा घेर लेती है कि तुमने कभी भी ऐसे सुंदर और दिव्य अनुभव को कभी जाना ही नहीं। तुम वहां बैठ जाते हो और तुम कल्पना करने लगते हो। लोग झूम रहे हैं, लोग आनंद ले रहे हैं, उनकी आंखों से आंसू बह रहें हैं, उनके चेहरे एक अनोखी दीप्ति से दमक रहे हैं। देर-सवेर तुम भी उसी संस्कार मे रम कर झूमना शुरू कर देते हो। मनुष्य में अनुकरण करने की प्रवृत्ति बहुत अधिक है।

आत्मिक खोजी को इस अनुकरण करने की प्रवृत्ति के प्रति बहुत अधिक सजग होना होगा।

पहिले तुम भी अनियमित रूप से हिलना या झूमना शुरू करते हो, और तुम जानते हो कि तुम इसे स्वयं ही कर रहे हो। पर देर-सवेर तुम उसमें रम जाते हो। तुम्हारी कामना ही एक तरह की इच्छा-पूर्ति बन जाती है, तुम स्वयं अपने को सम्मोहित कर लेते हो। और इस संबंध में ऐसे बहुत से लोग हैं, और तुम्हारे चारों ओर बहुत बड़ा सम्मोहन है। और तुम अपने अंदर प्रकाश देखना शुरू कर देते हो। मन बहुत अधिक कल्पनाशील है, वह किसी भी चीज़ की कल्पना कर सकता है। और स्मरण रहे, मैं यह नहीं कह रहा हूं कि कुण्डलिनी गलत है – याद रहे, मैं यह नहीं कह रहा हूं कि अंदर प्रकाश नहीं दिखाई देता, और न मैं यह कह रहा हूं कि इस संबंध में ऐसे रहस्यपूर्ण अनुभव नहीं होते – नहीं, मैं यह बिल्कुल भी नहीं कह रहा हूं। लेकिन सौ में से निन्नयानवे लोग उन्हें कल्पना से सृजित कर रहे हैं – और यही चीज़ न तो सत्य है और न ठीक।

सत्य के अनुभव का तुम्हारी कल्पना से कोई लेना-देना नहीं है। सत्य अर्थात् वास्तविक अनुभव का तुम्हारे कुण्डलिनी के बारे में प्राप्त ज्ञान से कुछ भी लेना देना नहीं है। वास्तविक अनुभव का कुण्डलिनी के बारे में लिखी पुस्तकों से कुछ लेना देना नहीं है। और वास्तविक अनुभव हमेशा अनूठा और अद्वितीय होता है। यह दो व्यक्तियों को एक ही तरीके से कभी भी नहीं घटता। वे सात चक्र तो हैं वहां, लेकिन प्रत्येक व्यक्ति में वे ठीक उसी स्थान पर नहीं हैं। जब तुम कुण्डलिनी को चित्रों या चार्ट में देखते हो तो वह केवल एक सामान्य चार्ट होता है। वह लगभग इस तरह होता है जैसे... यहां लगभग एक हजार लोग हैं और यदि कोई व्यक्ति औसत लम्बाई वाले मनुष्य के बाबत पूछता है – तो औसत लम्बाई लगभग पांच फीट पांच इंच अथवा पांच फुट साढ़े पांच इंच आती है। यदि तुम इस लम्बाई वाले मनुष्य की खोज करो, तो उसे पाओगे नहीं। कोई व्यक्ति पांच फीट छः इंच, कोई पांच फिट चार इंच और कोई पांच फीट सात इंच होगा। वहां सभी तरह के लोग होंगें। औसत तो बस एक सामान्य रूप है।

ठीक ऐसा ही कुण्डलिनी में भी होता है। वहां सात चक्र हैं लेकिन वे सभी मनुष्यों के लिए ठीक एक उसी जगह नहीं होते। और इस बारे में जो अनुभव होते हैं वे दो व्यक्तियों को कभी एक ही तरह से नहीं घटते – ये बहुत-बहुत अलग तरह से घटते हैं। इसलिए कुण्डलिनी के शरीर-विज्ञान के बारे में जानने की कोई ज़रूरत नहीं है और न चक्रों के बारे में ही जानने की कुछ भी ज़रूरत है और इस बारे में यह जानने की कोई ज़रूरत भी नहीं है कि अंतिम रूप से क्या

घटता है – क्योंकि यदि तुम यह जान लोगे तो तुम स्वयं अपने को सम्मोहित करना शुरू कर दोगे और धीमे-धीमे तुम उसके संस्कार में जकड़ने लगोगे। और तुम अपने चारों ओर एक तरह का स्वप्न सृजित कर लोगे, और जब वहां बहुत से लोग एक जैसे ही काम कर रहे हैं तो तुम भी झुककर भीड़ के मन में गिर जाते हो और तुम भी भीड़ के साथ झूमना शुरू कर देते हो।

क्या कभी तुमने इस बात का निरीक्षण किया है कि – तुम कैसे भीड़ में गिरकर उसके साथ एक हो जाते हो? एक हिन्दुओं की भीड़ मस्जिद को जलाने जा रही है, अथवा एक मुसलमानों की भीड़ किसी मंदिर का विध्वंस करने जा रही है। तुम वास्तव में मस्जिद को जलाने के बारे में नहीं सोचते, तुमने इस बारे में पहिले भी कभी यह सोचा ही नहीं था, तुम उस तरह के व्यक्ति हो ही नहीं, तुम उस तरह के विध्वंसक, हिंसक और आक्रामक हो ही नहीं। तुम एक.... एक भले व्यक्ति हो। तुमने कभी कोई वस्तु अथवा किसी व्यक्ति को जलाया ही नहीं। और जब तुम भीड़ में सम्मिलित हुए थे तो तुम वास्तव में इस बारे में कुछ भी करने के लिए सोच भी नहीं रहे थे, तुम्हें केवल इस बारे में यह उत्सुकता थी कि यह भीड़ कहां जा रही है। तुम्हारी केवल इस बारे में यह जानने की रुचि थी कि आखिर क्या होने जा रहा है। तुम वहां बस एक तरह के मनोरंजन के लिए जा रहे थे, और विशेष रूप से तुम्हारा कोई भी काम करने को कोई भी विचार तक न था।

तब धीमे-धीमे तुम भीड़ के साथ उत्तेजित होने लगते हो, क्योंकि वे लोग तुम्हें सभी ओर से घेरे हुए, अत्यधिक ऊर्जा के साथ चीखते चिल्लाते हुए नारे लगाते विरोध प्रदर्शन कर रहे हैं। उन सभी की ऊर्जा तुम पर कार्य करना शुरू कर देती है और तुम्हारी ऊर्जा जागना शुरू हो जाती है। धीमे-धीमे तुम देखते हो कि तुम उत्तेजित होने लगे हो। इस बारे में यह उत्तेजना तुम्हारे चारों ओर व्याप्त है, तुम कैसे उससे अलग रह सकते हो? तुम भी उत्तेजित हो जाते हो और जब तुम मस्जिद अथवा मंदिर तक पहुंचते हो और जब लोग उसे जलाना शुरू करते है, अचानक तुम पाते हो कि तुम स्वयं उन चीज़ों को कर रहे हो, जिनकी तुमने कभी योजना ही नहीं बनाई थी। तुम मस्जिद में आग लगा रहे हो अथवा तुम मंदिर को नष्ट कर रहे हो अथवा किसी व्यक्ति की हत्या कर रहे हो।

लोगों को सामूहिक मन द्वारा उन्मत्त किया जाता है। धर्म तुम्हारा अनूठा अनुभव है। उसका सामूहिक मन से कोई भी लेना देना नहीं है। समूह या भीड़ में तुम अपनी पहिचान खो देते हो, बल्कि तुम्हारा पतन हो जाता है। धार्मिक

अनुभव में भी तुम अपनी पहिचान खो देते हो लेकिन तुम्हारा उत्थान होता है, तुम ऊंचे उठ जाते हो।

यह वाक्य सदा स्मरण मे रहे। धर्म एक तीर्थयात्रा है; सूफ़ी कहते हैं – अचेतन की अज्ञात अवस्था से चेतना की गुमनामी तक की यात्रा है यह। अचेतन की अज्ञात अवस्था से... यही तो भीड़ में भी घटता है। तुम अनाम, गुमनाम और अचेतन हो जाते हो। तुम अपना अहंकार खो देते हो, तुम अहंकार से नीचे गिरकर पाशविक बन जाते हो। इसी वजह से यह कहा जाता है कि एक व्यक्ति द्वारा वैयक्तिक रूप से किये जाने वाले अपराधों की तुलना में भीड़ द्वारा अधिक अपराध किए जाते हैं।

फ्रीड्रिक नीत्शे ने कहा है – 'वैयक्तिक रूप से किसी व्यक्ति में पागलपन होना एक असाधारण घटना है, लेकिन भीड़ का पागल होना एक सामान्य नियम है।' ऐसा बहुत कम जब कभी ही होता है कि लोग वैयक्तिक रूप से पागल होते हों, लेकिन यह लगभग एक सामान्य नियम है कि भीड़ पागल हो जाती है। सामान्य उत्तेजना इतनी अधिक हो जाती है, उसकी आग इतनी अधिक भीषण हो जाती है कि तुम उसके साथ जलना शुरू हो जाते हो – और यह गहरे अचेतन की स्थिति है। और फिर वहां कोई भी जिम्मेदारी नहीं रह जाती, और इस बारे में न विवेक की ही कोई समस्या रह जाती है – तुम किसी व्यक्ति की हत्या नहीं कर रहे हो, भीड़ या समूह ही उसकी हत्या कर रहा है। तुम केवल सामान्य रूप से उसमें भाग लेने लगे, क्योंकि तुम वहां मौजूद थे। तुम्हें कोई पकड़ नहीं सकता और कोई भी तुमसे यह नहीं कह सकता कि "तुमने हत्या की है।" हिन्दुओं ने हत्याएं की; मुसलमानों ने हत्याएं कीं साम्यवादियों ने हत्याएं कीं। तुम व्यक्तिगत रूप से जिम्मेदार नहीं थे।

रहस्यमय अनुष्ठानों में भी ऐसा ही घटता है। यह समूह के मन का अवशोषण करना है। इससे सचेत रहो।

इन रहस्यमय अनुभवों के संबंध में तीन बातें याद रखनी हैं। इस बारे में तीन तरह के मानसिक या पारलौकिक अनुभव होते हैं। पहिला अनुभव है व्याधियों से संबंधित, मानसिक रोग, मन और आत्मा से संबंधी व्याधियां और मूर्च्छा के दौरे पड़ना। ऐसा कई बार होता है कि वह व्यक्ति जिसे मूर्च्छित होने के दौरे पड़ते हैं, वह एक महात्मा भी बन सकता है। उसे मिरगी जैसा दौरा पड़ जाता है, मुंह से फैन निकलने लगते हैं, वह अचेत हो जाता है अथवा अनर्गल व निरर्थक शब्दों को उच्चारण करने लगता है... जिबरिश जैसा। क्या तुम जानते हो कि यह जिबरिश शब्द कहां से आया। यह एक सूफ़ी रहस्यदर्शी जिब्बार के

नाम से निकला है जो निरर्थक शब्दों को उच्चारण किया करता था। जिब्बार से ही अंग्रेज़ी शब्द 'जिबरिश' का जन्म हुआ। वह बहुत अधिक निरर्थक और व्यर्थ के शब्दों का उच्चारण किया करता था, पर उसके बारे में ऐसा ख्याल था कि वह एक रहस्यदर्शी है। उसे मूर्छा में चले जाने पर मिरगी जैसे दौरे पड़ते थे। भारत में तुम देख सकते हो कि ऐसे मिरगी के दौरे आने वाले व्यक्तियों की पूजा की जाती है। ऐसे लोगों का उपचार होना चाहिए, ये लोग मात्र रोगी हैं।

यदि तुम मिरगी के रोगी हो, और कभी-कभी रहस्यमय अनुष्ठान में भी ऐसा ही होता है कि मिरगी जैसा दौरा आने पर तुम मूर्छित हो जाते हो, और लोग यह सोचना शुरू कर देते हैं कि तुम समाधि के परमानंद अथवा ऐसी ही किसी चीज़ में चले गए हो, और वे तुम्हारी पूजा करना शुरू कर देते हैं। और जब तुम उस मूर्छा से होश में वापस लौटते हो और लोगों को अपने चरणों का स्पर्श करते देखते हो फूल और माला बरसाते या पहिनाते पाते हो अथवा अपने लिए मिष्ठान्न लाते देखते हो... तो अब तुमने एक तरकीब खोज ली। अब तुम अपने मिरगी के रोग से लोगों का शोषण कर सकते हो। और तुम भी यह विश्वास करना शुरू कर दोगे, क्योंकि यह विश्वास करना कि तुम अब एक धार्मिक या आध्यात्मिक व्यक्ति बन गए हो, इतना अधिक सुखद और अच्छा लगता है। अब उनकी यह पूजा तुम्हें अधिक रोगी बनाने में और अधिक सहायक होगी। वस्तुतः यह सोचने की अपेक्षा कि यह कुछ गलत चीज़ है, तुम यह सोचने लगोगे कि तुम्हारे अंदर कुछ महानतम घटना घट रही है। और कोई भी व्यक्ति इस तरह दलदल में बहुत दूर-दूर तक धंसता चला जाता है।

स्मरण रहे, पूरब में इस जगह ऐसे बहुत से रोगी है जिन्हें महात्मा माना जाता है। और पश्चिम में ऐसे बहुत से सच्चे रहस्यदर्शी लोग हैं, जिन्हें पागलखानों में बंद कर दिया गया है, क्योंकि उनके बारे में मानसिक रोगी होने का ख्याल किया जाता है। दोनों दृष्टिकोण गलत हैं। इसीलिए मैं कहता हूं कि पारलौकिक अनुभव का यह मामला बहुत नाजुक है। पश्चिम में ऐसे बहुत से रहस्यदर्शी लोग हैं जिनका अस्पतालों, में उन्हें रोगी मानकर, उपचार किया जा रहा है, जिन्हें बिजली और इन्सूलिन के झटके दिए जा रहे हैं, क्योंकि उनके बारे में उनका ख्याल है कि वे हिस्टीरिया रोग से ग्रस्त हैं।

ज़रा सोचो यदि रामकृष्ण परमहंस का जन्म अमेरिका में हुआ होता, तो उन्हें किसी पागलखाने के अंदर रखा जाता, क्योंकि बाहर से उन्हें रहस्यात्मक अनुभव लगभग हिस्टीरिया रोग जैसे ही दिखाई देते थे – वे मूर्छित हो जाते थे, उनका शरीर अकड़ जाता था, उनके मुंह से झाग निकलने लगते थे, उनकी आंखों

की पुतलियां ऊपर उठ कर जड़ हो जाती थीं। यह सभी कुछ वैसा ही है, जैसा हिस्टीरिया के दौरे में होता है।

यह मामला बहुत नाजुक है। यदि रामकृष्ण पश्चिम में हुए होते तो उनका उपचार किया गया होता। और उन लोगों ने लोगों के उपचार की ऐसी शक्तिशाली विधियां खोजी हैं कि इस बारे में पूरी संभावना यही है कि उन्होंने रामकृष्ण को सामान्य बना दिया होता। लेकिन तब यह बहुत बड़ा दुर्भाग्य हुआ होता।

पूरब में ठीक इससे उल्टा हो रहा है। मैं ऐसे बहुत से लोगों को जानता हूं। कभी-कभी उन लोगों को मेरे पास इस ख्याल के साथ लाया जाता था कि मैं उनकी सही स्थिति पहिचान सकूं। लेकिन मैंने देखा कि वे हिस्टीरिया से ग्रस्त रोगी थे और उन्हें हिस्टीरिया के दौरे के अलावा रहस्यात्मक अनुभव जैसा कुछ भी नहीं घटा था। वे मानसिक रोगी थे, और उन्हें उपचार की ज़रूरत थी। वे लोग सामान्य से नीचे अचेतन में गिर गए थे। लेकिन सामान्य चेतना से नीचे गिर जाना अथवा सामान्य चेतना से ऊपर उठ जाना, यह दोनों स्थितियां बाहर से कभी-कभी एक जैसी लगती हैं।

केवल कोई सद्गुरु ही इस संबंध में ठीक निर्णय ले सकता है, अन्यथा यह निर्णय लेना बहुत कठिन है कि यह चीज़ क्या है। लेकिन वहां थोड़ी सी ऐसी चीज़ें हैं जो तुम्हें ठीक संकेत दे सकती है।

यदि यह शरीर की व्याधि है, तो वह व्यक्ति अधिक से अधिक सुस्त, उदास और निरुत्साहित होता जाएगा। यदि वह रोगी है तो वह व्यक्ति अधिक से अधिक तनावपूर्ण, चिंतित और और बैचेन होता जाएगा। यदि वह शरीर तथा मन के रोग से पीड़ित है तो वह व्यक्ति कम से कम होशपूर्ण होता जाएगा, वह बुद्धि हीन और असृजनात्मक होता जाएगा। यदि वह एक व्याधिग्रस्त या एक रोगी है तो उस व्यक्ति के शरीर में कई तरह की पीड़ाएं शुरू हो जायेंगी। उस व्यक्ति का समाज के लिए कोई सृजनात्मक मूल्य नहीं रह जाएगा, यदि वह वास्तव में एक व्याधिग्रस्त है।

और यदि वह व्यक्ति रोगी नहीं है, तो उस व्यक्ति में कहीं अधिक जीवन, कहीं अधिक जीवंतता, कहीं अधिक प्रेम, कहीं अधिक करुणा, कहीं अधिक प्रज्ञा और कहीं अधिक तात्कालिक बुद्धि होगी। उस व्यक्ति में एक चमक और दीप्ति होगी। वह एक दिव्य नशे में मदमस्त होगा, लेकिन उसे नशे में एक तरह का होश होगा। पूरी तरह नशे में धुत्त, पर फिर भी पूरी तरह होशपूर्ण – वह उसी तरह की खुमारी जैसी स्थिति में होगा। और वह सृजनात्मक होगा। यहां उसका अस्तित्व, इस पृथ्वी पर सभी लोगों के लिए लाभप्रद होगा।

इसलिए पहिली चीज़ है – शरीर और मन की रोगपूर्ण स्थिति। दूसरी चीज़ है नकली, धोखा देने वाली स्थिति। इस बारे में धोखेबाज लोग भी हैं, जो पूरा नाटक कर सकते हैं। यह देखकर कि ऐसा करने से अच्छे पैसे मिलते हैं, तुम एक अच्छे अभिनेता बन सकते हो। तुम बहाना बना सकते हो कि तुम्हें कुछ चीज़ घट रही है। यदि तुम देखते हो कि लोग आते हैं और तुम्हारे पैर छूते हैं और वे लोग सोचते हैं कि तुम कहीं पहुंच गए हो, तो क्यों न बहाना बनाया जाये? यह एक अच्छा धंधा है। तुम आडम्बर रच कर झूठा दावा कर सकते हो।

स्मरण रहे, मन इतना अधिक बेईमान है कि वह हर संभव तरीके से चालाक बना रह सकता है।

तीसरा है सच्चा या वास्तविक अनुभव। लेकिन इस संबंध में एक और जटिलता है – कभी-कभी यदि वास्तविक अनुभव को भी किसी प्रामाणिक व्यक्ति या सद्गुरु का ठीक निर्देशन न मिले, तो वह भी नीचे गिरकर व्याधिग्रस्त हो सकता है। और यदि रोगी या व्याधिग्रस्त व्यक्ति को भी किसी का ठीक निर्देशन मिल जाये और उसके सान्निध्य में उसे निकट रहने का अवसर मिले, तो व्याधिग्रस्त मनुष्य भी प्रामाणिक बन सकता है। इसलिए वहां आगे और भी उलझनें हैं। कभी-कभी ऐसा भी होता है कि यह धोखेबाज, शरीर और मन से व्याधिग्रस्त एक रोगी भी बन सकता है। उसने शुरूआत तो बहाना बनाने या अभिनय करने से की, लेकिन धीमे-धीमे वह उसमें प्रविष्ट होता गया। किसी चीज़ का उसके अंदर विस्फोट हो गया, उसके अंदर जैसे कोई ऊर्जा-स्रोत फूट पड़ा और वह मूर्च्छित हो गया। उसने किसी इरादे से शुरूआत की थी अभिनय करने की, लेकिन एक दिन उसने पाया कि अब न कोई विचार रहा और न कोई उद्देश्य, अब वह उसके नियंत्रण के बाहर हो गया। और कभी-कभी यह भी हो सकता है कि ठीक निर्देशन के अंतर्गत कार्य करते हुए नकली भी असली बन जाये – क्योंकि यदि धोखेबाज व्यक्ति भी, वह जो कुछ कर रहा है, उसके प्रति सचेत बन जाए, और यदि वास्तव में वह खोज कर रहा है और उसने झूठा नाटक करने का एक सस्ता तरीका चुन लिया है, तो एक सच्चे सद्गुरु के निर्देशन के अंतर्गत रहते हुए वह अपना नकलीपन, बहानेबाजी और अभिनय छोड़कर, सत्य की ओर गतिशील होना शुरू कर सकता है।

और यह आखिरी बात भी स्मरण रखना एक प्रामाणिक और सच्चे अनुभव वाला व्यक्ति भी कभी-कभी नकली भी बन सकता है – क्योंकि आत्मिक या पारलौकिक अनुभव कुछ ऐसा है, कि जब वह घटता है, तब घटता है। उदाहरण के लिए एक दिन वह घटता है और अचानक तुम पूरी तरह उससे आच्छादित हो

जाते हो, पूरी तरह उसमें खो जाते हैं, अपार आनंद से भर जाते हो। तब लोग तुम्हारे चारों और इकट्ठा होना शुरू कर देते हैं, तब लोग इस रहस्यमय अनुभव को देखने तुम्हारे पास इकट्ठा होना शुरू कर देते हैं, वह अनुभव फिर तुम्हें नहीं होता है। और अब तुम्हारी प्रतिष्ठा दांव पर लगी हुई है। तुम बहाना बना सकते हो, तुम नकली बन सकते हो।

इसलिए उलझनें और जटिलताएं दुगुनी या तिगुनी हो जाती हैं। ठीक निर्देशन बहुत ज़रूरी है, अन्यथा तुम फिर मन के जाल में गिर सकते हो।

> एक दिन एक शिष्य, जो सुनने तथा नियमित रूप से संचालित रहस्यात्मक धार्मिक अनुष्ठानों, दोनों में ही, आकर सुनने और उपस्थित होने में असमर्थ था, उनसे भेंट करने आया।
>
> उसने पूछा – मैं फकीरों या सद्गुरुओं की शिक्षाओं से कैसे अधिक से अधिक लाभ उठा सकता हूं?

अब ज़रा इस प्रश्न की ओर देखो; मैं कैसे अधिक से अधिक लाभ उठा सकता हूं...?

विचार है लाभ उठाने का...लालच। विचार है कुछ इकट्ठा करने का, विचार है अधिक शक्तिशाली बनने का। विचार स्वयं मिटने और विसर्जित होने का नहीं है।

> मैं फकीरों या सद्गुरुओं की शिक्षाओं से कैसे अधिक से अधिक लाभ उठा सकता हूं?

और इस बारे में उसे एक गलतफहमी है – क्योंकि सद्गुरु कोई शिक्षण नहीं देते। उनके पास शिक्षाएं न होकर संदेश होते हैं, परामर्श या सलाह होती हैं और सिखाने के लिए कुछ भी नहीं होता। वे अज्ञात का द्वार खोलते हैं, लेकिन तुम्हें कोई भी सिद्धांत, तत्वज्ञान और आदर्श नहीं देते।

> सूफ़ी सद्गुरु ने कहा – तुम्हें यह बताते हुए मुझे प्रसन्नता हो रही है कि मेरे पास एक अनूठी विधि है, जो तुम्हारी योग्यता और क्षमता के अनुरूप है।
>
> वह व्यक्ति यह सुनकर ज़रूर ही खुश हुआ होगा। उसने कहा ...

"यदि आप मुझे उसे सुनने की अनुमति दें तो कृपया करके बतलाइये, कि वह है क्या?"

सद्गुरु ने उत्तर दिया... "तुम केवल अपने कानों को बंद कर सिर्फ मूर्त्तियों के बारे में ही सोचो।"

अब तुम इस विधि के बारे में सुनकर आश्चर्य करोगे क्या वह फकीर मज़ाक कर रहा था? क्या वह उस मनुष्य को तिरस्कार से देखते हुए उसे मूर्ख बनाते हुए उसका मजाक उड़ा रहा था? नहीं। एक सद्गुरु ऐसा कर ही नहीं सकता। अपनी करुणा की स्थिति में ऐसा होना असंभव है। नहीं, वह उसे एक विधि दे रहे हैं, जो व्यर्थ जैसी दिखाई ज़रूर देती है।

सामान्य रूप से अपने कानों को बंद कर लो और केवल मूर्तियों के बारे में सोचो।

लेकिन यह ठीक वही है जो महर्षि महेश योगी ने पश्चिम को दिया है। यह है भावातीत ध्यान। 'अपने दोनों कान बंदकर, सिर्फ मूर्तियों के बारे में सोचो।' कोई भी चीज़ मंत्र बन सकती है। इसी वजह से मैं कहता हूं कि इस बारे में 'ओम' या 'अल्लाह' को दोहराने या उनका जाप करने की भी कोई ज़रूरत नहीं है। तुम 'कोका कोला' शब्द को भी दोहरा सकते हो, वह भी काम करेगा। और अधिक कार्य करेगा क्योंकि अब भारत से कोका कोला लुप्त हो गया है। इस बारे में 'ओम' की अपेक्षा कोका कोला की कामना कहीं अधिक है। अल्लाह की फिक्र कौन करता है, जब कोका कोला से ही चूक रहे हैं लोग अथवा तुम स्वयं अपने ही नाम को दोहरा सकते हो, उससे भी काम चलेगा।

महान कवि टेनीसन ने अपने संस्मरणों में लिखा है कि जब वह एक छोटे बच्चे थे तो कभी-कभी जब उनके माता-पिता घर पर नहीं होते थे तो उन्हें अकेले में बहुत भय लगता था। इसलिए अनज़ाने में, ही कि अकेला रहकर क्या किया जाए, वह सामान्य रूप से अपने नाम को ही दोहराना शुरू कर देते थे टेनीसन, टेनीसन, टेनीसन, – बस स्वयं को यह अनुभव कराने के लिए, जैसे मानो वहां कोई दूसरा भी है जैसे मानो उनकी मां अथवा वहां उपस्थित उनके पिता – टेनीसन – कहते हुए उन्हें बुला रहे हों। इतने अधिक भयभीत होकर, यह न जानते हुए कि आखिर किया क्या जाए, वह अपने ही नाम का जाप करने लगते थे और वह उन्हें रास आता था, वह उनकी सहायता करता था और वह चैन से सो जाते थे। इस तरह उन्होंने भावातीत ध्यान को प्राप्त किया। और धीर-धीरे उन्होंने उसके अंदर प्रवेश किया और वही उनके पूरे जीवन भर के लिए ध्यान

बन गया। इसलिए जब भी वह अपने को किसी कठिनाई और बैचेनी में पाते थे और भय उत्पन्न होने लगता था तो कुछ समय तक अपना ही नाम दोहराते रहते थे और प्रत्येक चीज़ शांत हो जाती थी। अथवा जब भी उन्हें नींद नही आती थी वह अपना नाम ही जपने लगते थे और उन्हें नींद आ जाती थी।

हां, ऐसा होना संभव है – क्योंकि 'अल्लाह' अथवा 'टेनीसन' अथवा कोई भी शब्द कार्य करेगा। स्थिति यह है कि यदि तुम उसे दोहराते हो, यदि तुम केवल उसके बारे में ही सोचते हो, तो अन्य सभी विचार विलुप्त हो जाते हैं। तुम केन्द्रित हो जाते हो। चेतना के केन्द्रित होते ही तुम शांत हो जाते हो। लेकिन यह सभी से निम्न तल का ध्यान है।

वह फकीर उस व्यक्ति का उपहास नहीं कर रहा है, वह उस व्यक्ति पर हंस नहीं रहा है।

तुम्हें यह बताते हुए मुझे प्रसन्नता हो रही है कि मेरे पास एक ऐसी अनूठी विधि है, जो तुम्हारी योग्यता और क्षमता के अनुरूप है।

वह कह रहा है – "यही है वह स्थान, जहां तुम इस समय हो। इससे अधिक और कुछ भी नहीं किया जा सकता। तुम्हारे लिए यही काफी होगा। तुम बहुत बचकाने हो। बस केवल एक नाम या शब्द को दोहराने अथवा उसके बारे में निरंतर सोचने भर से, कुछ चीज़ ज़रूर होगी।"

महर्षि महेश योगी का ध्यान भी बहुत बचकाना है, यह ध्यान की शुरूआत करने वाले लोगों के लिए है। हां! यह एक तरह की सान्त्वना देता है, यह तुम्हें शांत करने में सहायता पहुंचाता है, यह नींद लाने वाली गोली की तरह है। और उन लोगों के लिए जो बहुत बचकाने और हास्यास्पद ढंग से किसी चीज़ की खोज कर रहे हैं...विशेष रूप से अमेरिका में किसी ऐसी ही चीज़ की खोज है, जिस पर निर्भर हुआ जा सके, क्योंकि वह सभी कुछ, धन, शक्ति आदि जो उन्हें उपलब्ध है, अब अर्थहीन हो चुका है।

सभी कुछ उनके लिए अर्थहीन हो गया है। उनके पास प्रत्येक चीज़ है और पहिली बार एक समाज अत्यंत समृद्ध हुआ है। वहां सभी कुछ है, इसीलिए वहां उनमें उनके लिए अब कोई आशा नहीं रही और प्रत्येक व्यक्ति पूछ रहा है – अब अन्य दूसरा क्या? अब क्या किया जाये? लोग इसीलिए खोज कर रहे हैं। और जब लोग खोजते हैं और वहां कोई पुरानी परंपरा नहीं होती, कोई लम्बी खोज की

निरंतरता नहीं होती... और अमेरिका सबसे अधिक बचकाने समाजों में से एक है क्योंकि पृथ्वी पर उसका अस्तित्व केवल तीन सौ वर्ष पुराना है। उसके पास ऐसा कोई अतीत नहीं है जिसका उल्लेख किया जा सके, ऐसा कोई अतीत नहीं है जिसके पास कोई प्रसंग प्रकरण या सिलसिला हो – जिसे सूफ़ी आध्यात्मिक अथवा धार्मिक निरंतरता कहते हैं। वह पहिली बार इस ओर प्रेरित या प्रवृत्त हुआ है। जहां तक आध्यात्मिकता का सवाल है, अमेरिका एक तरह की छोटे बच्चों की प्राइमरी पाठशाला जैसी भूमि हैं। इसलिए वहां कोई भी व्यक्ति जा सकता है और कोई भी व्यक्ति वहां गुरु बन सकता है। अमेरिका में गुरु बनना बहुत अधिक सरल है। लोग किसी भी चीज़ की खोज कर रहे हों – भले ही वह हानिप्रद हो, अर्थपूर्ण या अर्थहीन हो, कुछ भी कोई भी चीज़ हो वह।

वहां दो गुरु है, अमेरिका में दो महानतम गुरु। महर्षि हशीश योगी और महर्षि महेश योगी। लोग परमात्मा का अनुभव प्राप्त करने के लिए हशीश का सेवन कर रहे हैं। वहां दिशा-निर्देश या कोई होशोहवास है ही नहीं।

वह व्यक्ति ज़रूर ही बहुत कम उम्र का बचकानी प्रवृति का रहा होगा। वह बहुत से आध्यात्मिक शिक्षकों के सम्पर्क में बहुत से धार्मिक अनुष्ठानों में भाग लेता रहा होगा और वह एक पंथ से दूसरे पंथ में और इधर से उधर जाते हुए थोड़ी बहुत सूचनाएं इकट्ठी करते हुए अपने मस्तिष्क में कूड़ा-कबाड़ पैदा करता रहा होगा।

जब उस सूफ़ी फकीर ने कहा – "तुम पूरी तरह से अपने कानों को बंद कर लो और केवल मूर्तियों के बारे में सोचो, तो वह मज़ाक नहीं कर रहा था। वह ठीक वही कह रहा था, जो उस जैसे व्यक्ति की योग्यता के अनुरूप था। ठीक उसे स्थिति में इससे अधिक कुछ और उपयुक्त था ही नहीं। इसकी अपेक्षा कुछ और उसके लिए खतरनाक होता। वह उस समय जहां था, उस बिंदु से अध्यात्म के संसार में जाते हुए उसे छितराना पड़ता अस्त-व्यस्त हो जाना होता।"

अमेरिका में किसी भी तरह की चीज़ चल रही है – उसका साधारण सा कारण यही है कि लोग खोज रहे हैं, लेकिन न उनके पास कोई दिशा है और न उनके पास अतीत के कोई प्रसंग और प्रकरण हैं। उनके पूर्वजों ने कभी भी आत्मा या आध्यात्मिकता की खोज नहीं की, उनके पूर्वजों को केवल धन की खोज थी। उनके पूर्वजों को केवल धन की ही खोज थी और वे उसमें सफल भी हुए। और उनकी इस सफलता में, प्रत्येक अन्य चीज़ असफल हो गईं उनके पूर्वजों के पास केवल एक चीज़ थी और वह उन्हें मदहोश बनाये रखने के लिए पर्याप्त थी और वह थी शक्ति और अधिक धन। कैसे एक बड़ा मकान बनाया जाये?

कैसे एक बड़ी कार का स्वामी बना जाए? कैसे अधिक धन कमाया जाये? कैसे अधिक शक्ति संचित की जाये? वे शक्ति के नशे में चूर थे। और केवल एक ही चीज़ उनका धर्म थी और वह था कार्य। कार्य का काम ही एक अमेरिकन का आचार-विचार है। कठिन परिश्रम करो, जिससे तुम संसार में बहुत सी चीज़ें प्राप्त कर सको। और वे सफल हुए। दुर्भाग्यवश उन्हें सफलता मिली। और अब उनके बच्चे उसका नुकसान उठा रहे हैं। आखिर किस चीज़ का? धन वहां है, वहां घर है, कार है, प्रत्येक चीज़ है वहां – अब उनके पीछे भागने में कोई बुद्धिमानी नहीं, जब वे सभी चीज़ें वहां है। अब उनके पीछे भागदौड़ आखिर क्यों? वे पहिले ही से उपलब्ध हैं। अब किसी अन्य चीज़ की ज़रूरत है। किसी भी चीज़ से काम चलेगा। सेक्स भी चलेगा। तितली के रंग बिरंगें पंखों वाली सुंदरियों से भी काम चलेगा। योग भी कार्य करेगा। तंत्र भी करेगा काम। कोई भी चीज़ कारगर होगी। और कोई धोखेबाज व्यक्ति भी गुरु बन सकता है।

ज़रा इस वाक्ये को सुनिए...

एक भूरे बालों वाली महिला तीन सीढ़ियां चढ़कर नक्काशीदार महोगनी का दरवाज़ा खोलकर टहलती हुई, विदेशी साजसज्जा के स्वागत कक्ष में पहुंची। घंटियों की ध्वनि के साथ सुगंध के बादलों में से एक भूरे बालों वाली पूरब की श्यामला सुंदरी प्रकट हुई।

उसने कोमलता से पूछा – "क्या आप सर्वशक्तिमान अति बुद्धिमान, सर्वज्ञाता, सर्वदृष्टा गुरु महर्षि नारू से भेंट करना चाहती हैं?"

प्रौढ़ महिला ने उत्तर दिया... "यी ह....ह, इरविंग से जाकर कहो, ब्रोक्स से उसकी मम्मी यहां आई है।"

ऐसा ही हो रहा है। और ऐसा एक विशिष्ट कारण से हो रहा है। लोग खोज में हैं, लेकिन वे यह नहीं जानते कि वे खोज किसलिए कर रहे हैं। कोई भी धोखेबाज वायदे कर सकता है – वह गुलाबों के उद्यान उपलब्ध कराने का वायदा कर सकता है, वह स्वर्ग देने का वायदा कर सकता है – और वायदा करने से काम चलेगा। और अमेरिकन भली भांति जानते हैं कि वायदे कैसे किए जाते हैं। वे विज्ञापन करने की कला खूब जानते हैं। वे जानते हैं कि किसी भी चीज़ को खरीदने के लिए लोगों को कैसे फुसलाया जाए। इस कार्य में वे लोग सबसे अधिक कुशलतम लोगों में से एक हैं। इसलिए परमात्मा भी अब उनके लिए एक बिक्री करने योग्य वस्तु बन गया है।

लेकिन जब तक तुममें सीखने की क्षमता का उत्थान न हो, जब तक खोजने और तलाश करने की तुम्हारी योग्यता विकसित न हो जाए, क्या तुम अपनी खोज को सत्य की खोज कहकर पुकार सकते हो? वह कुछ अन्य दूसरी ही चीज़ बनी रहेगी।

यह व्यक्ति केवल मूढ़ सामान्य और बुद्धिहीन था। वह स्वयं अपना और दूसरों का समय भी नष्ट कर रहा था। लेकिन वह यहां और वहां से सूचनाएं तथा जानकारियां इकट्ठी कर रहा था, और उसका अहंकार यह अनुभव कर खुश हो रहा था कि मैं अब ज्ञानी बन गया हूं। अब यह केवल एक संयोग था कि वह सौभाग्य से इस फकीर के दरवाजे पर दस्तक दे बैठा।

उस सूफ़ी फकीर ने कहा

– "अपने कानों को पूरी तरह से बंद कर लो और केवल मूर्तियों के बारे में सोचो।"

– "व्याख्यानों और अभ्यासों के पूर्व, उनके दौरान अथवा उनके बाद?"

– "इनमें से किसी में भी उपस्थित होने के स्थान पर तुम केवल मूर्तियों के बारे में सोचो।"

मुझे एक ऐसी स्त्री का ख्याल आ रहा है, जो अपने डॉक्टर के पास गईं उस स्त्री के कारण वह डॉक्टर बहुत अधिक कठिनाई में पड़ जाता था। वह प्रत्येक वर्ष एक बच्चे को जन्म देती थी। उसके पहिले ही एक दर्जन बच्चे थे और अब तेरहवां आ रहा था। और डॉक्टर ने उससे कहा – "बहुत हो चुका। अब तो तुम बच्चे जनना बंद करो।"

उस स्त्री ने कहा – "अब मैं भी यही सोच रही हूं कि यह सभी कुछ बहुत थकाने वाला बन गया है। मैं बुरी तरह थक चुकी हूं। क्या आप मेरे लिए कुछ ऐसी चीज़ का सुझाव देंगें, जो गर्भवती बनने से मुझे बचाये।"

डॉक्टर ने कहा – "जी हां! एक कप गर्म पानी पी लिया करें।"

उस स्त्री ने पूछा – "उसके पहिले या बाद में?"

डॉक्टर ने कहा – 'उसके' स्थान पर।

न तो उन व्याख्यानों और अभ्यासों के पूर्व न उनके दौरान और न उनके बाद में। उन सभी अभ्यासों को छोड़ दो। वे मूढ़तापूर्ण हैं। और उन सभी व्याख्यानों को सुनना छोड़ दो, वे बिल्कुल व्यर्थ हैं। पहिली चीज़ जो तुम्हें करनी है, वह है

थोड़ा दृढ़ और शांत बनो। सबसे अच्छा काम जो तुम कर सकते हो वह अपने कानों को बंद रखना होगा। तुमने अपने कानों को पहिले ही से बहुत कुछ अंदर लेने की इजाज़त दे दी थी, जिसे तुम ढो रहे हो। तुम पहिले ही से बहुत बोझा ढो रहे हो।

इसलिए, 'तुम अपने कानों को बंद कर लो', यह वाक्य पूरी तरह से संकेतात्मक है। 'और कोई जानकारी या सूचना इकट्ठी मत करो वह पहिले ही से बहुत अधिक है, जो तुम्हें पागल बना रही है।'

'अपने कानों को बंद करो' – का अर्थ है – सत्य के बारे में जानने की कोई ज़रूरत है ही नहीं। सत्य के बारे में जानना, सत्य को न जानना ही है, इसलिए उसके बारे में कहीं भी जाना एक ही जगह गोल चक्कर लगाने जैसा है, इसलिए यह घूमना या कहीं आना-जाना भी छोड़ो। अपने कानों को बंद कर लो। और वास्तव में वह कह रहा है – 'केवल मूर्तियों के बारे में सोचो'। हो सकता है, उस व्यक्ति के पास केवल इतनी ही क्षमता और योग्यता हो।

मैंने हिन्दुओं की एक कथा सुनी है...

एक व्यक्ति एक ऋषि के पास आया और उनसे पूछा – मुझे क्या करना चाहिए?

वह एक सामान्य व्यक्ति था। उस ऋषि ने उससे पूछा – "क्या तुम किसी से प्रेम करते हो?"

उस व्यक्ति ने उत्तर दिया – "नहीं। मैं एक गरीब आदमी हूं और आप मुझे देख ही रहे हैं – मैं कुरूप भी हूं, इसलिए कोई भी स्त्री मुझसे शादी करने को कभी राजी नहीं हो सकती। मैं एक अविवाहित व्यक्ति हूं। मुझसे कोई भी प्रेम नहीं करता।"

उस ऋषि ने कहा – "तब यह थोड़ा कठिन काम है। फिर भी... तुम सोचो। कोई भी तुमसे प्रेम नहीं करता, यह तो ठीक है, लेकिन क्या तुम किसी से प्रेम करते हो? कोई भी चीज़ हो, उससे काम चल जायेगा – कोई वृक्ष या एक कुत्ता अथवा कोई भी चीज़।"

उस व्यक्ति ने कहा – "मैं अपनी भैंस से प्रेम करता हूं।"

ऋषि ने कहा – "इससे काम चल जाएगा। तुम बस घर जाओ और अपनी भैंस पर ही ध्यान करो। भैंस के रूप में परमात्मा को ही देखो। भैंस की ओर देखो और उसमें दिव्यता का अनुभव करो – क्योंकि जहां भी तुम्हारा प्रेम है, ठीक

उसी बिंदु से तुम्हें आगे बढ़ना है। भैंस को ही तुम अपनी यात्रा का प्रारंभिक बिंदु बना लो, वही तुम्हारी रवानगी का बिंदु बन जाए। हमेशा तुम पहुंचोगे परमात्मा ही पर, लेकिन रवानगी के बिंदु भिन्न-भिन्न हो सकते हैं।"

कोई व्यक्ति प्रकृति से प्रेम करता है, तब वही उसके ध्यान का प्रारंभ है। कोई व्यक्ति संगीत से प्रेम करता है, तब वही उसके ध्यान का प्रारंभ है।

इस बारे में ऐसे भी लोग हैं, जिनके पास संगीतमय कान नहीं हैं। यदि तुम उनसे संगीत को ध्यान बनाने को कहो, तो यह उनके लिए असंभव होगा, यह उनके लिए एक अवरोध होगा। वे लोग परमात्मा तक कभी न पहुंच सकेंगे। इस बारे में ऐसे भी लोग हैं जो प्रकृति के संबंध में पूरी तरह मृत होते हैं, प्रकृति के प्रति उनका कोई आकर्षण होता ही नहीं। चारों ओर बिखरे अत्यधिक रंग – यह हरा रंग, यह लाल रंग, यह पत्तियां और झाड़ियों का समूह और रंग-बिरंगे फूल, ये सभी उनके अंदर कोई भाव या संवेदना उत्पन्न नहीं करते। वे उनकी ओर देखते ही नहीं। उन्हें देखने की उनके पास आंख ही नहीं है। जहां तक सौंदर्य का संबंध है, ऐसे लोग अंधे होते हैं। तब यह उनके लिए दिव्य मंदिर का प्रवेश द्वार नहीं बन सकता।

यह सलाह बहुत व्यावहारिक है। तुम्हें वहीं से प्रारंभ करना चाहिए, जहां तुम हो; वहां और कोई दूसरा मार्ग ही नहीं है प्रारंभ करने का। प्रत्येक व्यक्ति को अपने खास तरीके से अपनी शुरूआत करनी चाहिए, और जैसे-जैसे तुम विकसित होंगे, तुम्हें श्रेष्ठ ध्यान विधियां दी जायेंगी। तुम्हारी योग्यता और क्षमता के अनुसार ही तुम्हें ध्यान प्रयोग देने होते हैं। जैसे ही तुम विकसित होना प्रारंभ करते हो, और अधिक उच्च तल के गहराई में ले जाने वाले ध्यान प्रयोग तुम्हें दिए जायेंगें। और अंतिम स्थिति तब होती है, जब तुम वास्तव में विकसित हो जाते हो, तब तुमसे सारी ध्यान विधियां वापस ले ली जाती हैं। ध्यान की अंतिम स्थिति है – सारे ध्यान प्रयोगों का विलुप्त हो जाना। जब ध्यानपूर्ण हो जाता है, तब तुम्हें उसे छोड़ देना होता है। जब ध्यान विधि से लिपटे रहना, उस क्षण आखिरी अवरोध होगा, और उसे भी तुम्हें छोड़ देना होगा।

ध्यान को एक दिन इतना अधिक सहज और प्राकृतिक हो जाना होता है, जैसे श्वास लेना और छोड़ना – जिसे तुम्हें करने की ज़रूरत नहीं होती, वह वहां हमेशा ही होती है। यह तुम्हारे चारों ओर, तुम्हारे अंदर, तुम्हें छोड़कर एक तरह की उपस्थिति की भांति बनी रहती है। सोते हुए भी तुम ध्यानपूर्ण होते हो, चलते हुए भी तुम

ध्यानपूर्ण होते हो, बात करते हुए भी तुम ध्यानपूर्ण बने रहते हो। यह अथवा वह काम करते हुए भी तुम ध्यानपूर्ण बने रहते हो। तुम्हारा ध्यान तुम्हें कभी छोड़ता नहीं है, तब तुम्हारा साया बन जाता है। एक व्यक्ति वास्तव में तभी ध्यानी होता है।

यह विरोधाभास सदा स्मरण रहे, जब तुम ध्यान को उपलब्ध हो जाते हो, तब उसे छोड़ देना पड़ता है। और प्रत्येक को उसकी शुरूआत करनी पड़ती है, जितनी उसकी स्वयं की क्षमता उसे अनुमति देती है।

सद्‌गुरु ने कहा – "पहिली चीज़ है कि तुम सत्य के बारे में अधिक बातें सुनना बंद कर दो। तुमने पहिले ही काफी कुछ सुना रखा है।"

रात्रि भोज के बाद का वक्ता अपनी लम्बी व्यर्थ की बातों से बोर कर रहा था। अतिथि गण एक के बाद एक अपने स्थान पर बैठे हुए ऊंघने लगे। उस उत्सव के संयोजक ने परेशान और उत्तेजित होकर पागलों की तरह लकड़ी की मूंगरी से मेज पर चोट करते हुए लोगों को जगाने का प्रयास किया। अपने बगल में बैठे खर्राटे लेते हुए व्यक्ति के सिर पर उसने मूंगरी से हल्की सी चोट की।

खर्राटे लेने वाले व्यक्ति ने कहा – "मुझ पर फिर से चोट करो। मैं अभी भी उस कुत्ते के पिल्ले को बोलते हुए सुन रहा हूं।"

सद्‌गुरु ने कहा – "तुमने बहुत अधिक सुन रखा है। तुमने काफी कुछ पढ़ लिया है। जितना तुम्हें ज़रूरत है तुम उससे कहीं अधिक पहिले ही से जानते हो। अब अपने कानों को बंद कर लो। और तुम्हारी क्षमता इतनी कम है कि जो कुछ भी तुमने सुन रखा है, तुम उसकी गलत व्याख्या किये चले जाओगे। वह कभी भी संगत नहीं होगी, वह हमेशा असंगत ही होगी – क्योंकि तुम्हारा अस्तित्व बहुत निम्न तल का है और तुम्हारी जानकारी या बटोरा गया ज्ञान बहुत उच्च तल का है। वे कहीं भी नहीं मिलते। तुम्हारा स्वभाव या तुम्हारा अस्तित्व ही उनकी व्याख्या करेगा। तुम्हारे बटोरे गये ज्ञान की व्याख्या तुम्हारे अस्तित्व के द्वारा ही की जायेगी, और वह हमेशा भ्रष्ट या प्रदूषित होगी। वह हमेशा असंगत और प्रसंग के बाहर होगी। यह हो सकता है कि वह व्यक्ति जो तुम्हें यह बता रहा था, उसके पास उसके लिए प्रसंग भी हो, अथवा जो पुस्तक तुमने पढ़ी थी, हो सकता है उसमें उसका ठीक प्रसंग हो, लेकिन तुम्हारे अंदर वह पूरी तरह से एक तैरता हुआ खण्ड बन जाएगा – तुमसे असंबंधित रहते हुए वह तुम्हारे अंदर की जड़ें उखाड़ देगा। वह तुम्हारे लिए एक बोझ बन जायेगा। वह तुम्हें

बोधमय नहीं बनायेगा। वह तुम्हें अधिक भारयुक्त बना देगा। उससे तुम भारहीन नहीं हो सकोगे।"

एक व्यक्ति अपनी पत्नी के साथ एक चिड़ियाघर में एक गुरिल्ले के पिंज़रे के सामने खड़ा हुआ था। अचानक गुरल्ले ने सींकचों के द्वारा उस स्त्री को अपने पिंजरें के अंदर खींच लिया और उसके कपड़े नोंचने और फाड़ने लगा।

वह चीखी – "हरमन! अब क्या करूं मैं?"

हरमन ने अपने कंधे उचकाते हुए उत्तर दिया – "प्रिये! उससे भी वही कहो, कि तुम्हारे सिर में दर्द हो रहा है।"

एक प्रसंग में एक चीज़ तो संगत हो सकती है, लेकिन वह सभी मामलों में संगत नहीं हो सकती। इसलिए कभी भी जितने तुम हो, उससे अधिक मत जानो। जियो अधिक, और जानो कम, और तुम हमेशा ठीक दिशा में गतिशील होते रहोगे। थोड़ा जानो, लेकिन उसे करो, उसे अपने में अवशोषित करो, उसे पचाओ – अन्यथा, जानकारी या ज्ञान एक तरह की बदहजमी बन जायेगी। उससे जी घबड़ाना शुरू हो सकता है। तुम्हें फिर उसे उल्टी द्वारा बाहर फेंकना होगा।

'थोड़ा खाओ, लेकिन उसे पच जाने दो, जिससे वह एक रक्त, अस्थियां और मज्जा बन सके।

सूफ़ी बहुत अधिक व्यावहारिक लोग हैं, ज़मीनी-हक़ीकत से बहुत जुड़े हुए लोग। उस सूफ़ी फकीर ने ज़रूर ही उस व्यक्ति के अंदर झांककर देखा होगा और देखा होगा कि उसकी क्षमता और योग्यता बहुत क्षुद्र है। यदि उसे उसकी सहायता करनी ही थी तो उसे वहीं से शुरूआत करनी ही थी। यह ज़रा भी अपमानजनक न था। वह फकीर उसे हास्याप्रद नहीं बना रहा था। यह उसकी करुणा ही है, जो वह कहता है – 'तुम दो काम करो। पहिले तो जानकारियों या ज्ञान को बटोरना बंद कर दो – अब से बिल्कुल भी नहीं, और तुमने जो कुछ भी सीखा है, उसे यथार्थ में अनसीखा कर दो। फिर अपने कानों को बंद कर लो और किसी ऐसी चीज़ के बारे में सोचो, जिसे तुम चाहते हो। ऐसी चीज़ का ख्याल करो जिससे तुम प्रेम करते हो। किसी ऐसी चीज़ के बारे में सोचो जिसके साथ सम्पर्क में तुम फिसल सको। तुम्हारे अस्तित्व में तभी परमात्मा की पहिली झलक प्रकट होगी। और वहीं से अंतर्यात्रा का प्रारंभ होता है।

ओशो - एक परिचय

ओशो किसी कोटि में नहीं रखे जा सकते। उनके हजारों प्रवचन अर्थवत्ता की व्यक्तिगत तलाश से लेकर आज समाज के समक्ष उपस्थित सर्वाधिक ज्वलंत सामाजिक व राजनैतिक समस्याओं तक सब-कुछ पर प्रकाश डालते हैं। ओशो की पुस्तकें लिखी नहीं गई हैं, वे अंतर्राष्ट्रीय श्रोताओं के समक्ष उनकी तत्क्षण दी गई ध्वनिमुद्रित ऑडियो/वीडियो वार्ताओं के संकलन हैं। जैसा कि वे कहते हैं: ''तो याद रहे, मैं जो भी कह रहा हूं वह केवल तुम्हारे लिए ही नहीं...मैं भविष्य की पीढ़ियों के लिए भी बोल रहा हूं।''

ओशो को लंदन के दॅ संडे टाइम्स ने ''बीसवीं सदी के १००० निर्माताओं'' में से एक कह कर वर्णित किया है। सुप्रसिद्ध अमरीकी लेखक टॉम राबिन्स ने ''जीसस क्राइस्ट के बाद सर्वाधिक खतरनाक व्यक्ति'' कह कर वर्णित किया है। भारत के संडे मिड-डे ने ओशो को गांधी, नेहरू और बुद्ध के साथ उन दस लोगों में चुना है जिन्होंने भारत का भाग्य बदल दिया।

अपने कार्य के बारे में ओशो ने कहा है कि वे एक नये मनुष्य के जन्म के लिए भूमि तैयार कर रहे हैं। इस नये मनुष्य को वे 'ज़ोरबा दि बुद्धा' कहते हैं - जो ज़ोरबा दॅ ग्रीक की तरह पृथ्वी के समस्त सुखों को भोगने की क्षमता रखता हो और गौतम बुद्ध की तरह प्रशांत सौम्यता में जीता हो। ओशो के हर आयाम में एक धारा की तरह बहता हुआ वह जीवन-दर्शन है जो पूरब की समयातीत प्रज्ञा और पश्चिम के विज्ञान और तकनीकी की सर्वोच्च संभावनाओं को एक साथ समाहित करता है। वे आंतरिक रूपांतरण के विज्ञान में क्रांतिकारी देशना के पर्याय हैं और ध्यान की उन विधियों के प्रस्तोता हैं जो आज के गतिशील जीवन को ध्यान में रख कर रची गई हैं।

अनूठे ओशो सक्रिय ध्यान इस तरह रचे गए हैं कि पहले शरीर और मन में एकत्रित तनावों का रेचन हो सके, जिससे रोजमर्रा के जीवन में सहज स्थिरता फलित हो व विचार-रहित दशा की प्रशांति अनुभव की जा सके।

ओशो की दो आत्मकथात्मक कृतियां:

ऑटोबायोग्राफी ऑफ ए स्प्रिचुअली इनकरेक्ट मिस्टिक, (सेंट मार्टिंस प्रेस, यू एस ए)
ग्लिम्प्सेस ऑफ ए गोल्डन चाइल्डहुड, (ओशो मीडिया इंटरनेशनल, पुणे, भारत)

ओशो इंटरनेशनल मेडिटेशन रिजॉर्ट

स्थान

मुंबई से सौ मील दक्षिणपूर्व में फलते-फूलते आधुनिक शहर पुणे में स्थित ओशो इंटरनेशनल मेडिटेशन रिज़ॉर्ट छुट्टियां बिताने का एक ऐसा स्थल है जो औरों से सर्वथा भिन्न है। वृक्षों की कतारों से घिरे आवासीय क्षेत्र में मेडिटेशन रिज़ॉर्ट २८ एकड़ के दर्शनीय बगीचों में फैला हुआ है।

अनूठापन

हर वर्ष मेडिटेशन रिज़ॉर्ट १०० से भी अधिक देशों से आने वाले हजारों मित्रों का स्वागत करता है। रिज़ॉर्ट का अनूठा परिसर अधिक होशपूर्ण, विश्रांत, उत्सवमय व सृजनात्मक जीवन जीने के एक नये ढंग का प्रत्यक्ष अनुभव करने के लिए अवसर प्रदान करता है। चौबीसों घंटे और पूरे वर्ष चलने वाले कार्यक्रमों का भव्य, विविधतापूर्ण चुनाव उपलब्ध है - कुछ भी न करना व केवल विश्राम उनमें से एक है!

यहां के सभी कार्यक्रमों की पृष्ठभूमि में ओशो की 'ज़ोरबा दि बुद्धा' की अंतर्दृष्टि निहित है जो गुणात्मक रूप से एक नये ढंग का मनुष्य है जो दैनंदिन जीवन को सृजनात्मक ढंग से जीने के साथ ही मौन और ध्यान में ठहर जाने की क्षमता रखता है।

विवरण

ध्यान

हर तरह के व्यक्ति के अनुरूप दिन भर चलने वाले ध्यान-कार्यक्रमों में सक्रिय और निष्क्रिय, परंपरागत और क्रांतिकारी, तथा खासकर ओशो डाइनैमिक मेडिटेशन जैसी ध्यान-विधियां उपलब्ध हैं। ये सभी ध्यान-विधियां विश्व के संभवतः सर्वाधिक भव्य व विशाल ध्यान-सभागार 'ओशो ऑडिटोरियम' में होती हैं।

मल्टीवर्सिटी

यहां होने वाले विभिन्न व्यक्तिगत सेशन, कोर्स और वर्कशॉप अपने आप में सृजनात्मक कला से लेकर समग्र स्वास्थ्य तक, व्यक्तिगत रूपांतरण, संबंध एवं जीवन-अग्रसरण, कार्य-ध्यान, गुह्य-विज्ञान, तथा खेलों व मनोरंजन में ''झेन'' ढंग तक सब-कुछ समाहित करते हैं।

मल्टीवर्सिटी की सफलता का राज इस तथ्य में है कि इसके समस्त कार्यक्रम ध्यान से जुड़े होते हैं, जो इस समझ को बढ़ावा देता है कि मनुष्य केवल अंगों का जोड़ मात्र नहीं है, वरन उससे बढ़ कर बहुत कुछ है।

बाशो स्पा

वैभवमय बाशो स्पा में उपलब्ध है हरे-भरे पेड़ों व हरियाली भरे वातावरण के बीच खुली हवा में तैरने का आनंद विशालकाय स्विमिंग-पूल में। अनूठे ढंग से बनी विस्तृत ज़कूजी, सौना, जिम, टेनिस कोर्ट...मनमोहक सुंदर पृष्ठभूमि में उभर-उभर आते हैं।

भोजन

अलग-अलग ढंग के विभिन्न भोजन-स्थलों पर परोसे जाने वाले सुस्वादु व शाकाहारी पाश्चात्य, एशियायी व भारतीय भोजन में मेडिटेशन रिज़ॉर्ट के लिए विशेष रूप से उगाई गई आर्गनिक सब्जियों का ही उपयोग होता है। ब्रेड और केक इत्यादि रिज़ॉर्ट की अपनी बेकरी में ही तैयार किए जाते हैं।

सांध्य गतिविधियां

चुनने के लिए सांध्य-गतिविधियों की लिस्ट लंबी है जिसमें नृत्य करना सबसे ऊपर है। अन्य गतिविधियों में तारों की छांव में फुलमून-ध्यान, वैरायटी शो, संगीत-कार्यक्रम तथा दैनिक जीवन के लिए ध्यान शामिल हैं।

इसके अलावा आप प्लाज़ा कैफे में मित्रों से मिलने-जुलने से लेकर रात की शांति से घिरे इस परीकथा जैसे वातावरण के बगीचों में चहलकदमी का आनंद ले सकते हैं।

सुविधाएं

आप प्रतिदिन उपयोग में आने वाली बुनियादी चीजें मेडिटेशन रिज़ॉर्ट पर गैलेरिया से खरीद सकते हैं। मल्टीमीडिया गैलरी में ओशो की सभी मीडिया सामग्री उपलब्ध है। बैंक, ट्रैवल एजेंसी तथा साइबर कैफे की सुविधाएं भी परिसर के भीतर ही उपलब्ध हैं। खरीददारी के शौकीन मित्रों के लिए पुणे में सभी चुनाव उपलब्ध हैं - परंपरागत भारतीय वस्तुओं से लेकर अंतर्राष्ट्रीय ब्रैंड्स के स्टोर्स तक।

आवास

आप ओशो गेस्टहाउस के सुरुचिपूर्ण कमरों में ठरहने का चुनाव कर सकते हैं। अगर आप लंबे समय तक रुकना चाहते हैं तो 'लिविंग-इन' कार्यक्रम के पैकेज भी चुन सकते हैं। इसके अतिरिक्त नजदीक ही बहुत प्रकार के होटल व सर्विस्ड अपार्टमेंट भी उपलब्ध हैं।

www.OSHO.com/meditationresort
www.OSHO.com/guesthouse
www.OSHO.com/livingin

ओशो का हिंदी साहित्य

उपनिषद
सर्वसार उपनिषद
कैवल्य उपनिषद
अध्यात्म उपनिषद
कठोपनिषद
ईशावास्य उपनिषद
निर्वाण उपनिषद
आत्म-पूजा उपनिषद
केनोपनिषद

कृष्ण
गीता-दर्शन (आठ भागों में अठारह अध्याय)
कृष्ण-स्मृति

कबीर
सुनो भई साधो
- सुनो भई साधो
- कस्तूरी कुंडल बसै

कहै कबीर दीवाना
- कहै कबीर दीवाना
- मेरा मुझमें कुछ नहीं

कहै कबीर मैं पूरा पाया
- गूंगे केरी सरकरा
- कहैं कबीर मैं पूरा पाया

न कानों सुना न आंखों देखा
- होनी होय सो होय (कबीर)
- अकथ कहानी प्रेम की (फरीद)

बुद्ध
एस धम्मो सनंतनो (बारह भागों में)

अष्टावक्र
अष्टावक्र महागीता (नौ भागों में)

महावीर
महावीर-वाणी (दो भागों में)
जिन-सूत्र (दो भागों में)
महावीर या महाविनाश
महावीर: मेरी दृष्टि में
ज्यों की त्यों धरि दीन्हीं चदरिया

लाओत्से
ताओ उपनिषद (छह भागों में)

च्वांगत्सु
संसार और मार्ग
सत्य असत

मीरा
मैंने राम रतन धन पायो
झुक आई बदरिया सावन की

जगजीवन
नाम सुमिर मन बावरे
अरी, मैं तो नाम के रंग छकी

दरिया
कानों सुनी सो झूठ सब
अमी झरत बिगसत कंवल

सुंदरदास
हरि बोलौ हरि बोल
ज्योति से ज्योति जले

धरमदास
जस पनिहार धरे सिर गागर
का सोवै दिन रैन

पलटू
अजहूं चेत गंवार
सपना यह संसार
काहे होत अधीर

दादू
सबै सयाने एक मत
पिव पिव लागी प्यास

मलूकदास
कन थोरे कांकर घने
रामदुवारे जो मरे

शांडिल्य
अथातो भक्ति जिज्ञासा (दो भागों में)

बाउल संत

प्रेम योग

आनंद योग

झेन, सूफी और उपनिषद की कहानियां

बिन बाती बिन तेल

सहज समाधि भली

दीया तले अंधेरा

मनुष्य होने की कला

सदगुरु समर्पण

उस पथ के पथिक

अंतर्यात्रा के पथ पर

बोध-कथा

मिट्टी के दीये

अन्य रहस्यदर्शी

भक्ति-सूत्र (नारद)

शिव-सूत्र (शिव)

भजगोविन्दम् मूढ़मते (आदिशंकराचार्य)

एक ओंकार सतनाम (नानक)

जगत तरैया भोर की (दयाबाई)

बिन घन परत फुहार (सहजोबाई)

नहीं सांझ नहीं भोर (चरणदास)

संतो, मगन भया मन मेरा (रज्जब)

कहै वाजिद पुकार (वाजिद)

मरौ हे जोगी मरौ (गोरख)

सहज-योग (सरहपा-तिलोपा)

बिरहिनी मंदिर दियना बार (यारी)

प्रेम-रंग-रस ओढ़ चदरिया (दूलन)

दरिया कहै सब्द निरबाना (दरियादास बिहारवाले)

हंसा तो मोती चुगैं (लाल)

गुरु-परताप साध की संगति (भीखा)

मन ही पूजा मन ही धूप (रैदास)

झरत दसहुं दिस मोती (गुलाल)

योग

पतंजलि: योग-सूत्र (पांच भागों में)

योग: नये आयाम

तंत्र

संभोग से समाधि की ओर

- संभोग से समाधि की ओर
- युवक और यौन
- क्रांति-सूत्र

तंत्र-सूत्र (पांच भागों में)

विचार-पत्र

क्रांति-बीज

पथ के प्रदीप

पत्र-संकलन

अंतर्वीणा

प्रेम की झील में अनुग्रह के फूल

ढाई आखर प्रेम का

पद घुंघरू बांध

प्रेम के फूल

प्रेम के स्वर

पाथेय

साधना-शिविर

साधना-पथ

- साधना-पथ
- अंतर्यात्रा
- प्रभु की पगडंडियां

मैं मृत्यु सिखाता हूं

जिन खोजा तिन पाइयां

समाधि के सप्त द्वार (ब्लावट्स्की)

साधना-सूत्र (मेबिल कॉलिन्स)

ध्यान-सूत्र

जीवन ही है प्रभु

असंभव क्रांति

रोम-रोम रस पीजिए

ध्यान दर्शन

ध्यान के कमल

नेति-नेति

- शून्य की नाव
- शून्य के पार
- सत्य की खोज
- संभावनाओं की आहट

साक्षी की साधना

- साक्षी की साधना
- साक्षी का बोध

समाधि कमल

जो घर बारे आपना

प्रेम दर्शन
गिरह हमारा सुन्न में
अपने माहिं टटोल
जीवन संगीत

ध्यान, साधना

ध्यान विज्ञान
ध्यानयोग: प्रथम और अंतिम मुक्ति
मैं कौन हूं
समाधि के द्वार पर
तृषा गई एक बूंद से
    तृषा गई एक बूंद से
    जीवन सत्य की खोज
माटी कहै कुम्हार सूं
    माटी कहै कुम्हार सूं
    जीवन रस गंगा
अमृत की दिशा
    अमृत की दिशा
    समाधि के तीन चरण
चित चकमक लागे नाहिं

अंतरंग वार्ताएं

संबोधि के क्षण
प्रेम नदी के तीरा
सहज मिले अविनाशी
उपासना के क्षण
अनंत की पुकार

राष्ट्रीय और सामाजिक समस्याएं

देख कबीरा रोया
    देख कबीरा रोया
    अस्वीकृति में उठा हाथ
नये समाज की खोज
नये भारत की खोज
नये भारत का जन्म
भारत का भविष्य
भारत के जलते प्रश्न
    भारत के जलते प्रश्न
    समाजवाद से सावधान
    समाजवाद अर्थात आत्मघात
    स्वर्ण पाखी था जो कभी
फिर अमरित की बूंद पड़ी
एक एक कदम

प्रश्नोत्तर

नहिं राम बिन ठांव
प्रेम-पंथ ऐसो कठिन
उत्सव आमार जाति, आनंद आमार गोत्र
मृत्योर्मा अमृतं गमय
प्रीतम छवि नैनन बसी
रहिमन धागा प्रेम का
उड़ियो पंख पसार
सुमिरन मेरा हरि करैं
पिय को खोजन मैं चली
साहेब मिल साहेब भये
जो बोलैं तो हरिकथा
बहुरि न ऐसा दांव
ज्यूं था त्यूं ठहराया
ज्यूं मछली बिन नीर
दीपक बारा नाम का
अनहद में बिसराम
लगन महूरत झूठ सब
सहज आसिकी नाहिं
पीवत रामरस लगी खुमारी
रामनाम जान्यो नहीं
सांच सांच सो सांच
आपुई गई हिराय
बहुतेरे हैं घाट
कोंपलें फिर फूट आईं
क्या सोवै तू बावरी
कहा कहूं उस देस की
पंथ प्रेम को अटपटो
फिर पत्तों की पांजेब बजी
मैं धार्मिकता सिखाता हूं, धर्म नहीं
ओशो उपनिषद
एक नई मनुष्यता का जन्म
भविष्य की आधारशिलाएं

विविध

अमृत-कण
अमृत वाणी
कुछ ज्योर्तिमय क्षण
नये संकेत
चेति सकै तो चेति
हसिबा, खेलिबा, धरिबा ध्यानम्

धर्म साधना के सूत्र
मैं कहता आंखन देखी
जीवन क्रांति के सूत्र
जीवन रहस्य
करुणा और क्रांति
विज्ञान, धर्म और कला
प्रभु मंदिर के द्वार पर
तमसो मा ज्योतिर्गमय
प्रेम है द्वार प्रभु का
अंतर की खोज
अमृत वर्षा
अमृत द्वार
एक नया द्वार
प्रेम गंगा
समुंद समाना बुंद में
सत्य की प्यास
शून्य समाधि
व्यस्त जीवन में ईश्वर की खोज
अज्ञात की ओर
धर्म और आनंद
जीवन-दर्शन
जीवन की खोज
क्या ईश्वर मर गया है
क्या मनुष्य एक यंत्र है
नानक दुखिया सब संसार
नये मनुष्य का धर्म
धर्म की यात्रा
स्वयं की सत्ता
सुख और शांति
नारी और क्रांति
सम्यक शिक्षा
शिक्षा में क्रांति
गहरे पानी पैठ
ज्योतिष विज्ञान
नव संन्यास क्या
सत्य का अन्वेषण
सत्य का दर्शन
घाट भुलाना बाट बिनु
पथ की खोज
जीवन अलोक
जीवन की कला
जीवन क्रांति की दिशा
जीवन गीत
मन का दर्पण
आंखों देखी सांच
आनंद की खोज
स्वर्णिम बचपन

ओशो के साहित्य के संबंध में समस्त जानकारी एवं ऑर्डर हेतु संपर्क सूत्र:
ओशो मीडिया इंटरनेशनल
17 कोरेगांव पार्क, पुणे-411001, महाराष्ट्र, इंडिया
Tel: +91 (20) 6601 9981
email: distribution@osho.net

ओशो के ऑडियो-वीडियो प्रवचन के संबंध में समस्त जानकारी एवं ऑर्डर हेतु संपर्क सूत्र:
ओशो मल्टीमीडिया एंड रिजॉर्ट्स प्रा. लि.
17 कोरेगांव पार्क, पुणे-411001, महाराष्ट्र, इंडिया
Tel: +91 (20) 6601 9981
email: distribution@osho.net

ओशो की पुस्तकें उनके द्वारा श्रोताओं के समक्ष दिए गए तात्कालिक प्रवचनों से अभिलिखित हैं। सभी ओशो प्रवचन संपूर्ण रूप से पुस्तकों में प्रकाशित हुए हैं और ऑडियो रिकॉर्डिंग के रूप में भी उपलब्ध हैं। ऑडियो रिकॉर्डिंग व संपूर्ण लिखित संग्रह के बारे में जानकारी www.OSHO.com/library से प्राप्त की जा सकती है।

अधिक जानकारी के लिए :

अभी बहुत समय नहीं हुआ जब वेबसाइटें ही संपूर्ण जानकारी का एकमात्र स्रोत हुआ करती थीं तथा सोशल नेटवर्किंग साइटें केवल किशोर-किशोरियों व कॉलेज के छात्र-छात्राओं की व्यक्तिगत अभिरुचियों के आदान-प्रदान का वाहन भर होती थीं। समय बदल गया है और साथ ही हम भी -

ओशो की अद्वितीय वाणी को अब आप विभिन्न भाषाओं व प्रारूपों में निम्नलिखित ऑनलाइन वेबसाइटों पर पा सकते हैं :

आधिकारिक वेबसाइट: www.OSHO.com

हिंदी भाषा के लिए देखें: www.OSHO.com/hindi

अपने मनपसंद विषय को ओशो लाइब्रेरी में ढूंढने के लिए देखें (हिंदी में भी उपलब्ध):
www.OSHO.com/library
www.OSHO.com/library-hindi

संपूर्ण ओशो ध्यान-विधियों व उससे संबंधित संगीत के लिए देखें: www.OSHO.com/Meditation

ओशो का संपूर्ण हिंदी-अंग्रेजी साहित्य व ई-बुक्स के लिए देखें: www.OSHO.com/shop
www.OSHO.com/shop-hindi
www.OSHO.com/ebooks

ओशो के ऑडियो प्रवचन MP3 व अन्य प्रारूप के लिए देखें:
www.OSHO.com/hindiAudiobooks

ओशो इंटरनेशनल मेडिटेशन रिज़ॉर्ट आने की योजना बनाने के लिए देखें:
www.OSHO.com/MeditationResort

ओशो इंटरनेशनल न्यूज़लेटर की निःशुल्क सदस्यता की सुविधा के लिए देखें:
www.OSHO.com/newsletters
www.OSHO.com/hindinewsletters

ओशो टैरो कार्ड ऑनलाइन रीडिंग के लिए देखें: www.OSHO.com/tarot

ओशो-वाणी को अपनी स्थानीय भाषा में उपलब्ध कराने के लिए आप पंजीकृत करके ओशो-वाणी को लिपिबद्ध अथवा अनुवादित कर सकते हैं : www.OSHOtalks.info

ओशो हिंदी रेडियो के लिए देखें: radiohindi.OSHO.com

यहां होने वाले कार्यक्रमों, उत्सवों, मीडिया विज्ञप्तियों व सूक्तियों की हर दिन की जानकारी प्राप्त करने के लिए देखें: www.facebook.com/OSHO.International

मल्टीविर्सिटी कार्यक्रमों की नवीनतम जानकारी के लिए देखें:
www.facebook.com/OSHO.International.Meditation.Resort

ओशो वीडियो चैनल से कहीं भी, कभी भी जुड़िए:
www.youtube.com/OSHO.International

अपनी सुबह की शुरुआत ओशो के संदेश के साथ कीजिए: www.twitter.com/OSHOtimes

कृपया इन साइटों पर रजिस्टर व ब्राउज़ करने के लिए कुछ क्षण निकालें, क्योंकि ये साइटें आपको ओशो के बारे में विस्तृत जानकारी उपलब्ध करवाती हैं।

इसके अतिरिक्त आप और भी अधिक रोचक व मौजपूर्ण ढंग खोज ले सकते हैं जिनके द्वारा ओशो को विश्व भर में उपलब्ध कराया जा सकता है।